岳麓書社

读名著　选岳麓

古典名著普及文库

搜神记

张　觉　肖家邦　导读 注译

岳麓書社·长沙

图书在版编目(CIP)数据

搜神记/张觉,肖家邦导读注译.—长沙:岳麓书社,2020.9

(古典名著普及文库)

ISBN 978-7-5538-1347-9

Ⅰ.①搜… Ⅱ.①张…②肖… Ⅲ.①笔记小说—小说集—中国—东晋时代②《搜神记》—注释③《搜神记》—译文 Ⅳ.①I242.1

中国版本图书馆 CIP 数据核字(2020)第 119454 号

SOU SHEN JI

搜神记

导读注译:张 觉 肖家邦

责任编辑:陈文韬

责任校对:舒 舍

封面设计:罗志义

岳麓书社出版发行

地址:湖南省长沙市爱民路 47 号

直销电话:0731-88804152 0731-88885616

邮编:410006

版次:2020 年 9 月第 1 版

印次:2020 年 9 月第 1 次印刷

开本:890mm×1240mm 1/32

印张:12.25

字数:341 千字

书号:ISBN 978-7-5538-1347-9

定价:35.00 元

承印:湖南凌宇纸品有限公司

如有印装质量问题,请与本社印务部联系

电话:0731-88884129

出版说明

中国古典名著是中华优秀传统文化的重要载体，今天人们要学习传统文化，如果说有所谓捷径可寻，那恐怕就是直接阅读古典名著了。长期以来，为大众读者出版古典名著的普及读物一直是本社的重要使命。约三十年前，我们便出版了“古典名著普及文库”，收书五十余种，七十余册，蔚为大观。这套书命名为“普及”，首先是因为采用了简体字横排的排版方式。当时的古典名著图书，以未经整理的影印本和繁体竖排本居多，大众读者阅读有障碍，故本文库的推出，确有普及之效。其次，我们提出要让读者“以最少的钱买最好的书”，定价远低于当时同类型品种。基于此，这套“普及文库”迅速流向读者的书架，销量极大，功在普及不浅。

当年这套书，所收各书都是文言文全本，无注释，不翻译，对于今天的大众读者来说，已经很难起到普及作用了。而且，读者如果仅仅出于品鉴、入门的需要，也无须通读大部头的全本古籍。因而，我们推出这套全新的“古典名著普及文库”，在选目上广泛听取国内名校学者们的建议，收录经、史、子、集四部之中第一流的名著一百余种，邀请学有专攻的学者精心注释、翻译，并加以导读。篇幅大的经典，精选菁华，篇幅适中的出版全本，个别篇幅小的，则将主题相近的品种合刊为一册。

我们希望有更多的人能够买得起、读得懂中国的古典名著，接受中华优秀传统文化的滋养。这一套轻松好读又严谨可靠的普及文库，便是我们努力实践这一理念的结果。

前言

晋代干宝的《搜神记》早已是世所公认的古代志怪小说代表作，但《搜神记》被称为“小说”，其实并非现代意义上的小说。

东汉班固《汉书·艺文志》所载“诸子”十家中的最后一家是小说家，著录15家小说共1390篇。其述评曰：“小说家者流，盖出于稗官（古代专给帝王述说街谈巷议、市井传闻的小官）。街谈巷语、道听涂说者之所造也。孔子曰：‘虽小道，必有可观者焉，致远恐泥，是以君子弗为也。’然亦弗灭也。闾里小知者之所及，亦使缀而不忘。如或一言可采，此亦刍荛狂夫之议也。”由此可见，小说在古代是指街谈巷语之类的民间传说，是道听途说的细碎之言，而并非指文人的虚构创作。古代的小说虽然地位不高，但也颇受重视。不过，汉代以前的小说均已亡佚。

从现存的资料来看，中国小说史上记述神怪、说狐道鬼这一流派的形成，肇始于魏晋南北朝时期的志怪小说，如托名西汉东方朔的《十洲记》，托名东汉郭宪的《汉武洞冥记》，托名魏文帝曹丕的《列异传》，晋张华的《博物志》、葛洪的《神仙传》、王嘉的《拾遗记》，托名陶潜的《搜神后记》，南朝宋刘义庆的《幽明录》、刘敬叔的《异苑》，南朝梁吴均的《续齐谐记》，北齐颜之推的《冤魂志》，而成就最高的是晋代干宝的《搜神记》。

干宝（275？—336），字令升，祖籍新蔡（今属河南），生长于江南。据《晋书》卷八十二《干宝传》记载，他著有《春秋左氏义外传》等，东晋元帝时领修国史，著《晋纪》二十卷述西晋事，时称“良史”。他又喜好阴阳术数，特别是碰到了两件事：一是他父亲有一宠婢，他母亲很忌妒，所以在他父亲下葬时把她推入墓中，由于当时他年纪还小，所以没注意，过了十几年，他母亲死了，因为要合葬而掘开父亲之墓，竟发现这婢女伏在棺材上似乎还活着，于是用车子将她拉回家，她过了几天就醒了，说他父亲常拿饮食给她，其间恩情就像活着时一样，家里一有吉凶之事就告诉她，她说的吉凶之事都和干宝家发生的事情相符，不久她嫁了人，还生了孩子。二是他哥哥曾患病断了气，过了几天身体也不冷，后来醒了，说见到了天地之间有关鬼神的一些事，现在就像做梦醒了一样，自己根本不知道是死了。他有感于此，就搜集古今神怪灵异之事编成《搜神记》三十卷，其目的是要说明“神道之不诬”，即有关鬼神灵异和人物变化的一些说法并非欺人之谈。他拿这《搜神记》给刘惔看，刘惔称他是“鬼之董狐”，可见他也是记录鬼神之事的良史。

《晋书·干宝传》所载干宝《搜神记》序文说，他虽然查考了从前典籍上的记载，收录了当时的逸闻轶事，但并非都是自己一一耳闻目睹的，所以不敢说没有一点失实的地方。但是，从其写作《搜神记》的态度来说，他是以史官的立场把这些鬼神怪异之事当作真事来记述的，而并非如后代文人那样凭自己的想象虚构来写小说。正因为如此，所以《隋书·经籍志》《旧唐书·经籍志》都将干宝的“《搜神记》三十卷”和他的《晋纪》同时著录于史部。至《新唐书·艺文志》，才将干宝的“《搜神记》三十卷”著录于子部小说家类，可见宋代开始对该书的性质有了不同的看法，但著录为“三十卷”，又说明其原书在北宋时尚未散佚。

《宋史·艺文志》子部小说家类已无“《搜神记》三十卷”的著录，而只有“干宝《搜神总记》十卷”的记载，可见该书至宋代以后已无全本流传。现在流行的《搜神记》二十卷本一般认为是明代胡应麟（1551—1602）从《法苑珠林》《太平御览》等类书中辑录出来的。

但是，嘉靖间进士陈耀文编著的《天中记》所引《搜神记》之文有不见于他书引作《搜神记》者，则《搜神记》至明代似乎尚有残本流传。胡应麟之辑本既有遗漏，也有滥收他书文字之弊，所以当今又有李剑国辑校的《新辑搜神记》问世（中华书局2007年3月出版）。但是，诚如余嘉锡《四库提要辨证》所说，该辑本“十之八九出于干宝原书”，或者更为精确地说，其十之八九源自干宝原书（该辑本中未见他书征引的条目，虽有滥收他书之处，但有一部分可能取自明代流传的《搜神记》残本而非他书文字），所以它得到了广大学者的认可。该辑本先由明代胡震亨刻入《秘册汇函》，后其刻板为明代毛晋所得而辑入《津逮秘书》，清代张海鹏又翻刻入《学津讨原》。中华书局又以《学津讨原》本为底本，由汪绍楹先生作了校注，列入《古小说丛刊》与《中国古典文学基本丛书》印行，于是该书之影响就更大了。

干宝搜集古今神怪灵异之事编成《搜神记》的本意虽然在说明“神道之不诬”，宣扬了鬼神世界和迷信思想，但其载录的很多神话故事和民间传说揭露了统治者和旧制度的罪恶，讴歌了反抗强暴、为民除害的英雄事迹，赞美了勤劳勇敢、战天斗地而造福人类的高尚品质，颂扬了不怕鬼怪、真情相爱的崇高精神，表达了人民的思想感情和愿望，其篇幅虽然短小而结构大多完整，情节又多曲折离奇之处，叙事或平实或富于情趣，所写人物形象鲜明而生动逼真，因而该书成为我国优秀文学遗产的重要组成部分，对后代的文学艺术的发展产生了很大的影响。如第28条虽然旨在劝孝，因而写织女奉天帝之命帮助董永偿债后便只身离去，但其愿为夫妻的情节无疑为以后织女与董永之间爱情故事的逐步演绎奠定了基础，从而成为如今黄梅戏《天仙配》的最早蓝本。又如第290条写东海孝妇被冤杀而鲜血逆流、东海郡“三年不雨”等情节（被冤杀而血逆流以及连旱三年的情节也见于第216条），均为关汉卿的杂剧《窦娥冤》所吸取，所以其剧中有窦娥被冤杀后鲜血上飞白练的情节，以及“亢旱三年”的说白与“做甚么三年不见甘霖降，也只为东海曾经孝妇冤”的唱词。再如第359

条、360 条和 394 条写唐父喻、河间郡之女和紫玉因爱情而死，又为爱情而还魂复活或显灵，无疑对元代郑光祖的杂剧《倩女离魂》、明代汤显祖的传奇《牡丹亭》等的构思产生了影响。汤显祖在《牡丹亭》题词中说："杜守收拷柳生，亦如汉睢阳王收拷谈生也。"睢阳王收拷谈生事见本书第 396 条，此也可说明本书对汤显祖创作的影响。其他如唐代传奇《南柯太守传》和俗文学《韩朋赋》，宋人平话《死生交范张鸡黍》和《西湖三塔记》，明人小说如罗贯中的《三国演义》和冯梦龙的"三言"，也都或多或少地吸收了《搜神记》中的材料。清代蒲松龄在《聊斋志异》的《自序》中明言"才非干宝，雅爱《搜神》"，可见其创作也明显受到《搜神记》的影响，如其第一卷中的《种梨》情节，显然脱胎于《搜神记》第 24 条徐光种瓜的故事。至于现代鲁迅的历史小说《铸剑》(载《故事新编》) 取材于本书第 266 条三王墓的故事，京剧《童女斩蛇》源自本书第 440 条李寄斩蛇的故事，更是众所周知的事了。凡此种种，足见《搜神记》所具有的重要文学价值。

不过，诚如上文所说，干宝实是个史学家，所以他除了搜集上述这些文学意味较浓的神话故事和民间传说外，还搜集了不少历史上的怪异之事，这些事迹主要见于本书卷六、卷七之中，现在往往不为人重视。这是因为：从文学的角度来看，它们甚少情味；而从史学的角度来看，它们又似荒诞不经。不过，这些记载中其实也有一些值得重视的史料，如其中所记载的怪胎，虽似荒谬绝伦，却也未必是子虚乌有。1990 年我译完《搜神记》后不久，偶见 1990 年 4 月 1 日《中国体育报》的星期刊（第 4135 期）第 1 版《天下奇闻》栏载有一则新闻:《来自莫斯科的奇迹——一分为二》。该新闻报道说：两个头骨相连的连体女婴一起在床上度过了一年半之后，经过医生 28 小时的分离手术，开始了属于自己的生活，手术六个月后，这对两岁的女孩已开始蹒跚学步了。此新闻还配置了这两个女孩的连体照片。从这一事实出发来看《搜神记》，那么其中对某些奇异事物的记载，也应该具有一定的史料价值，而并非全是奇谈怪论和无稽之谈，不能全部将它们视为文学作品。因此，该书中的一些材料被采入《后汉书》《晋书》《宋书》等正统史书，也就不足为怪了。即使这些史书对《搜神记》的采摭并不恰当，也至少可以说明《搜神记》对史学界的影响是不可低估的。此外，该书不少段落反映了古代的风土人情，也值得史学研究者关注。关于《搜神记》的史学价值，前人极少关注，今将管窥蠡测之见赘述于此，供大家参考。

总之，《搜神记》的价值是世所公认的，所以它早就被公认为是中国的古典名著。但是，该书直到1989年还没有一个普及性的读本问世。中华书局出版的汪绍楹校注本，其校注虽然广征博引，考源钩沉，有利于对本书真伪作进一步考订，但对于一般读者浏览《搜神记》来说，却并不便利，因为《搜神记》内容驳杂，文字古奥，一般读者依靠汪注实难读懂。为了使这一宝贵的古典名著在现代得到普及，上海电视大学张甦老师于1989年10月与我商定合作写一本《全本搜神记评译》，由我将《搜神记》译为现代汉语，于是我即根据汪绍楹校注本进行翻译，于1990年3月14日译完全书及其佚文。注释古籍可以阙疑，选译古籍可以避生就熟，但将古籍全书译为白话，就既不能阙而不论，又不能避难就易。由于前人校注之作甚少，我当时翻译时只参考了汪绍楹校注本（中华书局1979年版）和杨振江选注本（花山文艺出版社1986年版），于其阙注处只能以己意为之，故翻译之困难自不待言。其他姑且不论，即以文字而言，难处便不少。如第299条中“式忽梦见元伯玄冕、垂缨、屣履而呼曰”之“垂”，汪校本作“乘”，杨振江将“乘”解为“车辆”，将“缨”解为“驾车马匹的胸饰”，我总觉得于义未安，经查考，见《后汉书·范式传》及《津逮秘书》本都作“垂”，只是《学津讨原》本用了个“垂”的俗字“埀”，致使汪校本误为“乘”，而后人又以讹传讹，故其文难通，现纠正为“垂”字，则其疑难顿时冰释。更有甚者，有些文字《搜神记》的各种版本皆误，那就更需要校正。如第154条“女子好为长裾，而上甚短”之“裾”，根本讲不通，我虽然疑其为“裙”字之误，但《津逮秘书》本、《学津讨原》本、汪校本均作“裾”，故不敢贸然改字，查考《后汉书·五行志一》之后，才得以订正为“裙”。又如第215条之“异亩同颖，谓之嘉禾”，上述三种版本均同，其文虽似可解，却与通常的说法不合，查检《宋书·五行志》，才知此“亩”字为“苗”字之误而得以订正，若随文作解，就不免会失误。再如第304条所引《管子》“涸小水精”之“小”字，上述三种版本均同，其文实难通，查核《管子·水地篇》，才知此“小”字为“川”字之误而得以订正。由此可见，要正确诠释《搜神记》，还有待于校勘与考释工作的进一步深入。但这种工作，除了汪绍楹先生花了相当的功夫外，其他人做得还不多，而我当时处于卖文为生的艰难时期，根本没有充裕的时间对该书详加考校，加之自己学识有限，所以虽然用功甚勤，但其中未发现的原文讹误以及译文之不当仍在所难免。只是由于急于出版以便及早获得稿酬，所以1990年3月译完后即与岳麓书社梅季坤先生联系。他十分同情我当时待业在家而四处找米下锅的处境，于是在5月将《白话搜神记》列入了1991年出版计划，因此我于6月将译稿校订了一遍，然后将全稿誊清，于8月17日寄给了梅季坤先生（该书于1991年8月出版）。嗣后又于8月25日写成《〈搜神记〉校点勘误》一稿（载《古籍整理研究学刊》1992年第3期）。此后，应张甦之约，又于1993年12月24日补译了干宝的《搜神记序》和《进搜神记表》(《全本搜神记评译》于1994年5月由学林出版社出版）。我对《搜神记》的研究至此便告一段落。

这次再版《搜神记》，其原文和译文在我30年前所撰之《全本搜神记评译》和《白话搜神记》的基础上有所修订。

其原文以今存最早的版本毛本（即明代毛晋辑刊的《津逮秘书》第十乙集中的《搜神记》）为底本，参校了张本（即清代张海鹏校正的《学津讨原》第十六集中的《搜神记》，琴川张氏照旷阁藏板），同时又酌取汪本、汪校（即汪绍楹校注的中华书局1979年版《搜神记》

及其中的校注，该本虽以张本为底本，但文字多有不同）以及其他典籍进行校订。如第361条毛本“贾偶”之“偶”，张本因刻板有裂而成“偊”，汪本遂误为“偊”，于是如今各种《搜神记》读本（包括我的译本）均以讹传讹而作“偊”，今依毛本作“偶”，便与“字文合”相切合。其他原文修订处也不少，在此不再赘述。值得补充说明的是，《津逮秘书》本卷一之下题“晋干宝撰，明胡震亨、毛晋同订”，其实该本就是胡震亨所刻之《秘册汇函》本，毛晋得到胡氏刻板后辑入《津逮秘书》，只是加了个“《津逮秘书》第十乙集”的封面，并在《搜神记》二十卷正文后加了个跋。《津逮秘书》中，版心之书名在上端，而下端有“汲古阁”者，为毛晋所刻，其半版八行或九行，每行十九字；版心书名在鱼尾下，而下端无“汲古阁”者，为胡震亨所刻之《秘册汇函》本，行款为九行十八字。《搜神记》即属于后者。国家图书馆“中华古籍资源库”有《津逮秘书》两部：一为天津图书馆藏本，《搜神记》在第142～144册，较全；一为国家图书馆藏本，《搜神记》在第105～106册。为谨慎计，今又取此二书校勘一过。至于校改时所据其他古籍，《管子》为上海古籍出版社1989年影印的浙江书局本，《后汉书》《晋书》《宋书》等用中华书局新排标点本。

本书译文，采取直译和意译相结合的方法，既力争将原文字句完全译出，又酌情加入一些字句以期流畅易读。为了节约篇幅，书中年号不再出注而只在译文中括注公元年份。我两部旧著的译文，由于成稿有先后，再加上编辑各有所改，因而有不少差异，今修订而统成此稿，其间若有抵牾之处，一律以本书为准。为求集思广益，这次修订时参考了倪腊松先生1991年11月18日赠给我的黄涤明译注本《搜神记全译》（贵州人民出版社1991年版），在此谨致谢意。另外要说明的是，华龄出版社2002年9月出版的《中国历代文化丛书》中的《搜神记》抄袭了《全本搜神记评译》等著作。在知识产权保护日益受到重视的时代，我衷心希望我国的知识分子能加强自律，以与世界接轨。

《全本搜神记评译》和《白话搜神记》据当时体例所写，故无导读和注释，由于我忙于撰写其他著作，所以现由上海财经大学中文系助研肖家邦根据岳麓书社“古典名著普及文库”的新体例补写了导读和注释，但限于篇幅，注释除了校记和地名，力求简省。毛本无目录，今由肖家邦概括各卷、各条内容重新编了目录，以便读者了解各卷、各条内容。同时，为了便于称引对照以及注释时参见，今依照汪校本为各条加了编号。

28 年前，岳麓书社梅季坤先生给我出版了《白话搜神记》，如今陈文韬先生又给我出版这本体例一新的《搜神记》，这可能是我和岳麓书社有缘分吧，但这种缘分无疑根植于我们之间志同道合的深厚情谊。陈文韬先生认真细致的审校使本书更加完善，在此请允许我对他的辛苦付出致以衷心的谢意。

若拿砌墙作比喻，砖全摆歪了，墙当然会倒塌，但即使没倒的墙，也不能说它的每一块砖都摆得很正。我的《白话搜神记》出版至今已 28 年，尚未收到批评意见而能修订后再次出版，虽然不能说这堵墙已经完美无缺，但恐怕不会倒了。至于其中没有摆正的砖，尚望海内外读者不吝斧正。

张 觉

2019 年 12 月 9 日于北京密云溪翁山庄

目录

卷一 奇人奇事

卷二 方士法术

卷三　预言卜筮

卷四　天地诸神

卷五　鬼神显灵

卷六　妖怪之验

卷七　怪事之验

卷八　君王祥瑞

卷九　人臣之兆

卷十　梦境应验

卷十一　精诚之验

卷十二　人怪变化

卷十三　山水怪物

卷十四　生育变化

卷十五　发冢复活

卷十六　死鬼百态

卷十七　精怪弄人

卷十八　木妖兽精

卷十九 杀精除怪

卷二十 善恶报应

卷一　奇人奇事

导读

本卷记述的是神奇人物的故事。其中第1条对神农命名之由的诠释，第6条对彭祖长寿事迹的介绍，都是古代常用的典故，可丰富读者的历史知识。第13条的木钻穿石，第28条的董永织女故事，歌颂了勤劳、孝亲等中华传统美德。第7条、22条、24条的孔甲、孙策、孙綝之死，以及第19条泼粪人的遭殃，以恶有恶报的情节对作恶者进行了无情的鞭挞，以告诫人们要行善积德。至于第16条史祈受责的故事，体现了干宝序言中所说的"明神道之不诬"的编纂宗旨。第15条的《淮南操》，以及第30条与第31条中杜兰香、知琼的爱情故事，则更写得情采斐然、曲折有致、意味深长而让读者享受到了浓厚的文学熏陶。

原文

1. 神农以赭鞭鞭百草[1]，尽知其平、毒、寒、温之性，臭味所主[2]，以播百谷，故天下号"神农"也。

译文

神农用赤色鞭子鞭打各种草木，因而全部了解了它们的无毒、有毒、寒热、温凉的性质，以及酸、咸、甘、苦、辛等五味所主治的疾病，根据这些经验再选种各种谷物，所以天下的百姓叫他"神农"。

注释

1 **神农：**传说中的古代帝王，姜姓，相传他创制耒、耜，教民农业生产，又曾尝百草，发现了药材，教人治病，故称神农。他以火德而王，号炎帝，也称赤帝魁隗氏。

2 **臭(xiù)味：**气味，此指酸、咸、甘、苦、辛等五种味道。　**臭味所主：**五味所主治的疾病，即酸主肝，咸主肾，甘主脾，苦主心，辛主肺。

原文

2. 赤松子者,神农时雨师也[1]。服水玉散[2],以教神农。能入火不烧。至昆仑山[3],常入西王母石室中,随风雨上下。炎帝少女追之,亦得仙,俱去。至高辛时[4],复为雨师,游人间。今之雨师本是焉。

译文

赤松子,是神农时候的雨神。他服用一种用玉屑等浸泡在水中而制成的使人发热的药物——水玉散,并把它教给了神农。他能进入火中而不被焚烧。他到昆仑山,经常进入仙女西王母的石室之中,随着风雨上升下降。炎帝的小女儿追求他,也得了仙道,跟他一起走了。到高辛帝的时候,他又做了雨神,曾到人间游玩。现在的雨神即来源于此。

注释

1 **雨师:**司雨之神。

2 **水:**毛本作“冰”,据汪校改。 **散:**毛本作“散”,据张本改。

3 **昆仑山:**即今新疆、西藏之间的昆仑山。

4 **高辛:**即帝喾(Kù),传说中的远古帝王。

原文

3. 赤将子舆者,黄帝时人也。不食五谷,而啖百草华[1]。至尧时,为木工,能随风雨上下。时于市门中卖缴[2],故亦谓之“缴父”。

译文

赤将子舆,是黄帝时候的人。他不吃五谷,而吃各种草木的花。到唐尧时代,他做了木工,能随着风雨上升下降。他又经常在市场大门内卖缴,所以人们也叫他“缴父”。

注释

1 **啖:**毛本作“啗”,据张本改。

2 **缴**(zhuó) **:**生丝线。

原文

4. 宁封子，黄帝时人也，世传为黄帝陶正[1]。有异人过之，为其掌火，能出入五色烟[2]，久则以教封子。封子积火自烧，而随烟气上下。视其灰烬，犹有其骨。时人共葬之宁北山中[3]，故谓之宁封子。

译文

宁封子，是黄帝时候的人，历代都传说他是黄帝的陶正。有一个神异的人来拜访他，为他掌管火候，能在五彩缤纷的烟火中进出，时间一长就把这法术教给了封子。封子堆起了柴火自焚，却只能随着烟火上下飘动，结果被烧成了灰烬。人们仔细察看那灰烬，还有他的骨头在里面。当时的人就一起把他埋葬在宁北山中，所以人们叫他宁封子。

注释

1 **陶正**：掌管制造陶器的官。

2 毛本无"入"字，据汪校补。

3 **宁**：邑名，在今河南省获嘉县。

原文

5. 偓佺者，槐山采药父也。好食松实；形体生毛，长七寸；两目更方；能飞行，逐走马。以松子遗尧，尧不暇服。松者，简松也，时受服者，皆三百岁。

译文

偓佺，是槐山的采药老人。他喜欢吃松树的果实；身体上长着七寸长的毛；双眼变成了方形；能飞也似地奔走，追赶那奔跑着的马。他经常拿松子赠送给尧，以致尧来不及服用。这种松树，就是简松，当时接受其松子而服用的人，都活到三百岁。

原文

6. 彭祖者[1]，殷时大夫也，姓钱，名铿，帝颛顼之孙陆终氏之中子[2]。历夏而至

译文

彭祖，是商代的大夫，姓钱，名铿，是颛顼帝的孙子陆终氏所生排行居中的儿子。他经历过夏朝，一直活到商

商末，号七百岁。常食桂、芝。历阳有彭祖仙室[3]。前世云：祷请风雨，莫不辄应；常有两虎在祠左右。今日祠之讫，地则有两虎迹。

朝末年，号称活了七百岁。他常常吃桂花和灵芝草。历阳山有彭祖的仙室。前代的人都说：在那仙室中祈求风雨，没有不马上应验的；在这祠堂的旁边还经常有两只老虎。今天祠堂已经没有了，但地上倒还有两只老虎留下的足迹。

注释

1 **彭祖：**传说是颛项的玄孙陆终的第三个儿子（见《史记·楚世家》），姓篯，名铿，因被尧封在大彭（即彭城，在今江苏省徐州市），成为彭姓的始祖，所以习称彭祖。其后代便以此为氏族之名，称彭祖氏，商朝时曾为侯伯，商朝末年被灭。由于该氏族绵延唐、虞、夏、商数代，于是后世神仙家便穿凿附会，以彭祖为一长寿之人，说他从尧至商末活了七八百岁。

2 **颛项（Zhuānxū）：**传说中的远古帝王，姬姓，号高阳氏。

3 **历阳：**山名，或名亭山，在今安徽省和县西北。

原文

7. 师门者，啸父弟子也。能使火，食桃葩。为孔甲龙师[1]，孔甲不能修其心意，杀而埋之外野。一旦，风雨迎之，山木皆燔。孔甲祠而祷之，未还而死。

译文

师门，是啸父的徒弟。他能使唤火，吃桃花。他是孔甲的大臣，孔甲不能遵循他的意志办事，所以把他杀了埋葬在郊外的荒野之中。有一天，大风大雨来迎接他，山上的树木全都烧光了。孔甲因而去祭祀，向他祈祷，但还没有回家就死了。

注释

1 **龙师：**太皞伏羲氏以龙名其百官师长，故称大臣为龙师。

原文

8. 前周葛由，蜀羌人也[1]。周成王时，好刻木作羊卖之。一旦，乘木羊入蜀中，蜀中王侯贵人追之，上绥山。绥山多桃，在峨眉山西南，高无极也。随之者不复还，皆得仙道，故里谚曰："得绥山一桃，虽不能仙，亦足以豪。"山下立祠数十处。

译文

西周的葛由，是当时蜀国羌族人。周成王时，他喜欢把木头雕刻成羊卖掉。有一天，他骑了木羊进入蜀国之中，蜀国里的王侯贵族追随他，便一起上了绥山。绥山上多桃树，位于峨眉山西南，高得没有个尽头。跟随他去的人不再回来了，都得了仙道，所以乡间的谚语说："得到绥山上的一只蟠桃，即使不能成仙，也足以使自己成为英豪。"于是，山下几十个地方都为他建起了祠庙。

注释

1 **蜀**：商至战国时国名，国都在成都（今四川省成都市）。

原文

9. 崔文子者，泰山人也[1]。学仙于王子乔[2]。子乔化为白蜺[3]，而持药与文子。文子惊怪，引戈击蜺，中之，因堕其药。俯而视之，王子乔之尸也。置之室中，覆以敝筐。须臾，化为大鸟。开而视之，翻然飞去。

译文

崔文子，是泰山郡人。他曾向王子乔学习仙道。王子乔变成了一只白色的寒蝉，拿了药给文子。文子十分惊奇，便拿起长戈向寒蝉刺去，把它刺中了，因而它的药就掉下来了。文子低头看那寒蝉，竟是王子乔的尸体。于是把他放在屋子里，用破竹筐盖好。过了一会儿，他却变成了一只大鸟。文子打开竹筐去看它，大鸟竟扑打着翅膀飞走了。

注释

1 **泰山**：郡名，治所在奉高县（今山东省泰安市东）。

2 **王子乔:**即周灵王太子,名晋。

3 **蜺:**寒蝉。一般的寒蝉为青赤色。

原文

10. 冠先,宋人也。钓鱼为业,居睢水旁百余年。得鱼,或放,或卖,或自食之。常冠带,好种荔,食其葩实焉。宋景公问其道,不告,即杀之。后数十年,踞宋城门上鼓琴,数十日乃去,宋人家家奉祠之。

译文

冠先,是宋国人。他以钓鱼为职业,住在睢水边上已有一百多年了。他钓到了鱼,有的放掉,有的卖掉,有的自己吃掉。他经常戴着帽子、束着带子而穿得十分整齐,喜欢种荔枝,吃它的花和果实。宋景公曾向他求教养生之道,他不肯说,宋景公就把他杀了。又过了几十年,他竟坐在宋国的城门上弹琴,弹了几十天才离去,于是宋国的百姓家家都祭他。

原文

11. 琴高,赵人也。能鼓琴,为宋康王舍人。行涓、彭之术,浮游冀州涿郡间二百余年[1]。后辞入涿水中取龙子,与诸弟子期之曰:“明日皆洁斋,候于水旁,设祠屋。”果乘赤鲤鱼出,来坐祠中,且有万人观之。留一月,乃复入水去。

译文

琴高,是赵国人。他会弹琴,是宋康王的侍从宾客。他奉行涓子、彭祖的道术,在冀州的涿郡之中漂泊了二百多年。后来他告别众人到涿水中去擒捉小龙,与徒弟们约定说:“明天你们都整洁身心,等候在涿水岸边,并在岸边设置一所祠堂。”第二天,他果然骑着红鲤鱼出水,来到祠堂中坐下,当时还有上万人来围观他。他逗留了一个月,就又潜入到水中去了。

注释

1 **冀州:**汉武帝置,东汉治所在高邑县(今河北省柏乡县北),后移治邺县

(今河北省临漳县西南),三国魏黄初中移治信都县(今河北省衡水市冀州区)。**涿郡:**西汉置,治所在涿县(今河北省涿州市),属冀州。

原文

12. 陶安公者,六安铸冶师也。数行火,火一朝散上,紫色冲天,公伏冶下求哀。须臾,朱雀止冶上,曰:“安公安公,冶与天通。七月七日,迎汝以赤龙。”至时,安公骑之,从东南去。城邑数万人,豫祖安送之,皆辞诀。

译文

陶安公,是六安的金属冶炼师。他经常用火,有一天火焰突然发散上去,紫色的火光直冲天空,陶安公害怕得趴在冶炼炉下向老天恳求哀怜宽赦。过了一会儿,一只朱雀停在冶炼炉上,对他说:“安公安公,你的冶炼炉与天相通。七月七日,迎接你的是条赤龙。”到了那一天,安公骑上了那红色的龙,从东南方离地而去。城内几万人,事先为安公祭祀路神、饯行送别,一一和他诀别。

原文

13. 有人入焦山七年,老君与之木钻,使穿一盘石,石厚五尺,曰:“此石穿,当得道。”积四十年,石穿,遂得神仙丹诀。

译文

有一个人进入长江中的焦山已七年,太上老君给他一个木钻,让他去钻穿一块大石头,这石头厚五尺,太上老君对他说:“这块石头钻穿了,你就会得到仙道。”这人一共钻了四十年,把石头钻穿了,结果便得到了炼丹成仙的秘诀。

原文

14. 鲁少千者,山阳人也[1]。汉文帝尝微服怀金过之,欲问其道。少千拄金杖,执象牙扇,出应门。

译文

鲁少千,是山阳县人。汉文帝曾经隐瞒了身份穿着平民百姓的服装携带了黄金去拜访他,想向他求教道术。鲁少千撑着黄金拐杖,拿着象牙扇子,走出家门来迎接他。

注释

1 **山阳:**县名,治所在今河南省焦作市东南。

原文

15. 淮南王安好道术[1],设厨宰以候宾客。正月上辛[2],有八老公诣门求见[3]。门吏白王,王使吏自以意难之,曰:“吾王好长生,先生无驻衰之术,未敢以闻。”公知不见,乃更形为八童子,色如桃花。王便见之,盛礼设乐以享八公,援琴而弦歌曰:“明明上天,照四海兮;知我好道,公来下兮。公将与余,生羽毛兮;升腾青云,蹈梁甫兮[4]。观见三光,遇北斗兮;驱乘风云,使玉女兮。”今所谓《淮南操》是也。

译文

淮南王刘安喜爱道术,聘请了厨师来迎候宾客。正月上旬的辛日,有八位老人登门求见。看门人报告了淮南王,淮南王让看门人自己出主意去难住他们,这看门人就对他们说:“我们的王爷向往长生不老,各位老先生没有防止衰老的方法,所以我没敢把你们求见的消息报告给我们的王爷。”老人们知道不会被接见了,就变成了八个小孩,面色就像桃花一样。淮南王就接见了他们,礼节十分隆重,还配备了音乐来让这八位老人享用,淮南王拿过琴来边弹边唱道:“光明的上天,照耀四海啊;知道我喜爱道术,让老人下凡来啊。老人们将和我一起,身上长出羽毛啊;腾空登上青云,把梁甫山踩在脚下啊。观望日月星辰,与北斗相遇啊;乘风驾云,使唤神女啊。”今天所说的《淮南操》,就是这首歌。

注释

1 **淮南:**国名,汉高帝四年(前 203)改九江郡置,治所在寿春县(今安徽省寿县)。

2 **辛:**毛本作“午”,据汪校改。**正月上辛:**汉代常在这一天祭祀太一、甘泉。

3 《小学绀珠》卷六:“汉淮南八公:左吴、李尚、苏飞、田由、毛披、雷被、晋昌、伍被。”

4 **梁甫:**山名,即梁父山,在今山东省泰安市东南。

原文

16. 刘根,字君安,京兆长安人也[1]。汉成帝时,入嵩山学道,遇异人授以秘诀,遂得仙,能召鬼。颍川太守史祈以为妖[2],遣人召根,欲戮之。至府,语曰:"君能使人见鬼,可使形见,不者加戮[3]。"根曰:"甚易。借府君前笔砚书符。"因以叩几。须臾,忽见五六鬼,缚二囚于祈前。祈熟视,乃父母也。向根叩头曰:"小儿无状,分当万死[4]。"叱祈曰:"汝子孙不能光荣先祖,何得罪神仙,乃累亲如此!"祈哀惊悲泣,顿首请罪。根默然忽去,不知所之。

译文

刘根,字君安,是京兆长安县人。汉成帝的时候,他曾到嵩山学习道术,碰上一个神异的人把神仙的秘诀教给了他,于是他就得到了仙道,能召见鬼。颍川太守史祈认为这是妖怪作祟,便派人召见刘根,想杀死他。刘根到了太守府上后,史祈便对他说:"您能让人见到鬼,必须使鬼的形状可以看见,否则就杀了你。"刘根说:"这很容易。请借一下您面前的笔墨让我写一下符箓。"他写好后用这符箓敲打桌子。一会儿,忽然看见五六个鬼绑着两个囚犯来到史祈跟前。史祈仔细一打量,竟是父母亲。他父母亲向刘根磕着头说:"我儿子无礼,罪该万死。"又训斥史祈说:"你们这些子孙不能光宗耀祖,为什么还要得罪神仙,让你父母亲也受到这样的拖累!"史祈惊恐万状,悲哀地哭泣着,向刘根磕头请罪。刘根一声不响地忽然离去了,不知到了什么地方。

注释

1 **京兆:**西汉太初元年(前104)所置行政区,治所在长安县(在今陕西省西安市西北)。

2 **颍:**毛本作"颍",据汪本改。 **颍川:**郡名,秦王政十七年(前230)置,治所在阳翟县(今河南省禹州市)。

3 不(fǒu):同“否”。

4 分当(fèn dāng):按分应当,理当。

原文

17. 汉明帝时,尚书郎河东王乔为叶令[1]。乔有神术,每月朔,尝自县诣台[2]。帝怪其来数而不见车骑[3],密令太史候望之。言其临至时,辄有双凫从东南飞来。因伏伺,见凫,举罗张之,但得一双舄,使尚方识视[4],四年中所赐尚书官属履也。

译文

汉明帝的时候,尚书郎河东郡人王乔做叶县县令。王乔有仙道,每月初一,常常从邺县到尚书台来。汉明帝对他来得这样频繁而又看不见他的车马感到很奇怪,就秘密地命令太史监视他。太史汇报说,王乔将来临的时候,总是有两只野鸭从东南方飞来。汉明帝便让人埋伏下来守候观察,看见野鸭再来,就拿起网把它们罩住,结果却只得到一双木屐,让尚方令辨认,原来是明帝四年(61)时赐给尚书台官员们的鞋子。

注释

1 **尚书郎:**在尚书台起草文书的官。 **河东:**郡名,秦置,治所在安邑县(今山西省夏县西北)。 **叶:**毛本作“邺”(县名,治所在今河北省临漳县西南),据汪校改。叶,县名,西汉置,治所在今河南省叶县西南。

2 **尝:**通“常”。

3 **数**(shuò):屡次,频繁。

4 **方:**毛本作“书”,据汪校改。 **尚方:**指尚方令,掌管制作器物的官。

原文

18. 蓟子训,不知所从来。东汉时,到洛阳,见公卿数十处,皆持斗酒片脯候之,

译文

蓟子训,不知是从什么地方来的。东汉时,他到洛阳,拜见了几十个大官,每次拜见时都拿一杯酒一片干肉

曰:“远来无所有,示致微意。”坐上数百人,饮啖终日不尽。去后皆见白云起,从旦至暮。时有百岁公说:“小儿时,见训卖药会稽市[1],颜色如此。”训不乐住洛,遂遁去。正始中,有人于长安东霸城,见与一老公共摩娑铜人[2],相谓曰:“适见铸此,已近五百岁矣。”见者呼之曰:“蓟先生小住。”并行应之,视若迟徐,而走马不及。

款待他们,并说:“我远道而来,没有什么东西,只能表示一点小小的心意。”宴席上几百个人,吃喝了一整天都没吃完。他离开后大家都看见有白云升起,从早晨直到傍晚都这样。当时有个百岁老人说:“我小时候,看见蓟子训在会稽郡集市上卖药,面色也像这样。”蓟子训不喜欢住在洛阳,就悄悄溜走了。正始年间(240—249),有人在长安东面的霸城,看见他与一位老人一起在抚摸铜像,并对老人说:“当时看见铸造这铜像,到现在已快五百年了。”这看见的人向他喊道:“蓟先生等一等。”他一边走一边答应着,看上去好像在慢吞吞地走,但奔跑着的马也追不上。

注释

1 **会稽:**郡名,秦置,治所在吴县(今江苏省苏州市),东汉永建四年(129)移治山阴县(今浙江省绍兴市)。

2 **娑:**通“挲”。

原文

19. 汉阴生者,长安渭桥下乞小儿也,常于市中丐。市中厌苦,以粪洒之,旋复在市中乞,衣不见污如故。长吏知之,械收系,着桎梏,而续在市乞。又械,欲杀

译文

汉朝的阴生,是长安渭桥下讨饭的小孩,常常在市场上讨饭。市场上的人觉得讨厌,就用大粪泼他,但一会儿他又在市场上乞讨,而衣服就像原来那样没被搞脏。官吏知道后,用刑具拘捕了他,给他戴上了手铐脚镣,但他又继续在市场上讨饭。官吏又拘捕了他,并想杀死他,他就逃跑了。向他泼

之，乃去。洒之者家，屋室自坏，杀十数人。长安中谣言曰：“见乞儿，与美酒，以免破屋之咎。”

大粪的人家中，房屋都自己倒塌了，压死了十几个人。长安城中流传的歌谣说：“看见讨饭的小孩儿，快点给他喝美酒，以免塌房的灾祸再临头。”

原文

20. 谷城乡卒常生[1]，不知何所人也，数死而复生，时人为不然。后大水出，所害非一，而卒辄在缺门山上大呼[2]，言：“卒常生在此。”云：“复雨，水五日必止。”止，则上山求祠之，但见卒衣杖革带。后数十年，复为华阴市门卒[3]。

译文

谷城县乡下小卒常生，不知道是什么地方人，他几次死而复生，当时的人认为不会有这种事。后来洪水暴发，遭灾的地方不止一处，而他总是在缺门山上大喊，说：“小卒常生在这儿。”又说：“还要下雨，洪水过五天一定会退下去的。”洪水退后，人们就上山向他祈祷，只见他穿着整齐，手持拐杖，束着皮带。过了几十年，他又当了华阴县市场的守门人。

注释

1 **谷城：**县名，西汉置，治所在今河南省洛阳市西北。 **卒：**毛本作“平”，据汪校改。下同。

2 **缺门山：**在今河南省新安县西。

3 **华阴：**县名，西汉置，治所在今陕西省华阴市东南。

原文

21. 左慈，字元放，庐江人也[1]。少有神通，尝在曹公座，公笑顾众宾曰：“今日高会，珍羞略备。所少者，吴松江

译文

左慈，字元放，是庐江郡人。他年轻时就很有神通，曾出席曹操的宴会，曹操笑着环顾各位宾客说：“今日贵宾聚会，山珍海味大致齐备了。所缺少的，只是吴国松江中的鲈鱼做的鱼末子了。”元放说：“这容易搞

鲈鱼为脍。”放云：“此易得耳。”因求铜盘，贮水，以竹竿饵钓于盘中。须臾，引一鲈鱼出。公大拊掌，会者皆惊。公曰：“一鱼不周坐客，得两为佳。”放乃复饵钓之。须臾，引出，皆三尺余，生鲜可爱。公便自前脍之，周赐座席。公曰：“今既得鲈，恨无蜀中生姜耳[2]。”放曰：“亦可得也。”公恐其近道买，因曰：“吾昔使人至蜀买锦，可敕人告吾使，使增市二端[3]。”人去，须臾还，得生姜，又云：“于锦肆下见公使，已敕增市二端。”后经岁余，公使还，果增二端。问之，云：“昔某月某日，见人于肆下，以公敕敕之。”后公出近郊，士人从者百数，放乃赍酒一罂，脯一片，手自倾罂，行酒百官，百官莫不醉饱。公怪，使寻其故，行视沽酒家，昨悉亡其酒脯矣。公怒，阴欲杀放。放在公座，将收之，却入壁

到。”于是他要了一只铜盘，装满水，用竹竿安上了鱼饵在盘中垂钓。一会儿，便钓出一条鲈鱼。曹操热烈鼓掌，宴会上的人都惊讶不已。曹操说：“一条鱼不能使宴席上的宾客都吃上，有两条才好。”元放就又下饵钓鱼。一会儿，又钓出一条，与前一条一样，都有三尺多长，新鲜得十分可爱。曹操便亲自走上前去把它们做成鱼末子，赐给宴席上的每个人吃。曹操说：“现在已经搞到了鲈鱼，遗憾的只是没有蜀郡的生姜作佐料。”元放说：“这也是搞得到的。”曹操怕他在近处买，就说：“我先前派人到蜀郡买织锦缎，你可以命令别人告诉我委派的人，让他多买一匹。”元放走了，一会儿就回来了，搞到了生姜，又对曹操说：“在卖织锦缎的店铺里见到了您所派遣的人，我已告诉他多买一匹。”后来过了一年多，曹操所委派的人回来，果然多买了一匹织锦缎。曹操问他，他说：“过去某月某日，我在店铺里遇见一人，他把您的命令传达给了我。”后来，曹操外出到近郊游玩，陪同他的士大夫有一百多，元放就送来一瓶酒，一片干肉，亲手倾倒酒瓶，向每个官员敬酒，官员们没有不吃饱喝醉的。曹操觉得奇怪，派人追查其中的缘故，巡查到卖酒的店铺，原来他们的酒和干肉昨天全部丢失了。曹操大怒，

中，霍然不见，乃募取之。或见于市，欲捕之，而市人皆放同形，莫知谁是。后人遇放于阳城山头[4]，因复逐之，遂走入羊群。公知不可得，乃令就羊中告之曰："曹公不复相杀，本试君术耳。今既验，但欲与相见。"忽有一老羝，屈前两膝，人立而言曰："遽如许！"人即云："此羊是。"竞往赴之，而群羊数百，皆变为羝，并屈前膝，人立云："遽如许！"于是遂莫知所取焉。老子曰："吾之所以为大患者，以吾有身也。及吾无身，吾有何患哉？"[5]若老子之俦，可谓能无身矣，岂不远哉也？

暗中打算杀掉元放。有一次，元放在曹操的宴席上，曹操正要逮捕他，他竟退进墙壁里，忽然不见了，曹操就悬赏搜捕他。有人在集市上看见了他，正要捕捉他时，集市上的人却都与元放一模一样，不知道哪一个才是元放。后来，有人在河南阳城山顶遇见元放，就又追赶他，他就逃进了羊群。曹操知道抓不到元放了，就命令部下到羊群中去告诉元放说："曹公不再杀你了，本来不过是试试你的道术罢了。现在已经得到了验证，所以只想和你见一面。"忽然有一只老公羊，屈起前腿的两膝，像人一样站着说道："何必忙乱成这样！"人们立刻说："这只羊就是元放。"便争着跑过去捉它，可是这群羊几百只，都变成了公羊，也都屈起了前腿的膝关节，像人一样站着说："何必忙乱成这样！"于是人们就不知道该捉哪一只羊了。老子说："我之所以有大的祸患，是因为我有身体。等到我没有了身体，我还有什么祸患呢？"像老子这种人，可说是能把身体不当作一回事了，但与元放相比，难道不是还差得很远吗？

注释

1 **庐江**：郡名，汉代治所在舒县（今安徽省庐江县西南）。三国魏、吴于境内各置庐江郡，魏郡治六安县（今安徽省六安市北），吴郡治皖县（今安徽省潜山市）。西晋合为一，移治舒县（今安徽省舒城县）。

2 **蜀**：郡名，治所在成都县（今四川省成都市）。

3 **端**:量词,两丈为一端,两端为一匹。

4 **阳城山**:俗名车岭山,又名马岭山,在今河南省登封市东北,为嵩山东支。

5 引文见《老子》第十三章。

原文

22. 孙策欲渡江袭许[1],与于吉俱行。时大旱,所在熇厉,策催诸将士,使速引船。或身自早出督切,见将吏多在吉许,策因此激怒,言:"我为不如吉耶?而先趋附之!"便使收吉,至,呵问之曰:"天旱不雨,道路艰涩,不时得过,故自早出,而卿不同忧戚,安坐船中,作鬼物态,败吾部伍。今当相除。"令人缚置地上,暴之[2],使请雨。若能感天,日中雨者,当原赦;不尔,行诛。俄而云气上蒸,肤寸而合[3]。比至日中,大雨总至,溪涧盈溢。将士喜悦,以为吉必见原,并往庆慰。策遂杀

译文

孙策想渡过长江袭击许县,带着道士于吉一起走。当时天气十分干旱,他们所在的地方炎热得厉害,孙策就催促众官兵,让他们快一点把船拉来准备渡江进军。有一天他亲自一早出去督促,却看见将官们多聚集在于吉那里,孙策因此而被激怒了,说:"我做得不及于吉吗?而你们倒先去依附他!"就派人去抓于吉,于吉被抓来后,孙策就责备他说:"天气干旱得一直不下雨,水道受到阻碍,不知道什么时候才能拉齐船只渡过江去,所以我一早出来动员大家,但您不和我共患难,却安心坐在船中,装神弄鬼,败坏我的部队。今天该把你宰了。"就命令部下把他绑了扔在地上,让太阳晒他,并命令他求雨。如果他能感动上天,中午就下雨的话,就宽大赦免他;否则,就执行死刑。一会儿,云气向上蒸腾,一块一块地合拢来。等到中午,倾盆大雨一下子倒了下来,河流山川都满得溢出来了。官兵们十分高兴,认为于吉一定能被宽恕了,就一起前往庆贺慰问。孙策却在这时把于吉杀了。官兵们都很悲痛惋惜,就把他的尸体藏了起来。那天夜里,忽然又有乌云升起,

之。将士哀惜，藏其尸。天夜，忽更兴云覆之。明旦往视，不知所在。策既杀吉，每独坐，仿佛见吉在左右。意深恶之，颇有失常。后治疮方差[4]，而引镜自照，见吉在镜中，顾而弗见。如是再三，扑镜大叫，疮皆崩裂，须臾而死[5]。

把他的尸体盖住了。第二天一早跑去一看，不知道于吉的尸体到什么地方去了。孙策杀了于吉以后，每当一个人坐着的时候，就仿佛看见于吉在他的旁边。他心里非常厌恶于吉，精神也有点失常了。后来他治疗伤口刚刚痊愈，便拿起镜子来照自己，看见于吉在镜子中，回头却又没看见什么。像这样照了好几次，他突然扑倒在镜子上大叫大嚷，伤口便都崩裂开来，一会儿就死了。

注释

1 **许**：县名，秦置，治所在今河南省许昌市东。东汉建安元年(196)曹操迎献帝都于此，三国魏黄初二年(221)改名许昌县。

2 **暴**(pù)：同"曝"。

3 **肤寸**：亦作"扶寸"，古代长度单位。四指之宽为一肤，一指之宽为一寸。

4 **差**：通"瘥"(chài)，病愈。

5 此下毛本有注云："吉，琅邪人，道士。"

原文

23. 介琰者，不知何许人也，住建安方山[1]，从其师白羊公，杜契受"玄一""无为"之道[2]，能变化隐形。尝往来东海[3]，暂过秣陵[4]，与吴主相闻。吴主留琰，乃为琰架宫庙，一日之

译文

介琰，不知是什么地方人，他住在建安郡的方山，跟随他的老师白羊公，杜契曾从他那里学到了"玄一""无为"等道家学说，他能变化或者隐去自己的身体。介琰曾去东海郡，短时间经过秣陵县，与吴国大帝孙权认识了。孙权留住了介琰，就给介琰建造了道观庙宇，一日之中多次派人去问寒问暖。介琰有时变成小孩，有时变成老头；没

中数遣人往问起居。琰或为童子，或为老翁；无所食啖[5]，不受饷遗。吴主欲学其术，琰以吴主多内御，积月不教。吴主怒，敕缚琰，着甲士引弩射之。弩发，而绳缚犹存，不知琰之所之。

有吃的，却从不接受人们送去的饭菜。孙权想学他的道术，介琰因为孙权的宫妃太多，所以过了几个月也没有教给他。孙权生气了，下令绑住介琰，让身穿盔甲的士兵拿箭射他。箭射过去了，缚他的绳子还在，却不知道介琰到什么地方去了。

注释

1 **建安：**郡名，三国吴永安三年(260)置，治所在建安县(今福建省建瓯市南)。

2 毛本无“契”字，据汪校补。

3 **东海：**郡名，秦置，治所在郯县(今山东省郯城县北)。

4 **秣陵：**秦所置县名，治所即今南京市江宁区秣陵街道。东汉建安十七年(212)孙权改名建业县，移治今南京市。

5 **啖：**毛本作“啗”，据张本改。

原文

24. 吴时有徐光者，尝行术于市里。从人乞瓜，其主勿与，便从索瓣，杖地种之，俄而瓜生蔓延，生花成实，乃取食之，因赐观者。鬻者反视所出卖，皆亡耗矣。凡言水旱，甚验。过大将军孙綝门，褰衣而趋，

译文

吴国有个叫徐光的人，曾在街坊上表演法术。他向卖瓜的人讨瓜吃，那卖瓜的不给，他便向卖瓜的要瓜籽，然后用拐杖在地上打了个洞把它种上，一会儿瓜籽发芽，瓜蔓延伸，开花结瓜，他就摘下来吃，又送给观看的人吃。卖瓜的回头看看他要卖的瓜，都没有了。徐光说到的水灾旱情，都很灵验。有一次他经过大将军孙綝的门前，提起衣服急匆匆地跑过去，鄙弃地向两边吐唾沫并用脚践踏着。有人问他这样做的原因，他回答说：“那里流血的腥气，

左右唾践。或问其故，答曰："流血臭腥，不可耐。"綝闻，恶而杀之，斩其首，无血。及綝废幼帝，更立景帝，将拜陵，上车，有大风荡綝车，车为之倾，见光在松树上拊手指挥嗤笑之。綝问侍从，皆无见者。俄而景帝诛綝。

实在让人不能忍受。"孙綝听见了这话，十分憎恨他，就把他杀了，砍去他的头，却没有血。到后来孙綝废除幼帝孙亮，改立孙休为景帝，将要拜谒皇陵让景帝登基，刚上车，忽然有大风摇荡着孙綝的车子，车子被大风刮倒了，孙綝只见徐光在松树上拍手挥臂讥笑他。孙綝问随从人员看见徐光没有，大家都说没看见。不久景帝就把孙綝杀了。

原文

25. 葛玄，字孝先，从左元放受《九丹金液仙经》[1]。与客对食，言及变化之事，客曰："事毕，先生作一事特戏者。"玄曰："君得无即欲有所见乎？"乃嗽口中饭[2]，尽变大蜂数百，皆集客身，亦不螫人。久之，玄乃张口，蜂皆飞入，玄嚼食之，是故饭也。又指虾蟆及诸行虫燕雀之属使舞[3]，应节如人。冬为客设生瓜枣，夏致冰雪。又以数十钱，使人散投井中，玄以一

译文

葛玄，字孝先，曾跟随左慈学习《九丹金液仙经》。他曾与客人面对面吃饭，谈到变化的事情，客人说："等吃完饭，先生变一个戏法，特意让我玩玩。"葛玄说："您恐怕是想马上看到点什么 吧？"就喷出嘴里的饭，那饭粒全都变成了大胡蜂，一共有几百只，都聚集在客人身上，也不刺人。过了些时候，葛玄就张开嘴巴，胡蜂都飞了进去，葛玄咀嚼着吃它们，仍然是原来的米饭。他又指挥蛤蟆以及各种爬虫和燕雀之类让它们跳舞，这些动物跳起舞来就像人一样合乎节奏。他冬天为客人置办新鲜的瓜果、枣子，夏天给客人献上寒冰白雪。他又曾用几十个钱币，让人乱丢在井里，然后他拿了一只容器在井上面呼唤它们，这些钱币就一个一个地从井里飞出来了。他为客人置办酒宴，没有

器于井上呼之，钱一一飞从井出。为客设酒，无人传杯，杯自至前；如或不尽，杯不去也。尝与吴主坐楼上，见作请雨土人。帝曰：“百姓思雨，宁可得乎？”玄曰：“雨易得耳！”乃书符着社中，顷刻间，天地晦冥，大雨流淹。帝曰：“水中有鱼乎？”玄复书符掷水中，须臾，有大鱼数百头，使人治之。

人传递杯子，杯子会自己来到客人的面前；如果没喝完，杯子就不会离去。有一次，他和孙权坐在楼上，看见人们在做求雨的泥人。孙权说：“百姓盼望下雨，但做些泥人难道就可以得到雨水了吗？”葛玄说：“雨水是容易求得的啊！”就写了道符箓放在土地庙里，顷刻之间，天阴地暗，大雨瓢泼，积水流淌。孙权说：“水中有鱼吗？”葛玄又写了一道符箓扔进水中，一会儿，水里就有大鱼几百条，孙权就派人去把这些鱼抓了烧来吃。

注释

1 毛本无“金”字，据汪校补。

2 **噉**：喷。

3 **虾蟆**(háma)：即“蛤蟆”。

原文

26. 吴猛，濮阳人[1]，仕吴，为西安令[2]，因家分宁[3]。性至孝，遇至人丁义，授以神方；又得秘法神符，道术大行。尝见大风，书符掷屋上，有青乌衔去，风即止。或问其故，曰：“南湖有舟，遇此风，道士求救。”验之果然。西安令干庆，

译文

吴猛，是濮阳县人，在吴国做官，任西安县令，因而家住分宁。他本性极为孝顺，遇到圣人丁义，丁义把仙道教给了他；他又获得了秘诀神符，于是他的法术非常奏效。他曾经碰上大风，就写了符箓扔在屋上，便有一只三脚青鸟衔去，大风马上停息了。有人问其中的缘故，他说：“南湖有条船，遭到这大风的袭击，船上的道士正在求救呢。”人们去验证了一下，果然是这样。西安县令干庆，死了已经三天了，吴猛说：“他的气数还

死已三日，猛曰："数未尽，当诉之于天。"遂卧尸旁，数日，与令俱起。后将弟子回豫章[4]，江水大急，人不得渡，猛乃以手中白羽扇画江，水横流，遂成陆路，徐行而过，过讫，水复，观者骇异。尝守浔阳[5]，参军周家有狂风暴起，猛即书符掷屋上，须臾风静。

没有到头，应该向上天申诉。"于是就躺在尸体旁边，几天后，便与干庆一块儿起来了。后来他带领徒弟回豫章郡，长江水流十分湍急，人们无法渡过，吴猛就用手中的白羽扇对着江面一划，江水就横着流动了，他划的地方就成了陆路，他们就慢慢地走着过了长江，他们走过后，江水又恢复成老样子，观看的人都很惊奇。他曾经在浔阳任职，周参军家中突然狂风大作，吴猛立即写了符箓扔在屋上，一会儿风就停止了。

注释

1 **濮阳**：县名，治所在今河南省濮阳市西南。

2 **西安**：县名，东汉建安中分海昏县置，治所在今江西省武宁县西，西晋太康元年(280)改为豫宁县。

3 **分宁**：地名，在今江西省修水县。唐贞元十六年(800)分武宁县置分宁县，治此。

4 **豫章**：郡名，西汉置，治所在今江西省南昌市。

5 **浔阳**：地名，在今江西省九江市。唐武德四年(621)于此置浔阳县，治此。

原文

27. 园客者，济阴人也[1]，貌美，邑人多欲妻之[2]，客终不娶。尝种五色香草，积数十年，服食其实。忽有五色神蛾止

译文

园客，是济阴郡人，容貌长得很美，同乡的人大多想把女儿嫁给他，但园客始终不讨老婆。他曾经种了五彩缤纷的香草，让它一直长几十年，然后吃它的果实。忽然有一只五彩缤纷的仙蛾停在香草上，园客把它捉起

香草之上，客收而荐之以布，生桑蚕焉。至蚕时，有神女夜至，助客养蚕，亦以香草食蚕[3]。得茧百二十头，大如瓮，每一茧缫六七日乃尽。缫讫，女与客俱仙去，莫知所如。

来放在布上，这仙蛾就在布上产下了蚕卵。到养蚕的时候，有个仙女夜里来到园客家，帮助园客养蚕，她也用香草喂蚕。他们后来获得蚕茧一百二十个，个个都大得像酒瓮，每一只蚕茧缫六七天才能把丝缫完。这所有的蚕丝都缫完了，仙女就和园客一起成仙离开了人间，没有人知道他们到了什么地方。

注释

1 **济阴**：郡名，西汉置，治所在定陶县（今山东省菏泽市定陶区西北）。

2 **妻**（qì）：以女嫁人。

3 **食**（sì）：通"饲"。

原文

28. 汉董永，千乘人[1]，少偏孤[2]，与父居，肆力田亩，鹿车载自随。父亡，无以葬，乃自卖为奴，以供丧事。主人知其贤，与钱一万，遣之。永行三年丧毕，欲还主人供其奴职，道逢一妇人，曰："愿为子妻。"遂与之俱。主人谓永曰："以钱与君矣。"永曰："蒙君之惠，父丧收藏。永虽小人，必欲服勤致力以报厚德。"主曰："妇人

译文

汉朝的董永，是千乘县人，小时候就死了母亲，和父亲一起生活，他尽力种田，用窄小的车子让父亲坐在里面伴随着自己。父亲死了，没有钱埋葬，他就把自己卖给人家当奴仆，用得到的钱来办理丧事。买主知道他贤良，就给了他一万个钱，叫他回家去守丧。董永守完了三年孝，想要回到买主那里去尽他做奴仆的职责，在路上碰到一个女子，对他说："我愿意做您的妻子。"董永就带着她一起到买主家去了。主人对董永说："我已经把钱奉送给您啦。"董永说："承蒙您的恩德，我父亲死了才得到安葬。我虽然是个卑微的人，

何能？”永曰：“能织。”主曰：“必尔者，但令君妇为我织缣百匹。”于是永妻为主人家织，十日而毕。女出门，谓永曰：“我，天之织女也。缘君至孝，天帝令我助君偿债耳。”语毕，凌空而去，不知所在。

也一定要尽心竭力来报答您的大恩。”主人说：“您妻子会干什么呢？”董永说：“会纺织。”主人说：“您一定要这样来报答我的话，就让您妻子给我织一百匹双丝细绢吧。”于是董永的妻子为主人家纺织，十天就织完了。这女子出门后对董永说：“我是天上的织女。只是因为您极其孝顺，天帝才命令我来帮您偿还欠债的。”说完，就腾空而去，不知到了什么地方。

注释

1 **千乘**(shèng)：县名，西汉置，治所在今山东省高青县东南。

2 **偏孤**：单亲孤儿。

原文

29. 初，钩弋夫人有罪[1]，以谴死，既殡，尸不臭，而香闻十余里，因葬云陵。上哀悼之，又疑其非常人，乃发冢开视，棺空无尸，惟双履存。一云：昭帝即位，改葬之，棺空无尸，独丝履存焉。

译文

当初，汉武帝夫人赵婕妤犯了罪，因为受到责罚而忧死在云阳宫，当时已经把她放进棺材准备埋葬了，她的尸体却不发臭，反而香飘十多里，因此就把她埋葬在云陵。汉武帝哀悼她，又疑心她不是个普通的人，就发掘坟墓开棺验看，棺材里空空的没有尸体，只有两只鞋还在。还有一种传闻说：汉昭帝即位，重新埋葬她，棺材里空空的没有尸体，只有一双丝鞋还遗留在里面。

注释

1 **钩弋夫人**：即汉武帝夫人赵婕妤，因其住在钩弋宫，故称。

原文

30. 晋时有杜兰香者[1]，自称南康人氏[2]，以建兴四年春数诣张傅[3]。傅年十七，望见其车在门外，婢通言："阿母所生，遣授配君，可不敬从？"傅先名改硕。硕呼女前视，可十六七，说事邈然久远。有婢子二人：大者萱支，小者松支。钿车青牛，上饮食皆备。作诗曰："阿母处灵岳，时游云霄际。众女侍羽仪，不出墉宫外。飘轮送我来，岂复耻尘秽？从我与福俱，嫌我与祸会。"至其年八月旦，复来，作诗曰："逍遥云汉间，呼吸发九嶷。流汝不稽路，弱水何不之[4]？"出薯蓣子三枚[5]，大如鸡子，云："食此，令君不畏风波，辟寒温[6]。"硕食二枚，欲留一。不肯，令硕食尽。言："本为君作妻，情无旷远。以年命未合，且小乖。大岁东方卯[7]，当还求君。"

译文

晋朝时有个叫杜兰香的人，自称是南康郡人氏，在建兴四年(316)春天屡次来找张傅。张傅当时十七岁，望见她的车子停在门外，而她的丫鬟来传达她的话说："我娘生了我，让我嫁给您，我哪能不恭敬从命呢？"张傅先前已把自己的名字改成了硕。张硕呼唤这女子走上前来看了一下，大约十六七岁，而她谈到的却都是很久很久以前的事。她有丫鬟二人：大的叫萱支，小的叫松支。装饰着金花的车用青牛拉着，车上吃的喝的都齐备。她作诗道："我娘住在神山上，经常游览九重天。羽毛仪仗婢女持，宫墙外头不露面。飘飘车轮送我来，难道再羞住人间？依我幸福不离身，嫌我祸患在面前。"到那一年八月初一，她又来了，作诗道："自由往来天河间，呼吸散发九嶷山。追求你呵不停步，穷乡僻壤何处不跑遍？"她拿出山药果三个，像鸡蛋一样大，对张硕说："把这吃了，让您不怕风浪，不受冷暖的影响。"张硕吃了两个，想留一个。她不肯，让张硕吃光。她又对张硕说："我本来要给您做妻子，感情可别疏远了。只因为我现在年龄还没有到，其中稍微有点不协调。等到太岁位于东方卯次的单阏年，我会回来追求您的。"杜兰香降临

兰香降时，硕问："祷祀何如？"香曰："消魔自可愈疾，淫祀无益。"香以药为消魔。

时，张硕问："祈祷祭祀的事怎么样？"兰香说："消魔本来就能治好疾病，过分的祭祀并没有好处。"兰香把药物称为"消魔"。

注释

1 **晋**：毛本作"汉"，据汪校改。

2 **南康**：郡名，西晋太康三年(282)置，治所在雩都县(今江西省于都县东北)。

3 **兴**：毛本作"业"，据汪校改。

4 **弱水**：古人称水浅或偏僻不通舟楫的河流为弱水。　**之**：到。

5 **薯藤**：即"薯蓣"，古书又写作"藷(shǔ)薁"或"署预"，山药。

6 **辟**：通"避"。

7 **大**(tài)：通"太"。

原文

31. 魏济北郡从事掾弦超[1]，字义起，以嘉平中夜独宿，梦有神女来从之，自称天上玉女，东郡人[2]，姓成公，字知琼，早失父母，天帝哀其孤苦，遣令下嫁从夫。超当其梦也，精爽感悟，嘉其美异，非常人之容；觉寤钦想，若存若亡，如此三四夕。一旦，显然来游，驾辎軿车，从八

译文

魏国济北郡从事掾弦超，字义起，在嘉平年间(249—254)的一个夜晚独自一人睡觉，梦见有一个仙女来跟他，自称是天上的玉女，东郡人，姓成公，字知琼，早年失去了父母，天帝哀怜她孤苦伶仃，就让她下凡出嫁跟个丈夫过日子。弦超在梦见她的时候，神志很清楚，还夸奖她漂亮得出奇，说她不是普通人的容貌；但睡醒以后再认真想想，觉得这件事似乎有又似乎没有，像这样过了三四夜。有一天，分明是知琼来游玩了，她驾着有帷帐的车子，跟着八个丫鬟，穿着绫罗绸缎做的衣服，体态容色就像神仙一样，

婢，服绫罗绮绣之衣，姿颜容体状若飞仙，自言年七十，视之如十五六女。车上有壶、榼青白瑠璃五具[3]。饮啖奇异，馔具醴酒，与超共饮食。谓超曰："我，天上玉女，见遣下嫁，故来从君，不谓君德[4]，宿时感运，宜为夫妇。不能有益，亦不能为损。然往来常可得驾轻车，乘肥马；饮食常可得远味异膳；缯素常可得充用不乏。然我神人，不为君生子，亦无妒忌之性，不害君婚姻之义。"遂为夫妇，赠诗一篇，其文曰："飘飖浮勃逢[5]，敖曹云石滋。芝英不须润[6]，至德与时期。神仙岂虚感，应运来相之。纳我荣五族，逆我致祸灾。"此其诗之大较。其文二百余言，不能悉录。兼注《易》七卷，有卦有象，以彖为属，故其文言，既有义

她自己说已经七十岁了，但看她的样子好像只是个十五六岁的女孩。车上有壶、杯等用青白色的琉璃宝石所做的酒器五件。吃的喝的都非常奇特，她准备了饭菜和美酒，和弦超一起吃喝。她对弦超说："我是天上的玉女，被派到人间嫁人，所以来跟您，这并非因为您有什么特别的德行，而是有感于前世的缘分，我俩应该结为夫妻。我们做了夫妻，不能得到多少好处，但也不会有什么害处。不过，以后出门经常可以驾着轻便的车子，让肥壮的马拉车；吃的经常可以有远方的山珍海味和非同寻常的饭菜；绸缎常常可以任你做衣服而不会缺乏。但我是仙人，不能给您生孩子，也没有妒忌心，不妨害您正常的婚姻。"于是就和弦超结为夫妻，并赠送诗歌一篇，歌词写道："飘游在渤海蓬莱仙境中，喧闹着吐云之山更繁荣。灵芝不靠雨露润，德高到时会亨通。神仙感应岂凭空？顺应命运来帮兄。娶我亲属都富贵，违背我意灾祸凶。"这不过是那篇诗歌的主要几句。那首诗有二百多字，不能全部抄录在这里。她又注释《易经》共七卷，她的《易经》注释，既有卦、爻，又有说明卦、爻含义的彖辞，她的注释都以彖辞为根据，所以她的解说，既阐述了其中的含义道理，又可以用来预卜吉凶，就像扬雄的《太玄经》、薛氏的《中经》一样。弦超都能领会其中的意思，根据它来观

理，又可以占吉凶，犹杨子之《太玄》、薛氏之《中经》也。超皆能通其旨意，用之占候。作夫妇经七八年，父母为超娶妇之后，分日而燕[7]，分夕而寝，夜来晨去，倏忽若飞[8]，唯超见之，他人不见。虽居暗室，辄闻人声，常见踪迹，然不睹其形。后人怪问，漏泄其事，玉女遂求去，云："我，神人也。虽与君交，不愿人知，而君性疏漏，我今本末已露，不复与君通接。积年交结，恩义不轻，一旦分别，岂不怆恨？势不得不尔，各自努力！"又呼侍御，下酒饮啖；发簏，取织成裙衫两副遗超；又赠诗一首，把臂告辞，涕泣流离，肃然升车，去若飞迅。超忧感积日，殆至委顿。去后五年，超奉郡使至洛，到济北鱼山下陌上[9]，西行遥望，曲道头有一马车[10]，似知琼。驱驰前至，果是也。遂披帷相见，悲喜交

察天象变化而预测吉凶。两人做夫妻一起过了七八年，弦超的父母亲为弦超娶了媳妇以后，她就一天隔一天来和弦超吃饭，一夜隔一夜来和弦超睡觉，夜里来早晨走，来去时快得像飞一样，只有弦超看得见她，别人都看不见。弦超虽然住在关闭得紧紧的房间里，但人们总是听得见里面有人声，也常常看见有人来过的痕迹，但就是看不见知琼的身形。后来人们奇怪地问弦超，弦超泄露了她的情况，知琼就要求离开弦超，她说："我是仙人，虽然与您私通，却不愿让别人知道，而您的性子太粗疏，藏不住话，现在我的底细已经被您泄露出去了，我不再与您交往了。多年来和您云雨相欢，恩爱不浅，一旦分离，难道不悲痛？但情势不能不这样，我们就各自珍重吧！"她又叫来仆人，斟酒端菜，一同吃喝；又打开竹编的圆箱，取出用一种名贵的丝织品做的裙子和衣衫两套送给弦超；又写了一首诗赠送给他，挽着弦超的手臂和他告别，泪水纵横，泣不成声，然后神情庄重地登上车子，像飞一样地走了。弦超天天忧虑，几乎到了卧病不起的地步。知琼离开后又过了五年，弦超受郡里的委派出差到洛阳去，来到济北郡鱼山脚下的小路上时，一边向西走着，一边遥望前方，只见前面道路拐弯的地方有一辆

切。控左援绥，同乘至洛，遂为室家，克复旧好。至太康中犹在，但不日日往来，每于三月三日、五月五日、七月七日、九月九日、旦、十五日辄下往来，经宿而去。张茂先为之作《神女赋》。

马车，好像是知琼。他马上赶着马向前追去，果然是知琼。知琼就拉开车帐相见，真是又悲又喜。知琼勒住了左边的马，让弦超拉着车绳上车，两人一起乘车到洛阳，就又成了夫妻，恢复了过去的恩爱生活。到太康年间(280—289)知琼还在，只是不天天来往，但每逢三月初三、五月初五、七月初七、九月初九以及每月初一、十五日她总是会来的，住上一夜就又走了。张华为她写了篇《神女赋》。

注释

1 **济北郡**:治所在卢县(今山东省济南市长清区南)。 **从事掾**:郡中主管文书、检举非法的副官。

2 **东郡**:治所在濮阳县(今河南省濮阳市西南)。

3 **瑠**:同"琉"。

4 **谓**:通"为"。

5 毛本无"飖"字，据汪校补。 **勃**:通"渤"。 **逢**:通"蓬"，指蓬莱。古代传说中仙人所居的仙山，在渤海中。

6 毛本"英"上有"一"字，据汪校删。

7 **燕**:通"宴"。

8 **倏**:毛本作"倐"，张本作"倏"，今据张本并改为规范字。

9 **鱼山**:在今山东省东阿县南。

10 **马车**:毛本作"车马"，据汪校改。

卷二 方士法术

导读

本卷大多记述方士法术的故事。其中第46、47、48三条以巫觋之神通与夏侯弘见鬼等事来证明"神道之不诬",写得若有其事,逼真动人,惟妙惟肖;而第39条所写道术之不奏效,虽在表明方士并非万能,其实并非在否定道术之无用。第43条所记汉宫习俗,具有很大的历史认识价值,据此可明了当今诸多民俗之由来已久。第41条所记印度人之法术,写下了古代魔术史上精彩的一笔。第42条所记以虎与鳄鱼定罪的方法,于幻想中寄寓了不诬不漏的判罪理想。第44条虽然短小,却将追求心中所爱而渺茫难及的意绪写得空灵朦胧,可谓描摹可见而不可求的企慕情境之杰作,颇有《诗经·秦风·蒹葭》"所谓伊人,在水一方"之意境。

原文

32. 寿光侯者,汉章帝时人也,能劾百鬼众魅,令自缚见形[1]。其乡人有妇为魅所病,侯为劾之,得大蛇数丈死于门外,妇因以安。又有大树,树有精,人止其下者死,鸟过之亦坠。侯劾之,树盛夏枯落,有大蛇长七八丈,悬死树间。章帝闻之,征问,对

译文

寿光侯,是汉章帝时候的人,能作法惩治各种鬼怪,使它们自投罗网并现出原形。他家乡有个妇女被精怪所害,他为她治怪,便看到一条几丈长的大蛇死在门外,这妇女因此而太平了。又有一棵大树,树里有精怪,人一走到这树下就死,鸟飞过这棵树也就摔下来了。寿光侯去惩治那精怪,这棵树便在盛夏枯死落叶,有条大蛇长七八丈,吊死在树中间。汉章帝听说了这件事,把他召来询问,他回答说:"有这件事。"章帝说:"宫中有这样的精怪:半夜过后,经常有几个人,穿着大红衣

曰:“有之。”帝曰:“殿下有怪:夜半后,常有数人,绛衣披发,持火相随。岂能劾之?”侯曰:“此小怪,易消耳。”帝伪使三人为之。侯乃设法,三人登时仆地无气。帝惊曰:“非魅也,朕相试耳。”即使解之。或云:汉武帝时,殿下有怪,常见朱衣披发相随,持烛而走。帝谓刘凭曰:“卿可除此否?”凭曰:“可。”乃以青符掷之,见数鬼倾地。帝惊曰:“以相试耳。”解之而苏。

服披着长头发,手拿火烛互相伴随着。你是否能惩治他们呢?”寿光侯回答说:“这是小精怪,很容易消灭的。”章帝便派三个人冒充精怪去做那种事。寿光侯就施行法术,三个人一下子就倒在地上断了气。章帝惊恐地说:“他们不是精怪啊,我只是试试你的法术罢了。”就马上让他解除法术。另一种说法是:汉武帝的时候,宫中有精怪,人们经常看见穿着红衣服、披着长头发的人互相陪伴着,手拿着火烛奔跑。武帝对刘凭说:“您可以除去这些精怪吗?”刘凭说:“可以。”说完他就用青色的符篆扔上去,便看见几个鬼倒在地上。武帝惊慌地说:“我不过是用它来试试您的法术罢了。”刘凭解除了法术,这几个“鬼”就复活了。

注释

1 **见**:同“现”。

原文

33. 樊英隐于壶山[1],尝有暴风从西南起,英谓学者曰:“成都市火甚盛。”因含水嗽之[2],乃命计其时日。后有从蜀来者云[3]:“是日大火,有云从东起,须臾大雨,火遂灭。”

译文

樊英隐居在壶山,曾经有狂风从西南方刮起来,樊英对学生说:“成都的集市里火很旺。”就含了口水喷过去,又叫学生把这日期记下来。后来有个从蜀郡来的人说:“这一天发生大火,忽然有乌云从东边升起,一会儿下起大雨来,火就熄灭了。”

注释

1 **壶山**:又名大胡山,在今河南省泌阳县东北。

2 **嗽**:喷。

3 **蜀**:见第21条注。

原文

34. 闽中有徐登者[1],女子化为丈夫,与东阳赵昞并善方术[2]。时遭兵乱,相遇于溪,各矜其所能。登先禁溪水为不流,昞次禁杨柳为生稊。二人相视而笑。登年长,昞师事之。后登身故,昞东入章安[3],百姓未知。昞乃升茅屋,据鼎而爨,主人惊怪,昞笑而不应,屋亦不损。

译文

闽中郡有个叫徐登的人,是由女人变为男人的,他与东阳郡的赵昞都擅长法术。当时碰上战乱,他们在一条小溪边相遇,两人便都炫耀起自己的才能来。徐登先念起咒语禁令溪水,使它不再流动;赵昞便接着念起咒语禁令杨柳,使枯死的杨柳再生出嫩芽。两人互相望着,会意地笑了。徐登年龄比赵昞大,赵昞就把他当作老师来侍奉。后来徐登死了,赵昞住到东边的章安县去了,百姓都不知道。有一次赵昞竟登上草屋,用食鼎烧饭,房东十分惊奇,赵昞笑着不睬他,草屋也没被搞坏。

注释

1 **闽中**:郡名,秦置,治所在东冶县(今福建省福州市),秦末废。此盖用旧称。

2 **东阳**:郡名,三国吴宝鼎元年(266)置,治所在长山县(今浙江省金华市)。此盖用后世之称。

3 **章**:毛本作“长”,据汪校改。 **章安**:县名,治所在今浙江省台州市椒江区章安街道。

原文

35. 赵昞尝临水求渡，船人不许。昞乃张帷盖，坐其中，长啸呼风，乱流而济。于是百姓敬服，从者如归。章安令恶其惑众[1]，收杀之。民为立祠于永康[2]，至今蚊蚋不能入。

译文

赵昞曾到河边请求渡河，艄公不同意。赵昞就张挂起车上的帷幔和顶盖，然后坐在里边，吹了个长长的口哨唤来大风，便对着水流横渡过去了。于是百姓都敬重信服他，跟从他的人就像回家一样心甘情愿。章安县令恨他蛊惑百姓，就把他抓住杀了。百姓给他在永康县建造了祠堂，直到今天蚊子也飞不进这祠堂。

注释

1 **章**：毛本作"长"，据汪校改。

2 **永康**：县名，治所在今浙江省永康市。

原文

36. 徐登、赵昞，贵尚清俭，祀神以东流水，削桑皮以为脯。

译文

徐登、赵昞，崇尚清洁俭朴，他们用向东流动着的水来祭神，把桑树皮削下来当作祭神的干肉。

原文

37. 陈节访诸神，东海君以织成青襦一领遗之。

译文

陈节去拜访各位神仙，东海君把一件用名贵的丝织品做的青色短袄送给了他。

原文

38. 宣城边洪为广阳领校[1]，母丧归家。韩友往投之，时日已暮，出

译文

宣城郡的边洪任广阳县领校，母亲死了，他回到家中。韩友来他家投宿，当时天色已晚，韩友却出门吩咐随从："快点整理好

告从者:"速装束,吾当夜去。"从者曰:"今日已暝,数十里草行,何急复去?"友曰:"此间血覆地,宁可复住?"苦留之,不得。其夜,洪欻发狂,绞杀两子,并杀妇,又斫父婢二人,皆被创,因走亡。数日,乃于宅前林中得之,已自经死。

行李,我们今天夜里就走。"随从说:"今天天已黑了,而且有几十里的茅草小路要走,为什么要急匆匆地又离开呢?"韩友说:"这地方流血遍地,怎么能再待下去?"随从苦口婆心地劝他留下,还是没有成功。那天夜里,边洪突然发疯,用绳子勒死了两个儿子,同时杀掉了妻子,又砍他父亲的两个丫鬟,两个丫鬟都被他砍伤了,接着边洪就逃走了。过了几天,人们才在他家前面的树林里发现了他,但他已经上吊自杀了。

注释

1 **宣城**:郡名,西晋太康二年(281)置,治所在宛陵县(今安徽省宣城市)。**广阳**:县名,东晋咸康四年(338)改陵阳县置,治所在今安徽省石台县广阳镇东北。

原文

39. 鞠道龙善为幻术,尝云:"东海人黄公善为幻[1],制蛇御虎,常佩赤金刀。及衰老,饮酒过度。秦末,有白虎见于东海,诏遣黄公以赤刀往厌之[2],术既不行,遂为虎所杀。"

译文

鞠道龙善于施展惑乱对方的法术,曾说:"东海郡人黄公善于施展惑乱对方的法术,能制服毒蛇驾驭老虎,身上常佩带铜刀。等到他衰老了,喝酒老是喝过头。秦朝末年,有只白虎出现在东海郡,皇帝下诏派黄公用铜刀去镇压它,但他的法术已经不奏效了,于是就被老虎咬死了。"

注释

1 **东海**:见第23条注。

2 **厌**(yā):通"压"。

原文

40. 谢紃尝食客，以朱书符投井中，有一双鲤鱼跳出，即命作脍，一坐皆得遍。

译文

谢紃曾经请客人吃饭，他用丹砂写了符箓丢进井里，就有一对鲤鱼跳出来，他就叫厨师做成鱼末子，所有在座的客人都吃上了。

原文

41. 晋永嘉中，有天竺胡人来渡江南。其人有数术，能断舌，复续，吐火，所在人士聚观。将断时，先以舌吐示宾客，然后刀截，血流覆地，乃取置器中，传以示人；视之舌头，半舌犹在；既而还，取含续之；坐有顷，坐人见舌，则如故，不知其实断否。其续断，取绢布，与人各执一头，对剪，中断之，已而取两断合，视，绢布还连续，无异故体；时人多疑，以为幻，阴乃试之，真断绢也。其吐火，先有药在器中，取火一片，与黍糖合之，再三

译文

晋朝永嘉年间(307—312)，有个印度人经过江南。这人有多种法术，能割断舌头，把断了的东西再连起来，以及口中吐火，当地的人都去围观。将要割断舌头的时候，他先把舌头吐出来给观众看，然后用刀一割，鲜血直淌，洒在地上，他就拿割下来的舌头放在器皿中，让大家传递观看；再看他的舌头，半截还在嘴里；过了一会儿，大家把割下的舌头还给他，他就拿了含在嘴里接舌头；坐了一会儿，座席上的观众看他的舌头，便像原来的一样，不知道那舌头是否真的断过。他还会连接其他断了的东西，就是拿一块绸布，和别人各握住一头，对着它一剪刀，把绸布的中间剪断了，接着拿了两个断头一合，大家一看，绸布又连接在一起，和原来的没有什么两样；当时很多人都产生怀疑，认为这不过是一种假象，就暗地里去试探了一下，发现他真的是把绸布剪断了。他吐火的时候，先拿出一个装有药物的器皿，取一片能燃烧的药，和麦芽糖搅和在一起放入口中，反复吹气，接着张开嘴，

吹呼，已而张口，火满口中，因就爇取以炊，则火也；又取书纸及绳缕之属投火中，众共视之，见其烧爇了尽，乃拨灰中，举而出之，故向物也。

火便燃遍了口中，接着他又从嘴里引火来烧饭，那的的确确是火；接着他又拿来书本、纸张以及粗绳细线之类投入火中，大家一起注视着，只见它们都烧成了灰烬，他便在灰里翻来检去，一会儿把它们提出来，却仍然是原来的东西。

原文

42. 扶南王范寻养虎于山，有犯罪者，投与虎，不噬，乃宥之，故山名"大虫"，亦名"大灵"。又养鳄鱼十头，若犯罪者，投与鳄鱼，不噬，乃赦之，无罪者皆不噬，故有鳄鱼池。又尝煮水令沸，以金指环投汤中，然后以手探汤：其直者，手不烂；有罪者，入汤即焦。

译文

南海扶南国国王范寻把老虎养在山里，有谁犯了罪，就把他扔给老虎，老虎如果不吃，就赦免他，所以人们把这座山叫作"大虫"，也叫作"大灵"。范寻又养了十条鳄鱼，如果谁犯了罪，就把他扔给鳄鱼，鳄鱼不吃，就赦免他，没有罪的人都不会被吃掉，所以一直保存着这鳄鱼池。范寻又曾烧水使水沸腾，把金戒指扔进这沸水中，然后让人用手在沸水中摸取：那理直的人，手不会被煮烂；有罪的人，手一伸进这沸水就被烫焦了。

原文

43. 戚夫人侍儿贾佩兰[1]，后出为扶风人段儒妻[2]。说在宫内时，尝以弦管歌舞相欢娱，竞为妖服以趋良时。十月十五日，共入灵女庙，以豚黍乐神，吹笛击筑[3]，歌

译文

汉高祖宠姬戚夫人的婢女贾佩兰，后来出宫做了右扶风人氏段儒的妻子。她说在皇宫内的时候，曾经用丝竹奏乐载歌载舞来取乐，争着穿各种奇装异服来欢度那美好的时光。十月十五日，大家一起到灵女庙，用小猪、黍子等祭享神仙，吹奏笛子敲击筑弦，歌唱《上灵之曲》，接着互相挽起

《上灵之曲》，既而相与连臂，踏地为节，歌《赤凤皇来》，乃巫俗也。至七月七日，临百子池，作于阗乐，乐毕，以五色缕相羁，谓之“相连绶”。八月四日，出雕房北户，竹下围棋，胜者终年有福，负者终年疾病，取丝缕，就北辰星求长命，乃免。九月，佩茱萸[4]，食蓬饵，饮菊花酒，令人长命。菊花舒时，并采茎叶，杂黍米饟之[5]，至来年九月九日始熟，就饮焉，故谓之“菊花酒”。正月上辰，出池边盥濯，食蓬饵，以祓妖邪。三月上巳，张乐于流水。如此终岁焉。

手臂，用脚在地上打着节拍，歌唱《赤凤皇来》的曲子，这就是巫祝的习俗。到七月初七，来到百子池，奏于阗国的音乐，音乐奏过后，就用五彩丝线互相缠缚，大家管它叫“相连绶”。八月初四，走出雕刻着花纹的房间北门，在竹林中下围棋，赢的人就整年有福，输的人就整年生病，如果拿一些丝线，对着北极星祈求长寿，疾病就可以免除了。九月，佩戴茱萸，吃蓬蒿做的饼，喝菊花酒，可使人长寿。菊花盛开的时候，连茎和叶子都一起摘下来，把它和黄米拌和后酿造，到第二年九月初九酒才酿成，就可以喝它了，所以人们把它叫作“菊花酒”。正月上旬的辰日，出门到池塘边舀水洗涤，吃蓬蒿做的饼，来祓除妖怪邪恶。三月上旬的巳日，在流水边奏乐。皇宫里就是像这样来度过一年的。

注释

1 **戚夫人：**汉高祖刘邦姬妾，高祖死后，吕太后将她囚禁，断其手足，挖去其眼，使她饮哑药，住在厕所中，被称作“人彘”。

2 **扶风：**当作“右扶风”，行政区名，西汉太初元年（前104）改主爵都尉置，治所在长安县（今陕西省西安市西北）。东汉末移治槐里县（今陕西省兴平市东南），三国魏改名扶风郡。西晋改为扶风国，移治池阳县（今陕西省泾阳县西北）。 **段：**毛本作“叚”，据汪本改。

3 **筑：**古代弦乐器，演奏时左手按弦，右手执竹尺击弦发音。

4 **茱萸：**落叶小乔木，开小黄花，果实椭圆形，红色，味酸，可入药。古人认为重阳节佩茱萸可避邪。

5 **饢**:当为“釀”字之误。

原文

44. 汉武帝时幸李夫人[1]。夫人卒后,帝思念不已。方士齐人李少翁言能致其神,乃夜施帷帐,明灯烛,而令帝居他帐遥望之。见美女居帐中,如李夫人之状,还幄,坐而步,又不得就视,帝愈益悲感,为作诗曰:“是耶?非耶?立而望之,偏娜娜[2]!何冉冉其来迟?”令乐府知音家弦歌之[3]。

译文

汉武帝当时非常宠爱李夫人。李夫人死后,汉武帝老是想念她。齐国临淄的方士李少翁说能招来她的灵魂,于是在夜里设置了帷帐,点亮了灯烛,而叫汉武帝在别的帷帐里远远地望着它。汉武帝看见一个美女在那帷帐中,就像李夫人的样子,真是不好受,便回到自己的帷帐中,一会儿坐下去,一会儿又站起来走走,但又不能走近去细看,汉武帝更加感伤了,为此作了首诗说:“是她么?不是她么?我伫立望着,她翩翩地多婀娜!为什么慢吞吞地来得这样不迅速?”又命令音乐机关中的音乐家用琴瑟伴奏着来唱这首诗歌。

注释

1 **李夫人**:李延年之妹。

2 **偏**:通“翩”。

3 **知**:毛本作“诸”,据张本改。

原文

45. 汉北海营陵有道人[1],能令人与已死人相见。其同郡人,妇死已数年,闻而往见

译文

汉代北海郡营陵县有一个道士,能使活人与死人相见。有一个和他同郡的人,妻子死了已经好几年,听说后就来求见他,说:“希望你能让我见一下死了的妻子,如果真能这

之，曰："愿令我一见亡妇，死不恨矣。"道人曰："卿可往见之，若闻鼓声，即出，勿留。"乃语其相见之术。俄而得见之，于是与妇言语，悲喜恩情如生。良久，闻鼓声，恨恨，不能得住。当出户时，忽掩其衣裾户间，掣绝而去。至后岁余，此人身亡。家葬之，开冢，见妇棺盖下有衣裾。

样，我死了也就没有什么遗憾的了。"这道士说："您可以去见她，但如果听到鼓声，就得马上出来，别再逗留。"于是这道士就告诉他相见的办法。一会儿这人就见到了妻子，于是和妻子谈话，那悲哀、喜悦以及恩爱之情就像妻子生前一样。过了好久，他听见鼓声，十分惆怅，但不能再待下去了。当他出门的时候，忽然他的衣襟被夹在门缝里，他拽断衣襟就走。过了一年多，这人死了。家人把他和妻子合葬，掘开他妻子坟墓时，发现他妻子的棺材盖下有他那被拽断的衣襟。

注释

1 **北海**：郡名，汉景帝中元二年（前148）置，治所在营陵县（今山东省昌乐县东南）。

原文

46. 吴孙休有疾，求觋视者，得一人，欲试之，乃杀鹅而埋于苑中，架小屋，施床几，以妇人屐履服物着其上，使觋视之，告曰："若能说此冢中鬼妇人形状者，当加厚赏，而即信矣。"竟日无言。帝推问之急，乃曰："实不见有鬼，但

译文

吴国景帝孙休有点小毛病，想请男巫来看病，找到了一个人，想先试试他，就杀了只鹅埋在养禽兽的苑囿中，在它上面盖起了小屋，放置了床和小矮桌，拿妇女的鞋子衣服等放在上面，让这男巫来看，并告诉他说："如果你能说出这坟墓中女鬼的样子，我就会给你丰厚的赏赐，而且也就相信你了。"这男巫却整天不吭声。景帝催问他问得急了，他才说："实在没见到有什么鬼，只看见一只白头鹅立在坟上。我之所以不马上把它告

见一白头鹅立墓上。所以不即白之，疑是鬼神变化作此相。当候其真形，而定不复移易。不知何故，敢以实上。”

诉你，是因为疑心这鬼怪变化成这模样来捉弄我们。但当我守候观察它的真正面目时，它却固定了不再有什么变动。我实在不知道这是什么缘故，只好大胆地把它如实向皇上汇报了。”

原文

47. 吴孙峻杀朱主，埋于石子冈。归命即位，将欲改葬之，冢墓相亚，不可识别，而宫人颇识主亡时所着衣服。乃使两巫各住一处以伺其灵，使察战鉴之[1]，不得相近。久时，二人俱白：“见一女人，年可三十余，上着青锦束头，紫白袷裳，丹绨丝履，从石子冈上半冈，而以手抑膝，长太息，小住须臾，更进一冢上便止，徘徊良久，奄然不见。”二人之言不谋而合，于是开冢，衣服如之。

译文

吴国的孙峻杀了孙权的女儿朱主，把她埋在石子冈。归命侯孙皓即位，想要把她改葬，但坟墓排列在一起，不能辨别哪一座是朱主的坟了，只有宫女还比较了解朱主死亡时所穿的衣服。于是就让两个巫婆各自待在一个地方来探察她们的神通，并派检察官监督她们，不准她们接近。过了很长一段时间，两个巫婆都说：“看见一个女人，年龄大约三十多，上面用青色的丝巾包着头，穿着紫色面子白色里子的夹衣与红色的绸缎鞋子，从石子冈上走到半山时，用手撑在膝盖上，长长地叹气，稍微停留了一会儿，又向前走到一座坟上便停住了，在那坟边徘徊了很久，忽然不见了。”两个巫婆的话没有经过商量却完全一致，于是就掘开那坟墓，那女尸穿的衣服就像巫婆说的那样。

注释

1 毛本无“战”字，据汪校补。**察战：**吴国设置的监视吏民的官。

原文

48. 夏侯弘自云见鬼，与其言语。镇西谢尚所乘马忽死，忧恼甚至。谢曰："卿若能令此马生者，卿真为见鬼也。"弘去，良久还，曰："庙神乐君马，故取之。今当活。"尚对死马坐，须臾，马忽自门外走还，至马尸间便灭，应时能动，起行。谢曰："我无嗣，是我一身之罚。"弘经时无所告，曰："顷所见，小鬼耳，必不能辨此源由。"后忽逢一鬼，乘新车，从十许人，着青丝布袍。弘前提牛鼻，车中人谓弘曰："何以见阻？"弘曰："欲有所问。镇西将军谢尚无儿，此君风流令望，不可使之绝祀。"车中人动容，曰："君所道正是仆儿。年少时，与家中婢通，誓约不再婚，而违约。今此婢死，在天诉之，是

译文

夏侯弘自己说看见了鬼，和鬼谈了话。镇西将军谢尚骑的马忽然死去，他忧伤烦恼到了极点。谢尚对夏侯弘说："您如果能够使这匹马复活，那么您真的是看见过鬼了。"夏侯弘走了，过了很久才回来，说："庙里的神仙喜欢您的马，所以把它牵走了。现在这马可以活过来了。"谢尚面对死马坐着，一会儿，一匹马忽然从门外跑回来，跑到马的尸体上就消失了，那死马立即能动弹了，爬起来走路了。谢尚说："我没有儿子，这是对我终生的惩罚。"夏侯弘过了一段时间也没说出个究竟，只是说："刚才我所看见的，都是些小鬼，肯定不能知道这件事的原因。"后来他忽然遇见一个鬼，乘着新的车子，跟随着十几个人，穿着青色丝绸做的衣袍。夏侯弘走上前去提起拉车的牛的鼻子，牛车便停住了，车里的人对夏侯弘说："为什么要阻拦我？"夏侯弘说："我想问件事。镇西将军谢尚没有儿子，这人英俊杰出而名声显扬，不能让他断了香火。"车里的人被触动心事而变了脸色，说："您所说的正是我的儿子。他年轻的时候，和家里的婢女私通，发誓不再和别人结婚，但后来却违背了誓约。现在这婢女死了，在天上告他的状，所以他没有儿子。"夏侯弘把这话都告诉了谢尚。谢尚说："我年轻时的确有这件事。"夏侯弘在江陵，

故无儿。”弘具以告。谢曰：“吾少时诚有此事。”弘于江陵，见一大鬼提矛戟，有随从小鬼数人。弘畏惧，下路避之。大鬼过后，捉得一小鬼，问：“此何物？”曰：“杀人以此矛戟。若中心腹者，无不辄死。”弘曰：“治此病有方否？”鬼曰：“以乌鸡薄之，即差[1]。”弘曰：“今欲何行？”鬼曰：“当至荆、扬二州。”尔时比日行心腹病，无有不死者。弘乃教人杀乌鸡以薄之，十不失八九。今治中恶，辄用乌鸡薄之者，弘之由也。

看见一个大鬼提着矛戟，有几个小鬼跟着。夏侯弘害怕了，走到路边躲避他。大鬼经过后，他捉住了一个小鬼，问道：“这是什么东西？”那小鬼说：“杀人就用这矛戟。如果刺中心腹，没有不马上死去的。”夏侯弘说：“治疗这种疾病有单方吗？”小鬼说：“用乌骨鸡覆盖在心腹上，病就好了。”夏侯弘说：“现在你们要到什么地方去？”小鬼说：“要到荆州、扬州去。”这时候连日流行心腹病，得病的没有不死的。夏侯弘就叫人杀了乌骨鸡用来覆盖在病人的心腹上，百分之八九十都能奏效。现在治疗突发的急病，总是采用乌骨鸡覆盖病灶的办法，这是夏侯弘开的头啊。

注释

1 差：通“瘥”，病愈。

卷三　预言卜筮

导读

本卷所记大多为预言卜筮之事，多以“明神道之不诬”为主旨。第52、53、54三条在体现此主旨外，又写得有头有尾而别具匠心，甚至还有理论的阐发，其中“南斗注生，北斗注死”反映了古代的生死天定观而影响深远，而南斗徇私情也反映了人之常情。第61条写郭璞以方术与智慧巧取爱婢之事，也具有史料价值而被收入《晋书·郭璞传》。第65、66条的故事，先预设包袱，再层层剥茧而将预言兑现，写得情节曲折，波澜迭起，引人入胜，更具有文学性。第69、70条写华佗之治病，有助于我们对古代医术的了解，特别是对其外科手术的描写，虽有传说不实之词，但使用麻醉术和膏药的记载无疑属实。

原文

49. 汉永平中，会稽锺离意[1]，字子阿，为鲁相。到官，出私钱万三千文，付户曹孔䜣，修夫子车；身入庙，拭几席剑履。男子张伯，除堂下草，土中得玉璧七枚，伯怀其一，以六枚白意，意令主簿安置几前。孔子教授堂下床首有悬瓮，意召孔䜣，问：“此

译文

汉代永平年间(58—75)，会稽郡人锺离意，字子阿，做了鲁国的丞相。到任后，他拿出自己的钱一万三千文，交给户曹孔䜣，让他修孔子的车；他还亲自到孔庙去，揩拭桌子、座席、佩剑、鞋子。有个男子张伯，在堂下除草时，从泥土里捡到了七块玉璧，张伯把一块放在怀里，拿六块禀报给锺离意，锺离意命令主簿把它放在桌子前面。孔子传授学业的讲堂前的床头有一个悬挂着的瓮，锺离意召见孔䜣，问他：“这是什么瓮？”孔䜣回答说：“是孔夫子的瓮。里面装有丹书，

何瓮也？”对曰：“夫子瓮也。背有丹书，人莫敢发也。”意曰：“夫子，圣人。所以遗瓮，欲以悬示后贤。”因发之，中得素书，文曰：“后世修吾书，董仲舒。护吾车，拭吾履，发吾笥，会稽锺离意。璧有七，张伯藏其一。”意即召问：“璧有七，何藏一耶？”伯叩头出之。

人们没有敢打开它的。”锺离意说：“孔夫子是圣人。他之所以留下这瓮，是想把它挂在这儿让后代的贤良来看的。”接着就把它打开了，从中得到一块帛书，上面写着：“后代研究我著作的，是董仲舒。保护我车子、揩拭我鞋子、开启我书箱的，是会稽人锺离意。玉璧有七块，张伯私藏了其中的一块。”锺离意就召来张伯责问道：“玉璧有七块，你为什么要藏掉一块呢？”张伯磕头求饶，马上把那块玉璧交了出来。

注释

1 **会稽**：见第18条注。

原文

50. 段翳[1]，字元章，广汉新都人也[2]。习《易经》，明风角。有一生来学积年，自谓略究要术[3]，辞归乡里。翳为合膏药，并以简书封于筒中，告生曰：“有急，发视之。”生到葭萌[4]，与吏争度，津吏挝破从者头。生开筒得书，言：“到葭萌，与吏斗，头破者，以

译文

段翳，字元章，是广汉郡新都县人。他精通《易经》，懂得根据五音与四方之风声来占吉凶的占候之术。有一个学生来学了好几年，自以为已经大致掌握了关键的道术，便辞别师傅回老家去。段翳给他配了些膏药，并用竹简写了封信一起封在竹筒里，告诉这学生说：“碰上急事，就打开这竹筒看看。”这学生来到葭萌县嘉陵江边，与官吏抢着渡河，管渡口的官吏打破了他随从的头。他打开竹筒看到那信札，上面写着：“到葭萌县嘉陵江边，与官吏争斗，头被打破的，就用

此膏裹之。”生用其言，创者即愈。

这膏药敷在伤口上。”他就按这话办了，受伤的人马上就痊愈了。

注释

1 **段**：毛本作“叚”，据张本改。 **翳**：毛本作“医”，据汪校改。下同。

2 **广汉**：郡名，西汉置，治所在乘乡（一作“绳乡”，在今四川省金堂县东），东汉移治雒县（今四川省广汉市北）。 **新都**：县名，西汉置，治所在今四川省成都市新都区西。

3 **谓**：通“为”。

4 **葭萌**：一为县名，秦置葭明县，东汉改为葭萌县，治所在今四川省广元市西南。一为水名，即今广元市西南嘉陵江北段。此指葭萌水。

原文

51. 右扶风臧仲英[1]，为侍御史。家人作食，设案，有不清尘土投污之。炊临熟，不知釜处。兵弩自行。火从篋簏中起，衣物尽烧，而篋簏故完。妇女婢使，一旦尽失其镜，数日，从堂下掷庭中，有人声言：“还汝镜！”女孙年三四岁，亡之，求不知处，两三日，乃于圊中粪下啼。若此非一。汝南许季山者[2]，素善卜卦，卜之，曰：“家当有老青狗物，内中侍

译文

右扶风的臧仲英，任侍御史。他家里的仆人做了饭菜，放在木托盘中，却有不清洁的尘土扔进去把它给搞脏了。烧饭马上要烧熟了，却不知锅子到什么地方去了。兵器、弩弓自己会动。火从竹箱里冒出来，箱子里的衣服物品全都烧光了，而箱子却还像原来的样子完好无损。家里的妇女丫鬟，有一天都丢了镜子，过了几天，却看见镜子从堂下扔到厅堂里，还有人声在说：“还给你们镜子！”孙女儿只有三四岁，忽然不见了，找来找去不知道在什么地方，过了两三天，才发现她在厕所中的大粪下面啼哭。像这样的事情不一而足。汝南郡的许季山，一向善于占卦，他为此占卜，说：“你家应当有一条老青狗，而家中有个仆人

御者名益喜，与共为之。诚欲绝，杀此狗，遣益喜归乡里。”仲英从之，怪遂绝。后徙为太尉长史，迁鲁相。

名叫益喜的，与它一起干这些事。如果你真要杜绝这种事的发生，就要杀掉这条狗，遣送益喜回老家去。”臧仲英按他的办法做了，怪事就不再发生了。后来臧仲英调任太尉长史，又升迁为鲁国丞相。

注释

1 **右扶风：**见第43条注。

2 **汝南：**郡名，西汉置，治所在上蔡县（今河南省上蔡县西南），东汉移治平舆县（今河南省平舆县北）。

原文

52. 太尉乔玄，字公祖，梁国人也[1]。初为司徒长史，五月末，于中门卧，夜半后，见东壁正白[2]，如开门明，呼问左右，左右莫见，因起自往，手扪摸之，壁自如故，还床，复见，心大怖恐。其友应劭适往候之，语次相告。劭曰：“乡人有董彦兴者，即许季山外孙也。其探赜索隐，穷神知化，虽眭孟、京房，无以过也，然天性褊狭[3]，羞于卜筮者。间来候师王叔茂[4]，请往迎之！”须臾，便与

译文

太尉乔玄，字公祖，是梁国人。他当初任司徒长史的时候，在五月底的一天，睡在大门边，半夜以后，看见东墙雪白，就像开了门一样明亮，他叫过身边的人来问问，这些人都说没看见，于是他就起了床亲自前去，用手抚摸这墙壁，墙壁还是像原来那样，但他回到床上，又看见东墙雪白，因而他心里非常恐惧。他的朋友应劭正好去看望他，他便把这事一一告诉了应劭。应劭说：“我同乡有个叫董彦兴的，是许季山的外孙。他探索幽奥隐微，深究神妙变化，就是精通《春秋公羊传》的眭弘和精通《易经》的京房，也没有什么地方可以胜过他的，但他天性狭窄，老把占卜看作是羞耻的事而不愿意干。近来他正好来看望他的老师王叔

俱来。公祖虚礼盛馔，下席行觞。彦兴自陈：“下土诸生，无他异分，币重言甘，诚有踧踖。颇能别者，愿得从事。”公祖辞让再三，尔乃听之。曰：“府君当有怪，白光如门明者，然不为害也。六月上旬鸡鸣时[5]，闻南家哭，即吉。到秋节，迁北行，郡以‘金’为名。位至将军三公。”公祖曰：“怪异如此，救族不暇，何能致望于所不图？此相饶耳。”至六月九日，未明，太尉杨秉暴薨。七月七日，拜钜鹿太守，“钜”边有金。后为度辽将军，历登三事。

茂，请让我去把他接来吧！”一会儿，董彦兴便与应劭一起来了。乔玄谦恭地以礼款待董彦兴，准备了丰盛的酒宴，走下座席给他敬酒。董彦兴不待请求就自己先说道：“我一个乡下的秀才，没有与众不同的天赋，您现在礼节隆重，甜言蜜语，我实在有点忐忑不安。如果我略能为您识别一些事的话，愿意为您效劳。”乔玄推让了好几次，然后才听从了他。董彦兴便对他说：“您一定碰上了奇怪的事情，墙上的白光像开了门一样明亮，但这不会给您造成什么危害。六月上旬早晨鸡啼的时候，听见南边有人家在哭，您就吉利了。到秋季，您将调到北面的郡府任职，那郡府的名称中有‘金’字。您的官职一直到将军、三公。”乔玄说：“我已经碰到了这样的怪事，现在连挽救灭族的灾难都来不及，哪能把希望寄托在想都不敢想的事情上呢？您这只是在宽我的心罢了。”到六月初九，天还没亮，太尉杨秉突然死了。七月初七，乔玄被任命为钜鹿太守，“钜”字的偏旁有“金”字。后来乔玄又做了度辽将军，历任太尉、司徒、司空等三公要职。

注释

1 **梁国**：西汉改秦之砀郡置，治所在砀县（今河南省夏邑县东南）。

2 **正白**：纯白。

3 **褊**：毛本作“徧”，据张本改。

4 **王叔茂:**王粲祖父王畅,字叔茂。

5 **鸣:**毛本作“明”,据张本改。

原文

53. 管辂,字公明,平原人也[1]。善《易》卜。安平太守东莱王基[2],字伯舆,家数有怪,使辂筮之。卦成,辂曰:“君之卦,当有贱妇人,生一男,堕地便走,入灶中死。又床上当有一大蛇衔笔,大小共视,须臾便去。又乌来入室中,与燕共斗,燕死,乌去。有此三卦。”基大惊曰:“精义之致,乃至于此!幸为占其吉凶。”辂曰:“非有他祸,直客舍久远[3],魑魅罔两共为怪耳。儿生便走,非能自走,直宋无忌之妖将其入灶也。大蛇衔笔者,直老书佐耳。乌与燕斗者,直老铃下耳[4]。夫神明之正,非妖能害也。万物之变,非道所

译文

管辂,字公明,是平原郡人。他擅长根据《周易》进行卜筮。安平郡太守东莱郡人王基,字伯舆,家里屡次出现怪事,就让管辂用蓍草给他算个卦。卦象成了之后,管辂说:“根据您的卦象,一定有一个下贱的女人,生了一个男孩,那男孩一落地便跑,跑进灶中就死了。还有,您床上应当有一条大蛇衔了毛笔,大家都去看,一会儿它便爬走了。还有乌鸦飞到你家里,与燕子一起搏斗,燕子死了,乌鸦便飞走了。一共有这三种卦象。”王基十分惊奇地说:“您研究事物微妙意蕴的细密程度,竟达到了这种地步!希望您再给我预测一下这些卦象的吉凶。”管辂说:“这并没有什么其他的灾祸,只是您住的房子太古老了,里面的魑魅魍魉等精怪一起作祟罢了。那孩子生下来就跑,不是他自己能跑,而只是火精宋无忌的妖术将他拉进了灶中。那衔笔的大蛇,只是原来的文书罢了。那与燕子争斗的乌鸦,只是原来的侍从罢了。那圣神的正道,不是妖精能够加害的。各种事物的变化,不是道术所能阻止得了的。经久历远的精怪,必然具有一定的气数。现在卦象中只看见它们做的事而没

止也。久远之浮精，必能之定数也。今卦中见象而不见其凶，故知假托之数，非妖咎之征，自无所忧也。昔高宗之鼎，非雉所雊；太戊之阶，非桑所生[5]。然而野鸟一雊，武丁为高宗；桑榖暂生，太戊以兴。焉知三事不为吉祥？愿府君安身养德，从容光大，勿以神奸污累天真。"后卒无他，迁安南督军。后辂乡里乃太原问辂[6]："君往者为王府君论怪，云'老书佐为蛇，老铃下为乌'。此本皆人，何化之微贱乎？为见于爻象，出君意乎？"辂言："苟非性与天道，何由背爻象而任心胸者乎？夫万物之化，无有常形；人之变异，无有定体。或大为小，或小为大，固无优劣。万物之化，一例之道也。是以夏鲧，天子之父，赵王如意，汉高之

看见这些事情所导致的严重后果，所以知道这些都是虚假的花招，而不是妖怪危害的预兆，这当然也就没有什么可忧虑的了。过去殷高宗武丁的宝鼎上，不是野鸡啼叫的地方；殷中宗太戊帝的石阶上，也不是桑树生长的地方。然而野鸡在那宝鼎上一叫，武丁却成为高宗；桑树、穀树突然长在朝廷上，太戊帝却因而兴盛了。哪里知道您这三件怪事不是吉祥的征兆呢？请您安心修养高尚的德行，将它发扬光大，不要因为这些精怪的干扰而玷污连累了您纯洁真率的本性。"后来王基终于没碰上什么其他的不幸，升迁为安南督军。后来，管辂的同乡刘太常问管辂："您过去与王太守谈论精怪的时候，说'原来的文书变成了大蛇，原来的侍从变成了乌鸦'。他们本来都是人，为什么让自己变成卑贱的东西呢？这是您在卦象里看见的呢，还是出自您的想象？"管辂说："如果不是依据本性与自然之道，凭什么不顾卦象而任凭想象呢？各种事物的变化，没有永久不变的形态；人变成其他的东西，没有固定的模式。有的东西是由大变小，有的东西是由小变大，这本来就没有什么好坏之分。各种事物的变化，一律因循着自然的规律。因此，夏代的鲧，是天子禹的父亲，赵王如意，是汉高祖刘邦的儿子，但结果鲧变成了黄色的三脚鳖，如意变成

子，而鲧为黄能[7]，意为苍狗，斯亦至尊之位而为黔喙之类也。况蛇者协辰巳之位[8]，乌者栖太阳之精[9]，此乃腾黑之明象[10]，白日之流景。如书佐、铃下，各以微躯，化为蛇乌，不亦过乎？”

了青色的狗，这两人也是从极其尊贵的地位变成了普通的动物。更何况蛇与地支中的巳相配，乌鸦又是栖息在太阳中的精灵，它们实在是螣蛇星宿的神形，是太阳传来的日光。像文书、侍从这种人，各自以他们卑微的身躯，变成了蛇、乌鸦，不是也已经超过了他们原有的地位了吗？”

注释

1 **平原**：郡名，西汉置，治所在平原县（今山东省平原县西南）。

2 **安平**：郡名，属冀州，治所在安平县（即今河北省安平县），见《三国志·魏书·武帝纪》。 **东莱**：郡名，西汉置，治所在掖县（今山东省莱州市），东汉移治黄县（今山东省龙口市东黄城东）。

3 **直**：只。毛本“客”字下有注云：“一作官。”

4 **铃下**：侍从。汉代至晋，公卿郡守的官府值班之阁有铃以便通报，因称铃阁。其中小吏因在铃阁之下，故称“铃下”，主要负责随从、护卫以及威仪等事，所以也称“铃下威仪”。

5 古人认为，野鸡在鼎上啼叫，桑树、榖树生在朝廷，都是不祥之兆。

6 **乃太原**：当为“刘太常”之误，即《三国志·魏书·方技传》末裴松之注所引《管辂别传》中的“乡里刘太常”，名寔，曾任太常之官。

7 **能**：古或写成“熊”，三足鳖。

8 **巳**：毛本作“已”，据张本改。按十二属相，龙配辰，蛇配巳，这里的“辰”是连及之词，无义。

9 古代传说，太阳中有三足乌。

10 **腾**：通“螣”，指螣蛇宿。螣蛇星宿共二十二星，为天蛇，主管水虫，五行配水，五色配黑，所以称“腾黑”。

原文

54. 管辂至平原，见颜超貌主夭亡，颜父乃求辂延命。辂曰：“子归，觅清酒一榼[1]，鹿脯一斤，卯日，刈麦地南大桑树下，有二人围棋次，但酌酒置脯，饮尽更斟，以尽为度。若问汝，汝但拜之，勿言，必合有人救汝。”颜依言而往，果见二人围棋。颜置脯斟酒于前。其人贪戏，但饮酒食脯，不顾。数巡，北边坐者忽见颜在，叱曰：“何故在此？”颜惟拜之。南面坐者语曰：“适来饮他酒脯，宁无情乎？”北坐者曰：“文书已定。”南坐者曰：“借文书看之。”见超寿止可十九岁，乃取笔挑上，语曰：“救汝至九十年活。”颜拜而回。管语颜曰：“大助子，且喜

译文

管辂来到平原县，看见颜超的面色异常，预示着他不到成年就会死去，颜超的父亲就求管辂延长颜超的寿命。管辂对颜超说：“您回家，去准备好一壶清澈的酒，一斤鹿肉干，到逢卯的那一天，在割掉麦子的田地南边的大桑树下，有两个人下围棋而待在那里，你只管给他们斟酒，并把肉干端上去，他们喝完了杯里的酒，你就再给他们斟上，直到把酒喝完为止。如果他们问你，你只管向他们磕头作揖，不要说话，这样就一定会有人搭救你的。”颜超按照管辂的话去了，果然看见两个人在下围棋。颜超拿了肉干斟了酒放在他们面前。那两个人贪图玩耍，一心扑在下棋上，只管喝酒吃肉，也不回头看看这酒、肉是什么地方来的。酒斟了好几次，坐在北边的人忽然看见颜超在边上，就责问道：“你为什么在这儿？”颜超只管向他磕头作揖。坐在南边的人说道：“刚才还吃他的酒肉，难道能毫不留情吗？”坐在北边的人说：“他的寿命在文书上已经写定了。”坐在南边的人说：“把你的文书借给我看一下。”他看见文书上所记载的颜超寿命只有十九岁，就拿起笔来把“九”字勾到“十”字之上，对颜超说：“我挽救你一下，让你活到九十岁。”颜超拜谢后就回去了。管辂对颜超说：“这真是大大地帮助了您，我也很高兴您能增加寿限。坐在北边的人是北斗星，

得增寿。北边坐人是北斗，南边坐人是南斗。南斗注生，北斗注死。凡人受胎，皆从南斗过北斗。所有祈求，皆向北斗。"

坐在南边的人是南斗星。南斗星管生，北斗星管死。大凡人成了胎，都在南斗星那边定好生日，再到北斗星那边定好死日。有什么请求，都得向北斗星诉说。"

注释

1 毛本无"一榼"，据张本补。

原文

55. 信都令家[1]，妇女惊恐，更互疾病，使辂筮之。辂曰："君北堂西头有两死男子：一男持矛，一男持弓箭；头在壁内，脚在壁外。持矛者主刺头，故头重痛不得举也；持弓箭者主射胸腹，故心中悬痛不得饮食也。昼则浮游，夜来病人，故使惊恐也。"于是掘其室中，入地八尺，果得二棺：一棺中有矛；一棺中有角弓及箭，箭久远，木皆消烂，但有铁及角完耳。乃徙骸骨，去城二十里埋之，无复疾病。

译文

信都县县令家中，女人们都担惊受怕，轮流生病，因而让管辂用蓍草给他算个卦。管辂说："您家北屋的西头有两个死了的男人：一个男人拿长矛，一个男人拿弓箭；他们的头在墙壁里边，脚在墙壁外边。拿长矛的男人管刺头，所以被他刺中的人头疼得很厉害，沉重得不能抬起来；拿弓箭的男人管射胸部腹部，所以被他射中的人心口痛得发慌，提心吊胆，吃不下饭。白天他们在闲逛，夜里就来害人，所以让女人们都担惊受怕的。"于是这县令就叫人在那间屋里挖掘，掘下去八尺深，果然发现两口棺材：一口棺材中有长矛；一口棺材中有用兽角装饰的弓及箭，箭已经很古老了，箭杆木都已烂光了，只有箭头上的铁以及弓上的兽角仍然完好无损。于是就迁移他们的尸骨，将他们埋到离城二十里的地方，从此女人们就不再生病了。

注释

1 **信都**:县名,西汉置,治所在今河北省衡水市冀州区,魏属安平郡。

原文

56. 利漕民郭恩[1],字义博,兄弟三人皆得躄疾,使辂筮其所由。辂曰:"卦中有君本墓,墓中有女鬼,非君伯母,当叔母也。昔饥荒之世,当有利其数升米者,排着井中,啧啧有声,推一大石下,破其头。孤魂冤痛,自诉于天耳。"

译文

利漕渠边有个老百姓叫郭恩,字义博,他兄弟三人都得了瘸腿的毛病,因而让管辂用蓍草算卦,看看这毛病究竟出在什么地方。管辂说:"卦象中有您宗族的坟墓,这坟墓中有一个女鬼,不是您的伯母,就应当是您的叔母。过去闹饥荒的时候,应当有贪图她几升米的人,把她推到了井里,还发出啧啧的声音,又推了一块大石头下去,把她的头砸破了。她的孤魂含冤悲痛,自己向老天申诉,所以才让你们都得了这恶病。"

注释

1 **利漕**:即利漕渠,东汉建安十八年(213)所凿,自今河北省曲周县南引漳水,东至今大名县西北注入白沟。

原文

57. 淳于智,字叔平,济北卢人也[1]。性深沉,有思义。少为书生,能《易》筮,善厌胜之术[2]。高平刘柔夜卧[3],鼠啮其左手中指,意甚恶之,以问智。智为筮之,曰:"鼠

译文

淳于智,字叔平,是济北郡卢县人。他性格深沉,讲义气。他年轻的时候是个书生,能够根据《易经》来占卦,并擅长用诅咒来制胜的道术。高平郡人刘柔在晚上睡觉的时候,有只老鼠咬他的左手中指,他心里非常讨厌这件事,就拿它去问淳于智。淳于智给他算了个卦,说:"老鼠

本欲杀君而不能，当为使其反死。"乃以朱书手腕横文后三寸，为"田"字，可方一寸二分，使夜露手以卧，有大鼠伏死于前。

本来是想咬死您，但没能得逞，我该给您想个办法让它反而自己死去。"于是淳于智就用丹砂在刘柔的手腕横纹后面三寸的地方写了一个"田"字，大约有一寸二分见方，叫刘柔夜里把手露在外面睡觉，结果便有一只大老鼠趴着死在他的前面。

注释

1 **济北**：见第31条注。 **卢**：毛本作"庐"，据汪校改。见第31条注。

2 **厌**(yā)：通"压"。

3 **高平**：郡名，西晋泰始元年(265)以山阳郡改名，治所在昌邑县(今山东省巨野县南)。

原文

58. 上党鲍瑗家多丧病[1]，贫苦。淳于智卜之，曰："君居宅不利，故令君困尔。君舍东北有大桑树。君径至市，入门数十步，当有一人卖新鞭者，便就买还，以悬此树。三年，当暴得财。"瑗承言诣市，果得马鞭，悬之。三年，浚井，得钱数十万，铜铁器复二万余，于是业用既展，病者亦无恙。

译文

上党郡鲍瑗家里的人死的死，病的病，十分穷苦。淳于智给他占卜，说："您的住宅不吉利，所以使您困苦成这个样子。您家的东北有棵大桑树。您径直赶到集市去，进集市大门几十步，应当有一个卖新鞭子的人，您就去把他的鞭子买回来，将它挂在这桑树上。再过三年，您一定会猛然大发横财。"鲍瑗听从了他的话到集市去，果然买到了马鞭，就把它挂在那桑树上。过了三年，他疏浚水井，挖到几十万钱币，还有两万多只铜器、铁器，于是不但家里的费用不再紧缺了，连家里的病人也没有毛病了。

注释

1 **上党**:郡名,东汉末治所在壶关县(今山西省长治市北),西晋移治潞县(今山西省黎城县南)。

原文

59. 谯人夏侯藻[1],母病困,将诣智卜,忽有一狐当门向之嗥叫。藻大愕惧,遂驰诣智。智曰:"其祸甚急。君速归,在狐嗥处拊心啼哭,令家人惊怪,大小毕出,一人不出,啼哭勿休。然其祸仅可免也。"藻还,如其言,母亦扶病而出。家人既集,堂屋五间拉然而崩。

译文

谯县人夏侯藻,母亲病得很厉害,当他将要到淳于智那里去占卜的时候,忽然有一只狐狸对着他家的大门向他嗥叫。夏侯藻惊恐万状,于是就快马加鞭赶到淳于智那里。淳于智说:"这灾祸迫在眉睫。您快点赶回去,在狐狸嗥叫的地方拍着胸口大声啼哭,使家里的人都感到惊奇,让大人小孩都出来,有一个人不出来,您就哭着别停。这样,这灾祸才可以避免。"夏侯藻回去后,照淳于智的话做了,连他的母亲也带病出了门。家里的人已经聚集在外面了,那五间房屋哗啦啦地都倒塌了。

注释

1 **谯**:县名,秦置,治所在今安徽省亳州市。

原文

60. 护军张劭,母病笃。智筮之,使西出市沐猴,系母臂,令傍人捶拍,恒使作声,三日放去。劭从之,其猴出门,即为犬所咋死,母病遂差[1]。

译文

护军张劭,他的母亲病得很重。淳于智为他算了个卦,让他到西边去买一只猕猴,系在母亲的手臂上,叫旁边的人敲打它,使它一直叫个不停,三天后将它放掉。张劭按照这话做了,那猕猴一出门,就被狗咬死了,他母亲的病就痊愈了。

注释

1 差:通“瘥”,病愈。

原文

61. 郭璞,字景纯,行至庐江[1],劝太守胡孟康急回南渡。康不从,璞将促装去之,爱其婢,无由得,乃取小豆三斗,绕主人宅散之。主人晨起,见赤衣人数千围其家,就视,则灭,甚恶之,请璞为卦。璞曰:“君家不宜畜此婢,可于东南二十里卖之,慎勿争价,则此妖可除也。”璞阴令人贱买此婢,复为投符于井中,数千赤衣人一一自投于井。主人大悦,璞携婢去。后数旬而庐江陷。

译文

郭璞,字景纯,他来到庐江郡,劝太守胡孟康赶快转回渡江南下。胡孟康不听他的,郭璞就急忙收拾行李准备离开他,但很爱他的婢女,又没有正当的办法得到她,于是就拿了三斗小赤豆,绕着胡孟康的住宅撒上。胡孟康早晨起床,看见几千个穿着红衣服的人包围了他的家,走近去仔细看,却又没有了,他十分讨厌这事,就请郭璞为他算卦。郭璞说:“您的家里不宜养这婢女,您可以到东南方二十里外把她卖了,千万别和买主讨价还价,那么这妖怪就可以除去了。”郭璞暗中叫人用便宜的价钱买了这婢女,又为太守写了道符箓丢到井里,几千个穿红衣服的人都自己纷纷跳到井里。胡孟康十分高兴,郭璞也就带着婢女离开了。几十天之后,庐江郡就沦陷了。

注释

1 庐江:见第21条注。

原文

62. 赵固所乘马忽死,甚悲惜之,以问郭

译文

赵固骑的马忽然死了,他十分悲痛惋惜,就去请教郭璞。郭璞说:“你可以派几

璞。璞曰:“可遣数十人持竹竿,东行三十里,有山林陵树,便搅打之,当有一物出,急宜持归。”于是如言,果得一物,似猿,持归,入门见死马,跳梁走往死马头,嘘吸其鼻。顷之,马即能起,奋迅嘶鸣,饮食如常,亦不复见向物。固奇之,厚加资给。

十个人拿了竹竿,向东走三十里地,那里有山陵树木,就乱打一气,这时应当会有一个怪物出来,应该赶快把它逮回家。”于是赵固就按照郭璞的话去做了,果然抓到一个怪物,像猿,把它带回家中,这怪物一进门看见死马,就矫捷地奔跑到死马的头边,对着死马的鼻子又是吹气又是吸气。一会儿,这匹马就能站起来了,精神抖擞,高声吼叫,吃喝也同往常一样,只是不再看见刚才那怪物了。赵固认为郭璞有奇才,所以给了他很多报酬。

原文

63. 扬州别驾顾球姊[1],生十年便病。至年五十余,令郭璞筮,得“大过”之“升”。其辞曰:“大过卦者义不嘉,冢墓枯杨无英华。振动游魂见龙车,身被重累婴妖邪。法由斩祀杀灵蛇,非己之咎先人瑕[2]。案卦论之可奈何?”球乃迹访其家事,先世曾伐大树,得大蛇,杀之,女便病。病后,有群鸟数千,回翔屋上,人皆怪之,不知何

译文

扬州别驾顾球的姐姐,生下来才十岁就生病了。到五十多岁的时候,她让郭璞用蓍草给她算卦,得到的是“大过”卦变至“升”卦。郭璞诵读那卦辞道:“‘大过’卦名含义不佳,坟墓上枯杨不开花。惊动游魂出现龙车,身缠重病不离妖邪。源自灭种杀了神蛇,不是你的错而是你亡父有过差。按照卦辞只能这样说,我哪里有什么办法?”顾球就追究他家里的事,原来他的父亲曾砍伐一棵大树,捉到一条大蛇,就把它打死了,于是女儿便得了病。女儿生病后,有一群鸟几千只,在屋上盘旋,人们都觉得奇怪,但不知道是什么缘故。有个乡下的农民经过他家旁边,抬头一看,望见龙

故。有县农行过舍边，仰视，见龙牵车，五色晃烂，其大非常，有顷遂灭。

拉着车，五光十色，闪烁耀眼，车子大得非同寻常，过了一会儿就消失了。

注释

1 **扬州**：三国吴置，治所在建邺（后改为建康，今江苏省南京市）。 **别驾**：州一级的副官。

2 **己**：毛本作“巳”，据汪本改。

原文

64. 义兴方叔保得伤寒[1]，垂死，令璞占之，不吉，令求白牛厌之[2]，求之不得，唯羊子玄有一白牛，不肯借。璞为致之，即日有大白牛从西来，径往临。叔保惊惶，病即愈。

译文

义兴郡方叔保患伤寒症，将要死了，叫郭璞给他占卜，占卜的结果很不吉利，郭璞就叫他找一头白牛来压邪，方叔保找来找去找不到白牛，只有羊子玄有一头白牛，但他又不肯出借。郭璞就给方叔保招引白牛，当天就有一头大白牛从西边走来，直奔到方叔保面前。方叔保吃了一惊，病就好了。

注释

1 **义兴**：郡名，西晋置，治所在阳羡县（今江苏省宜兴市）。

2 **厌**(yā)：通“压”。

原文

65. 西川费孝先善轨革[1]，世皆知名。有大若人王旻[2]，因货殖至成都，求为卦。孝先曰：“教住莫住，教洗莫洗。一石谷捣得三斗

译文

西川的费孝先擅长根据出生时日利用图画来预测吉凶的占术，世人都知道他的大名。有个大足县人叫王旻，因为经商到了成都，就请他算个卦。费孝先说：“让你住你别住，让你洗你别洗。一石稻谷舂得三斗米。碰上圣明就活，碰上愚昧就死。”费孝先反

米。遇明即活，遇暗即死。”再三戒之，令诵此言足矣。旻志之。及行，途中遇大雨，憩一屋下，路人盈塞，乃思曰：“‘教住莫住’，得非此耶？”遂冒雨行，未几，屋遂颠覆，独得免焉。旻之妻已私邻比，欲媾终身之好，俟旋归，将致毒谋。旻既至，妻约其私人曰：“今夕新沐者，乃夫也。”将晡，呼旻洗沐，重易巾栉[3]。旻悟曰：“‘教洗莫洗’，得非此也[4]？”坚不从。妻怒，不省，自沐，夜半反被害。既觉，惊呼，邻里共视，皆莫测其由，遂被囚系拷讯。狱就，不能自辨。郡守录状，旻泣言：“死即死矣，但孝先所言，终无验耳。”左右以是语上达，郡守命未得行法乎旻，问曰：“汝邻比何人也？”曰：“康七。”遂遣

复告诫他，要他把这些话背得滚瓜烂熟就行了。王旻把这些话牢记在心中。等到王旻回家的时候，半路上碰到了大雨，他就在一间房子下歇息，过路的人都来躲雨，把房子挤得满满的，王旻寻思道：“‘让你住你别住’，不就是指这种情况么？”于是他就冒着雨走了，没过多少时候，这房子就倒塌了，只有他一个人能幸免于难。王旻的妻子已经和邻居私通，并想结为终身的伴侣，等王旻回家，将对他下毒手。王旻已经到了家，他妻子就与她的姘夫约定说：“今天晚上刚洗过头的，就是我的丈夫。”快下午三四点了，王旻妻子就叫他洗头，并给他重新换上了毛巾、梳子等洗头用具。王旻醒悟道：“‘让你洗你别洗’，恐怕是指这个吧？”于是他就坚决不听他妻子的。他妻子生气了，也没有想一想与姘夫说的话，就自己去洗头了，结果到了半夜反而被杀了。王旻马上被惊醒了，惊慌地叫起来，乡邻们都赶来察看，但没有人能推测到他妻子被害的原因，于是王旻就被囚禁起来拷问审讯。这案件已经判定，王旻也不能再为自己辩护了。太守让手下的办事人员来记录他的罪状，王旻哭着说：“死就死了吧，只是费孝先所说的话，结果却没有应验罢了。”办事的人把这话向上作了汇报，太守就命令下面不要马上对王旻执行死刑，问道：“你隔壁邻居是什么人？”王旻回答说：“是康七。”太守就派

人捕之："杀汝妻者，必此人也。"已而果然。因谓僚佐曰："'一石谷捣得三斗米'，非康七乎[5]？"由是辨雪，诚"遇明即活"之效。

人去逮捕康七，并对王旻说："杀你妻子的，一定是这个人。"后来审问了康七，果然是这样。太守就对身边的属官说："'一石稻谷舂得三斗米'，那就还有七斗糠，这不就是康七吗？"王旻的不白之冤靠了费孝先的这句话才得到昭雪，这实在是"碰上圣明就活"的效验啊。

注释

1 **西川**：在今四川，是唐至德二载(757)以后设置的相当于蜀郡一级而小于蜀郡的行政区，所以此条并非干宝所撰。汪绍楹说费孝先是宋代人，此条见于宋代章炳文《搜神秘览》，乃后人辑录时因书名类似而误收。**轨革**：根据出生时日利用图画来预测吉凶的占术，类似今天利用雀衔牌来预测吉凶的占术。

2 **大若**：当为"大足"之误。唐乾元元年(758)置大足县，治所即今重庆市大足区。

3 **巾**：当为"栉"之形讹。巾用来擦手，栉用来梳头，所以"巾栉"古代常连言而指洗沐用具。

4 **也**：通"耶"。

5 **康**："糠"的古字。

原文

66. 隗炤，汝阴鸿寿亭民也[1]，善《易》。临终，书板授其妻，曰："吾亡后，当大荒。虽尔，而慎莫卖宅也。到后五年春，当有诏使来顿此亭，姓龚。此人负吾金，即

译文

隗炤，是汝阴郡鸿寿亭的老百姓，精通《易经》。他临死时，写了一块板交给他妻子，吩咐道："我死后，会有严重的灾荒。尽管这样，你千万别把住房卖了。到五年后的春天，会有皇上委派的使者来到这鸿寿亭停宿，他姓龚。这人欠我黄金，你就用这块板去讨债。千万别违背了我的这些遗嘱啊！"他死后，

以此板往责之。勿负言也！”亡后，果大困，欲卖宅者数矣，忆夫言，辄止。至期，有龚使者果止亭中，妻遂赍板责之。使者执板，不知所言，曰：“我平生不负钱，此何缘尔邪？”妻曰：“夫临亡，手书板，见命如此，不敢妄也。”使者沉吟，良久而悟，乃命取蓍筮之。卦成，抵掌叹曰[2]：“妙哉隗生！含明隐迹而莫之闻，可谓镜穷达而洞吉凶者也！”于是告其妻曰：“吾不负金。贤夫自有金，乃知亡后当暂穷，故藏金以待太平。所以不告儿妇者，恐金尽而困无已也。知吾善《易》，故书板以寄意耳。金五百斤，盛以青罂，覆以铜柈[3]，埋在堂屋东头，去壁一丈[4]，入地九尺。”妻还掘之，果得金，皆如所卜。

果然遭遇灾荒而极其困苦，他妻子几次想卖掉房产，但每次回想起丈夫的话，就打消了卖房的念头。到了隗炤说的日期，果然有一个龚使者到这亭中停宿，他妻子就把这块板给了龚使者向他讨债。龚使者拿着这块板不知道说什么才好，就说：“我从来不欠人家的钱，此事为什么会这样呢？”隗炤的妻子说：“我丈夫临死的时候，亲手写了这块板，他吩咐我这样做的，我并不敢乱来。”龚使者沉思着，过了好长时间才明白，于是就叫人拿蓍草为此事占卦。卦占好后，他拍着手赞叹说：“好啊隗炤！你不暴露自己的明智，隐蔽起自己的形迹，因而没有人能知道你，你真可以说是一个明察穷困通达、洞悉吉利灾祸的人啊！”于是他就告诉隗炤的妻子说：“我不欠他黄金。你那贤能的丈夫本来就有黄金，因为他知道死后你们会遭到短时间的贫困，所以他藏起了黄金等太平的日子来了后再说。他之所以不告诉儿子、妻子，是怕黄金用完了而灾荒贫困的日子还没有到头。他知道我精通《易经》，所以写了这块板来寄托他的心意。五百斤黄金，他用青色的瓷瓶装着，用铜盘盖着，埋在堂屋东头，离墙一丈，在地下九尺。”隗炤的妻子回去挖掘，果然得到了黄金，一切都与占卜时所预测到的情况一样。

注释

1 **汝阴**:郡名,三国魏置,治所在汝阴县(今安徽省阜阳市)。

2 **扺**:当为"抵"字之形讹。抵(zhǐ)掌,击掌,表示高兴。

3 **柈**(pán):盘子。

4 **壁**:毛本作"地",据汪校改。

原文

67. 韩友,字景先,庐江舒人也[1],善占卜,亦行京房厌胜之术[2]。刘世则女病魅积年,巫为攻祷,伐空冢故城间,得狸鼍数十,病犹不差[3]。友筮之,命作布囊,俟女发时,张囊着窗牖间,友闭户作气,若有所驱,须臾间,见囊大胀如吹,因决败之,女仍大发。友乃更作皮囊二枚,沓张之,施张如前,囊复胀满,因急缚囊口,悬着树,二十许日,渐消,开视,有二斤狐毛,女病遂差。

译文

韩友,字景先,是庐江郡舒县人,擅长占卜,也会施展京房用诅咒来制胜的道术。刘世则的女儿因为鬼魅作祟而病了好多年,巫婆为她驱邪祷告,在原来的城里发掘空坟,抓到了狐狸和扬子鳄几十只,她的病还是没好。韩友用蓍草给她占了个卦,于是便叫人做了一个大布袋,等这女孩发病的时候,张开这布袋罩在窗口,韩友关上门运气,好像在驱赶什么似的,一会儿,便看见布袋胀得大大的像吹了气一样,因为布袋裂开了而没有成功,这女孩的病仍然发得很厉害。韩友就重新做了两只皮袋,把它们重叠了再张开,还是像前次那样张挂在窗口,皮袋又胀得鼓鼓的,于是他就赶快缚住袋口,然后把皮袋挂在树上,二十天左右,这袋子渐渐地小了,打开一看,有两斤狐狸毛,这女孩的病就好了。

注释

1 **庐江**:见第21条注。 **舒**:见第21条注。

2 **厌**(yā):通"压"。

3 差：通“瘥”，病愈。

原文

68. 会稽严卿善卜筮，乡人魏序欲东行，荒年多抄盗，令卿筮之。卿曰：“君慎不可东行！必遭暴害，而非劫也。”序不信，卿曰：“既必不停，宜有以禳之。可索西郭外独母家白雄狗，系着船前。”求索，止得驳狗，无白者。卿曰：“驳者亦足，然犹恨其色不纯，当余小毒，止及六畜辈耳。无所复忧。”序行半路，狗忽然作声甚急，有如人打之者。比视，已死，吐黑血斗余。其夕，序墅上白鹅数头无故自死，序家无恙。

译文

会稽的严卿善于占卜算卦，他的同乡魏序想到东方去，因为荒年多强盗，所以让严卿算个卦。严卿说：“您千万不可以到东边去！如果您要去，就一定会遭到突然的祸害，而不是被抢劫。”魏序不相信这话，严卿就说：“你既然一定要去，就该想个办法禳除这灾祸。你可以到西城门外寡妇家要一条白色的雄狗，把它缚在船的前面。”魏序去寻觅了一番，只得到一条颜色错杂的花狗，没有白色的。严卿说：“花狗也可以，但还是因为它的毛色不纯一而有点遗憾，到时候还会余下一点小小的毒汁，不过它至多只会危害到六畜之类罢了。你不要再有什么担忧了。”魏序走到半路，狗忽然叫得很厉害，就像有人在打它一样。等到魏序去察看时，狗已经死了，还吐出了一斗多黑色的血。那天晚上，魏序田舍里的几只白鹅也无缘无故地死掉了，魏序家里的人倒没有什么灾祸。

原文

69. 沛国华佗[1]，字元化，一名旉。琅邪刘勋为河内太守[2]，有女年几二十，苦脚左膝里有疮，痒而不痛。疮愈，

译文

沛国的华佗，字元化，又有个名字叫旉。琅琊国人氏刘勋任河内郡太守，有个女儿年龄快二十岁了，因为左腿的膝盖里生了疮而十分苦恼，这疮痒得厉害却不疼痛。这疮一会儿好了，而过了几十天便又复发，像这样

数十日复发，如此七八年，迎佗使视。佗曰：“是易治之。当得稻糠黄色犬一头、好马二匹，以绳系犬颈，使走马牵犬，马极，辄易。”计马走三十余里，犬不能行，复令步人拖曳，计向五十里，乃以药饮女，女即安卧不知人，因取大刀，断犬腹近后脚之前，以所断之处向疮口，令去二三寸停之[3]。须臾，有若蛇者从疮中出，便以铁椎横贯蛇头，蛇在皮中动摇良久，须臾不动，乃牵出，长三尺许，纯是蛇，但有眼处而无童子[4]，又逆鳞耳。以膏散着疮中，七日愈。

一直过了七八年，才请来华佗让他诊治。华佗说：“这毛病好治。要觅得一条与砻糠一样颜色的黄狗、两匹好马，用绳系在狗的脖子上，让奔跑着的马牵着狗奔走，一匹马筋疲力尽了，就换上另一匹。”估计马跑了三十多里，狗走不动了，又叫步行的人拖着狗走，共计走了五十里，于是他拿药给女孩喝，这女孩就安然躺下而不知人事了，接着他就拿起大刀，把这条狗靠近后腿前的腹部斩断，拿这斩断的地方对准女孩的疮口，让它与疮口保持两三寸的距离。一会儿，就有像蛇一样的东西从疮口中爬出来，华佗便用铁锥子横向戳穿它的头部，这蛇在女孩的皮肤下蠕动了好长时间，过了一会儿便不动了，华佗就把它拉出来，竟有三尺左右长，纯粹是条蛇，只是它长有眼球的地方却没有眸子，又倒长着鳞片罢了。华佗用药膏涂在这女孩的疮口里面，过了七天，女孩的疮就痊愈了。

注释

1 **沛国**：东汉改沛郡置，治所在相县（今安徽省濉溪县西北）。三国魏移治沛县（今江苏省沛县）。华佗为汉末沛国谯县（今安徽省亳州市）人。

2 **琅邪**：秦置琅邪郡，治所在琅邪县（今山东省青岛市黄岛区胶南琅琊镇东南），西汉移治东武县（今山东省诸城市）。东汉建初五年(80)改为琅邪国，移治开阳县（今山东省临沂市北）。东晋后复为郡。 **河内**：郡名，西汉置，治所在怀县（今河南省武陟县西南）。

3 毛本无“去”字，据汪校补。

4 **童**:通“瞳”。

原文

70. 佗尝行道,见一人病咽,嗜食不得下。家人车载,欲往就医。佗闻其呻吟声,驻车往视,语之曰:“向来道边,有卖饼家蒜齑大酢[1],从取三升饮之,病自当去。”即如佗言,立吐蛇一枚。

译文

华佗有一次走在路上,看见有个人喉咙里生了病,很想吃东西却咽不下去。他的仆人用车装着他,想去让医生诊治。华佗听见他呻吟的声音,就停住车去看了一下,对他说:“刚才经过的路旁,一家卖饼的有蒜泥大醋,你从他那里取个三升把它喝了,毛病自然会消除。”这人就按照华佗的话去做了,立刻吐出了一条蛇。

注释

1 **齑**(jī):“齏”之俗字。捣碎的姜、蒜或韭菜碎末儿。 **酢**(cù):“醋”之古字。

卷四　天地诸神

导读

本卷记述天地山河等各种神仙。第71、75条介绍风伯、雨师、河伯，有助于读者了解古代神话常识。第73条借泰山之女赞颂太公望之德，第78条借庐山君之行歌颂张璞之义，可见古代神话传说也深受儒家学说的影响。第74、76条的故事，结构完整，首尾圆合，情节丰富，镜头切换频繁，叙事多而不散，写人多而不乱，过程曲折而过渡自然，实为出色的文学作品，而洋溢其中的报恩思想，通关节而遭报应的情节设计，对布恩施德、治病救人行为的赞颂，也向读者展示了作者的价值观。

原文

71. 风伯、雨师，星也。风伯者，箕星也。雨师者，毕星也。郑玄谓司中、司命，文昌第五、第四星也[1]。雨师一曰屏翳，一曰屏号[2]，一曰玄冥。

译文

风伯、雨师，都是星宿。风伯，是箕星。雨师，是毕星。郑玄说司中、司命是文昌宫的第五、第四星。雨师又叫屏翳，又叫屏号，又叫玄冥。

注释

1 **昌：**毛本作“星”，据张本改。 **第五、第四：**毛本作“第四、第五”，据汪校改。

2 **屏号：**毛本作“号屏”，据汪校改。

原文

72. 蜀郡张宽[1]，字叔文，汉武帝时为侍中，从祀甘泉[2]，至渭桥，有

译文

蜀郡的张宽，字叔文，汉武帝的时候曾在皇宫里做侍中，他跟随皇帝到甘泉宫祭祀，经过渭桥，看见有一个妇女在渭河中洗

女子浴于渭水，乳长七尺。上怪其异，遣问之。女曰："帝后第七车者，知我所来。"时宽在第七车，对曰："天星主祭祀者。斋戒不洁，则女人见[3]。"

澡，她的乳房有七尺长。皇上对她生得这样特别而感到奇怪，就派人去问她。这妇女说："皇帝后面第七辆车中的人，知道我是从什么地方来的。"当时张宽在第七辆车中，他回答说："这是天上管祭祀的星宿。祭祀前身心不整洁，那么这女人就出现了。"

注释

1 **蜀郡**：见第21条注。

2 **甘泉**：宫名，秦置，在今陕西省淳化县西北甘泉山上。

3 **见**(xiàn)：同"现"。

原文

73. 文王以太公望为灌坛令[1]，期年，风不鸣条。文王梦一妇人，甚丽，当道而哭，问其故，曰："吾泰山之女，嫁为东海妇，欲归，今为灌坛令当道。有德，废我行[2]；我行必有大风疾雨，大风疾雨，是毁其德也。"文王觉，召太公问之。是日果有疾雨暴风，从太公邑外而过。文王乃拜太公为大司马。

译文

周文王让吕尚做灌坛令，一周年后，太平得连风吹树枝都不发出声响。周文王梦见一个妇女，长得很漂亮，挡住了他的去路在哭，问她哭的原因，她说："我是泰山神女，嫁给东海神做媳妇，我想回家，现在被灌坛令挡住了去路。他有德行，所以我停下来不再走路；我走过一定会有狂风暴雨，有狂风暴雨，这就毁坏了他的德行。"周文王醒来，召见吕尚询问这件事。那一天果然有暴风骤雨，但只从吕尚住的城外经过。周文王明白了泰山神女的意思，就任命吕尚为大司马。

注释

1 **太公望:**姜姓,吕氏,名尚,字子牙,号太公,俗称姜太公。**灌坛令:**官名,主管在祭坛上酌酒灌地来降神。

2 **废:**停止,中止。

原文

74. 胡母班,字季友,泰山人也[1]。曾至泰山之侧,忽于树间逢一绛衣驺呼班云:"泰山府君召[2]。"班惊愕,逡巡未答,复有一驺出,呼之,遂随行数十步,驺请班暂瞑。少顷,便见宫室,威仪甚严,班乃入阁拜谒。主为设食,语班曰:"欲见君,无他,欲附书与女婿耳。"班问:"女郎何在?"曰:"女为河伯妇。"班曰:"辄当奉书,不知缘何得达?"答曰:"今适河中流,便扣舟呼青衣,当自有取书者。"班乃辞出,昔驺复令闭目,有顷,忽如故道。遂西行,如神言而呼青衣,须臾,果有一女

译文

胡母班,字季友,是泰山郡人。有一次他走过泰山的旁边,忽然在树林里碰上一个穿红衣服的骑士招呼胡母班说:"泰山府君召见你。"胡母班惊呆了,正徘徊不前还没回答的时候,又有一个骑士出来呼唤他,于是胡母班跟着他们走了几十步,骑士就请胡母班暂时闭上眼睛。一会儿,就看见宫殿房屋,仪仗非常威严,胡母班就进府拜见了泰山府君。泰山府君让人给他端上饭菜,对胡母班说:"我想见您,没有别的事情,只是想请您捎封信给我女婿罢了。"胡母班问:"您女儿在哪里?"泰山府君说:"我女儿是黄河之神河伯的妻子。"胡母班说:"我立即就拿了信送去,不知道沿着什么路走才能到她那里?"泰山府君回答说:"您一到黄河的中央,就敲打着船呼唤奴婢,自会有取信的人出来。"胡母班就告辞了泰山府君出来,刚才那骑士又让他闭上眼睛,一会儿,他忽然又来到了原来的路上。胡母班就向西去了,像泰山府君所说的那样呼唤奴婢,一会儿,果然有一个婢女出来,拿了信就潜到水

仆出，取书而没。少顷复出，云："河伯欲暂见君。"婢亦请瞑目，遂拜谒河伯。河伯乃大设酒食，词旨殷勤。临去，谓班曰："感君远为致书，无物相奉。"于是命左右："取吾青丝履来。"以贻班。班出，瞑然，忽得还舟。遂于长安经年而还，至泰山侧，不敢潜过，遂扣树，自称姓名："从长安还，欲启消息。"须臾，昔驺出，引班如向法而进，因致书焉。府君请曰："当别再报。"班语讫，如厕，忽见其父着械徒作，此辈数百人。班进拜，流涕问："大人何因及此？"父云："吾死不幸，见谴三年[3]，今已二年矣，困苦不可处。知汝今为明府所识，可为吾陈之，乞免此役，便欲得社公耳。"班乃依教，叩头陈乞。府君曰："生死异路，不可相

中去了。过了一会儿，这婢女又冒出水面，说："河伯想见您一下。"这婢女也请他闭上眼睛，于是胡母班便拜见了河伯。河伯则大摆酒宴，说话也十分热情。临走时，他对胡母班说："感激您老远给我送来信，我也没有什么东西奉送给您。"于是就命令身边的侍从："把我的青丝鞋拿来。"于是就把这鞋子赠送给了胡母班。胡母班出来时，也闭上眼睛，忽然又回到了船上。胡母班就在长安过了一年再回家去，走到泰山旁边，不敢偷偷地经过，就敲着树干，自报姓名："我胡母班从长安回来，想报告一下消息。"一会儿，从前的那个骑士出来，带着胡母班按照过去的方法进了泰山府，于是胡母班就向泰山府君报告了送信的经过。泰山府君请求说："我会在其他方面再报答您。"胡母班说完话，去上厕所，忽然看见他父亲带着刑具在干犯人所服的劳役，这种人有几百个。胡母班上前拜见父亲，流着泪问："大人为什么落到这个地步？"他父亲说："我死了后很不幸，被惩罚三年，现在已经两年了，苦得不能再待下去了。知道你现在被府君所赏识，你可以给我向他诉说一下这件事，求他免除这劳役，我只是想当一个土地神罢了。"胡母班就依照父亲教给他的话，向府君磕头求情。府君说："活人和死人属于不同的世界，不可以互相接近。我自己倒没有什么吝惜的。"胡母

近。身无所惜。”班苦请，方许之，于是辞出，还家。岁余，儿子死亡略尽。班惶惧，复诣泰山，扣树求见，昔驺遂迎之而见。班乃自说：“昔辞旷拙，及还家，儿死亡至尽。今恐祸故未已，辄来启白，幸蒙哀救。”府君拊掌大笑曰：“昔语君‘死生异路，不可相近’故也。”即敕外召班父。须臾，至庭中，问之：“昔求还里社，当为门户作福，而孙息死亡至尽，何也？”答云：“久别乡里，自忻得还，又遇酒食充足，实念诸孙，召之。”于是代之。父涕泣而出。班遂还，后有儿，皆无恙。

班苦苦哀求，府君才答应了他的请求，于是胡母班告辞出来，回家去了。过了一年多，胡母班的儿子几乎死光了。胡母班很恐惧，又来到泰山，敲树求见，过去的骑士就迎接他去见府君。胡母班就自己先说道：“我过去说话粗疏，等到我回家后，我的儿子都快死光了。现在恐怕祸事还没完，所以就来向您禀告，希望得到您的怜悯和拯救。”府君拍手大笑说：“这就是我过去对你所说的‘活人和死人属于不同的世界，不可以互相接近’的缘故啊。”就传令外面召见胡母班的父亲。一会儿，胡母班的父亲来到厅堂上，府君就问他：“过去你请求回到家乡当个土地神，本当为家族造福，可是你的孙儿快死光了，这是为什么呢？”胡母班的父亲回答说：“我离开家乡很久了，十分高兴能回家，又碰上吃的喝的十分丰盛，实在想念孙儿们，所以把他们召去了。”于是府君便撤换了胡母班的父亲。他父亲痛哭流涕地出去了。胡母班就回家去了，后来又有了儿子，都平安无事。

注释

1 **泰山：**郡名，见第 9 条注。

2 **泰山府君：**古人认为泰山是阴府所在，主招人魂。泰山府君即召收人魂的神，又称东岳大帝，与佛教中的阎罗属于不同的阴间系统。参见第 361 条注。

3 **谴：**毛本作“遣”，据汪校改。

原文

75. 弘农冯夷[1]，华阴潼乡堤首人也[2]。以八月上庚日渡河溺死，天帝署为河伯。又《五行书》曰："河伯以庚辰日死，不可治船远行，溺没不返。"

译文

弘农郡的冯夷，是华阴县潼乡河堤边上的人。他在八月上旬的庚日横渡黄河时被淹死了，天帝安排他当黄河之神河伯。还有，《五行书》说："河伯死在庚辰日，这一天不可以开船到远处去，如果去，就会沉没回不来。"

注释

1 毛本"弘农"上有"宋时"二字，据汪校删。 **弘农：**郡名，西汉置，治所在弘农县(今河南省灵宝市东北)。

2 **华阴：**见第20条注。 **潼乡：**在今陕西省潼关县。

原文

76. 余杭县南有上湖[1]，湖中央作塘。有一人乘马看戏，将三四人至岑村饮酒，小醉，暮还。时炎热，因下马入水中，枕石眠。马断走归，从人悉追马，至暮不返。眠觉，日已向晡，不见人马，见一妇来，年可十六七，云："女郎再拜。日既向暮，此间大可畏，君作何计？"因问："女郎何姓？那得忽相闻？"复有一少年，

译文

余杭县南边有个上湖，这湖的中央筑有堤坝。有一个人骑着马去看戏，带了三四个人到岑村喝酒，喝得稍微有点醉了，很晚才回家去。当时天气十分炎热，他因此下了马跳到水里，把头枕在石头上睡着了。哪知他的马却扯断了缰绳跑回家去了，随从们都去追马，到天黑也没回来。他一觉醒来，太阳快要下山了，一看人与马都不见了，只见一个女子走来，年纪大约十六七岁，对他说："小女子我向您多多拜上。天已经快黑了，这儿太可怕了，您打算怎么办？"他就问："姑娘您姓什么？怎么会一下子知道我在这儿呢？"这时又有一个少年，年纪在十三四岁，生得聪明伶俐，坐了一辆新车，车后跟着

年十三四，甚了了，乘新车，车后二十人，至，呼上车，云："大人暂欲相见。"因回车而去。道中绎络把火，见城郭邑居。既入城，进厅事，上有信幡，题云"河伯信"。俄见一人，年三十许，颜色如画，侍卫烦多，相对欣然，敕行酒炙[2]，云："仆有小女，颇聪明，欲以给君箕帚。"此人知神，不敢拒逆。便敕备办，会就郎中婚。承白已办，遂以丝布单衣及纱袷、绢裙、纱衫裈、履屐，皆精好，又给十小吏、青衣数十人。妇年可十八九，姿容婉媚，便成。三日，经大会客，拜阁[3]。四日，云："礼既有限，发遣去。"妇以金瓯、麝香囊与婿别，涕泣而分。又与钱十万、药方三卷，云："可以施功布德。"复云："十年当相迎。"此人归家，遂不肯别婚，辞亲，出家作道人。所得三卷方：

二十个人，来到这儿，招呼他上车，对他说："我家大人想见您一下。"他上车后这少年便掉转车头回去了。只见路上火把接连不断，一会儿便望见那城墙房屋。进了城，来到官府公堂，上有一面信旗，写着"河伯信"三个字。一会儿又看见一个人，年纪在三十岁左右，面容就像图画上画的一样，侍从很多，对他的来临很高兴，命令侍从给他斟酒端肉，并对他说："我有个女儿，很聪明，想把她嫁给您做妻子。"这个人知道河伯是神，所以不敢拒绝。河伯就命令部下去准备，将马上让女儿与他结婚。承办的小吏汇报说已办妥，河伯就拿丝绸单衣以及纱夹衣、绸缎裙子、纱短衫裤、鞋子等给了他，这些东西都很精美，同时又给了他十个小吏、几十个婢女。那女子年龄大约在十八九岁，身材苗条，容貌妩媚，就这样成了婚。成婚后三天，按规矩大规模地宴请宾客，女婿拜门。第四天，河伯对女儿说："婚礼已完毕而时间有限，要打发他走了。"这女子便送上黄金酒器、麝香袋和丈夫告别，痛哭流涕地和他分手。另外，还给了他十万铜钱、三卷药方，对他说："这些东西可以用来为百姓做好事布施恩德。"又说："十年后我应该会迎接你的。"这个人回家后，就不肯再与别人结婚了，他辞别了父母亲，出家做了道士。他得到的三卷药方：一卷

一卷脉经，一卷汤方，一卷丸方。周行救疗，皆致神验。后母老兄丧，因还婚宦。

是脉经，一卷是汤剂单方，一卷是丸药单方。他四处奔走，救死扶伤，这些药方都取得了神奇的效果。后来他母亲老了哥哥死了，就又回去和妻子团聚，并做了河伯的官。

注释

1 毛本“余杭县”上有“吴”字，据汪校删。 **余杭县：**秦置，治所在今浙江省杭州市余杭区余杭街道。

2 **炙：**毛本作“笑”，据汪校改。

3 **拜阁：**拜门。魏晋时的婚俗，婚后第三天为女婿拜阁日，女婿来拜门，亲戚宾客毕集。

原文

77. 秦始皇三十六年，使者郑容从关东来，将入函关[1]，西至华阴，望见素车白马从华山上下，疑其非人，道住，止而待之。遂至，问郑容曰：“安之？”答曰：“之咸阳[2]。”车上人曰：“吾华山使也，愿托一牍书，致镐池君所[3]。子之咸阳，道过镐池，见一大梓，有文石，取款梓，当有应者，即以书与之。”容如其言，以石款梓树，果有人来取书：“明年，祖龙死。”

译文

秦始皇三十六年（前211），使者郑容从函谷关东边过来，进了函谷关，向西走到华阴县，远远望见白车白马从华山上下来，便怀疑那车中坐的不是人，就在路上停住了，待在那里等车马过来。一会儿那车子就到了他面前，车中的人问郑容道：“你到哪里去？”郑容回答说：“到咸阳去。”车上的人说：“我是华山神的使者，想托你带一封信，送到镐池君那里。您到咸阳，将路过镐池，在镐池你会看见一棵大梓树，那树下有一块带有花纹的石头，你拿它敲梓树，就会有接应的人出来，你就把信交给他。”郑容按照他的话，用那石头敲那棵梓树，果然有人来拿信，并对郑容说：“明年，秦始皇会死。”

注释

1 **将**:行进。 **函关**:即函谷关,战国秦置,在今河南省灵宝市东北。

2 **咸阳**:在今陕西省咸阳市东北,秦孝公十二年(前 350)迁都于此,并置为县。西汉改名新城县。

3 **镐池**:在今陕西省西安市西南。

原文

78. 张璞,字公直,不知何许人也。为吴郡太守[1],征还,道由庐山,子女观于祠室,婢使指像人以戏曰:"以此配汝。"其夜,璞妻梦庐君致聘曰:"鄙男不肖,感垂采择,用致微意。"妻觉,怪之。婢言其情,于是妻惧,催璞速发。中流,舟不为行,阖船震恐,乃皆投物于水,船犹不行。或曰:"投女,则船为进。"皆曰:"神意已可知也。以一女而灭一门,奈何?"璞曰:"吾不忍见之。"乃上飞庐卧,使妻沈女于水[2]。妻

译文

张璞,字公直,不知道是什么地方的人。他任吴郡太守的时候,被征召回朝,路过庐山,他的儿女游览祠堂,婢女指着一个泥菩萨和他女儿开玩笑说:"让它和你配夫妻。"那天夜里,张璞的妻子梦见庐山神送上聘礼说:"我鄙陋的儿子不成器,感谢您肯低就,选择了我儿子做女婿,我拿这些东西来表示我一点小小的心意。"张璞的妻子醒来后,感到这事很奇怪。那婢女便说出了开玩笑的事情,于是妻子很害怕,催促张璞赶快出发。谁知道刚到江心,船却不能再前进了,全船的人都十分惊惧,就一起向江水中扔东西,但是船还是不能前进。这时有人说:"把女孩扔到江中,那么船就能前进了。"大家也都附和着说:"山神的用意已经可以明白了。因为舍不得一个女儿而使一家都死掉,这怎么行呢?"张璞说:"我不忍心眼睁睁地看着女儿被扔进江中。"于是他就登上船的顶楼去躺着,让妻子把女儿沉到江中去。他的妻子便用张璞已故兄长的孤女代替了自己的女儿,把席子放在水面上,让女孩坐在上面,

因以璞亡兄孤女代之，置席水中，女坐其上，船乃得去。璞见女之在也，怒曰："吾何面目于当世也！"乃复投已女。及得渡，遥见二女在下。有吏立于岸侧，曰："吾庐君主簿也。庐君谢君，知鬼神非匹，又敬君之义，故悉还二女。"后问女，言："但见好屋、吏卒，不觉在水中也。"

于是船才得以开走。张璞下来看见自己的女儿还在船上，生气地说："我还有什么面子活在这世界上！"就又把自己的女儿扔进水里。等他们渡到对岸的时候，远远望见两个女孩站在岸下。有个小吏站在岸边，对张璞说："我是庐山神的主簿。庐山神向您拜谢道歉，他知道鬼神不能和您女儿婚配，又敬重您的道义，所以把两个女孩全部还给您。"后来张璞问女儿，女儿说："我当时只看见漂亮的房屋和官吏士兵，没感觉到自己是在水中。"

注释

1 **吴郡：**楚汉间置，汉武帝后废。东汉复置，治所在吴县（今江苏省苏州市）。

2 **沈**(chén)：同"沉"。

原文

79. 建康小吏曹著[1]，为庐山使所迎，配以女婉。著形意不安，屡屡求请退。婉潸然垂涕，赋诗序别，并赠织成裈衫。

译文

建康县的小吏曹著，被庐山神的使者接了去，庐山神把女儿婉嫁给了他。曹著老是心神不定，多次请求退婚。婉儿泪流满面，做了一首诗和他告别，并把高级丝织品所做的裤子衣衫赠给了他。

注释

1 **建康：**县名，西晋建兴元年(313)以建邺县改名，治所在今江苏省南京市。

原文

80. 宫亭湖孤石庙[1]，尝有估客下都[2]，经其庙下，见二女子，云："可为买两量丝履，自相厚报。"估客至都，市好丝履，并箱盛之，自市书刀亦内箱中[3]。既还，以箱及香置庙中而去，忘取书刀。至河中流，忽有鲤鱼跳入船内，破鱼腹，得书刀焉。

译文

鄱阳湖畔有座孤石庙，曾经有一个贩运货物的商人到都城去，经过这庙下的时候，看见两个姑娘，对他说："希望您能给我们买两双丝鞋来，我们一定会重谢您。"这商人到了都城，买好丝鞋，把它们合装在一只箱子里，他自己买了一把写字时用来削改竹简的书刀也放在箱子里。回去的时候，他把箱子和线香放在庙里就走了，忘了取出书刀。他的船刚到河中央，忽然有一条鲤鱼跳进船舱里，他把鱼肚子剖开，竟从那里面得到了书刀。

注释

1 **宫亭湖：**彭蠡泽的别名，又名彭泽湖，指今江西省庐山市南之鄱阳湖。古代因庐山南岭下彭泽湖畔有庐山神庙名宫亭庙，所以彭泽湖又被称为宫亭湖。

2 **估：**通"贾"。 **估客：**即"贾客"，指商人。

3 **内**(nà)**：**通"纳"。

原文

81. 南州人有遣吏献犀簪于孙权者[1]，舟过宫亭庙而乞灵焉[2]。神忽下教曰："须汝犀簪。"吏惶遽，不敢应，俄而犀簪已前列矣。神复下教曰："俟汝至石头城[3]，返

译文

交州交趾太守有一次派小吏给孙权进献犀牛角制成的簪子，船经过鄱阳湖边的宫亭庙，这小吏就到庙中乞求神灵保佑。那神灵忽然传下话说："我要你的犀牛角簪子。"这小吏惊恐万状，不敢答应，但一会儿这犀牛角簪子却已摆在神像的前面了。那神灵又传下话说："等你到了石头城，我把簪子还给你。"

汝簪。”吏不得已，遂行，自分失簪且得死罪[4]，比达石头，忽有大鲤鱼，长三尺，跃入舟，剖之，得簪。

这小吏也无可奈何，就只好走了，他自料丢了这簪子将被判死刑，哪知等他的船开到石头城，忽然有一条大鲤鱼，长三尺，跳进船里，他把鱼剖开，便得到了这簪子。

注释

1 **南州**：指南交，即交趾，汉武帝所置十三刺史部之一，东汉改称交州，治所在交趾郡郡治龙编县（今越南北宁省仙游东），建安八年(203)移治广信县（今广西梧州市），建安十五年(210)移治番禺县（今广东省广州市）。三国吴为交州，永安七年(264)分广州治番禺县，移交州治龙编县。 **南州人**：指交趾太守士燮，他遣吏献犀簪事可参见《北堂书钞》卷三十一《政术部·贡献》所引《士燮杂章》及《三国志·吴书·士燮传》。

2 **宫亭庙**：即庐山南岭下彭蠡泽畔之庐山神庙（见《水经注》卷三十九），在今江西省庐山南鄱阳湖畔。

3 **石头城**：在今江苏省南京市西清凉山。本楚威王所置金陵邑，东汉建安十七年(212)孙权重筑改名，唐以前其城负山面江，南临秦淮河口，形势险固，宛如虎踞，故有“石头虎踞”之称。

4 **分**(fèn)：料想。

原文

82. 郭璞过江，宣城太守殷祐引为参军[1]。时有一物，大如水牛，灰色，卑脚，脚类象，胸前尾上皆白，大力而迟钝，来到城下，众咸怪焉。祐使人伏而

译文

郭璞过了长江，宣城郡太守殷祐引荐他当了参军。当时有一个怪物，像水牛一样大，灰颜色，矮脚，脚与大象的脚相似，胸口前面以及尾巴上面都是白颜色，力气很大，但行动迟缓，来到宣城郡城下，老百姓看见了都觉得很奇怪。殷祐派人埋伏下来把它逮住了，让郭璞算卦，碰到的是“遁”卦变至“蛊”卦，可知这怪物名叫“驴鼠”。卦刚算完，埋伏的人就用戟刺这怪物，刺

取之，令璞作卦，遇"遁"之"蛊"，名曰"驴鼠"。卜适了，伏者以戟刺，深尺余。郡纲纪上祠请杀之[2]，巫云："庙神不悦。此是郏亭庐山君使[3]，至荆山[4]，暂来过我，不须触之。"遂去，不复见。

进去有一尺多深。宣城郡的主簿到祠庙里去请求把它杀了，庙里的巫婆说："庙里的神灵对你们的做法很恼火。这是宫亭庙中庐山神的使者，它要到荆南山去，暂时来拜访我庙神，你们不必去碰它。"于是这怪物就走了，从此再也没有人看见过它。

注释

1 **宣城：**见第 38 条注。

2 **纲纪：**主簿，州郡中的官吏。毛本作"纪纲"，据汪校改。

3 **郏亭：**即"宫亭"，指宫亭庙，即庐山神庙。 **庐：**毛本作"驴"，据汪校改。

4 **荆山：**又名荆南山，在今江苏省宜兴市南荆溪之南。

原文

83. 庐陵欧明从贾客道经彭泽湖[1]，每以舟中所有多少投湖中，云："以为礼。"积数年。后复过，忽见湖中有大道，上多风尘，有数吏乘车马来候明，云是青洪君使要[2]。须臾达，见有府舍、门下吏卒，明甚怖。吏曰："无可怖。青洪君感君前后有礼，故要君。必有重遗君者[3]，君勿取，独求如愿耳。"明既

译文

庐陵郡的欧明跟随贩运货物的商人路过彭泽湖，总是把船里的东西或多或少地丢一点到湖里，说："把它作为我的礼物吧。"这样一直过了好几年。后来他又经过彭泽湖，忽然看见湖中有一条大路，路上尘土很多，有几个小吏乘着车、骑着马来迎接欧明，说是彭泽湖之神青洪君派他们来邀请他。一会儿欧明便到了那里边，只看见有官府房屋以及门口的差役，欧明很害怕。那小吏说："没有什么可害怕的。青洪君感激您前前后后一直来赠送礼物，所以邀请您。他肯定有贵重的物品送给您，可您别拿，您单单向他要个如愿就行了。"欧明见了青洪君，就向他

见青洪君,乃求如愿,使逐明去。如愿者,青洪君婢也。明将归,所愿辄得,数年,大富。

要如愿,青洪君就让如愿跟着欧明走了。如愿,是青洪君的婢女。欧明带着如愿回家,他的愿望总是能实现,几年下来,他就极其富裕了。

注释

1 **庐陵**:郡名,东汉兴平元年(194)置,治所在庐陵县(今江西省吉安市西南),西晋太康时移治石阳县(今吉水县东北)。 **彭泽湖**:即第 80 条之宫亭湖。

2 **要**(yāo):邀请。

3 **遗**(wèi):馈赠。

原文

84. 益州之西[1],云南之东[2],有神祠。克山石为室[3],下有民奉祠之[4],自称黄公,因言此神张良所受黄石公之灵也,清净不宰杀。诸祈祷者,持一百纸、一双笔、一丸墨置石室中[5],前请乞,先闻石室中有声,须臾,问来人何欲。既言,便具语吉凶,不见其形。至今如此。

译文

益州的西面,云南郡的东面,有一座神庙。这庙是在山崖上凿个洞作为供奉神灵的宝殿,宝殿下有个得道成仙的人敬奉祭祀庙中的神灵,他自称黄公,还说这庙的神灵是张良所就学过的黄石公的灵魂,喜欢清静素洁而不用宰杀牲畜来祭他。来祈祷的人们,只要拿一百张纸、两支笔、一块墨放在那石洞中,便可以走上前去乞求,先会听见石洞中发出声音,过了一会儿,里边就会问前来祈祷的人有什么要求。等祈祷的人说完,他就一一告诉其中的吉凶,但看不见他的形体。这情况直到今天还是这样。

注释

1 **益州**:汉武帝所置十三刺史部之一,东汉时治所在雒县(今四川省广汉市北)，中平中移治绵竹县(今四川省德阳市东北)，兴平中又移治成都县(今四川省成都市)。

2 **云南**：郡名，三国蜀建兴三年(225)置，治所在梇栋县(今云南省姚安县北)，西晋移治云南县(今云南省祥云县东南)。

3 **克**：通“刻”。

4 **民**：毛本作“神”，据汪校改。

5 **纸**：毛本作“钱”，据汪校改。

原文

85. 永嘉中，有神见兖州[1]，自称樊道基。有妪号成夫人，夫人好音乐，能弹箜篌，闻人弦歌，辄便起舞。

译文

永嘉年间(307—312)，有个神仙出现在兖州，自称是樊道基。有个妇女号称成夫人，成夫人喜欢音乐，会弹箜篌，她听见别人奏乐歌唱，马上就跳起舞来了。

注释

1 **见**(xiàn)：同“现”。 **兖州**：汉武帝所置十三刺史部之一，东汉时治所在昌邑县(今山东省金乡县西北)，三国魏移治廪丘县(今山东省郓城县西)。

原文

86. 沛国戴文谋隐居阳城山中[1]，曾于客堂食际，忽闻有神呼曰：“我天帝使者，欲下凭君，可乎？”文闻甚惊。又曰：“君疑我也？”文乃跪曰：“居贫，恐不足

译文

沛国的戴文谋隐居在阳城山中，有一次在客厅吃饭的时候，忽然听见有个神仙呼唤他说：“我是天帝的使者，想下凡来依靠您，可以吗？”戴文谋听见后十分吃惊。那神仙又说：“您怀疑我吗？”戴文谋便跪下来说：“我很穷，恐怕不值得您下凡依靠罢了。”接着戴文谋就把家中打扫干净，设立了这神

降下耳。”既而洒扫设位，朝夕进食，甚谨。后于室内窃言之，妇曰：“此恐是妖魅凭依耳。”文曰：“我亦疑之。”及祠飨之时，神乃言曰：“吾相从，方欲相利，不意有疑心异议。”文辞谢之际，忽堂上如数十人呼声。出视之，见一大鸟五色，白鸠数十随之，东北入云而去，遂不见。

仙的牌位，天天进献食物，十分谨慎。后来他在房间里偷偷地把这件事告诉了妻子，他妻子说：“这恐怕是妖怪想依靠我们吧。”戴文谋说：“我也怀疑他。”等到他再进献祭品的时候，那神仙便对他说：“我跟随你，刚想给你好处，想不到你对我还有疑心而说我的鬼话。”戴文谋正在向他道歉的时候，客厅上忽然发出像几十个人在呼叫的声音。他出去一看，只见一只五色大鸟，有几十只白鸠跟随着它，飞进东北方的云中去，于是就看不见了。

注释

1 **沛国**：见第69条注。 **阳城山**：见第21条注。

原文

87. 麋竺，字子仲，东海朐人也[1]。祖世货殖，家赀巨万。常从洛归[2]，未至家数十里，见路次有一好新妇，从竺求寄载。行可二十余里，新妇谢去，谓竺曰：“我天使也，当往烧东海麋竺家，感君见载，故以相语。”竺因私请之。妇曰：“不可得不烧。如此，君可快去，我当缓行，日中必火发。”

译文

麋竺，字子仲，是东海郡朐县人。他祖祖辈辈经商，家中财产数以万计。有一次他从洛阳回家，在离家还有几十里的地方，在路上碰到一个漂亮的新娘，向他请求搭车。麋竺让她上车后，走了大约二十多里，新娘向他告别，对麋竺说：“我是天上的使者，要去烧掉东海郡麋竺的家，感激您让我搭了车，所以把这个消息告诉您。”麋竺就私下向她求情。那新娘说：“不烧是不可能的。这样吧，您可以赶快回去，我会慢慢地走，但到中午一定会烧起来。”麋竺就急忙赶回家，到家后，就搬出所有

竺乃急行归，达家，便移出财物，日中而火大发。

的财物，中午的时候大火就熊熊地燃烧起来了。

注释

1 **东海**：见第 23 条注。**朐**(qú)：县名，秦置，治所在今江苏省连云港市海州区西南锦屏山侧。

2 **常**：通“尝”，曾经。

原文

88. 汉宣帝时，南阳阴子方者[1]，性至孝，积恩，好施，喜祀灶。腊日晨炊，而灶神形见[2]，子方再拜受庆，家有黄羊，因以祀之。自是已后，暴至巨富，田七百余顷，舆马仆隶比于邦君。子方尝言：“我子孙必将强大。”至识三世，而遂繁昌，家凡四侯，牧守数十，故后子孙尝以腊日祀灶[3]，而荐黄羊焉。

译文

汉宣帝的时候，南阳郡有个叫阴子方的人，本性极其孝顺，他积聚恩德，爱好施舍，喜欢祭灶神。腊日那天早晨做早饭的时候，灶神现出了原形，阴子方恭敬地向灶神拜了两次，请求受到灶神的福佑，当时他家里有条黄狗，就用它来祭灶神。打这以后，他一下子变成了大富翁，拥有耕田七百多顷，车马仆人与郡国的国君一样多。阴子方曾经说：“我的子孙一定会强大的。”到第三代阴识的时候，阴家就已繁荣了，家里共有四个人被封侯，做州郡一级的官有几十个，所以后来他的子孙常在腊日祭灶神，并献上黄狗作祭品。

注释

1 **南阳**：郡名，战国秦置，治所在宛县(今河南省南阳市)。

2 **见**(xiàn)：同“现”。

3 **尝**：通“常”。

原文

89. 吴县张成，夜起，忽见一妇人立于宅南角，举手招成曰："此是君家之蚕室，我即此地之神。明年正月十五，宜作白粥，泛膏于上。"以后年年大得蚕。今之作膏糜像此。

译文

吴县的张成，有一天夜里起床，忽然看见一个妇女站在他住宅南边的拐角处，挥着手招呼张成说："这是你们家的养蚕房，我就是这里的神仙。明年正月十五，你应该煮一些白米粥，在这养蚕房上涂一层米膏。"从此以后张成每年养蚕都获得大丰收。现在人们做糯米膏也像这样。

原文

90. 豫章有戴氏女[1]，久病不差[2]，见一小石形像偶人，女谓曰："尔有人形，岂神？能差我宿疾者，吾将重汝。"其夜，梦有人告之："吾将祐汝。"自后疾渐差，遂为立祠山下，戴氏为巫，故名戴侯祠。

译文

豫章郡有一个姓戴的女子，病了很久也没痊愈，她看见一块小石头形状像个木偶人，这女子便对它说："你有人的形状，是不是神仙呢？你如果能使我这老毛病痊愈，我将从重酬谢你。"那天夜里，这女子梦见有人告诉她："我将保佑你。"从此以后她的毛病就渐渐好了，于是她就在山下为这小石头建造了一座祠庙，这姓戴的女子做了里面的巫婆，所以这庙取名为戴侯祠。

注释

1 **豫章**：见第26条注。

2 **差**：通"瘥"，病愈。

原文

91. 汉阳羡长刘玘尝言[1]："我死当为神。"一夕饮醉，无病而卒。

译文

汉朝阳羡县县长刘玘曾经说："我死了会成为神仙。"有一天晚上他喝醉了，没生病就死了。当时风雨大作，把他的棺材刮走了。

风雨，失其柩。夜闻荆山有数千人喊声[2]，乡民往视之，则棺已成冢，遂改为君山，因立祠祀之。

那天夜里，人们听见荆山上有几千个人的喊声，乡里的老百姓赶去看个究竟，却见那棺材上已经形成了大坟，于是便将荆山改称为君山，同时建造了祠庙来祭他。

注释

1 **阳羡**:县名，秦置，治所在今江苏省宜兴市南荆溪南岸。 **长**:秦汉时万户以上的县级行政长官称"令"，不到万户的称"长"。

2 **荆山**:见第82条注。 **喊**:毛本作"嗽"，据汪校改。

卷五　鬼神显灵

导读

本卷所记述的故事大多与鬼有关。第92、93、94三条写蒋侯生前嗜酒好色，死后作恶无情而不可得罪，实蕴含了人们对统治者仗势欺人的控诉。第95、96条写蒋侯爱望子、救少妇，则又表现了人们对有权者的期望。第97条体现了善有善报、恶有恶报的传统观念。第100条宣扬的无神论思想在《搜神记》中实别具一格。第98条不但篇幅较大，情节曲折，叙事生动，对话自然，具有较强的文学性，而且通过鬼口赞扬了廉洁的高官，具有反腐倡廉的思想意义。

原文

92. 蒋子文者，广陵人也[1]，嗜酒，好色，挑挞无度[2]，常自谓己骨清，死当为神。汉末为秣陵尉[3]，逐贼至锺山下[4]，贼击伤额，因解绶缚之，有顷遂死。及吴先主之初，其故吏见文于道，乘白马，执白羽，侍从如平生。见者惊走，文追之，谓曰："我当为此土地神，以福尔下民。尔可宣告百姓，为我立祠。

译文

蒋子文，是广陵郡人，他喜欢喝酒，爱好女色，轻薄放荡，不拘礼法，常常说自己的骨相清高，死了会成为神仙。汉朝末年他当了秣陵县县尉，有一次他追击强盗来到锺山脚下，强盗打伤了他的前额，他就解下衣带缚住伤口，过了一会儿就死了。到孙权刚建立吴国的时候，他生前的部下在路上碰见了蒋子文，看见他骑着白马，拿着白色羽扇，随从也像他活着的时候那样。他部下看见后大吃一惊，转身就逃，蒋子文紧追不放，对他说："我就要做这里的土地神，来为你们这儿的百姓造福。你可以告诉百姓，让他们为我建立祠庙。否则，就会有严重的灾难。"这

不尔，将有大咎。”是岁夏，大疫，百姓窃相恐动，颇有窃祠之者矣。文又下巫祝：“吾将大启祐孙氏，宜为我立祠。不尔，将使虫入人耳为灾。”俄而小虫如尘虻，入耳皆死，医不能治，百姓愈恐，孙主未之信也。又下巫祝：“若不祀我，将又以大火为灾。”是岁，火灾大发，一日数十处，火及公宫。议者以为鬼有所归乃不为厉，宜有以抚之。于是使使者封子文为中都侯，次弟子绪为长水校尉，皆加印绶，为立庙堂，转号锺山为蒋山，今建康东北蒋山是也[5]。自是灾厉止息，百姓遂大事之。

年夏天，瘟疫大流行，老百姓都暗自惊惧，有很多人偷偷地祭他。蒋子文又传言巫祝：“我将大大地保佑孙权，所以应该为我建立祠庙。不这样的话，我将让虫子钻进人的耳朵里造成灾难。”没多久，就有像飞蚁那样的小虫，一钻进人的耳朵里人就死，医生也没法治，老百姓更加恐慌了，但孙权仍然没有相信他。他又传言巫祝说：“如果不祭我，我又要用大火让你们遭殃了。”这一年，火灾严重，一天就有几十个地方被烧掉，火势还蔓延到宫廷。朝中议事的人认为鬼有了归宿的地方就不会再制造灾难了，所以应该采取一些措施来安抚他。于是孙权便派了使者去封蒋子文为中都侯，封他的弟弟蒋子绪为长水校尉，都加赠官印和系印的丝带，并给他们建立了庙宇，把锺山改称为蒋山，现在建康东北的蒋山就是这山。打这以后，灾难消失了，老百姓于是就隆重地供奉祭祀他。

注释

1 **广陵**：郡名，东汉建武十八年（42）以广陵国改置，治所在广陵县（今江苏省扬州市西北）。

2 **挑挞**：即“佻达”。

3 **秣陵**：见第 23 条注。

4 **锺山**：即今江苏省南京市中山门外紫金山。

5 **建康**：见第 79 条注。

原文

93. 刘赤父者，梦蒋侯召为主簿，期日促，乃往庙陈请："母老，子弱，情事过切，乞蒙放恕。会稽魏过，多材艺，善事神，请举过自代。"因叩头流血。庙祝曰："特愿相屈。魏过何人，而有斯举？"赤父固请，终不许，寻而赤父死焉。

译文

有一个叫刘赤父的人，梦见蒋子文召他当主簿，约定他上任的日子十分紧迫，于是就到蒋山庙里向蒋子文倾诉自己的困难，他向蒋子文请求道："我母亲年迈，儿子幼弱，情况实在太急迫，求您多多宽恕。会稽郡的魏过，多才多艺，善于供奉神仙，我请求您提拔魏过来替代我。"接着他便拼命磕头，把头都磕破了。庙里的巫祝说："蒋子文只想委屈你。魏过是什么人，哪能有这样的抬举？"刘赤父坚决地请求他照顾，但他始终不同意，不久刘赤父就死了。

原文

94. 咸、宁中[1]，太常卿韩伯子某、会稽内史王蕴子某[2]、光禄大夫刘耽子某同游蒋山庙。庙有数妇人像，甚端正。某等醉，各指像以戏，自相配匹。即以其夕，三人同梦蒋侯遣传教相闻，曰："家子女并丑陋，而猥垂荣顾，辄刻某日，悉相奉迎。"某等以其梦指适异常，试往相问，而果各得此梦，符协

译文

晋朝咸安、宁康年间(371—375)，太常卿韩伯的儿子某某、会稽国内史王蕴的儿子某某、光禄大夫刘耽的儿子某某一起游览蒋山庙。庙中有几个妇女的神像，容貌很端正。这三个人喝醉了，各人都指着这些妇女的神像开起玩笑来，任意挑了个和自己配夫妻。就在那天晚上，三个人一同梦见蒋子文派人传言，说："我家的闺女都生得很丑，你们却不顾屈辱前来光顾，我就定好某某天，把你们都接了来吧。"这三个人因为那梦指向清楚而不同寻常，所以试探着互相问问，果然各人都做了这个梦，梦见的事一模一样。于是他们十分恐惧，准备了牛、羊、猪等祭品，

如一。于是大惧，备三牲，诣庙谢罪乞哀。又俱梦蒋侯亲来降已曰："君等既已顾之，实贪会对，克期垂及，岂容方更中悔？"经少时并亡。

到蒋山庙谢罪，乞求蒋子文哀怜。接着他们又都梦见蒋子文亲自来对他们说："你们既然已经眷念我的女儿，我实在想让你们成为夫妻，约定的日期快到了，哪能中途翻悔呢？"过了不久，这三个人都死了。

注释

1 **咸、宁：**指咸安（晋简文帝司马昱年号，371—372）、宁康（晋孝武帝司马曜年号，373—375）。

2 **会稽：**指会稽国，东晋初以会稽郡（见第 18 条注）改名。

原文

95. 会稽鄮县东野有女子[1]，姓吴，字望子，年十六，姿容可爱。其乡里有解鼓舞神者要之，便往，缘塘行半路，忽见一贵人，端正非常。贵人乘船，挺力十余，皆整顿[2]，令人问望子："欲何之？"具以事对。贵人云："今正欲往彼，便可入船共去。"望子辞不敢，忽然不见。望子既拜神座，见向船中贵人俨然端坐，即蒋侯像也。问望子："来何迟？"

译文

会稽郡鄮县东边的乡村里有个女子，姓吴，字望子，年龄十六岁，体态容貌生得十分可爱。有一次，她乡里有个祈神还愿的人邀请她，她就去了，沿着河堤走到半路，忽然看见一个贵族老爷，生得非常端正。这老爷坐在船上，为他出力的仆人有十多个，都穿戴得十分整齐，他派人来问望子："要到什么地方去？"望子把事情都告诉了他。老爷说："我现在正要到那里去，你可以上船一起去。"望子推辞说不敢，那船却忽然不见了。望子拜过神座，只见刚才那船里的老爷庄重端正地坐在那里，原来就是蒋子文的神像。他问望子："为什么来得这么晚？"一边说着一边还扔下两只橘子送给她。后来蒋子文屡次现出原形见她，两人的感情便渐渐深厚了。望

因掷两橘与之。数数形见[3]，遂隆情好。心有所欲，辄空中下之。尝思啖鲤，一双鲜鲤随心而至。望子芳香，流闻数里，颇有神验，一邑共事奉。经三年，望子忽生外意，神便绝往来。

子心里想要什么东西，那东西总会从空中掉下来。望子有一次想吃鲤鱼，一对新鲜鲤鱼便如愿而来。望子的好名声，流传到几里以外，她很有神仙般的灵验，因此全县的人都供奉她。过了三年，望子忽然见异思迁了，蒋子文的神灵就和她断绝了往来。

注释

1 **鄮**：当为“鄮”之形讹。鄮县，秦置，治所在今浙江省宁波市东。

2 毛本无“皆”字，据汪校补。

3 **见**(xiàn)：同“现”。

原文

96. 陈郡谢玉为琅邪内史[1]，在京城，其年虎暴[2]，杀人甚众。有一人，以小船载年少妇，以大刀插着船，挟暮来至逻所。将出语云：“此间顷来甚多草秽，君载细小，作此轻行，大为不易，可止逻宿也。”相问讯既毕，逻将适还去。其妇上岸，便为虎将去。其夫拔刀大唤，欲逐之。先奉事蒋侯，乃唤求助。如此当行十里，忽如有

译文

陈郡人谢玉任琅邪国内史，有一次他逗留在京城，那一年老虎横行，咬死的人很多。有一个人，用小船装着年轻的妻子，把大刀插在船上，披星戴月来到巡逻哨所。巡逻的将官出来告诉他说：“这里近来荒草中的野兽很多，您带着家眷，作这样轻率的旅行，实在太危险了，您可以在巡逻哨所过夜。”他们互相问候完毕，巡逻的将官就回去了。他妻子刚上岸，便被老虎衔走了。她丈夫拔刀大喊，想追上去。因为他过去曾供奉过蒋子文，所以就呼喊着蒋子文的名字求他帮助。像这样大约走了十里，忽然像有一个身穿黑衣服的人给他引路。他紧跟着这个黑衣人，大概又走了二十里，看见一棵

一黑衣为之导。其人随之，当复二十里，见大树，既至一穴，虎子闻行声，谓其母至[3]，皆走出。其人即其所杀之，便拔刀隐树侧。住良久[4]，虎方至，便下妇着地，倒牵入穴。其人以刀当腰斫断之。虎既死，其妇故活，向晓能语。问之，云："虎初取，便负着背上，临至而后下之。四体无他，止为草木伤耳。"扶归还船。明夜，梦一人语之曰："蒋侯使助，汝知否？"至家，杀猪祠焉。

大树，一会儿便来到一个洞穴口，洞穴里的小老虎听见脚步声，以为是它们的母亲回来了，就都跑了出来。那人便走上去把它们杀了，接着又拔刀隐蔽在树旁。待了好长一段时间，那母老虎才到，便把那女人扔在地上，倒拖着拉进洞中。那人用刀把老虎拦腰砍断了。老虎已经死了，他的妻子才活了下来，到拂晓的时候就能讲话了。他问妻子，妻子回答说："老虎刚抓住我，便把我背在背上，等到了这儿以后才把我放下来。我的四肢没受到其他的伤害，只是被草木刮伤了一点罢了。"那人就扶着妻子回到船上。第二天晚上，他梦见一个人对他说："蒋子文派我帮助你，你知道不知道？"他回到家里，就杀了猪来祭祀蒋子文。

注释

1 **陈郡**：治所在陈县（今河南省周口市淮阳区）。 **琅邪**：见第69条注。

2 **其年**：毛本作"所在"，据汪校改。

3 **谓**：通"为"。

4 **住**：停留。

原文

97. 淮南全椒县有丁新妇者[1]，本丹阳丁氏女[2]，年十六适全椒谢家。其姑严酷，使役有程，不如限者，仍

译文

淮南郡全椒县有个姓丁的媳妇，本是丹阳郡丁家的女儿，十六岁时嫁给了全椒县谢家。她的婆婆严厉冷酷，让她干活都有定额，不如期完成，就任意

便笞捶。不可堪，九月九日乃自经死，遂有灵响闻于民间[3]。发言于巫祝曰："念人家妇女，作息不倦，使避九月九日，勿用作事。"见形，着缥衣，戴青盖，从一婢，至牛渚津求渡[4]。有两男子，共乘船捕鱼，仍呼求载。两男子笑，共调弄之，言："听我为妇，当相渡也。"丁妪曰："谓汝是佳人，而无所知。汝是人，当使汝入泥死；是鬼，使汝入水。"便却入草中。须臾，有一老翁乘船载苇，妪从索渡。翁曰："船上无装，岂可露渡？恐不中载耳。"妪言："无苦。"翁因出苇半许，安处着船中[5]，径渡之至南岸。临去，语翁曰："吾是鬼神，非人也，自能得过，然宜使民间粗相闻知。翁之厚意，出苇相渡，深有惭感，当有以相谢者。若

鞭打。丁氏不能忍受这样的折磨，就在九月九日上吊自杀了，于是便有种种神灵的应验在民间流传。听说她借巫祝之口发话说："我惦念别人家的媳妇，整天劳动，从不休息，所以请让她们避开九月九日这一天，不要再干活。"又听说丁氏现出了原形，穿着淡青色的衣服，撑着青黑色的伞，身后跟着一个婢女，到牛渚渡口求船家摆渡。有两个男人，在同一条船上捕鱼，她就招呼他们请求摆渡。这两个男人嬉笑着，一起调戏她，说："你如果顺从我们做我们的老婆，我们就把你渡过去。"丁氏说："我以为你们是好人，你们却什么道理都不懂。你们如果是人，应该让你们陷进污泥而死；如果是鬼，就让你们葬身水中。"说完就退到草丛中去了。一会儿，有一个老人划船装运芦苇，丁氏向他求渡。老人说："船上没有船篷，哪能让您露天渡过河去呢？我这敞篷船恐怕不适合您乘坐吧。"丁氏说："我不怕受苦。"老人就把芦苇卸去了一半左右，把她们安顿在船中，一直把她们渡到南岸。丁氏临别时对老人说："我是鬼神，不是凡人，我自己也能过河的，我这样做是想让民间百姓对我有所了解。您一番厚意，竟卸去芦苇来渡我过河，我真不好意思，我当然要拿些东西来感谢您。如果您马上回去，必然有所见，也会有所得。"老人说："恐怕对您的冷暖都没照顾好，哪敢接受您

翁速还去，必有所见，亦当有所得也。”翁曰：“恐燥湿不至，何敢蒙谢！”翁还西岸，见两男子覆水中。进前数里，有鱼千数跳跃水边，风吹至岸上。翁遂弃苇，载鱼以归。于是丁妪遂还丹阳，江南人皆呼为丁姑。九月九日，不用作事，咸以为息日也。今所在祠之。

的感谢！”老人回到西岸，看见两具男尸伏在水上。再向前行了几里，便有上千条鱼在水边乱跳，风把它们都吹到了岸上。老人就扔掉船上的芦苇，装上鱼回家去了。于是丁氏就回到丹阳郡去了，江南的人都称呼她为丁姑。每年九月九日，人们不再干活，大家都把这一天当作休息的日子。现在人们还在她出生的地方祭祀她。

注释

1 **淮南：**郡名，三国魏嘉平初改淮南国（见第 15 条注）为郡，治所在寿春县（今安徽省寿县），东晋太元中改为南梁郡。 **全椒县：**西汉置，治所即今安徽省全椒县。三国废，西晋复置，东晋废。

2 **丹阳：**郡名，西汉置，治所在宛陵县（今安徽省宣城市），东汉建安二十五年(220)孙权移治建业县（今江苏省南京市）。

3 **响：**毛本作“向”，据张本改。

4 **牛渚：**即今安徽省马鞍山市西南采石。

5 毛本“着”前有“不”字，据汪校删。

原文

98. 散骑侍郎王祐疾困，与母辞诀。既而闻有通宾者曰：“某郡某里某人，尝为别驾。”祐亦雅闻其姓字。有顷，奄然来至，曰：“与卿士类，有自然之分；

译文

散骑侍郎汝南王司马祐病得没法治了，便与母亲诀别。过了一会儿，他听见有个通报客人姓名的人传话说：“客人是某某郡某某乡的某某人，曾做过别驾从事史。”司马祐平时也曾听到过他的姓名。过了一会儿，那人忽然来临，对司马祐说：“我与您都是读书人，当然有缘分；又与您同乡，感情就更为诚

又州里，情便款然。今年国家有大事，出三将军，分布征发。吾等十余人，为赵公明府参佐，至此仓卒，见卿有高门大屋，故来投。与卿相得，大不可言。"祐知其鬼神，曰："不幸疾笃，死在旦夕，遭卿，以性命相乞[1]。"答曰："人生有死，此必然之事。死者不系生时贵贱。吾今见领兵三千，须卿，得度簿相付。如此地难得，不宜辞之。"祐曰："老母年高，兄弟无有，一旦死亡，前无供养。"遂欷歔不能自胜。其人怆然曰："卿位为常伯，而家无余财。向闻与尊夫人辞诀，言辞哀苦。然则卿国士也，如何可令死？吾当相为。"因起去："明日更来。"其明日，又来。祐曰："卿许活吾，当卒恩否？"答曰："大老子业已许卿，当复相欺耶？"见其

挚融洽了。今年国家有大事，派出了三位将军，分别到各地征集民间的人力和物资。我们一批十几个人，是赵公明的部下，仓促来到这里，看见您有高门大屋，所以来投奔您。和您彼此投合，好得没话说了。"司马祐知道他们是鬼神，就说："我不幸病重，死日就在眼前，现在碰上您，我就求您救我一命。"那人回答说："人生有死，这是必然的事。死人不依靠在世时的贵贱。我现在带兵三千，需要您来帮忙，我考虑把档案簿册交给您管理。像这样的机会实在难得，您不该推辞。"司马祐说："我老母亲年寿已高，又没有兄弟，一旦我死了，眼前就没人供养我母亲了。"说到这儿便泣不成声了。那人悲哀地说："您担任侍中这样的高官，家里却没有积余。刚才听见您与母亲诀别，说的话十分可怜。这样看来，您是国家的高士，怎么可以让您死呢？我一定为您尽力帮忙。"说着便起身要走了，并告诉司马祐："我明天再来。"到了第二天，那人又来了。司马祐说："您答应让我活下去，结果真会给我这样的恩惠吗？"那人回答说："老子已经答应了您，难道还会欺骗您？"只见他的随从几百个，都只有二尺左右长，穿着黑色的军装，用红色的油漆画上了标志。司马祐在家里击鼓祈祷，祭享他们，那些鬼听见鼓声都随着它的节奏翩翩起舞，他们

从者数百人，皆长二尺许，乌衣军服，赤油为志。祐家击鼓祷祀，诸鬼闻鼓声皆应节起舞，振袖，飒飒有声。祐将为设酒食，辞曰："不须。"因复起去，谓祐曰："病在人体中如火，当以水解之。"因取一杯水，发被灌之。又曰："为卿留赤笔十余枝，在荐下，可与人，使簪之。出入辟恶灾，举事皆无恙。"因道曰："王甲、李乙，吾皆与之。"遂执祐手，与辞。时祐得安眠，夜中忽觉，乃呼左右，令开被："神以水灌我，将大沾濡。"开被，而信有水，在上被之下，下被之上，不浸，如露之在荷。量之，得三升七合。于是疾三分愈二，数日大除。凡其所道当取者，皆死亡；唯王文英，半年后乃亡。所道与赤笔人，皆经疾病及兵乱，皆亦无恙。初，有妖书云："上帝以三将军赵公明、锺士季，各督数万鬼下取人[2]。"莫

挥动着衣袖，发出飒飒的声响。司马祐将给他们置办酒宴，那人拒绝说："不必了。"便又起身要走，并对司马祐说："您的毛病在身体中热得像火一样，要用水来消除它。"接着他就拿了一杯水，掀开被子浇在上面。他又对司马祐说："给您留下红笔十几支，放在席子底下，可以送给人，让他们当作簪子用。这样，进进出出就能避过灾祸，做什么事都能顺顺当当。"接着他又说道："王甲、李乙，我都与他们结交。"于是就握着司马祐的手，与司马祐告别。当时司马祐还能安然睡着，夜里忽然醒来，便招呼身边的人，让他们掀开被子，说："鬼神用水来浇我，我的被子都快湿透了。"边上的人掀开被子一看，果真有水，但这水在上面一条被子的底下，在下面一条被子的上面，并没有渗到被子里，就像露水在荷叶上一样。量了一下，共三升七合。于是司马祐的毛病好了三分之二，又过了几天就根除了。凡是那人说过要带走的人，都死了；只有王文英，到半年以后才死去。按他的说法而给了红笔的人，虽都经历了疾病和战乱，也都太平无事。起初，曾经有妖书说："上帝派出赵公明、锺会等三个将军，各人统领几万个鬼下来捉人。"当时没有人知道这些鬼在哪里。司马祐的疾病痊

知所在。祐病差[3],见此书,与所道赵公明合焉。

愈后,看见这妖书上所写的,与他碰到的那个人所说的赵公明完全相合。

注释

1 性:毛本作“姓”,据张本改。乞:毛本作“托”,据汪校改。
2 毛本无“万”字,据汪校补。
3 差:通“瘥”,病愈。

原文

99. 汉下邳周式尝至东海[1],道逢一吏,持一卷书,求寄载。行十余里,谓式曰:“吾暂有所过,留书寄君船中,慎勿发之。”去后,式盗发视书,皆诸死人录,下条有式名。须臾,吏还,式犹视书。吏怒曰:“故以相告,而忽视之。”式叩头流血。良久,吏曰:“感卿远相载,此书不可除卿名。今日已去,还家,三年勿出门,可得度也。勿道见吾书。”式还不出,已二年余,家皆怪之。邻人卒亡,父怒,使往

译文

汉代下邳县的周式曾经到东海郡去,在路上碰到一个小吏,拿着一卷书,请求搭船。船行了十多里,他对周式说:“我暂时有个人要去拜访,这书就留下寄存在您的船里,您千万别打开看。”这小吏走了以后,周式偷偷地翻阅那书,都是各个死人的名录,下面的条目中有周式的名字。一会儿,这小吏就回来了,周式却还在看书。这小吏生气地说:“刚才我已经告诫你别看书,你却把我的话视同儿戏。”周式连忙向他磕头求饶,磕得血都流出来了。过了很久,这小吏说:“我虽然感激您老远让我搭船到这儿,但这书上您的名字却不可以除去。今天您离开我以后,赶快回家去,三年别出门,这样就可以渡过难关了。千万别说您看见了我的书。”周式回家后一直闭门不出,已经两年多了,家里的人都感到很奇怪。他的邻居忽然死去,他父亲对他不出门很恼火,就让他到邻居家去吊丧。周式不得不去,哪知刚出家门,就看到那小吏。那小吏说:“我叫你三年

吊之。式不得已，适出门，便见此吏。吏曰：“吾令汝三年勿出，而今出门，知复柰何？吾求不见，连累为鞭杖。今已见汝，无可柰何。后三日日中，当相取也。”式还，涕泣具道如此。父故不信[2]，母昼夜与相守。至三日日中时，果见来取，便死。

别出门，你今天却出门了，我知道了又有什么办法呢？我如果向上级请求说没看见你，就会受连累遭到鞭打。今天已经看见你了，我也无可奈何了。到第三天的中午，要来捉你的。”周式回家，痛哭流涕地把这些情况都告诉给了家里人。他父亲坚决不相信，他母亲日日夜夜守着他。到第三天中午时分，果然看见有人来捉周式，周式就死了。

注释

1 **下邳：**县名，秦置，治所在今江苏省睢宁县西北。 **东海：**见第23条注。
2 **故：**通“固”。

原文

100. 南顿张助于田中种禾[1]，见李核，欲持去，顾见空桑中有土，因植种，以余浆溉灌。后人见桑中反复生李，转相告语。有病目痛者，息阴下，言：“李君令我目愈，谢以一豚。”目痛小疾，亦行自愈。众犬吠声，盲者得视，远近翕赫，其下车骑常数千百，酒肉滂沱。间一岁余，张助远出来还，见之，惊

译文

南顿县的张助在田间种庄稼，看见一颗李子核，想捡了扔掉它，回头看见桑树洞中有泥土，就把它种在里面，并拿喝剩下来的茶水浇灌它。后来有人看见桑树中反而又长出李树来，便互相传开了。有一个患眼痛病的人，在李树荫下歇息，便对李树祈祷说：“李树神如果使我的眼病痊愈，我就用一头猪来酬谢您。”眼痛是小病，也就自行痊愈了。正如很多狗听见了声音就乱叫，人们竟随声附和，将眼痛痊愈传成了瞎子恢复了视力，于是远近轰动，李树下的车马常常成千上百，供奉的酒肉多得铺满地。隔了一年多，张助出远门回来，看见这情景，吃惊地

云："此有何神？乃我所种耳。"因就斫之。

说："这里有什么神明？不过是我种的李树罢了。"于是他就把李树砍了。

注释

1 **南顿**：县名，西汉置，治所在今河南省项城市西南。

原文

101. 王莽居摄，刘京上言："齐郡临淄县亭长辛当[1]，数梦人谓曰：'吾，天使也。摄皇帝当为真[2]。即不信我，此亭中当有新井出。'亭长起视，亭中果有新井，入地百尺。"

译文

王莽暂居皇帝之位处理政务，广饶侯刘京进奏说："齐郡临淄县亭长辛当，几次梦见有个人对他说：'我是天上的使者。上帝让我传旨，摄政皇帝应该做真皇帝。你如果不相信我，这驿亭中将会有口新井出现来证明我的话。'亭长起床去察看，驿亭中果然有口新井，深一百尺。"

注释

1 **齐郡**：治所在临淄县（今山东省淄博市临淄区北）。

2 **摄皇帝**：王莽摄政，自号"假皇帝"，臣民叫他"摄皇帝"。

卷六　妖怪之验

导读

本卷主要记述妖怪(反常现象)的故事。第102、103条从理论上阐明了妖怪(反常现象)的内涵与外延,其他文字除第117条所述十二金人之由来一事有助于我们了解文学典故外,大都在记述各种反常现象,同时将这些反常现象与人事相附会,充分体现了古代天人感应的思想观念。不过,其中有些事情虽然被当作妖怪记载下来,但其实并非荒诞不经,如第108条所记三胞胎之事即如此。至于以妖怪附会人事之处,也有值得称道处,如第116条反对大兴徭役,第118条反对施刑暴虐和迫害有德者,第129条反对君主行为不端,第137条反对提拔恶人而疏远贤人,其实都是借妖祥来劝诫统治者行善,具有警示意义。

原文

102. 妖怪者,盖精气之依物者也。气乱于中,物变于外。形神气质,表里之用也,本于五行,通于五事,虽消息升降,化动万端,其于休咎之征,皆可得域而论矣。

译文

妖怪,大概是阴阳元气所依附的物体。元气在物体内惑乱了,物体就在外形上发生了变化。物体的形状精神气派素质,是外表和内在这两种要素的功能体现,它们以金、木、水、火、土五行为本源,与容貌、言谈、观察、聆听、思考等五种事情相联系,虽然它们消灭、增长、上升、下降,变化多端,但它们在福或祸的征兆上,都可以在一定的范围内加以论定。

原文

103. 夏桀之时,厉山亡。秦始皇之时,三

译文

夏桀的时候,厉山消失了。秦始皇的时候,三座山消失了。周显王三十二年(前

山亡。周显王三十二年，宋大丘社亡[1]。汉昭帝之末，陈留昌邑社亡[2]。京房《易传》曰："山默然自移，天下兵乱，社稷亡也。"故会稽山阴琅邪中有怪山[3]，世传本琅邪东武海中山也[4]。时天夜，风雨晦冥，旦而见武山在焉，百姓怪之，因名曰怪山。时东武县山，亦一夕自亡去。识其形者，乃知其移来。今怪山下见有东武里，盖记山所自来以为名也。又交州脆州山移至青州[5]。凡山徙，皆不极之异也。此二事，未详其世。《尚书·金縢》曰："山徙者，人君不用道士，贤者不兴，或禄去公室，赏罚不由君，私门成群，不救，当为易世变号。"说曰："善言天者，必质于人；善言人者，必本于天。故天有四时，日月相推，寒暑迭代。其转运也，和而为雨，怒而为风，散而

337)，宋国太丘的土地庙消失了。汉昭帝末年，陈留郡昌邑县的土地庙消失了。京房撰写的《易传》说："山悄悄地自己迁移，天下就有战乱，国家就会灭亡。"过去会稽郡山阴县琅琊乡中有座怪山，相传它原是琅琊郡东武县海中的山。那一天夜里，风雨交加，天色阴暗，第二天早上便看见东武县的山在这里了，百姓感到很奇怪，就称呼它叫怪山。当时东武县的山，也在这一天晚上自行消失了。了解那座山形状的人，才知道它是从东武县迁移来的。现在怪山下还可以看见东武里，大概是为了记住这山是从什么地方来的才把东武作为里名了。还有交州的郁洲山迁移到了青州。凡是山丘迁移，都是不正常的怪事。这两件山丘迁移的事情，已经不能详细地知道它们发生的时代了。《尚书·金縢》说："山丘迁移，是因为君主不任用有道德的人，贤能的人不能被提拔，或者是官职的任命权脱离了皇室，赏罚的施行已经由不得君主，权贵成群，这样的政治局面已无法挽救，应当要改朝换代变更年号了。"有人议论说："善于谈论大自然的，一定以人事为本体；善于评判人事的，一定以大自然为基础。所以大自然有四季的变化，太阳、月亮相互推移，寒冬炎暑轮流交替。当大自然运转的时候，调和起来就成为雨，奋发起来就成为

为露，乱而为雾，凝而为霜雪，张而为虹蜺[6]，此天之常数也。人有四肢五脏，一觉一寐，呼吸吐纳，精气往来，流而为荣卫，彰而为气色，发而为声音，此亦人之常数也。若四时失运，寒暑乖违，则五纬盈缩，星辰错行，日月薄蚀，彗孛流飞，此天地之危诊也；寒暑不时，此天地之蒸否也；石立土踊，此天地之瘤赘也；山崩地陷，此天地之痈疽也；冲风暴雨，此天地之奔气也；雨泽不降，川渎涸竭，此天地之焦枯也。”

风，发散下去就成为露，迷乱起来就成为雾，凝固起来就成为霜和雪，张挂起来就成为虹蜺，这是大自然的常规。人有四肢五脏，或醒或睡，呼气吸气，吐故纳新，元气往复，流动起来就成为血气，显现出来就成为气色，发表出来就成为声音，这也是人的常规。如果四季失去了正常的运行，冬夏的变换违背了常规，那就会造成金、木、水、火、土五星的运行超前或滞后，星辰运行错乱，日食月食紧接不断，扫帚星漫天乱飞，这是大自然危险的症状；冬夏不按时到来，这是大自然上升的热气被闭塞了的反应；山石耸立，泥土翻起，这是大自然所生的瘤子赘疣；山陵崩塌，土地下陷，这是大自然所生的毒疮；狂风暴雨，这是大自然中奔腾的元气；老不下雨，山川河流干涸，这是大自然枯焦的象征。”

注释

1 **大**：通“太”。

2 **陈留**：郡名，西汉置，治所在陈留县（今河南省开封市东南陈留城）。 **昌邑**：县名，秦置，治所在山东省巨野县南，汉代属山阳郡，此文误。

3 **会稽山阴**：见第 18 条注。

4 **琅邪东武**：见第 69 条注。 **海**：即今黄海。

5 **交州**：见第 81 条注。 **朐州**：当作“郁洲”（“朐”为“郁”之形讹，“州”是“洲”的本字），也作“郁州”，又名田横岛，在今江苏省连云港市东云台山一带，古时在海中，清代始与大陆相连。郁洲山即云台山。 **青州**：西汉武帝置，东汉治所在临菑县（今山东省淄博市临淄区北），南朝宋泰始中与冀州合而侨置于郁州。

6 **张而为虹蜺**:毛本作“立而为蚳蜺”,据汪校改。

原文

104. 商纣之时,大龟生毛,兔生角,兵甲将兴之象也。

译文

商纣王的时候,大乌龟身上长毛,兔子头上长角,这是战争即将发生的征兆。

原文

105. 周宣王三十三年,幽王生,是岁有马化为狐。

译文

周宣王三十三年(前795),周幽王出生,这一年有马变成狐狸。

原文

106. 晋献公二年,周惠王居于郑。郑人入玉府[1],多取玉,玉化为蜮[2],射人。

译文

晋献公二年(前675),周惠王住在郑国。郑国人到藏玉的府库中,拿了很多玉,这些玉都变成了蜮,含沙射人。

注释

1 **玉**:毛本作“王”,据汪校改。

2 **多取玉,玉化为蜮**:毛本作“多脱化为蜮”,据汪校改。

原文

107. 周隐王二年四月[1],齐地暴长,长丈余,高一尺五寸。京房《易妖》曰:“地四时暴长,占,春夏多吉,秋冬多凶。”历阳之郡一夕沦入地中而为水泽[2],今麻

译文

周赧王二年(前313)四月,齐国的土地突然猛长,长出了一丈多长,高一尺五寸。京房撰写的《易妖》说:“土地在四季中突然猛长,如果占卜的话,春、夏季多吉利,秋、冬季多凶险。”历阳郡在一个晚上陷入地下而成为湖泊,现在的麻湖便是原先的历阳郡,但不知道这事发生在什么时候。《运斗枢》

湖是也，不知何时。《运斗枢》曰：“邑之沦，阴吞阳，下相屠焉。”

上说：“城镇的下沉，是阴气吞没阳气的缘故，阴阳之气在地下互相残杀啊。”

注释

1 **隐王**：《史记》作“赧王”。

2 **历阳**：郡名，西晋永兴元年(304)置，治所在历阳县(今安徽省和县)。

原文

108. 周哀王八年[1]，郑有一妇人生四十子，其二十人为人，二十人死。其九年，晋有豕生人。吴赤乌七年，有妇人一生三子。

译文

周哀王元年(前441)，郑国有一个妇女生了四十个孩子，其中二十个长大成人，二十个死了。周哀王九年，晋国有头猪生了个人。吴国赤乌七年(244)，有个妇女一胎生了三个孩子。

注释

1 **周哀王八年**：当作“周哀王元年”或“周贞定王二十八年”。

原文

109. 周烈王六年，林碧阳君之御人产二龙。

译文

周烈王六年(前370)，林碧阳君的侍女生了两条龙。

原文

110. 鲁严公八年[1]，齐襄公田于贝丘，见豕，从者曰：“公子彭生也。”公怒，射之。豕人立而啼。公惧，坠车，伤足，丧屦。刘向以为近豕祸也。

译文

鲁庄公八年(前686)，齐襄公在贝丘打猎，看见一头猪，随从说：“这是公子彭生。”齐襄公发火了，便拿箭射它。那头猪竟像人一样站起来啼叫。齐襄公十分恐惧，从车上摔下来，跌伤了脚，丢了鞋子。刘向认为这近似于猪的祸殃。

注释

1 **鲁严公**:《史记》作“鲁庄公”。东汉后避汉明帝刘庄讳而改“庄”为“严”。

原文

111. 鲁严公时,有内蛇与外蛇斗郑南门中,内蛇死。刘向以为近蛇孽也。京房《易传》曰:“立嗣子疑,厥妖蛇居国门斗。”

译文

鲁庄公的时候,在郑国的南门中有城内的蛇与城外的蛇相斗,结果城内的蛇死了。刘向认为这近似于蛇的灾祸。京房写的《易传》说:“确立后代继承人时疑虑不定,那怪异的事情就是蛇在国都城门内相斗。”

原文

112. 鲁昭公十九年,龙斗于郑时门之外洧渊[1]。刘向以为近龙孽也。京房《易传》曰:“众心不安,厥妖龙斗其邑中也。”

译文

鲁昭公十九年(前523),龙在郑国时门之外的洧水漩涡中相斗。刘向认为这近似于龙的灾祸。京房写的《易传》说:“人心不稳定,那怪异的事情就是龙在国中相斗。”

注释

1 **洧**:水名,即今河南省双洎河。 **渊**:打漩涡的水。

原文

113. 鲁定公元年,有九蛇绕柱,占以为九世庙不祀,乃立炀宫。

译文

鲁定公元年(前509),有九条蛇盘绕在柱子上,占卜的结果认为这象征着有九世没人来祭祀祖庙,于是就建造了炀宫。

原文

114. 秦孝公二十一年，有马生人。昭王二十年，牡马生子而死。刘向以为皆马祸也。京房《易传》曰："方伯分威，厥妖牡马生子。上无天子，诸侯相伐，厥妖马生人。"

译文

秦孝公二十一年（前341），有匹马产下人来。秦昭王二十年（前287），有匹雄马因为生小马而死了。刘向认为这都是马的灾祸。京房写的《易传》说："诸侯分享威势，那怪异的事情就是雄马生小马。上面没有天子，诸侯互相征伐，那怪异的事情是马生人。"

原文

115. 魏襄王十三年，有女子化为丈夫，与妻，生子。京房《易传》曰："女子化为丈夫，兹谓阴昌，贱人为王；丈夫化为女子，兹谓阴胜阳，厥咎亡。"一曰："男化为女，宫刑滥；女化为男，妇政行也。"

译文

魏襄王十三年（前306），有个女人变成了男人，给他配了个妻子，他妻子便生下了孩子。京房写的《易传》说："女人变成男人，这叫作阴气昌盛，下贱的人要做君王；男人变成女人，这叫作阴气胜过阳气，那灾祸就是国家要灭亡。"另一种说法是："男人变成女人，割去男子生殖器的宫刑就会没有节制；女人变成男人，妇女就会执政。"

原文

116. 秦惠文王五年[1]，游朐衍[2]，有献五足牛。时秦世大用民力，天下叛之。京房《易传》曰："兴繇役[3]，夺民时，厥妖牛生五足。"

译文

秦惠文王更元五年（前320），惠文王到朐衍巡视，有人向他进献五只脚的牛。当时秦国大量征用民间的人力财力，天下的人都背叛它。京房写的《易传》说："大兴徭役，抢占农时，那怪异的事情就是牛生五只脚。"

注释

1 **惠**:毛本作“孝”,据汪校改。 **五年**:指秦惠王更元五年。

2 **朐衍**:本春秋时西戎国,在今宁夏盐池县一带,后为秦所灭。

3 **繇**(yáo):通“徭”。

原文

117. 秦始皇二十六年,有大人长五丈,足履六尺,皆夷狄服,凡十二人,见于临洮[1],乃作金人十二以象之。

译文

秦始皇二十六年(前221),有巨人身高五丈,脚上的鞋子长六尺,都穿着少数民族的服装,一共有十二个,出现在临洮县,于是就铸造了十二个铜像来体现他们的形象。

注释

1 **临洮**:县名,秦置,治所即今甘肃省岷县。

原文

118. 汉惠帝二年正月癸酉旦,有两龙现于兰陵廷东里温陵井中[1],至乙亥夜去。京房《易传》曰:“有德遭害,厥妖龙见井中。”又曰:“行刑暴恶,黑龙从井出。”

译文

汉惠帝二年(前193)正月癸酉日早晨,有两条龙出现在兰陵县廷东里温陵的井中,到乙亥那天夜里才离去。京房的《易传》说:“有德的人被害,那怪异的事情就是龙出现在井中。”又说:“施行刑罚残酷暴虐,就会有黑龙从井中出来。”

注释

1 **兰陵**:县名,战国楚置,治所在今山东省兰陵县西南兰陵镇。

原文

119. 汉文帝十二年，吴地有马生角，在耳前，上向，右角长三寸，左角长二寸，皆大二寸。刘向以为马不当生角，犹吴不当举兵向上也[1]，吴将反之变云。京房《易传》曰：“臣易上，政不顺，厥妖马生角。兹谓贤士不足。”又曰：“天子亲伐，马生角。”

译文

汉文帝十二年（前168），吴国故地有马长角，长在耳朵的前面，向上竖起，右边的角长三寸，左边的角长二寸，粗细都是二寸。刘向认为马不应该长角，就好像吴王刘濞不应该兴兵来对待皇上，这马长角是吴王将要叛乱时的反常现象。京房的《易传》说：“臣下要取代君主，政治不顺，那怪异的事情就是马长角。这是贤能的人不够的象征。”又说：“天子亲自征伐，马就长角。”

注释

1 吴：指吴王刘濞。汉景帝三年（前154），诏削吴会稽郡、豫章郡及楚东海郡，吴王濞、楚王戊与赵王遂、胶西王卬、济南王辟光、菑川王贤、胶东王雄渠等以“清君侧”为名起兵叛乱，史称“吴楚七国之乱”。

原文

120. 文帝后元五年六月，齐雍城门外有狗生角。京房《易传》曰：“执政失，下将害之，厥妖狗生角。”

译文

汉文帝后元五年（前159）六月，齐国雍城门外有狗长角。京房的《易传》说：“执政的人有失误，臣下将要危害他，那怪异的事情就是狗长角。”

原文

121. 汉景帝元年九月，胶东下密人年七十余[1]，生角，角有毛。京房《易传》曰：“冢宰专政，厥妖人生角。”

译文

汉景帝元年（前156）九月，胶东国下密县有个人年纪七十多岁，头上长角，角上有毛。京房的《易传》说：“宰相专制，那怪异的事情就是人头上长角。”《五行志》认

《五行志》以为人不当生角，犹诸侯不敢举兵以向京师也[2]。其后遂有七国之难。至晋武帝泰始五年，元城人年七十生角[3]，殆赵王伦篡乱之应也[4]。

为人不应当长角，就好像诸侯不能兴兵去讨伐京城。此后就有吴、楚七国的叛乱。到晋武帝泰始五年(269)，元城县有个人七十岁时头上长角，这大概就是赵王司马伦篡权变乱的应验。

注释

1 **胶东**：国名，西汉文帝改胶东郡为国，都即墨(今山东省平度市东南)。　**下密**：县名，西汉置，在今山东省昌邑市东。

2 **敢**：犹“能”。《汉书·五行志》作“当”。

3 **元城**：县名，西汉置，治所在今河北省大名县东。

4 **赵王伦篡乱**：赵王司马伦于晋惠帝永康元年(300)杀贾后，自任相国，次年正月逼惠帝禅位，自立，改元建始，四月为将军王舆等所杀。

原文

122. 汉景帝三年，邯郸有狗与彘交[1]。是时赵王悖乱，遂与六国反，外结匈奴以为援。《五行志》以为：犬，兵革失众之占；豕，北方匈奴之象。逆言失听，交于异类，以生害也。京房《易传》曰：“夫妇不严，厥妖狗与豕交，兹谓反德，国有兵革。”

译文

汉景帝三年(前154)，邯郸城内有狗和猪交配。这时赵王刘遂惑乱，就与吴、楚等六国一起造反，对外还结交匈奴作为后援。《五行志》认为：狗是军事上失去众人支持的征兆，猪是北方匈奴的象征。逆耳的话听不进去，和不同类的异族匈奴相结交，因而生出灾祸来。京房的《易传》说：“男女关系不谨慎，那怪异的事情就是狗和猪交配，这是违反道德的，国家将有战争。”

注释

1 **邯郸**：邑名，为战国时赵国都城，在今河北省邯郸市西南。

原文

123. 景帝三年十一月，有白颈乌与黑乌群斗楚国吕县[1]，白颈不胜，堕泗水中[2]，死者数千。刘向以为近白黑祥也。时楚王戊暴逆无道，刑辱申公，与吴谋反。乌群斗者，师战之象也。白颈者小，明小者败也。堕于水者，将死水地。王戊不悟，遂举兵应吴，与汉大战，兵败而走，至于丹徒[3]，为越人所斩[4]，堕泗水之效也。京房《易传》曰："逆亲亲，厥妖白黑乌斗于国中。"燕王旦之谋反也，又有一乌一鹊斗于燕宫中池上，乌堕池死。《五行志》以为楚、燕皆骨肉藩臣，骄恣而谋不义，俱有乌鹊斗死之祥。行同而占合，此天人之明表也。燕阴谋未发，独王自杀于宫，故一乌而水色者死[5]；楚炕阳举

译文

汉景帝三年（前154）十一月，有白色脖子的乌鸦和黑乌鸦在楚国的吕县成群地搏斗，白脖子乌鸦没有胜利，掉进了泗水之中，死亡的有几千只。刘向认为这近似于白色和黑色的征兆。当时楚王刘戊残暴忤逆而丧尽道义，使用腐刑来侮辱他的老师申公培，并与吴王策划叛乱。乌鸦成群搏斗，是军队打仗的象征。白脖子的乌鸦体形小，它们的失败表明小的一方要失败。它们掉到水里去，表明楚王将死在水乡。楚王刘戊不领悟这一点，就起兵响应吴王，与汉皇朝大战，结果兵败而逃，一直逃到丹徒县，被丹徒人杀死了，这是白脖子乌鸦掉进泗水中的效验啊。京房《易传》说："背叛骨肉之亲，那怪异的事情就是白乌鸦与黑乌鸦在国内相斗。"燕王刘旦阴谋叛乱的时候，又有一只乌鸦与一只喜鹊在燕国王宫内的水池上搏斗，结果乌鸦掉进水池里死了。《五行志》认为楚王、燕王都是有骨肉之亲的诸侯王，却骄横放肆而策划不义之事，都具有乌鸦与喜鹊相斗而死的征兆。行为相同而征验相合，这是天象和人事相应的明确表现。燕王的阴谋没有发展为现实，只是燕王一个人在王宫中自杀了，所以一只黑色的乌鸦掉到水池中死了；楚王公开起兵，军队在战场上大败，所以乌鸦众多而带有白色的死了：这是自然规

兵，军师大败于野，故乌众而金色者死：天道精微之效也。京房《易传》曰："颛征劫杀[6]，厥妖乌鹊斗。"

律极其精细的效验。京房《易传》说："专擅征伐劫杀，那怪异的事情就是乌鸦与喜鹊相斗。"

注释

1 **楚国**：西汉初置，治所在彭城县（今江苏省徐州市）。 **吕县**：西汉置，治所在今江苏省徐州市铜山区东南。

2 **泗水**：源自今山东省泗水县东蒙山南麓，西流经泗水县、曲阜市、济宁市兖州区等，折南经济宁市南及鱼台县东，转东南经江苏省沛县及徐州市，再略循废黄河至淮安市淮阴区西南入淮河。

3 **丹徒**：县名，秦置，治所即今江苏省镇江市丹徒区。

4 **越人**：指丹徒人。丹徒县属会稽郡，故称丹徒人为越人。据《史记》，被越人杀于丹徒的是吴王刘濞，楚王刘戊因兵败而自杀，并非为越人所杀。

5 **水色**：黑色。古代五行家将五色与五行相配合，即青配木，黄配土，赤配火，白配金，黑配水，故称黑色为"水色"，下文又称白色为"金色"。

6 **颛**（zhuān）：通"专"。

原文

124. 景帝中六年[1]，梁孝王田北山，有献牛足上出背上者。刘向以为近牛祸。内则思虑霿乱，外则土功过制，故牛祸作。足而出于背，下奸上之象也。

译文

景帝中元六年（前144），梁孝王在北山打猎，有人献上一条脚从背脊上向上长的牛。刘向认为这近似于牛的灾祸。在内部考虑事情蒙昧混乱，在外部大兴土木超过了规定，所以牛的灾祸就发生了。脚长在背脊上，是下级干犯上级的象征。

注释

1 **中**：毛本作"十"，据汪校改。

原文

125. 汉武帝太始四年七月，赵有蛇从郭外入，与邑中蛇斗孝文庙下，邑中蛇死。后二年秋，有卫太子事[1]，自赵人江充起。

译文

汉武帝太始四年（前93）七月，赵国有条蛇从城外进来，与城内的蛇在孝文帝庙下搏斗，城内的蛇死了。后来第二年的秋天，发生了卫太子的事情，这事情是由赵国人江充引起的。

注释

1 **卫太子**：即刘据，汉武帝长子，为皇后卫子夫之子，故称卫太子。征和二年（前91），汉武帝在甘泉，有病。江充谓病在蛊，于是掘蛊于太子宫，得桐木人。太子恐不能自明，于是杀江充及巫。武帝命丞相刘屈氂发兵击太子，太子兵败逃亡后自杀。卫皇后也被废自杀。

原文

126. 汉昭帝元凤元年九月，燕有黄鼠衔其尾舞王宫端门中。王往视之，鼠舞如故。王使吏以酒脯祠，鼠舞不休，一日一夜死。时燕王旦谋反，将死之象也。京房《易传》曰："诛不原情，厥妖鼠舞门。"

译文

汉昭帝元凤元年（前80）九月，燕国有只黄鼠衔着自己的尾巴在王宫南面的正门内跳舞。燕王去看它，黄鼠依旧像那样跳着舞。燕王派官吏用酒肉来祭它，黄鼠还是跳个不停，跳了一天一夜就死了。当时燕王刘旦策划叛乱，这是他即将死亡的象征。京房《易传》说："诛杀不能得到其实情，那怪异的事情就是老鼠在门内跳舞。"

原文

127. 昭帝元凤三年正月，泰山芜莱山南汹汹有数千人声[1]。民往

译文

汉昭帝元凤三年（前78）正月，泰山郡莱芜县原山南麓轰轰轰地好像有几千个人的声音。人们赶去一看，只见有大石头自己

视之,有大石自立,高丈五尺,大四十八围,入地深八尺,三石为足。石立后,有白乌数千集其旁。宣帝中兴之瑞也。

耸立起来,高一丈五尺,大四十八围,埋入地下的部分有八尺深,以三块石头作为它的脚。这大石头耸立起来后,有白色的乌鸦几千只聚集在它的旁边。这是汉宣帝中兴的吉兆。

注释

1 **泰山:**郡名,见第9条注。 **芜莱:**当为"莱芜"之误。莱芜为县名,西汉置,属泰山郡,治所在今山东省淄博市南。莱芜山指莱芜县之原山,又名饴山、马耳山,在今山东省莱芜市东北。

原文

128. 昭帝时,上林苑中大柳树断仆地。一朝起立,生枝叶,有虫食其叶,成文字,曰:"公孙病已立[1]。"

译文

汉昭帝的时候,上林苑中一棵大柳树折断倒在地上。有一天它又直立起来,长出了树枝树叶,当时有虫子吃它的叶子,吃去的部分形成文字,这文字是:"公孙病已立。"

注释

1 **公孙病已:**即汉武帝曾孙汉宣帝刘询。他为卫太子刘据之孙,故氏"公孙";又因祖父遭巫蛊之祸而自杀,父母皆遇害,幼时生长于民间而多病苦,故名"病已",以期速愈。公元前74年,汉昭帝死,先迎立汉武帝之孙昌邑王刘贺,因行为淫乱而被霍光所废。霍光即迎立病已为帝,因"病已"之名鄙俗,故改名"询"。

原文

129. 昭帝时,昌邑王贺见大白狗冠方山冠而无尾。至熹平中,省

译文

汉昭帝的时候,昌邑王刘贺看见一条大白狗戴着祭祀宗庙时乐人所戴的方山冠而没有尾巴。到汉灵帝熹平年间(172—178),

内冠狗带绶，以为笑乐。有一狗突出，走入司空府门，或见之者，莫不惊怪。京房《易传》曰：“君不正，臣欲篡，厥妖狗冠出朝门。”

宫禁之内给狗戴帽、佩带印绶，将此作为娱乐。当时有一条狗突然跑出来，奔进司空衙门，看见这情景的人，没有不惊奇的。京房《易传》说：“国君行为不端正，臣下要篡权，那怪异的事情就是狗戴了帽子跑出朝门。”

原文

130. 汉宣帝黄龙元年，未央殿辂軨中雌鸡化为雄[1]，毛衣变化，而不鸣、不将、无距。元帝初元元年，丞相府史家雌鸡伏子，渐化为雄，冠距鸣将。至永光中，有献雄鸡生角者。《五行志》以为王氏之应。京房《易传》曰：“贤者居明夷之世，知时而伤，或众在位，厥妖鸡生角。”又曰：“妇人专政，国不静；牝鸡雄鸣，主不荣。”

译文

汉宣帝黄龙元年（前49），未央宫辂軨厩内的雌鸡变成了雄鸡，毛色都变了，但不像一般公鸡那样会啼叫报晓，也不带领鸡群，脚爪后面也没有一般公鸡那种突出来像脚趾似的鸡距。汉元帝初元元年（前48），丞相府史家的母鸡孵蛋，却渐渐变成了公鸡，长出了公鸡的鸡冠、鸡距，啼叫报晓，带领鸡群。到永光年间（前43—前39），有人献上长角的雄鸡。《五行志》认为这是汉元帝王皇后家族势力逐步发展的应验。京房《易传》说：“贤能的人处在政治黑暗的乱世，识时务反会遭到伤害，那种招摇撞骗迷惑众人的人占据了职位，那怪异的事情就是鸡长角。”又说：“妇女独擅政权，国家不得安宁；雌鸡像雄鸡一样啼鸣，君主不会荣耀。”

注释

1 **辂軨**：厩名。

原文

131. 宣帝之世，燕、岱之间有三男共取一妇[1]，生四子，及至将分妻子而不可均，乃致争讼。廷尉范延寿断之曰："此非人类，当以禽兽，从母不从父也。请戮三男，以儿还母。"宣帝嗟叹曰："事何必古？若此，则可谓当于理而厌人情也。"延寿盖见人事而知用刑矣，未知论人妖将来之验也[2]。

译文

汉宣帝的时候，在燕国与泰山之间有三个男人合娶一个老婆，生了四个孩子，等到要分老婆和孩子的时候便不能平均了，以致打起官司来。法官范延寿断案说："这已经不是人类的事了，该用对待禽兽的办法来处理，孩子跟母亲而不跟父亲。请杀了这三个男的，把孩子还给母亲。"汉宣帝叹息说："断案的事情为什么一定要称道古代呢？像范延寿这样，那就可以说是既符合道理而又满足了人之常情。"范延寿看来只是观察了人情世故才知道像这样来判刑的，他还不知道根据人事上的反常现象用将来的应验来判罪。

注释

1 **燕**：指古代燕国，在今北京市一带。

2 **论**：判罪，判决。

原文

132. 汉元帝永光二年八月，天雨草，而叶相樛结，大如弹丸。至平帝元始三年正月，天雨草，状如永光时。京房《易传》曰："君吝于禄，信衰，贤去，厥妖天雨草。"

译文

汉元帝永光二年(前42)八月，天上落草，这落下来的草叶子互相缠绕，像弹子一样大小。到汉平帝元始三年(公元3年)正月，天上又落草，草的形状就像永光时落下的那样。京房《易传》说："君主吝啬俸禄，信用衰减，贤能的人离去，那怪异的事情就是天落草。"

原文

133. 元帝建昭五年，兖州刺史浩赏禁民私所自立社[1]。山阳橐茅乡社有大槐树[2]，吏伐断之，其夜树复立故处。说曰："凡枯断复起，皆废而复兴之象也。是世祖之应耳。"

译文

元帝建昭五年（前34），兖州刺史浩赏取缔老百姓私自设立的土地庙。山阳郡橐县茅乡的土地庙内有一棵大槐树，官吏砍断了它，那天夜里槐树又耸立在原来的地方。有人解说道："凡是枯树、断树复活，都是衰败后又恢复兴盛的象征。这是世祖光武帝中兴的应验啊。"

注释

1 **社**：土地庙。按照制度，二十五家立一社，当时百姓十家或五家便立一社，此为私社。

2 **山阳**：见第14条注。 **橐**：县名，属山阳郡，治所在今山东省邹城市西南。

原文

134. 汉成帝建始四年九月，长安城南有鼠衔黄藁、柏叶上民冢柏及榆树上为巢，桐柏为多，巢中无子，皆有干鼠矢数升。时议臣以为恐有水灾。鼠，盗窃小虫，夜出昼匿，今正昼去穴而登木，象贱人将居贵显之占。桐柏，卫思后园所在也[1]。其后赵后自微贱登至尊，与卫后同类。赵后

译文

汉成帝建始四年（前29）九月，在长安城南有老鼠衔了黄稻草、柏树叶爬上老百姓坟墓边的柏树和榆树上做窝，桐柏乡做的窝最多，窝中没有小老鼠，都只有干硬的老鼠屎几升。当时朝廷上议事的大臣认为可能会有水灾发生。老鼠，是专门进行偷窃的小动物，它总是夜里出来而白天隐藏，如今在光天化日之下离开洞穴而爬上树木，象征着地位卑贱的人将占据高贵显赫的位置。桐柏乡，是汉武帝皇后卫子夫的陵园所在地。此后汉成帝皇后赵飞燕从低下的地位登上了最高的地位，与卫皇后一样。赵皇后终于因为没有儿子而被废自杀。第二年，听说有老鹰烧掉窝、

终无子而为害。明年，有鸢焚巢杀子之象云。京房《易传》曰："臣私禄罔干，厥妖鼠巢。"

杀死小鹰的现象。京房《易传》说："臣下私设爵禄而蒙蔽干犯国君，那怪异的事情就是老鼠做窝。"

注释

1 **卫思后**：汉武帝皇后卫子夫（参见第125条注）谥思后，后世称卫思后。

原文

135. 成帝河平元年，长安男子石良、刘音相与同居，有如人状在其室中，击之，为狗走出。去后，有数人披甲持弓弩至良家。良等格击，或死或伤，皆狗也。自二月至六月乃止。其于《洪范》，皆犬祸，言不从之咎也。

译文

汉成帝河平元年（前28），长安的男子石良、刘音同住在一个房间里，看见有个像人样的怪物在他们的房间里，就打它，它便变成了狗跑出去了。它去了以后，便有几个人穿着盔甲拿着弓箭来到石良家。石良等与他们搏斗，他们有的死、有的伤，原来都是狗。从二月一直搏斗到六月才告结束。这种情况按照《洪范》的观点来看，都是狗的灾祸，是说话不听从的祸殃啊。

原文

136. 成帝河平元年二月庚子，泰山山桑谷有戴焚其巢[1]。男子孙通等闻山中群鸟戴鹊声，往视之，见巢燃，尽堕池中，有三戴鷇烧死。树大四围，巢去地五丈五尺。《易》曰："鸟焚其巢，旅人先

译文

汉成帝河平元年（前28）二月庚子日，泰山的山桑谷有老鹰焚烧自己的巢。男子孙通等听见山里群鸟老鹰喜鹊的声音，便前去观看，只见鸟巢燃烧着，都落到水池里去了，有三只小老鹰被烧死。那有鸟巢的树粗四围，鸟巢离地面五丈五尺。《易经》说："就像鸟被烧掉了巢，旅客先前快乐得哈哈笑，家园被毁后便大哭号啕。"后来终于酿

笑，后号咷。”后卒成易世之祸云。

成了改朝换代的灾祸。

注释

1 **泰山**：郡名，见第9条注。

原文

137. 成帝鸿嘉四年秋，雨鱼于信都[1]，长五寸以下。至永始元年春，北海出大鱼，长六丈，高一丈，四枚。哀帝建平三年，东莱平度出大鱼[2]，长八丈，高一丈一尺，七枚，皆死。灵帝熹平二年，东莱海出大鱼二枚，长八九丈，高二丈余。京房《易传》曰：“海数见巨鱼，邪人进，贤人疏。”

译文

汉成帝鸿嘉四年（前17）秋季，天上有鱼落到信都县，这些落下来的鱼不到五寸长。到永始元年（前16）春天，渤海出现大鱼，长六丈，高一丈，共四条。汉哀帝建平三年（前4），东莱郡平度县出现大鱼，长八丈，高一丈一尺，共七条，但都死了。汉灵帝熹平二年（173），东莱郡海中出现大鱼两条，长八九丈，高二丈多。京房《易传》说：“海中屡次出现大鱼，邪恶的人被提拔，贤能的人被疏远。”

注释

1 **信都**：见第55条注。

2 **东莱**：见第53条注。 **平度**：县名，西汉置，治所在今山东省平度市西北。

原文

138. 成帝永始元年二月，河南街邮樗树生枝如人头[1]，眉目须皆具，亡发耳。至哀帝建平三年十月，汝南西

译文

汉成帝永始元年（前16）二月，河南郡大道旁驿站内的臭椿树长出的树枝像人头，眉毛、眼睛、胡须都具备，只是没有头发罢了。到汉哀帝建平三年（前4）十月，汝南郡西平县遂阳乡有树木倒在地上，长出的树枝

平遂阳乡有材仆地[2]，生枝如人形，身青黄色，面白，头有髭发，稍长大，凡长六寸一分。京房《易传》曰："王德衰，下人将起，则有木生为人状。"其后有王莽之篡。

像人的形状，身体青黄色，面孔雪白，头上有胡须、头发，后来渐渐长大，共长六寸一分。京房《易传》说："君王道德衰微，下面的人将兴起，就有树木长成人的样子。"那以后就有王莽的篡权。

注释

1 **河南**：郡名，西汉置，治所在雒阳县（今河南省洛阳市东北）。 **邮**：驿站，供信使和旅客歇宿的馆舍。

2 **汝南**：见第51条注。 **西平**：县名，西汉置，治所在今河南省西平县西。

原文

139. 成帝绥和二年二月，大厩马生角，在左耳前，围长各二寸。是时王莽为大司马，害上之萌，自此始矣。

译文

汉成帝绥和二年（前7）二月，皇帝的马圈里马长出角，角长在左耳的前面，围圆和长度各二寸。这时候王莽任大司马，他残害皇上的念头，就是从这个时候开始的。

原文

140. 成帝绥和二年三月，天水平襄有燕生雀[1]，哺食至大，俱飞去。京房《易传》曰："贼臣在国，厥咎燕生雀，诸侯销。"又曰："生非其类，子不嗣世。"

译文

汉成帝绥和二年（前7）三月，天水郡平襄县有燕子生麻雀，燕子把它们喂养到大，它们便都飞走了。京房《易传》说："叛乱的臣子在国内，如果那凶兆是燕子生麻雀，那么诸侯将会被消灭。"又说："生下来的后代不是自己的同类，那么儿子就不能继承父亲的事业。"

注释

1 **天水**:郡名,西汉置,治所在平襄县(今甘肃省通渭县西)。

原文

141. 汉哀帝建平三年,定襄有牡马生驹[1],三足,随群饮食。《五行志》以为:马,国之武用,三足,不任用之象也。

译文

汉哀帝建平三年(前4),定襄郡有雄马生小马,这小马三只脚,跟着马群一起吃喝。《五行志》认为:马,是国家打仗时的重要工具,三只脚,是不能被任用的象征。

注释

1 **定襄**:郡名,西汉置,治所在成乐县(今内蒙古自治区和林格尔县西北土城子)。

原文

142. 哀帝建平三年,零陵有树僵地[1],围一丈六尺,长十丈七尺。民断其本,长九尺余,皆枯。三月,树卒自立故处。京房《易传》曰:"弃正作淫,厥妖木断自属。妃后有颛,木仆反立,断枯复生。"

译文

汉哀帝建平三年(前4),零陵郡有棵树倒在地上,围圆一丈六尺,长十丈七尺。老百姓锯断它的根,长九尺多,都干枯了。过了三个月,这棵树突然自己耸立在原来的地方。京房《易传》说:"抛弃正道而作乱,那怪异的事情就是树断了自己会连接起来。妃子皇后有了专宠,树木倒了又会重新竖立起来,断了、枯了还会复活。"

注释

1 **零陵**:郡名,西汉置,治所在零陵县(今广西壮族自治区全州县西南),东汉移治泉陵县(今湖南省永州市零陵区)。

原文

143. 哀帝建平四年四月，山阳方与女子田无啬生子[1]。未生二月前，儿啼腹中。及生，不举，葬之陌上。后三日，有人过，闻儿啼声，母因掘收养之。

译文

汉哀帝建平四年(前3)四月，山阳郡方与县的女子田无啬生小孩。在产前两个月的时候，这孩子就在母亲的腹中啼哭。等生下来后，田无啬便不去养育他，而把他埋葬在路边。过了三天，有个人经过那里，竟然听见那孩子的哭声，于是他的母亲就把他掘出来加以收养了。

注释

1 **山阳**:见第14条注。 **方与**:县名，属山阳郡，治所在今山东省鱼台县西。**生**:毛本作“主”，据张本改。

原文

144. 哀帝建平四年夏，京师郡国民聚会里巷阡陌，设张博具歌舞祠西王母，又传书曰:“母告百姓，佩此书者不死。不信我言，视门枢下，当有白发。”至秋乃止。

译文

汉哀帝建平四年(前3)夏天，京城以及郡国的老百姓在里弄与道路上聚会，设置博戏棋具、载歌载舞来祭祀西王母，又发传单说:“西王母告诉老百姓，佩戴这传单的就不会死去。如果不相信我的话，你看一下大门的转轴下，会有白头发作证。”这种活动到秋天才告结束。

原文

145. 哀帝建平中，豫章有男子化为女子[1]，嫁为人妇，生一子。长安陈凤曰:“阳变为阴，将亡继嗣，自相生之

译文

汉哀帝建平年间(前6—前3)，豫章郡有个男人变成了女人，嫁给人家做媳妇，生了一个孩子。长安人陈凤说:“男人变成女人，将要失去传宗接代的继承人，这是自己保存自己的象征。”另一种说法是:

象。”一曰:“嫁为人妇,生一子者,将复一世乃绝。”故后哀帝崩,平帝没,而王莽篡焉。

“嫁给人家当媳妇,生了一个孩子,这暗示着将再过一代才断绝世袭。”所以后来汉哀帝逝世,汉平帝身故,而王莽篡夺了帝位。

注释

1 **豫章:**见第26条注。

原文

146. 汉平帝元始元年二月,朔方广牧女子赵春病死[1],既棺殓,积七日,出在棺外,自言见夫死父,曰:“年二十七,汝不当死。”太守谭以闻。说曰:“至阴为阳,下人为上,厥妖人死复生。”其后王莽篡位。

译文

汉平帝元始元年(公元1年)二月,朔方郡广牧县女子赵春病死了,已经入棺,过了七天,她却在棺材外出现了,自称见到了那死去的父亲,对她说:“年纪才二十七岁,你不应该死。”朔方郡太守曾谈论这件事并向上作了汇报。有人解说道:“极盛的阴气转变为阳气,地位低下的人占居上位,那怪异的事情就是死而复生。”那以后就有王莽篡夺皇位的事。

注释

1 **朔方:**郡名,西汉置,治所在朔方县(今内蒙古自治区杭锦旗西北黄河南岸)。**广牧:**县名,西汉置,治所在今内蒙古自治区杭锦旗西北黄河南岸。

原文

147. 汉平帝元始元年六月,长安有女子生儿,两头两颈,面俱相向;四臂共胸,俱前向;尻上

译文

汉平帝元始元年(公元1年)六月,长安有个女人生了个儿子,有两个头两个脖子,面孔互相对着;四条手臂共同长在一个胸膛上,都向前;臀部上长有眼睛,长二寸

有目，长二寸所。京房《易传》曰："'睽孤，见豕负涂'[1]，厥妖人生两头。下相攘善，妖亦同。人若六畜首目在下，兹谓亡上，政将变更。厥妖之作，以谴失正，各象其类。两颈，下不一也；手多，所任邪也；足少，下不胜任，或不任下也。凡下体生于上，不敬也；上体生于下，媟渎也；生非其类，淫乱也；人生而大，上速成也；生而能言，好虚也。群妖推此类。不改，乃成凶也。"

左右。京房《易传》说："'与人分离独处，看见猪背负泥土'，与此爻辞相对应的反常现象就是人长两个头。臣下互相掠美，那反常现象与此相同。人或马、牛、羊、鸡、狗、猪等六畜的头和眼睛长在下面，这叫作没有上面，它预示政权将会变动。那反常的现象出现，是为了谴责君主丧失了正道，这些反常现象分别象征君主相应的失误。两个脖子，象征臣下不一致；手多，象征被任用的人邪恶；脚少，象征臣下不能胜任官职，或君主没有任用下面的人。凡是下部的器官长在上部，象征不恭敬；上部的器官长在下部，象征轻慢亵狎；生出不是同类的东西，象征淫乱；人生下来就长大，象征皇上急于求成；生下来就会说话，象征皇上喜欢虚言。各种反常现象可依此类推出君主的事情。如果君主还不改正错误，就会酿成灾祸了。"

注释

1 这两句为《周易》"睽"卦的爻辞。 **睽：**日落，引申指乖离，分离。《周易》作"睽"，古字通。

原文

148. 汉章帝元和元年，代郡高柳乌生子[1]，三足，大如鸡，色赤，头有角，长寸余。

译文

汉章帝元和元年(84)，代郡高柳县的乌鸦生下一只小乌鸦，三只脚，像鸡一样大，毛色赤红，头上有角，长一寸多。

注释

1 **代郡**:战国赵武灵王置,西汉治所在桑干县(今河北省蔚县东北),东汉移治高柳县(今山西省阳高县西北)。

原文

149. 汉桓帝即位,有大蛇见德阳殿上。洛阳市令淳于翼曰:"蛇有鳞,甲兵之象也;见于省中,将有椒房大臣受甲兵之象也。"乃弃官遁去。到延熹二年,诛大将军梁冀,捕治家属,扬兵京师也。

译文

汉桓帝即位,有条大蛇出现在德阳殿上。洛阳的市场主管淳于翼说:"蛇身上有鳞片,这是铠甲兵器的象征;出现于皇宫内,是将有皇后一系的大臣遭受军队诛杀的象征。"因此他就丢下官职逃跑了。到延熹二年(159),汉桓帝诛灭了梁皇后的哥哥大将军梁冀,逮捕惩治他的家属,在京城中动用了兵力。

原文

150. 汉桓帝建和三年秋七月,北地廉雨肉[1],似羊肋,或大如手。是时梁太后摄政[2],梁冀专权,擅杀诛太尉李固、杜乔,天下冤之。其后,梁氏诛灭。

译文

汉桓帝建和三年(149)秋季七月,北地郡廉县的天上落下肉,这些肉像羊的肋条肉,有的像手一样大。这时候梁太后代皇帝处理政事,梁冀独擅大权,擅自诛杀太尉李固和杜乔,天下的人都认为他们是冤屈的。在那以后,梁家就被诛灭了。

注释

1 **北地**:郡名,秦置,治所在义渠县(今甘肃省庆阳市西南),西汉移治马岭县(今庆阳市西北马岭镇),东汉移治富平县(今宁夏回族自治区吴忠市西南黄河东岸)。**廉**:县名,西汉置,治所在今宁夏回族自治区银川市北。

2 **梁太后**:即梁妠,梁冀之妹,汉顺帝皇后,顺帝死后被尊为皇太后,临朝摄政。

原文

151. 汉桓帝元嘉中，京都妇女作愁眉、啼妆、堕马髻、折腰步、龋齿笑。愁眉者，细而曲折。啼妆者，薄拭目下，若啼处。堕马髻者，作一边。折腰步者，足不任下体[1]。龋齿笑者，若齿痛，乐不欣欣。始自大将军梁冀妻孙寿所为，京都翕然，诸夏效之。天戒若曰："兵马将往收捕，妇女忧愁，踧眉啼哭；吏卒掣顿，折其腰脊，令髻邪倾；虽强语笑，无复气味也。"到延熹二年，冀举宗合诛。

译文

汉桓帝元嘉年间(151—153)，京城的妇女流行愁眉、啼妆、堕马髻、折腰步、龋齿笑。所谓愁眉，就是把眉毛画得细而且曲折。所谓啼妆，就是眼睛下的粉搽得薄一些，好像哭过了一样。所谓堕马髻，就是把发髻梳在一边。所谓折腰步，就是走路的时候做出脚承受不了下身的样子。所谓龋齿笑，就是笑的时候好像牙齿痛，虽然快乐也不十分高兴。这些做法源自大将军梁冀的妻子孙寿，京城中的妇女都一个样，连各个封国的妇女也都仿效这些做法。上天的告诫这样说："兵马将去收捕，所以妇女忧虑发愁，皱着眉头啼哭；官兵来牵掣强夺，将折断她们的腰椎，使她们的发髻倾斜；她们即使强颜欢笑，已不再有什么意趣了。"到延熹二年(159)，梁冀整个宗族都被诛灭了。

注释

1 任：毛本作"在"，据汪校改。

原文

152. 桓帝延熹五年，临沅县有牛生鸡[1]，两头四足。

译文

汉桓帝延熹五年(162)，临沅县有条牛生了一只鸡，两个头四只脚。

注释

1 临沅县：秦置，治所在今湖南省常德市。

原文

153. 汉灵帝数游戏于西园中，令后宫采女为客舍主人，身为估服行至舍间，采女下酒食，因共饮食，以为戏乐。是天子将欲失位，降在皂隶之谣也。其后天下大乱。古志有曰："赤厄三七[1]。"三七者，经二百一十载，当有外戚之篡，丹眉之妖。篡盗短祚，极于三六，当有飞龙之秀，兴复祖宗。又历三七，当复有黄首之妖，天下大乱矣。自高祖建业，至于平帝之末，二百一十年而王莽篡，盖因母后之亲。十八年而山东贼樊、子都等起，实丹其眉，故天下号曰"赤眉"。于是光武以兴祚，其名曰秀。至于灵帝中平元年而张角起，置三十六方[2]，徒众数十万，皆是黄巾，故天下号曰"黄巾贼"，至今道服由此而兴。初起于邺[3]，会于真定[4]，诳惑百姓曰[5]："苍天已死，黄天立。岁名

译文

汉灵帝多次在西园中游戏，他叫后宫的下等宫女扮作旅馆的主人，他自己身穿市场上出售的旧衣服来到这旅馆里，让这些宫女端出酒菜，便与她们一起吃喝，把这当作娱乐。这是天子快要失去皇位，下降到奴仆地位的传言。从那以后天下就大乱了。古书上有记载说："炎汉的灾难在三七。"所谓三七，就是说经过二百一十年，会有外戚的篡权，以及红眉毛的妖孽。篡权的乱臣贼子国统短暂，最多维持十八年，就会有贤君刘秀，复兴祖宗的事业。又经过二百一十年，又会有黄头的妖孽，天下就大乱了。从汉高祖建立帝业，到汉平帝末年，经历了二百一十年而有王莽篡权，这大概是凭借了皇后之亲。过了十八年而山东强盗樊崇、刁子都等起兵，用丹砂涂在他们的眉毛里，所以天下的人都把他们叫作"赤眉"。在这个时候光武帝起来复兴汉朝的国统，他的名字叫秀。到汉灵帝中平元年(184)而张角起兵，他把军队分设为三十六方，徒党几十万，都戴黄色的头巾，所以天下称他们为"黄巾贼"，传到今天的道教服装便是从这时兴起来的。张角等人开始在邺县起兵，后来到真定县会师，欺骗迷惑百姓说："青天已经死去，

甲子年，天下大吉。”起于邺者，天下始业也。会于真定也，小民相向跪拜趋信，荆、扬尤甚，乃弃财产，流沉道路，死者无数。角等初以二月起兵，其冬十二月悉破。自光武中兴至黄巾之起，未盈二百一十年，而天下大乱，汉祚废绝，实应三七之运。

黄天就要建立。那一年是甲子年，天下大吉。”从邺县起兵，象征天下的基业重新开始。到真定县会师的时候，百姓都向他们下跪行礼，投奔他们而信奉他们的教义，荆州、扬州老百姓的信从尤其严重，竟至于抛弃了家产，奔波在路上，死的人数不清。张角等当初在二月起兵，那年冬天十二月便全部被摧毁了。从光武帝中兴到黄巾军起兵，还不满二百一十年，而天下大乱，汉朝的国统废止，这实在是应验了“三七”的气数。

注释

1 **赤厄:**汉朝为火德，于色为赤，所以汉朝的厄运称为“赤厄”。

2 **方:**毛本作“万”，据汪校改。

3 **邺:**县名，治所在今河北省临漳县西南。

4 **真定:**县名，西汉置，治所在今河北省正定县南。

5 **惑:**毛本作“感”，据张本改。

原文

154. 灵帝建宁中，男子之衣好为长服，而下甚短；女子好为长裙[1]，而上甚短。是阳无下而阴无上，天下未欲平也，后遂大乱。

译文

汉灵帝建宁年间(168—172)，男人的上衣喜欢做成长的，而下衣做得很短；女人喜欢做长裙子，而上衣做得很短。这是阳气没有下而阴气没有上，天下不会太平，后来天下果然大乱了。

注释

1 **裙:**毛本作“裾”，据《后汉书·五行志一》改。

原文

155. 灵帝建宁三年春，河内有妇食夫[1]，河南有夫食妇。夫妇，阴阳二仪有情之深者也。今反相食，阴阳相侵，岂特日月之眚哉[2]？灵帝既没，天下大乱，君有妄诛之暴，臣有劫弑之逆，兵革相残，骨肉为雠，生民之祸极矣，故人妖为之先作，恨而不遭辛有、屠黍之论以测其情也[3]。

译文

汉灵帝建宁三年(170)春天，河内郡发生了妻子吃丈夫的事，河南郡发生了丈夫吃妻子的事。夫妻是阴阳双方相配的事物中最具有深情的。现在夫妻之间反而互相吞食，这是阴阳双方在互相侵犯，哪里只是太阳、月亮像眼睛生翳那样被遮蔽的事呢？汉灵帝死了，天下大乱，君主有妄乱诛杀臣民的暴虐行为，臣下有劫持杀害君主的叛逆行径，君臣起兵互相残杀，骨肉之亲成为仇人，人民的灾难到了极点，所以人类的怪事因此而预先发生，遗憾的是没有碰上辛有、屠黍所发表的那种预言来推测那以后的情况啊。

注释

1 **河内**：见第 69 条注。

2 **眚**：眼睛生翳。 **日月之眚**：日月就像眼睛生翳那样被遮蔽，即日食、月食。

3 **黍**：毛本作“乘”，据汪校改。

原文

156. 灵帝熹平二年六月，雒阳民讹言[1]：“虎贲寺东壁中有黄人，形容须眉良是。”观者数万，省内悉出，道路断

译文

汉灵帝熹平二年(173)六月，洛阳的老百姓谣传说：“虎贲寺的东墙中有黄人，容貌胡须眉毛都长得很端正。”去看的人有几万，连宫禁中的人也都出去看，道路都被堵塞了。到中平元年(184)二月，张角兄

绝。到中平元年二月，张角兄弟起兵冀州[2]，自号“黄天”。三十六方，四面出和，将帅星布，吏士外属。因其疲餧[3]，牵而胜之。

弟在冀州起兵，自称“黄天”。他们分兵三十六方，各地都出来响应，将军元帅星罗棋布，官吏也都在外地归附他们。后来朝廷趁他们疲乏饥饿，才把他们牵制住打败了。

注释

1 **雒阳：**县名，秦置洛阳县，汉改为雒阳县，治所在今河南省洛阳市东北。

2 **冀州：**见第11条注。

3 **餧：**“馁”字之形讹。

原文

157. 灵帝熹平三年，右校别作中有两樗树皆高四尺所[1]，其一株宿昔暴长，长一丈余，粗大一围，作胡人状，头目鬓须发俱具。其五年十月壬午，正殿侧有槐树，皆六七围，自拔倒竖，根上枝下。又中平中，长安城西北六七里空树中，有人面，生鬓。其于《洪范》，皆为木不曲直。

译文

汉灵帝熹平三年(174)，右校的作坊中有两棵臭椿树都有四尺左右高，其中的一棵一下子猛长，长高了一丈多，长粗了一围，变成了外国人的形状，头、眼睛、鬓角、胡须、头发都具备。熹平五年(176)十月壬午日，正殿旁边的槐树，都有六七围大小，竟然会自己拔起来倒竖着，树根向上树枝向下。还有中平年间(184—189)，在长安城西北六七里远的老树洞中，那树干长成了人的面孔，还长着鬓发。这些事以《洪范》的观点来看，都是树木不能正常地弯曲或伸直。

注释

1 **右校：**掌管营造的官署。

原文

158. 灵帝光和元年，南宫侍中寺雌鸡欲化为雄，一身毛皆似雄，但头冠尚未变。

译文

汉灵帝光和元年(178)，南宫的侍中府内有只雌鸡快要变成雄鸡了，全身的毛都像雄鸡，但头和鸡冠尚未变化。

原文

159. 灵帝光和二年，洛阳上西门外女子生儿，两头，异肩共胸，俱前向。以为不祥，堕地弃之。自是之后，朝廷霿乱，政在私门，上下无别，二头之象。后董卓戮太后，被以不孝之名，放废天子，后复害之。汉元以来，祸莫逾此。

译文

汉灵帝光和二年(179)，洛阳上西门外有个女人生了个孩子，两个头，两对肩膀同长在一个胸膛上，都向前。那女人认为不吉利，所以孩子一落地就把他抛弃了。从此之后，朝廷昏乱，政权落到了权贵手中，君主与臣下没有区别，这是两个头的象征。后来董卓毒杀何太后，将不孝的罪名加在汉少帝身上，废除放逐了少帝，后来又把他毒杀了。汉朝建立以来，灾祸没有比这更厉害的了。

原文

160. 光和四年，南宫中黄门寺有一男子，长九尺，服白衣。中黄门解步呵问："汝何等人？白衣妄入宫掖！"曰："我，梁伯夏后。天使我为天子。"步欲前收之，因忽不见。

译文

光和四年(181)，南宫的中黄门官署内有一个男人，长九尺，穿白色的衣服。中黄门解步责问道："你是什么人？竟敢穿了白衣服乱闯宫廷！"那人说："我是梁伯夏的后代。天帝派我来做天子。"解步想上前逮住他，他却忽然不见了。

原文

161. 光和七年，陈留济阳、长垣[1]，济阴、东郡冤句、离狐界中[2]，路边生草悉作人状，操持兵弩；牛马龙蛇鸟兽之形，白黑各如其色，羽毛、头目、足翅皆备，非但仿佛，像之尤纯。旧说曰："近草妖也。"是岁有黄巾贼起，汉遂微弱。

译文

光和七年(184)，陈留郡的济阳县、长垣县，济阴郡和东郡的冤句县、离狐县地界中，路边生出的草都长成人的形状，还拿着兵器弓箭；有的草长成牛马龙蛇鸟兽的形状，或白或黑都像它们应有的颜色，羽毛、头、眼睛、脚、翅膀都具备，不只是仿佛近似，而是像得特别纯正。过去有人说："这近似于草在作怪。"这一年有黄巾强盗起兵，汉朝从此就衰弱了。

注释

1 **陈留：**见第103条注。 **济阳：**县名，西汉置，治所即今河南省兰考县东北堌阳镇。 **长垣：**县名，西汉置，治所在今河南省长垣市东北。

2 **济阴：**见第27条注。 **东郡：**见第31条注。 **冤句：**县名，西汉置，属济阴郡，治所在今山东省曹县西北。 **离狐：**县名，西汉置，属东郡，东汉后期改属济阴郡，治所在今河南省濮阳市东南。

原文

162. 灵帝中平元年六月壬申，雒阳男子刘仓，居上西门外，妻生男，两头共身。至建安中，女子生男，亦两头共身。

译文

汉灵帝中平元年(184)六月壬申日，洛阳有个住在上西门外的男子刘仓，他的妻子生了个儿子，两个头同长在一个身体上。到汉献帝建安年间(196—220)，有个女子生了个儿子，也是两个头同长在一个身体上。

原文

163. 中平三年八月中，怀陵上有万余雀[1]，先极悲鸣，已因乱斗相杀，皆断头，悬着树枝枳棘。到六年，灵帝崩。夫陵者，高大之象也。雀者，爵也。天戒若曰："诸怀爵禄而尊厚者，还自相害[2]，至灭亡也。"

译文

中平三年(186)八月中旬，怀陵上有一万多只麻雀，先是非常悲哀地鸣叫，接着便胡乱地搏斗，互相残杀，结果都断了头，悬挂在树枝与多刺的枸橘荆棘上。到中平六年(189)，汉灵帝逝世。陵，是高大的象征。雀，就是爵。上天的告诫这样说："各个享有爵位俸禄而尊贵的人，很快会自相残害，直到灭亡。"

注释

1 **怀陵**：汉冲帝陵墓，高四丈六尺，周长一百八十三步，在今河南省洛阳市西北。

2 **还**：通"旋"，迅速。

原文

164. 汉时，京师宾婚嘉会皆作魁櫑，酒酣之后续以挽歌。魁櫑，丧家之乐；挽歌，执绋相偶和之者。天戒若曰："国家当急殄悴，诸贵乐皆死亡也。"自灵帝崩后，京师坏灭，户有兼尸虫而相食者。魁櫑、挽歌，斯之效乎？

译文

汉朝的时候，京城里迎宾结婚等吉利美好的宴会上都吹奏魁櫑，酒喝得畅快以后就接着唱挽歌。魁櫑，是丧失家园时奏的乐曲；挽歌，是扶着牵引棺材的绳索时相互应和而唱的歌。上天的告诫这样说："国家马上要遭殃了，所以各种受推崇的音乐都是死亡之曲。"自从汉灵帝死了以后，京城被摧毁，家门中有吞食尸体的虫再自相吞食的。奏魁櫑、唱挽歌，是这些事的应验吗？

原文

165. 灵帝之末，京师谣言曰："侯非侯，王非王，千乘万骑上北邙[1]。"到中平六年，史侯登蹑至尊[2]，献帝未有爵号，为中常侍段珪等所执[3]，公卿百僚皆随其后，到河上，乃得还。

译文

汉灵帝末年，京城流传的歌谣说："侯不是侯，王不是王，千乘万骑上北邙。"到中平六年(189)，史侯登上了最高的位子成为汉少帝，汉献帝当时还没有爵号，被中常侍段珪等劫持，公卿百官都只好跟在他的后面，一直被劫持到黄河边上，才被尚书卢植等追到而得以回宫。

注释

1 **北邙**：山名，一名北芒，即邙山，在今河南省洛阳市北。东汉王侯公卿多葬于此山，故"上北邙"指不吉利的事。

2 **史侯**：即皇子刘辩，汉灵帝之子。因汉灵帝屡次失子，不敢正名，故寄养于道人史子眇家，号史侯。中平六年(189)四月汉灵帝死，他即位，年十四岁，是为少帝。

3 **段**：毛本作"叚"，据汪本改。

原文

166. 汉献帝初平中，长沙有人姓桓氏[1]，死，棺敛月余，其母闻棺中有声，发之，遂生。占曰："至阴为阳，下人为上。"其后曹公由庶士起。

译文

汉献帝初平年间(190—193)，长沙郡有个人姓桓，死了，已经入棺一个多月了，他母亲却听见棺材中有声音，打开棺材，这人就活了。占卜的结果说："极盛的阴气转变为阳气，地位低下的人就占居上位。"后来曹操便由一个普通的军士起家立业。

注释

1 **长沙**：郡名，秦置，治所在临湘县(今湖南省长沙市)，西汉高帝五年(前

202）改为国，东汉复为郡。

原文

167. 献帝建安七年，越嶲有男子化为女子[1]。时周群上言："哀帝时亦有此变，将有易代之事。"至二十五年，献帝封山阳公。

译文

汉献帝建安七年(202)，越嶲郡有个男人变成了女人。当时周群上言说："哀帝时也有这种变化，这预示着将要有改朝换代的事。"到建安二十五年(220)，汉献帝被废而封为山阳公。

注释

1 **越嶲**：郡名，西汉置，治所在邛都县（今四川省西昌市东南）。

原文

168. 建安初，荆州童谣曰[1]："八九年间始欲衰，至十三年无孑遗。"言自中兴以来，荆州独全；及刘表为牧，民又丰乐；至建安九年，当始衰。始衰者，谓刘表妻死，诸将并零落也。十三年无孑遗者，表又当死[2]，因以丧败也。是时华容有女子[3]，忽啼呼曰："将有大丧。"言语过差，县以为妖言，系狱。月余，忽于狱中哭曰："刘荆州今日死。"

译文

汉献帝建安初年，荆州流行的童谣说："八九年间开始要衰落，到十三年就没有遗留。"这是说汉代从中兴以来，仅荆州能独自保全；等到刘表任荆州牧以后，老百姓还能丰衣足食欢天喜地；到建安九年(204)，便要开始衰落了。所谓开始衰落，是指刘表的妻子死去，各位将领也都零落衰亡。所谓十三年没有遗留，是指到建安十三年(208)刘表又要死了，因而荆州就要衰败了。这时候华容县有个女子，忽然哭着呼叫说："将有大的丧事。"她的话过于荒谬，县里认为她是在制造妖言惑众，所以把她逮捕入狱。过了一个多月，她忽然在狱中哭着说："刘荆州今天死了。"华容县距离荆州有几百里，县里就马上派掌马的官吏去验看，刘

华容去州数百里，即遣马吏验视[4]，而刘表果死，县乃出之。续又歌吟曰："不意李立为贵人。"后无几，曹公平荆州，以涿郡李立——字建贤——为荆州刺史[5]。

表果然死了，于是县里就把她放了出来。她接着又吟唱道："想不到李立成了地位显赫的人物。"后来没过多少时候，曹操攻破荆州，便任命涿郡人李立——字建贤——当了荆州刺史。

注释

1 **荆州**：西汉置，为十三刺史部之一，东汉治汉寿县（今湖南省常德市东北）。其后屡经迁移，东晋时定治江陵县（今湖北省荆州市荆州区）。

2 **又当**：毛本作"当又"，据张本改。

3 **华容**：县名，西汉置，治所在今湖北省监利县北。

4 **吏**：毛本作"里"，据《后汉书·五行志一》注所引干宝《搜神记》之文改。

5 **涿郡**：见第11条注。

原文

169. 建安二十五年正月，魏武在洛阳起建始殿，伐濯龙树而血出。又掘徙梨，根伤而血出。魏武恶之，遂寝疾，是月崩。是岁为魏文帝黄初元年[1]。

译文

建安二十五年(220)正月，魏武帝曹操在洛阳兴建建始殿，砍伐濯龙祠中的树木，那树木竟然流出血来。又掘梨树搬迁，那梨树的根被碰伤了也流出血来。曹操很厌恶这件事，于是就卧病不起，当月就死了。这一年是魏文帝黄初元年。

注释

1 **文帝**：毛本作"武"，据汪校改。

原文

170. 魏黄初元年，未央宫中有鹰生燕巢

译文

魏文帝黄初元年(220)，未央宫中有老鹰出生在燕子窝里，嘴和脚爪都呈红色。到

中,口爪俱赤。至青龙中,明帝为凌霄阁,始构,有鹊巢其上。帝以问高堂隆,对曰:“《诗》云:‘惟鹊有巢,惟鸠居之。’今兴起宫室而鹊来巢,此宫室未成,身不得居之象也。”

青龙年间(233—237),魏明帝建造凌霄阁,刚开始架屋,就有喜鹊在那上面做窝。魏明帝拿这件事去问高堂隆,高堂隆回答说:“《诗经·召南·鹊巢》说:‘喜鹊做了窝,鸤鸠将它住。’现在您兴建宫室而喜鹊却来做窝,这是宫室还没有落成,而您自己已不能去居住的象征啊。”

原文

171. 魏齐王嘉平初,白马河出妖马,夜过官牧边鸣呼,众马皆应。明日,见其迹大如斛[1],行数里,还入河。

译文

魏齐王嘉平初年,白马河出现怪马,那马夜间经过官府牧场旁嘶叫,群马都应和着嘶叫。第二天,人们看见它的脚印像斛一样大,延绵几里,仍然回到白马河里去了。

注释

1 **斛**:古代量器,一斛之容量为十斗。

原文

172. 魏景初元年,有燕生巨鷇于卫国李盖家[1],形若鹰,吻似燕。高堂隆曰:“此魏室之大异,宜防鹰扬之臣于萧墙之内。”其后宣帝起,诛曹爽,遂有魏室。

译文

魏明帝景初元年(237),有只燕子在卫国李盖的家里生了只体形巨大的雏鸟,形状像老鹰,嘴像燕子。高堂隆说:“这是魏王朝的大怪事,应该在宫廷内防范大展雄才之臣。”在那以后,晋宣帝司马懿发动了政变,诛杀了曹爽,从而控制了魏王朝。

注释

1 **彀**(kòu):初生的小鸟。 **卫国**:东汉时侯国,即古代的观国(在今河南省清丰县西南),光武帝更名为“卫公国”,属东郡,也称为“卫国”,汉献帝建安十七年(212)划归魏郡。参见《后汉书·郡国志三》《三国志·魏书·武帝纪》。

原文

173. 蜀景耀五年,宫中大树无故自折。谯周深忧之,无所与言,乃书柱曰:“众而大,期之会;具而授,若何复。”言曹者,众也;魏者[1],大也。众而大,天下其当会也;具而授,如何复有立者乎?蜀既亡,咸以周言为验。

译文

蜀后主景耀五年(262),蜀国宫廷中的大树无缘无故地自己折断了。谯周深深地为此忧虑,但又没有什么人可以和他谈论这件事,于是他就在柱子上写道:“众多而强大,至期会聚集;具备而授予,如何再复兴?”这是说姓曹的,人众兵多;称魏的,势力强大。人众兵多而势力强大,天下的人到时候会聚集在他周围的;曹氏具备了这样的条件因而把天下大权交给了曹氏,怎么能再存在建立刘家王朝的人呢?蜀汉灭亡以后,人们都认为谯周的话得到了应验。

注释

1 毛本无“众也魏者”四字,据汪校补。

原文

174. 吴孙权太元元年八月朔,大风,江海涌溢,平地水深八尺,拔高陵树二千株[1],石碑差动,吴城两门飞落。明

译文

吴国孙权太元元年(251)八月初一,刮大风,江海泛滥,平地上的积水有八尺深,刮倒了孙权父亲孙坚墓地高陵上的树两千棵,陵园里的石碑都有点动摇了,吴国京城的两扇大门也被吹下来了。第二

年权死。

年孙权就死了。

注释

1 **高陵**：三国吴孙坚陵，在今江苏省丹阳市西。

原文

175. 吴孙亮五凤元年六月，交阯稗草化为稻[1]。昔三苗将亡，五谷变种。此草妖也。其后亮废。

译文

吴国孙亮五凤元年(254)六月，交阯郡有稗草变成了稻子。从前三苗部族即将灭亡的时候，五谷变了种。这些都是发生在草类上的怪事。在那以后孙亮就被废黜了。

注释

1 **交阯**：又作交趾，郡名，西汉置，治所在羸陵县(今越南河内市西北)，东汉移治龙编县(今越南北宁省仙游东)。

原文

176. 吴孙亮五凤二年五月，阳羡县离里山大石自立[1]。是时孙皓承废故之家得复其位之应也。

译文

吴国孙亮五凤二年(255)五月，阳羡县离里山的大石头自己耸立起来。这是孙皓继承废旧的家业而能恢复其帝位的预兆。

注释

1 **阳羡**：见第91条注。

原文

177. 吴孙休永安四年，安吴民陈焦死七日复生[1]，穿冢出。乌程侯孙皓

译文

吴国孙休永安四年(261)，安吴县的百姓陈焦死了七天又活了，他打通坟墓爬了出来。这是乌程侯孙皓继承废旧的

承废故之家得位之祥也[2]。

家业而获得帝位的征兆。

注释

1 **安吴**:县名,三国吴置,治所在今安徽省泾县西南。

2 毛本无"侯"字,据汪校补。

原文

178. 孙休后,衣服之制上长下短,又积领五六,而裳居一二。盖上饶奢下俭逼、上有余下不足之象也。

译文

从孙休以后,衣服的形制是上衣长下衣短,又同时穿五六件上衣,下衣只穿一两条。这大概是上面富饶奢侈而下面贫穷拮据、上面财富有余而下面财富不足的征兆。

卷七　怪事之验

导读

本卷主要记述各种怪事。它虽然与卷六相似，以各种怪事来附会朝政，但其中第180、181、187、188、190、193、200、213、214、223、225等条对各种服饰、发饰、器物的记载，第189、191条对歌舞的记述，均反映了当时的生活状况，具有一定的史料价值，值得历史研究者重视。第215条对连体婴儿的记载，也值得研究医学史的学者关注。至于第216条妄斩淳于伯时血逆流以及冤死后连旱三年的情节，显然承袭了第290条中的传说，由此也可见古代传说故事的相互影响。

原文

179. 初，汉元、成之世，先识之士有言曰："魏年有'和'，当有开石于西三千余里，系五马，文曰'大讨曹'。"及魏之初兴也，张掖之柳谷有开石焉[1]：始见于建安，形成于黄初，文备于太和；周围七寻，中高一仞；苍质素章，龙、马、麟、鹿、凤凰、仙人之象粲然咸着。此一

译文

当初，在汉元帝、汉成帝的时代，有预见的人士曾说过这样的话："魏朝的年号有'和'字，那时候在西边三千多里的地方会有裂开的石头，这石头上有五匹马的图案，还有文字称'大讨曹'。"等到魏国刚兴起的时候，张掖郡的柳谷有裂开的石头：它在建安年间(196—220)开始出现，在黄初年间(220—226)形成，在太和年间(227—232)花纹图像就齐备了；它的周长有五丈六尺，当中高七尺；青色的质地，白色的花纹，龙、马、麟、鹿、凤凰、仙人的图像都清楚地附着在上面。这一情况，是魏朝废替、晋朝兴起的符命。到晋朝泰始三年(267)，张掖郡太守焦胜上奏说："拿留在郡府的本国图谶校对

事者,魏、晋代兴之符也。至晋泰始三年,张掖太守焦胜上言:"以留郡本国图校今石文,文字多少不同。谨具图上。"案其文,有五马象:其一有人平上帻[2],执戟而乘之;其一有若马形而不成。其字有"金",有"中",有"大司马",有"王",有"大吉",有"正",有"开寿";其一成行,曰"金当取之"[3]。

现在石头上的花纹图形,文字的多少不同。现在我谨把这些花纹都描摹成图像呈上。"考察那花纹图形,可以看到有五匹马的形象:其中一匹马,有一个人戴着平顶头巾,手握矛戟骑在它身上;其中一匹,有点像马的形状,但又不完全像马。那图上的字有"金",有"中",有"大司马",有"王",有"大吉",有"正",有"开寿";其中有一些字排成一行,那是"金当取之"。

注释

1 **张掖:**郡名,西汉置,治所在觻得县(今甘肃省张掖市西北)。

2 **平上帻:**魏晋时武官戴的头巾,其上部平如屋顶。

3 **金当取之:**指金德的晋王朝将会取代魏王朝。

原文

180. 晋武帝泰始初,衣服上俭下丰,着衣者皆厌腰[1],此君衰弱、臣放纵之象也。至元康末,妇人出两裆,加乎交领之上[2],此内出外也。为车乘者,苟贵轻细,又数变易其形,皆以白篾为纯,盖古丧车之遗象。晋之祸征也。

译文

晋武帝泰始初年,衣服上衣做得小而下裤做得大,穿衣服的人都把上衣束进裤腰中,这是君主衰弱、臣下放纵的象征。到元康末年,女人把背心穿在外面,加在有领的衣服上,这是内装穿到了外装上。那时做车子的,草率地迎合世俗而崇尚轻小,又屡次改变它的形状,都用白色的竹篾为镶边,这是古代灵车留下来的形制。这些都是晋朝将要遭受灾难的征兆。

注释

1 厌(yā):通“压”。

2 交领:古代的衣领下连到襟,故将有领的衣服称为“交领”。

原文

181. 胡床、貊盘,翟之器也;羌煮、貊炙,翟之食也。自太始以来,中国尚之,贵人富室必畜其器[1],吉享嘉宾皆以为先,戎翟侵中国之前兆也。

译文

马扎、貊盘,是北狄的器具;羌煮、烤肉,是北狄的食物。从晋武帝泰始年间(265—274)以后,中国推崇这些东西,贵族豪富之家一定备有马札、貊盘等器具,祭祀请客时都把羌煮、烤肉等先端出来,这是西戎、北狄入侵中国的先兆。

注释

1 畜:通“蓄”。

原文

182. 晋大康四年[1],会稽郡蟛蚑及蟹皆化为鼠。其众覆野,大食稻为灾。始成,有毛肉而无骨,其行不能过田畻,数日之后,则皆为牝。

译文

晋太康四年(283),会稽郡的蟛蜞和蟹都变成了老鼠。这众多的老鼠遍布田野,大量啮食水稻而造成了灾荒。它们刚变成老鼠的时候,有毛有肉而没有骨头,它们爬行起来还不能越过田埂,几天以后,便都变成了雌老鼠。

注释

1 大(tài):通“太”。

原文

183. 大康五年正月,二龙见武库井中。

译文

太康五年(284)正月,有两条龙出现在武库的井里。武库,是储藏帝王威武之器的

武库者，帝王威御之器所宝藏也，屋宇邃密，非龙所处。是后七年，藩王相害[1]。二十八年，果有二胡僭窃神器[2]，皆字曰“龙”。

宝地，房屋幽深隐蔽，不是龙待的地方。这事发生后七年，便有诸侯王互相残害。又过了二十八年，果然有两个胡人石勒、石虎超越本分窃取了帝位，他们的字都有“龙”。

注释

1 **藩王相害**：诸侯王互相残害，指晋惠帝永平元年(291)至晋怀帝光熙元年(306)的八王(汝南王亮、楚王玮、赵王伦、齐王冏、成都王颖、长沙王乂、河间王颙、东海王越)之乱，十六年间，七王先后被杀，最后以东海王毒死惠帝、立怀帝而掌握大权告终。

2 **二胡**：指羯族人石勒(字世龙)及其侄石虎(字季龙)。石勒于公元319年自称赵王，建立政权，史称后赵，为五胡十六国之一。石勒死后，其子石弘嗣位，石虎废石弘而自立为国君。

原文

184. 晋武帝太康六年，南阳获两足虎[1]。虎者，阴精而居乎阳，金兽也[2]。南阳，火名也[3]。金精入火而失其形[4]，王室乱之妖也。其七年十一月景辰[5]，四角兽见于河间[6]。天戒若曰：“角，兵象也；四者，四方之象。当有兵革起于四方。”后河间王遂连四方之兵，作为乱阶。

译文

晋武帝太康六年(285)，南阳郡有人猎得两只脚的老虎。老虎，是处于阳间的阴气之精，是金德之兽。南阳，从五行来看，是火德的名称。金德之精进入火德便会丧失它原有的形状，这是金德的晋朝王室变乱的凶兆。太康七年(286)十一月丙辰日，在河间国出现四只角的野兽。上天的告诫这样说：“角，是用兵的象征；四，是四方的象征。所以一定会有战乱发生在四方。”后来河间王司马颙便联合四方的军队，成了祸乱的来源之一。

注释

1 **南阳:**见第88条注。

2 **金兽:**五行中的金,对应的方位为西,对应的颜色为白,对应的星神为太白金星,对应的野兽为白虎,所以说老虎是金兽。

3 五行中的火,对应的方位为南,对应的颜色为赤,所以说南阳为火名。

4 根据五行相生相克的观点,火克金,所以金精入火会失其形。

5 **景辰:**即丙辰。唐高祖之父名昞,故唐人兼讳丙,凡"丙"字多改为"景"。此事出于《晋书》,《晋书》修于唐朝,所以"丙"作"景"。

6 **河间:**王侯国名,汉文帝二年(前178)置,治所在乐成县(今河北省献县东南),三国魏改为郡,西晋复为国。

原文

185. 太康九年,幽州塞北有死牛头语[1]。时帝多疾病,深以后事为念,而付托不以至公,思瞀乱之应也。

译文

太康九年(288),幽州边塞之北有死亡的牛头说话。当时晋武帝经常生病,深深地挂念他的后事,但他却不以大公无私的态度来托付治国大权,这死牛头说话就是他思想昏乱的应验。

注释

1 **幽州:**西汉置,东汉时治所在蓟县(今北京城西南)。

原文

186. 太康中,有鲤鱼二枚现武库屋上。武库,兵府;鱼有鳞甲,亦是兵之类也。鱼既极阴,屋上太阳,鱼现屋上,象至阴以

译文

太康年间(280—289),有两条鲤鱼出现在武库的屋顶上。武库是藏兵甲的库房;鱼有鳞甲,也是兵甲一类的东西。鱼是极盛的阴气,而屋顶上是极盛的阳气,鱼出现在屋顶上,象征极盛的阴气因为兵乱的灾祸而冲犯了极盛的阳气。到晋惠帝初年(291),诛杀晋武帝杨

兵革之祸干太阳也。及惠帝初，诛皇后父杨骏，矢交宫阙，废后为庶人，死于幽宫。元康之末，而贾后专制，谤杀太子，寻亦诛废。十年之间，母后之难再兴，是其应也。自是祸乱构矣。京房《易妖》曰："鱼去水，飞入道路，兵且作。"

皇后的父亲杨骏，乱箭在宫殿之中飞来飞去，又把杨皇后废黜为平民，把她害死在隐蔽的宫室中。元康末年(299)，贾皇后独擅大权，诽谤并杀害了太子，不久贾皇后也被废黜杀死。十年之间，皇后的灾难发生了两次，这便是鱼出现在武库屋顶上的应验。从那个时候起，晋王朝的祸乱便已造成了。京房《易妖》说："鱼离开了水，飞到道路上，将会有兵乱发生。"

原文

187. 初作屐者，妇人圆头，男子方头，盖作意欲别男女也。至太康中，妇人皆方头屐，与男无异，此贾后专妒之征也。

译文

开始做木屐的，把妇女的做成圆头，把男人的做成方头，这种做法大概是想把男女区别开来。到太康年间(280—289)，妇女都做方头的木屐，与男人没有什么两样，这是贾皇后专制嫉妒的征兆。

原文

188. 晋时，妇人结发者，既成，以缯急束其环，名曰撷子髻。始自宫中，天下翕然化之也。其末年，遂有怀、愍之事[1]。

译文

晋朝的时候，妇女梳发髻的，已梳成，又用丝绸紧扎那发环，人们把它叫作撷子髻。这种发髻开始出现在皇宫内，后来全国都一致仿效它。到晋朝末年，就有了怀帝、愍帝被杀的事情。

注释

1 愍：毛本作"惠"，据汪校改。

原文

189. 太康中，天下为《晋世宁》之舞。其舞，抑手以执杯盘而反覆之，歌曰："晋世宁，舞杯盘。"反覆，至危也；杯盘，酒器也；而名曰"晋世宁"者，言时人苟且饮食之间，而其智不可及远，如器在手也。

译文

太康年间(280—289)，全国都跳《晋世宁》的舞蹈。跳那种舞蹈的时候，手向下拿着杯盘再把杯盘翻来覆去，口中唱道："晋代安宁，舞弄杯盘。"翻来覆去，是极其危险的；杯盘，是饮酒用的器具；把这种舞蹈叫作"晋世宁"，是说当时的人只在吃喝玩乐之中得过且过，而他们的才智不可能考虑到远大的事情，就像酒器握在手中那样。

原文

190. 太康中，天下以毡为絈头及络带、裤口，于是百姓咸相戏曰："中国其必为胡所破也。"夫毡，胡之所产者也，而天下以为絈头、带身、裤口，胡既三制之矣，能无败乎？

译文

太康年间(280—289)，全国都用毛毡做头巾和腰带、裤脚口，于是老百姓都互相开玩笑说："中国恐怕一定会被胡人攻破了。"那毛毡，是北胡出产的东西，而全国拿它来做头巾、腰带、裤脚口，那么胡人已经从三个地方控制中国了，中国能不失败吗？

原文

191. 太康末，京洛为《折杨柳》之歌，其曲始有兵革苦辛之辞，终以擒获斩截之事。自后杨骏被诛，太后幽死，"杨柳"之应也。

译文

太康末年，京城洛阳唱《折杨柳》的歌曲，那曲子开始有战乱痛苦的词句，最后以擒捉斩杀的事情结束。从这以后杨骏被杀，杨太后被暗害，这是"折杨柳"的应验啊。

原文

192. 晋武帝太熙元年,辽东有马生角[1],在两耳下,长三寸。及帝宴驾,王室毒于兵祸。

译文

晋武帝太熙元年(290),辽东郡有马长角,长在两只耳朵下面,长三寸。到晋武帝逝世,朝廷便遭到了兵乱的毒害。

注释

1 **辽东:**西晋郡、国名,治所在襄平县(今辽宁省辽阳市)。

原文

193. 晋惠帝元康中,妇人之饰有"五佩兵",又以金、银、象、角、玳瑁之属为斧、钺、戈、戟而载之以当笄。男女之别,国之大节,故服食异等。今妇人而以兵器为饰,盖妖之甚者也。于是遂有贾后之事。

译文

晋惠帝元康年间(291—299),妇女的饰品有仿照五种兵器形状而制成的"五佩兵",又用金、银、象牙、兽角、玳瑁之类做成斧、钺、戈、戟而佩戴它们当作簪子。男女之间的分别,是国家的重要道德规范,所以穿的吃的男女都不同。现在妇女以兵器作为饰品,这可能是反常的事情中最厉害的了。因此便有贾皇后荒淫暴虐的事情。

原文

194. 晋元康三年闰二月,殿前六钟皆出涕,五刻乃止。前年贾后杀杨太后于金墉城,而贾后为恶不悛,故钟出涕,犹伤之也。

译文

晋元康三年(293)闰二月,洛阳太极殿前的六只大钟都流泪,过了五刻才停止。前年贾皇后把杨太后杀死在金墉城,而贾皇后做了恶事不思悔改,所以大钟流泪,好像在为她忧伤。

原文

195. 惠帝之世，京洛有人一身而男女二体，亦能两用人道，而性尤好淫。天下兵乱，由男女气乱而妖形作也。

译文

晋惠帝的时候，京城洛阳有个人一个身体上长着男女两种性器官，也能分别与男女两性进行交媾，而其本性特别爱好淫乱。天下的战乱，是由于男女的元气昏乱和这种怪现象出现的缘故。

原文

196. 惠帝元康中，安丰有女子曰周世宁[1]，年八岁渐化为男，至十七八而气性成，女体化而不尽，男体成而不彻，畜妻而无子。

译文

晋惠帝元康年间(291—299)，安丰郡有个姑娘叫周世宁，八岁的时候逐渐变成男人，到十七八岁的时候那男人的气质性征就形成了，但她的女性器官变化了却没有完全化除，而男性器官长成了却没有完全长好，结果娶了妻子而没有子女。

注释

1 **安丰**：郡名，三国魏置，治所在安风县(今安徽省霍邱县西南)。

原文

197. 元康五年三月，临淄有大蛇[1]，长十许丈，负二小蛇入城北门，径从市入汉阳城景王祠中，不见。

译文

晋惠帝元康五年(295)三月，临淄县出现一条大蛇，长十丈左右，背着两条小蛇爬进临淄县城的北门，径直穿过街市进入汉阳城景王祠中，便不见了。

注释

1 **临淄**：见第101条注。

原文

198. 元康五年三月，吕县有流血[1]，东西百余步。其后八载，而封云乱徐州[2]，杀伤数万人。

译文

元康五年(295)三月，吕县发现流淌的鲜血，从东到西长一百多步。那以后第八年，封云作乱攻打徐州，杀伤了几万个人。

注释

1 **吕县**：见第123条注。

2 **徐州**：西汉置，东汉治所在郯县(今山东省郯城县)，三国魏移治彭城县(今江苏省徐州市)。晋惠帝太安二年(303)，张昌起义，其部将石冰攻占扬州，封云起兵攻徐州以与石冰呼应。

原文

199. 元康七年，霹雳破城南高禖石。高禖，宫中求子祠也。贾后妒忌，将杀怀、愍，故天怒贾后，将诛之应也。

译文

元康七年(297)，霹雳击破了城南高禖庙内的石头。高禖，是皇宫内祈求生儿子的祠庙。当时贾皇后妒忌，将要杀掉怀帝、愍帝，所以老天谴责贾皇后，这霹雳击破求子祠的石头便是贾皇后将要诛杀怀帝、愍帝的应验。

原文

200. 元康中，天下始相效为乌杖以柱掖。其后稍施其镦，住则植之。及怀、愍之世，王室多故，而中都丧败。元帝以藩臣树德东方，维持天下，柱掖之应也。

译文

元康年间(291—299)，天下的人开始互相仿效制作上端有乌鸦形状的长拐杖用来支撑胳肢窝。在那以后又在拐杖末端加上一个平底的金属套，立住时就用它支撑着。到怀帝、愍帝的时候，晋王朝多事变，而京都败亡。晋元帝以诸侯王的身份在东方建功立业，维持晋王朝的统治，这是拐杖支撑胳肢窝的应验啊。

原文

201. 元康中，贵游子弟相与为散发倮身之饮，对弄婢妾。逆之者伤好，非之者负讥，希世之士耻不与焉。胡狄侵中国之萌也。其后遂有二胡之乱[1]。

译文

元康年间(291—299)，显贵闲荡的公子少爷互相结伙进行披头散发、赤身裸体的喝酒活动，调戏玩弄婢女小妾。不顺从他们的就伤害了情谊，责怪他们的就遭到讽刺，迎合世俗的人士都以此为耻辱而不参与这种事。这是北方民族侵略中国的苗头。那以后就有两个胡人的战乱。

注释

1 **二胡之乱：**永嘉五年(311)四月，汉主刘聪遣石勒(羯族)攻晋，在苦县宁平城(今河南省鹿邑县西南)歼灭晋兵十余万人，俘杀太尉王衍等。六月，又派刘曜(匈奴族)攻入京师洛阳，焚烧宫庙，杀王公士民三万余人，俘获晋怀帝并将怀帝迁至平阳。这些事件史称"永嘉之乱"。

原文

202. 惠帝太安元年，丹阳湖熟县夏架湖有大石浮二百步而登岸[1]。百姓惊叹，相告曰："石来！"寻而石冰入建邺[2]。

译文

晋惠帝太安元年(302)，丹阳郡湖熟县夏架湖有一块大石头漂浮了二百步而登上湖岸。百姓惊叹不已，互相传话说："石头来了！"不久，张昌的部将石冰攻进了建邺。

注释

1 **丹阳：**见第97条注。 **湖熟县：**东汉以胡孰县改名，治所即今江苏省南京市江宁区东南湖熟街道。

2 **建邺：**县名，西晋太康三年(282)以建业县改名，治所即今江苏省南京市。建兴元年(313)又改名建康县。

原文

203. 太安元年四月，有人自云龙门入殿前，北面再拜曰："我当作中书监。"即收斩之。禁庭尊秘之处，今贱人竟入而门卫不觉者，宫室将虚、下人逾上之妖也。是后帝迁长安[1]，宫阙遂空焉。

译文

太安元年(302)四月，有个人从云龙门进宫一直来到大殿之前，朝北拜了两次说："我应该任中书监。"朝廷马上就把他逮住杀了。宫廷是尊严秘密的地方，现在下贱的人竟能闯进去而守门人没发觉，这是宫廷将空虚、下贱的人将超越皇上的凶兆。此后晋朝皇帝迁徙到长安，皇宫果然空虚了。

注释

1 **帝迁长安**：永嘉七年(313)，晋怀帝被杀，司马邺（晋愍帝）在长安即位，至建兴四年(316)晋愍帝投降刘曜而西晋灭亡为止，长安为京师。

原文

204. 太安中，江夏功曹张骋所乘牛忽言曰[1]："天下方乱，吾甚极焉[2]。乘我何之？"骋及从者数人皆惊怖，因绐之曰："令汝还，勿复言。"乃中道还。至家，未释驾，又言曰："归何早也？"骋益忧惧，秘而不言。安陆县有善卜者，骋从之卜。卜者曰："大凶。非一家之祸，天下将有兵起，一郡之内皆

译文

太安年间(302—303)，江夏郡功曹张骋的拉车之牛忽然说道："天下将乱，我很着急啊。你让我拉了车到什么地方？"张骋和他的几个随从都惊恐万状，就哄骗它说："让你回去，别再说话了。"于是就半路而回。回到家中，还没有卸下车驾，牛又说道："为什么这么早就回来了呢？"张骋更加害怕了，便保守秘密不和别人说。安陆县有个善于占卜的人，张骋去叫他占卜。占卜的人说："非常不吉利。这不是一家一户的灾难，而是国家将有战乱发生，整个郡都要毁灭啊！"张骋回到家里，牛又像人一样站起来行走，百姓都来围观。那年秋天，乱贼张昌起兵造反，

破亡乎！”骋还家，牛又人立而行，百姓聚观。其秋，张昌贼起，先略江夏，诳曜百姓，以汉祚复兴，有凤凰之瑞，圣人当世。从军者皆绛抹头以彰火德之祥。百姓波荡，从乱如归。骋兄弟并为将军都尉，未几而败。于是一郡破残，死伤过半，而骋家族矣。京房《易妖》曰：“牛能言，如其言占吉凶。”

先占据了江夏郡，欺骗迷惑老百姓，说什么因为汉朝的国统又要兴盛了，所以有凤凰来临的吉兆，圣人将要当道。参军的人都戴红头巾用来显示汉朝火德的吉兆。老百姓人心动荡，跟着他造反就像回家一样心甘情愿。张骋兄弟两人都任将军都尉的职务，不久就失败了。于是整个郡都被摧毁，死伤的人数超过了一半，而张骋一家也被灭族了。京房《易妖》说：“牛能说话，按照它的话能预测吉凶。”

注释

1 **江夏**：郡名，三国魏置，治所在上昶城（今湖北省安陆市西南），西晋移治安陆县（今湖北省云梦县）。

2 **焉**：毛本作“为”，据汪校改。

原文

205. 元康、太安之间，江、淮之域有败屩自聚于道，多者至四五十量。人或散去之，投林草中。明日视之，悉复如故。或云见狸衔而聚之。世之所说：“屩者，人之贱服，而当劳辱，下民之象也。败者，疲弊之象也。道者，地理[1]，四方所以交通，王命所由

译文

元康、太安年间(291—303)，长江、淮河流域有破草鞋自己积聚在道路上，多的地方竟达四五十双。人们有时把它们丢散开来，扔进树林草丛中。第二天再去看看它们，又全都恢复成老样子。有人说看见野猫衔了把它们积聚在一起。世人的说法是：“草鞋，是人的下贱服装，应当劳苦受辱，它是平民百姓的象征。破，是穷乏破败的象征。道路，是土地的纹理，各地靠它来交往，帝王的命令靠它来传送。

往来也。今败屩聚于道者，象下民疲病，将相聚为乱，绝四方而壅王命也。”

现在破草鞋积聚在道路上，象征着老百姓疲乏困苦，将互相聚集起来造反，断绝各地的交通而堵住圣旨的传达啊。”

注释

1 **理**:毛本作“里”，据汪校改。

原文

206. 晋惠帝永兴元年，成都王之攻长沙也反军于邺[1]，内外陈兵。是夜，戟锋皆有火光，遥望如悬烛，就视则亡焉。其后终以败亡。

译文

晋惠帝永兴元年(304)，成都王司马颖攻打长沙王后带兵返回邺城，城内城外都陈列了军队。这天夜里，矛戟的锋刃上都有火光，远看像挂着的蜡烛，走近看便没有了。后来他终于失败被杀。

注释

1 **长沙**:指长沙王司马乂，当时在洛阳。太安二年(303)，成都王颖、河间王颙起兵反长沙王而进军洛阳。次年东海王越与殿中诸将擒长沙王，开城迎成都王，成都王颖任丞相后返回邺。**反**:通“返”。**邺**:见第153条注。晋惠帝元康九年(299)，以成都王颖为镇北大将军，镇邺。

原文

207. 晋怀帝永嘉元年，吴郡吴县万详婢生一子[1]，鸟头，两足马蹄，一手，无毛，尾黄色，大如碗。

译文

晋怀帝永嘉元年(307)，吴郡吴县万详的婢女生了一个孩子，长着鸟的头，两只脚像马蹄，一只手，没有毛，尾巴黄色，像碗一样大。

注释

1 **吴郡吴县**:见第 78 条注。

原文

208. 永嘉五年,抱罕令严根婢产一龙、一女、一鹅[1]。京房《易传》曰:“人生他物,非人所见者,皆为天下大兵。”时帝承惠帝之后,四海沸腾,寻而陷于平阳[2],为逆胡所害。

译文

永嘉五年(311),枹罕县县令严根的婢女生了一条龙、一个女孩、一只鹅。京房《易传》说:“人生下其他的东西,不是人们所看见的,都是天下有大战的征兆。”当时晋怀帝继承晋惠帝的皇位之后,天下乱得如同沸水翻滚,不久他便陷落在平阳,被叛逆的胡人杀害了。

注释

1 **抱**:为“枹”字之形讹。 **枹罕**:县名,西汉置,治所在今甘肃省临夏县西南。

2 **平阳**:郡名,三国魏置,治所在平阳县(今山西省临汾市西南)。永嘉二年(308),刘渊攻占平阳,称汉帝。永嘉五年(311),刘曜攻入洛阳后俘获晋怀帝,并将他迁至平阳。永嘉七年(313),晋怀帝被汉主刘聪(匈奴族)所杀。

原文

209. 永嘉五年,吴郡嘉兴张林家有狗忽作人言[1],云:“天下人俱饿死。”于是果有二胡之乱,天下饥荒焉。

译文

永嘉五年(311),吴郡嘉兴县张林家有条狗忽然说起人的话来,说:“天下的人都饿死。”于是果然有两个胡人的战乱,全国出现了饥荒。

注释

1 **嘉兴**:县名,三国吴以禾兴县改名,治所在今浙江省嘉兴市南。

原文

210. 永嘉五年十一月，有蝘鼠出延陵[1]。郭璞筮之，遇“临”之“益”，曰：“此郡之东县，当有妖人欲称制者，寻亦自死矣。”

译文

永嘉五年(311)十一月，有鼹鼠出现在延陵县。郭璞为此占了个卦，碰到的是“临”卦变至“益”卦，就说：“这郡的东边的县内，会出现想称帝的妖孽之人，不久也就自取灭亡了。”

注释

1 **延陵**：县名，西晋置，治所即今江苏省丹阳市西南延陵镇。

原文

211. 永嘉六年正月，无锡县欻有四枝茱萸树相樛而生[1]，状若连理。先是，郭璞筮延陵蝘鼠，遇“临”之“益”，曰：“后当复有妖树生，若瑞而非，辛螫之木也。傥有此，东西数百里必有作逆者。”及此生木，其后吴兴徐馥作乱[2]，杀太守袁琇。

译文

永嘉六年(312)正月，无锡县忽然有四棵茱萸树相互缠绕而长，形状像不同根而枝干连生的吉祥树连理枝。在这以前，郭璞曾给延陵县的鼹鼠算卦，遇到“临”卦变至“益”卦，便说：“以后还会有怪树长出来，好像是吉祥的征兆而实际上却不是，它是带毒刺的树木。如果有这种树出现，在它东西几百里之内便一定会出现叛逆的人。”到这时真的长出了这种树木，此后便有吴兴郡功曹徐馥起兵造反，杀了太守袁琇。

注释

1 **无锡**：县名，西汉置，治所即今江苏省无锡市。三国吴废，西晋太康元年(280)复置。

2 **吴兴**：郡名，三国吴置，治所在乌程县(今浙江省湖州市南)。

原文

212. 永嘉中，寿春城内有豕生人[1]，两头而不活，周馥取而观之。识者云："豕，北方畜，胡狄象。两头者，无上也。生而死，不遂也。天戒若曰：'易生专利之谋，将自致倾覆也。'" 俄为元帝所败[2]。

译文

永嘉年间(307—313)，寿春城内有头猪生下一个人，这人两个头而不活，周馥曾将他取来观看。有见识的人说："猪，是北方的牲畜，是北方民族胡狄的象征。两个头，是没有皇上的象征。生下来就死，是不成功的象征。上天的告诫这样说：'轻易地想出专门利己的计谋，将自招灭亡。'" 不久周馥就被晋元帝打败了。

注释

1 **寿春**：县名，秦置，治所即今安徽省寿县。

2《晋书·怀帝纪》载，永嘉五年(311)正月，琅邪王司马睿(晋元帝)派将军甘卓攻镇东将军周馥于寿春，周馥军溃败。

原文

213. 永嘉中，士大夫竞服生笺单衣。识者怪之，曰："此古繐衰之布[1]，诸侯所以服天子也。今无故服之，殆有应乎！" 其后怀、愍晏驾。

译文

永嘉年间(307—313)，士大夫都争着穿生丝织物做的单衣。有见识的人对此感到很奇怪，说："这是古代做丧服的布，是诸侯为天子服丧时穿的啊。现在没有发生什么变故却穿它，恐怕会有应验的吧！" 后来怀帝、愍帝就死了。

注释

1 **繐衰**：毛本作"练缞"，据汪校改。

原文

214. 昔魏武军中无故作白帢，此缟素，凶丧之征也。初，横缝其前以别后，名之曰"颜帢"[1]，传行之。至永嘉之间，稍去其缝，名"无颜帢"。而妇人束发，其缓弥甚，紒之坚不能自立，发被于额，目出而已。无颜者，愧之言也。覆额者，惭之貌也。其缓弥甚者，言天下亡礼与义，放纵情性，及其终极，至于大耻也。其后二年，永嘉之乱[2]，四海分崩，下人悲难，无颜以生焉。

译文

过去魏武帝曹操的军队中无缘无故地做起白色便帽来，这是白色的丧服，是灾殃死丧的征兆。开始做这种白帽子的时候，横向缝住它的前面来与它的后面相区别，把它称为"有面便帽"，传令推广它。到永嘉年间(307—313)，渐渐地不做那种缝了，并把它叫作"无面便帽"。而妇女扎头发，那宽松的程度更厉害，发髻的硬度还不能使自己竖立着，头发都披在前额上，只有眼睛露出来而已。所谓无面，是惭愧之辞。盖住了前额，是惭愧的容貌。那宽松的程度更厉害，是说天下已没有礼制和合宜的道德规范，随心所欲，到那最后，会落到遭受奇耻大辱的地步。从那以后才两年，永嘉时期的战乱，使国家分崩离析，老百姓悲苦遭殃，没有面子再活下去了。

注释

1 **颜：**额头，引申指前面或颜面。**颜帢：**有前面的便帽，即前面能覆盖额头的便帽。

2 **永嘉之乱：**即第201条"二胡之乱"。

原文

215. 晋愍帝建兴四年，西都倾覆，元皇帝始为晋王，四海宅心。其年十月二十二日，新

译文

晋愍帝建兴四年(316)，西面的国都长安覆灭，晋元帝开始做晋王，国内归心。那年十月二十二日，新蔡县官吏任乔的妻子胡氏，二十五岁，生下两个女儿，互相面对着，

蔡县吏任乔妻胡氏[1]，年二十五，产二女，相向，腹心合，自腰以上、脐以下各分。此盖天下未一之妖也。时内史吕会上言："按《瑞应图》云：'异根同体，谓之连理；异苗同颖[2]，谓之嘉禾。'草木之属，犹以为瑞，今二人同心，天垂灵象，故《易》云：'二人同心，其利断金。'休显见生于陕东之国[3]，盖四海同心之瑞。不胜喜跃，谨画图上。"时有识者哂之。君子曰："知之难也。以臧文仲之才，犹祀爰居焉[4]，布在方册，千载不忘，故士不可以不学。古人有言：'木无枝谓之瘣，人不学谓之瞽。'当其所蔽，盖阙如也。可不勉乎？"

肚子和心合在一起，从腰以上、脐以下各自分开。这大概是天下尚未统一的凶兆。当时内史吕会禀告说："按《瑞应图》上说：'不同的根而同长一个枝干，叫作吉祥的连理；不同的禾苗合长一个穗子，叫作美好的谷物。'草木之类，人们尚且把反常现象看作是吉祥的征兆，现在两个人同一个心，这是上天降下来的神异现象，所以《易经》说：'两个人同心，那锋利的程度可以斩断金属。'吉利的征兆出现在陕县东面的封地，这大概是国内同心的吉兆。我按捺不住喜悦和激动的心情，谨把这两个女孩的样子画成图像呈上。"当时有见识的人都讥笑他。君子评论说："通晓事理实在很难啊。用春秋时鲁国大夫臧文仲的才智去办事，尚且祭祀那海鸟，这种事记录在史籍上，千年万代永远不会被人们忘记，所以人不能不学习。古代的人说过这样的话：'树木没有枝叶叫作内伤，人不学习叫作瞎子。'对自己不了解的东西，就该留着不下判断。人可以不努力学习吗？"

注释

1 **新蔡县**：秦置，治所即今河南省新蔡县。

2 **苗**：毛本作"亩"，据《宋书·五行志》改。

3 **陕**：毛本作"陈"，据汪校改。陕，县名，秦置，治所即今河南省三门峡市西之陕州区。据《晋书·孝愍帝纪》，建兴元年(313)五月以镇东大将军、琅邪王司马睿(晋元帝)为左丞相、大都督陕东诸军事。

4 **爰居**：海鸟，形似凤凰。有一次爰居止于鲁国东门之外三日，臧文仲以为神，命国人祭之(见《国语·鲁语上》)，孔子因此说臧文仲"不知"(见《左传·文公二年》)。

原文

216. 晋元帝建武元年六月，扬州大旱[1]；十二月，河东地震[2]。去年十二月，斩督运令史淳于伯，血逆流，上柱二丈三尺，旋复下流四尺五寸。是时淳于伯冤死，遂频旱三年。刑罚妄加，群阴不附，则阳气胜之。罚，又冤气之应也。

译文

晋元帝建武元年(317)六月，扬州大旱；十二月，河东郡地震。前一年十二月，斩杀督运令史淳于伯，他的血倒流，喷上柱子二丈三尺，接着又向下流淌了四尺五寸。当时淳于伯冤屈而死，所以就连旱三年。刑罚滥用，各种阴气就不归附，那么阳气就胜过它了。连旱三年的惩罚，也就是那冤气的报应。

注释

1 **扬州**：见第63条注。

2 **河东**：见第17条注。

原文

217. 晋元帝建武元年七月，晋陵东门有牛生犊[1]，一体两头。京房《易传》曰："牛生子，二首一身，天下将分之象也[2]。"

译文

晋元帝建武元年(317)七月，在晋陵城的东门有头牛生了一头小牛，一个身体两个头。京房《易传》说："牛生小牛，两个头一个身体，是天下将分裂的征兆。"

注释

1 **晋陵**:郡名,西晋永嘉五年(311)以毗陵郡改名,治所在丹徒县(今江苏省镇江市丹徒区)。东晋太兴初移治京口(今江苏省镇江市),义熙九年(413)又移治晋陵县(今江苏省常州市)。

2 建武元年(317)三月,司马睿在建康即晋王位,十二月汉主刘聪杀晋愍帝于平阳。次年三月,晋愍帝噩耗传至建康,晋王睿称帝,从此东晋统治南方,天下分为二。

原文

218. 元帝太兴元年四月,西平地震[1],涌水出;十二月,庐陵、豫章、武昌西陵地震[2],涌水出,山崩。此王敦陵上之应也。

译文

元帝太兴元年(318)四月,西平县地震,水往上冒出来;十二月,庐陵郡、豫章郡、武昌郡西陵县地震,水往上冒出来,山岭崩塌。这是王敦凌驾于皇帝之上的应验。

注释

1 **西平**:见第138条注。

2 **庐陵**:见第83条注。 **豫章**:见第26条注。 **武昌**:郡名,三国初孙权置,治所在武昌县(今湖北省鄂州市),后改为江夏郡,西晋太康初复为武昌郡。 **西陵**:县名,西汉置,治所在今湖北省武汉市新洲区西,晋时属武昌郡。

原文

219. 太兴元年三月,武昌太守王谅有牛生子,两头,八足两尾共一腹。不能自生,十余人以绳引之,子死,母

译文

太兴元年(318)三月,武昌郡太守王谅有头母牛生下一头小牛,两个头,八条腿两条尾巴长在同一个腹部上。这母牛分娩时不能自己生产,十多个人便用绳子把小牛拉了出来,结果小牛死了,母牛活了下来。太

活。其三年，后苑中有牛生子，一足三尾，生而即死。

兴三年(320)，后苑中有头牛生小牛，那小牛一只脚三条尾巴，生下来就死了。

原文

220. 太兴二年，丹阳郡吏濮阳演马生驹[1]，两头，自项前别，生而死。此政在私门、二头之象也。其后王敦陵上。

译文

太兴二年(319)，丹阳郡小吏濮阳县人杨演的马生下一匹小马，两个头，在脖子的前面分开，生下来就死了。这是政权落到权贵手中、有两个元首的象征。那以后王敦便凌驾于皇帝之上了。

注释

1 **丹阳**：见第97条注。 **濮阳**：见第26条注。

原文

221. 太兴初，有女子，其阴在腹，当脐下，自中国来至江东，其性淫而不产。又有女子，阴在首，居在扬州，亦性好淫。京房《易妖》曰："人生子：阴在首，则天下大乱；若在腹，则天下有事；若在背，则天下无后。"

译文

太兴初年，有个女子，她的阴户长在腹部，在肚脐下方，从中原来到江南，她生性淫乱而不生孩子。还有一个女子，阴户长在头上，住在扬州，她的本性也是喜欢纵欲淫乱。京房《易妖》说："人生下女儿：阴户长在头上，那么国家就会大乱；如果长在腹部，那么国家就有战事发生；如果长在背上，那么国家就没有继承人了。"

原文

222. 太兴中，王敦镇武昌，武昌灾，火起，兴众救之，救于此而发

译文

太兴年间(318—321)，王敦镇守武昌，武昌发生了火灾，大火燃烧起来时，王敦发动大家救火，但这儿扑灭了，那儿却又燃烧

于彼，东西南北数十处俱应，数日不绝，旧说所谓"滥灾妄起，虽兴师不能救之"之谓也。此臣而行君，亢阳失节。是时王敦陵上，有无君之心，故灾也。

起来，四面八方几十个地方都烧起来了，烧了几天也没熄灭，这就是过去所说的"泛滥的灾祸胡乱地发生，即使发动军队也无法挽救"的情况吧。这是臣下干君主之事，阳气太盛而失去了节制造成的啊。这时王敦凌驾于皇帝之上，有无视君主的野心，所以才发生这样的火灾。

原文

223. 太兴中，兵士以绛囊缚紒。识者曰："紒在首为乾，君道也。囊者为坤，臣道也。今以朱囊缚紒，臣道侵君之象也。"为衣者，上带短，才至于掖；着帽者，又以带缚项：下逼上，上无地也。为裤者，直幅为口[1]，无杀[2]，下大之象也。寻而王敦谋逆，再攻京师[3]。

译文

太兴年间(318—321)，士兵用红布袋束住发髻。有见识的人说："发髻在头上为乾，象征君道。袋子为坤，象征臣道。现在用红布袋束住发髻，这是臣下侵犯君主的征兆。"当时做衣服的，上边的衣带做得很短，才到达胳肢窝；戴帽子的，又用帽带缚住脖子：这是下面逼迫上面，上面无地自容的象征。当时做裤子的，用笔直的幅宽一直做到裤脚口，从裤腿到裤脚口尺寸不减小，这是下边壮大的象征。此后不久就有王敦策划叛乱，两次攻打京城。

注释

1 **为**：毛本作"无"，据汪校改。

2 **杀**(shài)：衰减。

3 晋元帝永昌元年(322)，王敦在武昌(今湖北省鄂州市)起兵，攻至石头城(今江苏省南京市清凉山)。晋明帝太宁二年(324)，王敦病重，命王含、钱凤等率兵赴建康，旋死。

原文

224. 太兴四年，王敦在武昌，铃下仪仗生花[1]，如莲花，五六日而萎落。说曰："《易》说：'枯杨生花，何可久也？'今狂花生枯木，又在铃阁之间，言威仪之富，荣华之盛，皆如狂花之发，不可久也。"其后王敦终以逆命，加戮其尸。

译文

太兴四年(321)，王敦在武昌的时候，铃阁侍从的仪仗上开出花来，那花朵像莲花，过了五六天就凋谢了。有人解说道："《易经·大过》的象辞说：'干枯的杨树开花，哪能长久呢？'现在失常的奇花长在干枯的木头上，又在铃阁之中，这是说威武仪表的富足，荣耀华贵的盛况，都像失常之花的开放，不可能长久。"后来王敦终于因为违抗晋明帝之命，病死后尸体还受了刑。

注释

1 铃下：见第53条注。

原文

225. 旧为羽扇柄者，刻木象其骨形，列羽用十，取全数也。初，王敦南征，始改为长柄，下出可捉，而减其羽，用八。识者尤之曰："夫羽扇，翼之名也。创为长柄，将执其柄以制其羽翼也；改十为八，将未备夺已备也。此殆敦之擅权以制朝廷之柄，又将以无德之材欲窃非据也。"

译文

过去做羽毛扇的柄，把木头刻成扇子的骨架，编排的羽毛用十根，这是采用完备的数字。当初，王敦向南出征的时候，开始把扇柄改为长柄，下端突出一段以便用手握住，而且减少了扇子的羽毛，只用八根。有见识的人责备这种做法说："羽毛扇，是一个表示羽翼的名称。王敦创造出长柄，是要握住扇柄来控制它的羽翼；把十根改成八根，是让未完备的数字取代已经完备的数字。这大概是暗示着王敦独擅大权来控制朝廷的权力，又将凭他那没有德行的才能想窃取他不该占据的地位。"

原文

226. 晋明帝太宁初，武昌有大蛇常居故神祠空树中[1]，每出头从人受食。京房《易传》曰："蛇见于邑，不出三年，有大兵，国有大忧。"寻有王敦之逆。

译文

晋明帝太宁初年，武昌有条大蛇曾经栖息在旧神庙的树洞中，经常探出头来从祭祀的人那里收受食物。京房《易传》说："蛇在城中出现，不出三年，就会有大的战乱，国家会有大的忧患。"不久就有王敦的叛逆。

注释

1 常：通"尝"。

卷八　君王祥瑞

导读

本卷主要记载君王与改朝换代的故事。它们以君权神授的思想为基础，依次反映了虞舜、商汤、周文王、周武王、刘邦、秦穆公、光武帝、曹魏、西晋、东晋等君王或皇朝受命于天的传说，说明其称王称霸都有吉祥的预兆或上天的护佑。除去其荒诞的部分，对我们了解虞代至晋代的历史还是有所帮助的。

原文

227. 虞舜耕于历山[1]，得玉历于河际之岩[2]。舜知天命在己，体道不倦[3]。舜龙颜大口，手握褒[4]。宋均注曰："握褒，手中有'褒'字，喻从劳苦，受褒饰致大祚也[5]。"

译文

虞舜在历山耕地，在黄河边的山崖上拾到一只玉鬲。舜知道天神的意旨是把天下托付给自己，所以努力行道而不知疲倦。舜长得眉骨突起，嘴巴宽大，手握褒。宋均注解说："握褒，是手掌中有'褒'字，说明他出身劳苦，后来受到褒扬嘉奖而得到了帝位。"

注释

1 **历山**：在今山西省永济市西南，又名雷首山。一说在今山东省济南市东南，又名舜耕山。

2 **历**：通"鬲"，类似于鼎状的炊具。

3 **体**：行。即"身体力行"之"体"。

4 **手握褒**：原意为手掌宽大。

5 **大祚**：帝位。

原文

228. 汤既克夏，大旱七年，洛川竭。汤乃以身祷于桑林[1]，剪其爪发，自以为牺牲，祈福于上帝，于是大雨即至，洽于四海。

译文

汤战胜了夏桀后，大旱七年，洛河都干涸了。汤就拿自己的身体作为祭品在商丘城桑林门外向上天祈祷，他剪掉了自己的指甲和头发，自己把自己当作祭祀用的牲畜，向上帝求福，于是大雨马上降临，全国都湿润了。

注释

1 **桑林**：宋国国都商丘城（今河南省商丘市睢阳区南）的城门名，见《左传·昭公二十一年》。

原文

229. 吕望钓于渭阳。文王出游猎，占曰："今日猎得一兽[1]，非龙非螭，非熊非罴，合得帝王师。"果得太公于渭之阳，与语，大悦，同车载而还。

译文

吕尚在渭河的北岸钓鱼。周文王出去打猎，打猎前的占卜结果说："今天猎获一只动物，既不是有角的龙也不是没有角的龙，既不是黑熊也不是棕熊，而应该得到一个帝王的老师。"结果周文王在渭河的北岸发现了吕尚，与他交谈后，十分高兴，便让他与自己乘坐同一辆车回去了。

注释

1 **兽**：毛本作"狩"，据张本改。

原文

230. 武王伐纣，至河上，雨甚，疾雷，晦冥，扬波于河。众甚惧，武王曰：

译文

周武王讨伐商纣王，来到黄河边上，雨下得很大，雷声激越，天昏地暗，黄河内波涛翻滚。大家都很害怕，周武王说："我在

“余在，天下谁敢干余者！”风波立济。

这里，天下有谁敢来冒犯我！”风波马上平息了。

原文

231. 鲁哀公十四年，孔子夜梦三槐之间、丰沛之邦有赤氤气起[1]，乃呼颜回、子夏同往观之。驱车到楚西北范氏街，见刍儿打麟，伤其左前足，束薪而覆之。孔子曰：“儿来！汝姓为谁？”儿曰：“吾姓为赤松，名时乔，字受纪。”孔子曰：“汝岂有所见乎？”儿曰：“吾所见一禽，如麕，羊头，头上有角，其末有肉，方以是西走。”孔子曰：“天下已有主也，为赤刘[2]，陈、项为辅。五星入井，从岁星[3]。”儿发薪下麟示孔子，孔子趋而往，麟向孔子，蒙其耳，吐三卷图，广三寸，长八寸，每卷二十四字。其言：“赤刘当起，日周亡；赤气起，火耀兴；玄丘制命[4]，帝卯金[5]。”

译文

鲁哀公十四年（前481），孔子在夜里梦见三棵槐树之间、丰邑和沛邑的疆域内有红色的天地之气升起，于是就叫了弟子颜回、子夏一起去察看。他们赶着车来到楚国西北面的范氏街，看见有个割草的小孩在打麒麟，把那麒麟的左前脚打伤了，还拿了一捆柴草把它盖了起来。孔子说：“小孩过来！你的姓是什么？”这小孩说：“我的姓是赤松，名时乔，字受纪。”孔子说：“你是否看见了什么东西？”小孩说：“我看见的东西是一只禽兽，像獐，长着羊头，头上有角，角的末端有肉，刚从这儿向西跑去。”孔子说：“天下已经有了主人了，这主人是炎汉刘邦，陈涉、项羽只是辅佐。金、木、水、火、土五星进入井宿，跟着岁星。”小孩打开柴草给孔子看下面的麒麟，孔子有礼地小步快跑过去，麒麟面对孔子，遮住他的耳朵，吐出三卷图，图宽三寸，长八寸，每卷有二十四个字。那文字是说：“炎汉刘氏要兴起，往日周朝会灭亡；红色元气将上升，火德荣耀会兴盛；玄圣孔丘定天命，那个皇帝是刘姓。”

注释

1 **三槐:** 相传周代在宫廷之外朝种有三棵槐树,朝见天子时,三公面向三槐而立,故"三槐"指外朝而言,它位于宫廷路门之外,是天子与百官众人谋事的地方。见《周礼·秋官·朝士》。 **丰:** 丰邑,西汉在此置丰县,治所即今江苏省丰县。 **沛:** 沛邑,秦在此置沛县,治所即今江苏省沛县。

2 **赤刘:** 汉以火德为王,姓刘,所以称"赤刘"。

3 **五星入井:** 是各路军队进兵秦国的预兆。井,星宿名,是秦国的分野。 **从岁星:** 指其他的星跟从岁星,即岁星先行而为主,是起兵于东方的刘邦将先入秦国而为主的预兆。参见《汉书·天文志》。岁星,即木星,对应东方。

4 **玄:** 赤黑色。 **玄丘:** 指孔子。传说孔子母亲徵在梦感黑帝而生孔丘,故后人称孔丘为玄圣,也称"玄丘"。参见《后汉书·班固传》。

5 **卯金:** "刘"字的繁体字"劉"拆开为"卯""金""刀",省称"卯金"。

原文

232. 孔子修《春秋》,制《孝经》,既成,斋戒,向北辰而拜,告备于天。天乃洪郁起白雾摩地,赤虹自上而下化为黄玉[1],长三尺,上有刻文。孔子跪受而读之,曰:"宝文出,刘季握;卯金刀,在轸北[2];字禾子,天下服。"

译文

孔子修订《春秋》,制作《孝经》,已经完成后,便洁净身心,对着北极星下拜,向上天报告他的成功。于是天空便弥漫降下白色的大雾一直碰到地面,红色的虹蜺从上面挂下来变成了黄色的玉,长三尺,上面有雕刻着的文字。孔子跪着接受了这块玉而诵读那上面的文字,念道:"宝玉上的文字已出世,天下要被刘季所掌握;卯金刀三字合成的'刘'氏,出生在轸宿的分野楚国之北;他的字是禾子两字合成的'季',天下的人都归服。"

注释

1 **赤:** 毛本作"白",据张本改。

2 轸：星宿名，是楚国的分野。

原文

233. 秦穆公时[1]，陈仓人掘地得物[2]，若羊非羊，若猪非猪，牵以献穆公，道逢二童子。童子曰："此名为媪，常在地食死人脑。若欲杀之，以柏插其首。"媪曰："彼二童子名为陈宝，得雄者王，得雌者伯。"陈仓人舍媪，逐二童子。童子化为雉，飞入平林。陈仓人告穆公。穆公发徒大猎，果得其雌，又化为石，置之汧、渭之间[3]。至文公时，为立祠，名陈宝[4]。其雄者飞至南阳[5]，今南阳雉县是其地也[6]。秦欲表其符，故以名县。每陈仓祠时，有赤光长十余丈从雉县来，入陈仓祠中，有声殷殷如雄雉。其后，光武起于南阳。

译文

秦穆公的时候，陈仓有个人挖地时得到一个东西，像羊又不是羊，像猪又不是猪，就牵了它去献给秦穆公，走在路上碰到两个孩子。孩子说："这东西名字叫媪，常常在地下吃死人的脑子。你如果要杀掉它，就用柏树插进它的头。"媪说："那两个孩子名字叫陈宝，得到那雄的就能称王天下，得到那雌的就能称霸诸侯。"陈仓人就放弃了媪，去追赶那两个孩子。那两个孩子便变成了野鸡，飞进了平原上的树林。陈仓人把这事报告给了穆公。穆公发动部下举行大规模的围猎，结果捕获了那只雌野鸡，但它又变成了石头，于是秦穆公把它放置在汧水和渭河之间。到文公的时候，还为它建立了祠庙，庙名陈宝。那只雄野鸡飞到南阳郡，现在的南阳郡雉县就是它降落的地方。秦国想表明自己受命于天的吉祥征兆，所以用雉来命名那个县。每次在陈仓祭祀的时候，都有长十多丈的红光从雉县那边过来，进入陈仓的祠庙内，并有像雄野鸡发出的那种殷殷殷的声音。在那后来，光武帝刘秀便发迹于南阳。

注释

1 本条之"穆公"皆当作"文公"。据《史记》之《秦本纪》及《十二诸侯年表》,秦文公十九年(前747)得陈宝而作陈宝祠。由于汉代人把秦穆公当作春秋五霸之一(秦穆公其实从未会盟诸侯而成为霸主,只是称霸西戎而已,所以先秦典籍都未将秦穆公视为五霸之一),于是就把得陈宝之雌者附会到秦穆公身上。据《史记·十二诸侯年表》,秦穆公于公元前659年至公元前621年在位,秦文公于公元前765年至公元前716年在位,此文云穆公得陈宝而至文公时立祠,也可以看出由于附会其事而导致了叙事之错乱。

2 **陈仓**:春秋时秦国邑名,在今陕西省宝鸡市东渭河北岸。

3 **汧**(qiān):河名,即今陕西省西部渭河支流千河。

4 毛本无"名"字,据汪校补。

5 **南阳**:见第88条注。

6 **雉县**:西汉置,治所在今河南省南召县东南。

原文

234. 宋大夫邢史子臣明于天道。周敬王之三十七年,景公问曰:"天道其何祥?"对曰:"后五十年五月丁亥,臣将死。死后五年五月丁卯,吴将亡。亡后五年,君将终。终后四百年,邾王天下。"俄而皆如其言。所云"邾王天下"者,谓魏之兴也。邾,曹姓,魏亦曹姓,皆邾之后。其年数则错,未知邢史失其数耶,将年代久远,注记者传而有谬也?

译文

宋国大夫邢史子臣懂得天象。周敬王三十七年(前483),宋景公问他说:"天象可有什么吉凶的征兆?"邢史子臣回答说:"此后五十年的五月丁亥日,我将死去。我死了以后五年的五月丁卯日,吴国将灭亡。吴国灭亡后五年,您将寿终。您逝世以后四百年,邾氏将统治天下。"后来发生的事情都像他说的那样。他所说的"邾氏将统治天下",是指魏王朝的兴起。邾氏,姓曹,魏王也姓曹,都是邾国曹挟的后裔。不过,他所说的年数却错了,不知道是邢史子臣没把握好那数字呢,还是年代长久了,解说记录的人在传授过程中造成了错误?

原文

235. 吴以草创之国，信不坚固，边屯守将皆质其妻子，名曰“保质”。童子少年以类相与娱游者，日有十数。孙休永安二年三月[1]，有一异儿，长四尺余，年可六七岁，衣青衣，忽来从群儿戏。诸儿莫之识也，皆问曰：“尔谁家小儿，今日忽来？”答曰：“见尔群戏乐，故来耳。”详而视之，眼有光芒，爚爚外射。诸儿畏之，重问其故，儿乃答曰：“尔恐我乎？我非人也，乃荧惑星也。将有以告尔：三公归于司马。”诸儿大惊，或走告大人，大人驰往观之，儿曰：“舍尔去乎！”耸身而跃，即以化矣。仰而视之，若曳一匹练以登天。大人来者，犹及见焉，飘飘渐高，有顷而没。时吴政峻急，莫敢宣也。后四年而蜀亡，六年而魏废，二十一年而吴平，是

译文

吴国因为是初次建立的国家，信用靠不住，所以边防上驻守的将领都把他们的妻子儿女作为人质留在京城，这些人员名叫“担保的人质”。儿童少年中因为同样做人质而在一起玩耍的，每天有十几个。孙休永安二年(259)三月，有一个奇异的小孩，身高四尺多，年龄大约在六七岁，穿着青色的衣服，忽然来跟孩子们玩耍。孩子们没有一个认识他的，都问他：“你是谁家的小孩，今天忽然来这里？”他回答说：“看见你们成群结队地玩耍娱乐，所以我才来了。”仔细地打量他，只见他眼睛有光芒，闪闪向外发射。孩子们都怕他，又反复问他的来历，那小孩才回答说：“你们怕我吗？我不是人，而是火星。我有件事要告诉你们：刘、曹、孙三公归属于司马。”孩子们大吃一惊，有的跑去告诉了大人，大人便赶去看他，那小孩说：“我抛下你们走啦！”便纵身一跳，马上就变了。抬头望他，只见他像拖着一匹白色的熟绢上了天。跑过来的大人，还赶上看见了他，只见他飘啊飘啊渐渐地升高，过了一会儿就没有了。当时吴国的政局十分危险紧张，所以没有人敢宣扬这件事。此后四年(263)蜀国就灭亡了，此后六年(265)魏国被废黜了，此后二十一年(280)吴国被平定了，这

"归于司马"也。

就是那小孩所说的"刘、曹、孙三公归属于司马"。

注释

1 二:毛本作"三",据汪校改。

原文

236. 都水马武举戴洋为都水令史。洋请急还乡,将赴洛,梦神人谓之曰:"洛中当败,人尽南渡。后五年,扬州必有天子[1]。"洋信之,遂不去。既而皆如其梦。

译文

主管河渠灌溉的都水使者马武提拔戴洋任都水令史。戴洋请假回家,将去洛阳,梦见仙人对他说:"洛阳将会破败,人们全都渡江南下。再过五年,扬州一定会有天子。"戴洋相信这梦,就不去洛阳了。不久后发生的事都如同他梦中听说的那样。

注释

1 **扬州:**见第63条注。 **天子:**指晋元帝司马睿。晋怀帝永嘉元年(307)七月以平东将军、琅邪王司马睿为安东将军、都督扬州江南诸军事,镇建邺。

卷九　人臣之兆

导读

本卷主要记载人臣故事，旨在说明某些历史人物的命运都有相应的预兆。故事大多涉及历史名人，如第237条的应玚、第243条的贾谊、第244条的翟义，其中第248条对贾充事迹的记述尤为浓墨重彩而具有很强的文学性。除了历史名人，本卷也偶尔涉及无名的小人物，如第240条所记的张氏传钩即如此，该故事显属民间创作，所以颇能反映人民的情感，如其中以"天命也，不可力求"来解释蜀贾窃钩而穷厄的原因，实是借此情节来劝诫那些使用卑鄙手段以谋私利的小人别再痴心妄想而贪天之功以为己有。

原文

237. 后汉中兴初，汝南有应妪者[1]，生四子，而昼见神光照社[2]。妪见光以问卜人，卜人曰："此天祥也。子孙其兴乎！"乃探得黄金。自是子孙宦学并有才名，至玚，七世通显。

译文

东汉复兴初年，汝南郡有一个叫应妪的人，生了四个孩子，而在白天看见一道神光射进土地庙。应妪看见这神光后去问占卜的人，占卜的人说："这是上天降下的好兆头啊。你的子孙大概要兴隆了吧！"于是她就在那神光照射处摸取到了黄金。从此以后她的子孙做官治学都很有才华名望，到应玚的时候，前后七代人都官位高而名声大。

注释

1 **汝南**：见第51条注。　**妪**：毛本作"枢"，据汪校改。下"妪"字同。

2 **昼**：毛本作"尽"，据汪校改。

原文

238. 车骑将军巴郡冯绲[1],字鸿卿,初为议郎,发绶笥,有二赤蛇,可长二尺,分南北走,大用忧怖。许季山孙宪,字宁方,得其先人秘要,绲请使卜,云:"此吉祥也。君后三岁,当为边将,东北四五千里[2],官以'东'为名。"后五年,从大将军南征。居无何,拜尚书郎、辽东太守、南征将军。

译文

车骑将军巴郡人冯绲,字鸿卿,当初任议郎的时候,打开藏官印的箱子,看见箱内有两条赤练蛇,大约长二尺,分别向南北方爬走了,因此非常担忧恐惧。许季山的孙子许宪,字宁方,曾得到他先祖的秘诀,冯绲请他占卜,他说:"这是吉利的征兆。您过三年,会当上边关守将,在东北方四五千里,您的官名带有'东'字。"过了五年,冯绲跟随大将军南征。过了没多久,他就任尚书郎、辽东太守、南征将军。

注释

1 **巴郡**:战国时秦置,治所在江州县(今重庆市北嘉陵江北岸,三国蜀汉移治今重庆市区)。

2 毛本无"千"字,据汪校补。

原文

239. 常山张颢为梁相[1]。天新雨后,有鸟如山鹊,飞翔入市,忽然坠地,人争取之,化为圆石。颢椎破之,得一金印,文曰"忠孝侯印"。颢以上闻,藏之秘府。后议郎汝南樊衡夷上言:"尧、舜时旧有此官。今天降

译文

常山国人张颢当了梁国的丞相。天刚下过雨,有一只鸟像山鹊,飞进街市,忽然掉落到地上,人们都争着去拾它,它却变成了圆圆的石头。张颢用锤子把它打破了,得到一枚金印,印文是"忠孝侯印"。张颢把这件事向上作了汇报,这枚金印便被收藏在皇宫内藏秘籍的府库中。后来议郎汝南郡人樊衡夷上奏说:"尧、舜时代曾经有过这种官职。现在上天降下这个官印,应

印，宜可复置。”颢后官至太尉。

该再设置这个官职。”张颢后来做官一直做到太尉。

注释

1 **常山**：国名，西汉置常山郡，治所在元氏县（今河北省元氏县西北），东汉初改为国。 **梁相**：毛本作“梁州牧”，据汪校改。梁，国名，见第52条注。

原文

240. 京兆长安有张氏[1]，独处一室。有鸠自外入，止于床。张氏祝曰：“鸠来！为我祸也，飞上承尘；为我福也，即入我怀。”鸠飞入怀。以手探之，则不知鸠之所在，而得一金钩，遂宝之。自是子孙渐富，资财万倍。蜀贾至长安[2]，闻之，乃厚赂婢，婢窃钩与贾。张氏既失钩，渐渐衰耗，而蜀贾亦数罹穷厄，不为己利。或告之曰：“天命也，不可力求。”于是赍钩以反张氏，张氏复昌，故关西称张氏传钩云[3]。

译文

京兆长安县有个姓张的人，孤身一人住在一个房间里。有只鸠从外面飞进来，停在他的床上。张氏祈祷说：“鸠过来听着！你如果给我带来灾祸，就飞到天花板上；你如果给我带来幸福，就飞进我的怀里。”鸠就飞进了他的怀里。他用手去摸取那只鸠，却不知那鸠到什么地方去了，但摸到了一只金钩，于是他就把它当作宝贝。从此以后张氏的子孙渐渐富裕，财产增加了上万倍。蜀郡有个商人到长安，听见这件事以后，就重重贿赂张家的婢女，那婢女就偷了金钩把它给了商人。张家失去了金钩以后，渐渐衰落耗竭，而蜀郡的商人也屡次遭到穷困，那金钩并没有给自己带来好处。有人告诉他说：“这是上天的旨意，是不可以用人力来求得的。”于是他带着金钩去还给了张家，张家就又兴旺了，所以函谷关以西的人经常传颂这张氏传金钩的故事。

注释

1 **京兆长安**:见第16条注。

2 **蜀**:见第21条注。

3 **关西**:指故函谷关(在今河南省灵宝市东北)或今陕西省潼关以西地区。

原文

241. 汉征和三年三月,天大雨,何比干在家,日中梦贵客车骑满门。觉以语妻,语未已,而门有老妪,可八十余,头白,求寄避雨,雨甚而衣不沾渍。雨止,送至门,乃谓比干曰:"公有阴德,今天锡君策[1],以广公之子孙。"因出怀中符策,状如简,长九寸,凡九百九十枚,以授比干,曰:"子孙佩印绶者,当如此算。"

译文

汉代征和三年(前90)三月,天上下着大雨,何比干待在家里,中午的时候梦见高贵的宾客车马挤满了家门。醒来后他把这梦告诉给妻子听,话还没有说完,却看见门口站着个老婆婆,大概有八十多岁,头发全白了,请求依附于何比干家躲雨,当时雨很大而她的衣服竟然一点也没淋湿。雨停了以后,何比干送她到门口,她就对何比干说:"您暗中给人好处,所以现在上天赐给您策书,来拓宽您子孙的前途。"接着她就拿出怀中的信符策书,形状像竹简,长九寸,一共有九百九十根,把它们给了何比干,并说:"您子孙佩带官印的,会像这筹策上所写的那样。"

注释

1 **锡**:通"赐"。 **策**:君主委任官吏、封土授爵或发布敕令的策书,古代用竹片制成。

原文

242. 魏舒,字阳元,任城樊人也[1],少孤,尝诣

译文

魏舒,字阳元,是任城国樊县人,从小失去了父母,有一次他到野王县去,房主的

野王[2]，主人妻夜产，俄而闻车马之声，相问曰："男也？女也？"曰："男。书之，十五以兵死。"复问："寝者为谁？"曰："魏公。"舒后十五载诣主人问所生儿何在，曰："因条桑，为斧伤而死。"舒自知当为公矣。

妻子正好在那天夜里分娩，一会儿他听见车马的声音，有人问身边的人说："生的是男孩，还是女孩？"回答说："是男孩。你把它写下来，这孩子十五岁时死在兵器上。"又问："睡在床上的是谁？"回答说："是魏公。"魏舒过了十五年到主人家问那生下的孩子在什么地方，主人回答说："因为整修桑树，被斧头砍伤死了。"魏舒便知道自己要做公卿了。

注释

1 **任城**：国名，东汉元和初析东平国置，治所在任城县（今山东省微山县西北），西晋永嘉后废。 **樊**：县名，西汉置，治所在今山东省济宁市兖州区西南，西晋废。

2 **野王**：县名，西汉置，治所即今河南省沁阳市。

原文

243. 贾谊为长沙王太傅，四月庚子日，有鹏鸟飞入其舍，止于坐隅，良久乃去。谊发书占之，曰："野鸟入室，主人将去。"谊忌之，故作《鹏鸟赋》，齐死生而等祸福，以致命定志焉。

译文

贾谊做长沙王太傅，四月庚子日，有鹏鸟飞进他的住房，停在他的座位边上，过了很久才飞走。贾谊打开占卜书来预测吉凶，书上说："野鸟进内室，主人将去世。"贾谊很忌讳这件事，所以写了《鹏鸟赋》，把死和生、祸与福看成是同等的事，用这种观点来安排自己的生命、确定自己的志向。

原文

244. 王莽居摄，东

译文

王莽暂居皇帝之位处理政务，东郡太守

郡太守翟义知其将篡汉[1]，谋举义兵。兄宣，教授，诸生满堂。群鹅雁数十在中庭，有狗从外入，啮之，皆死。惊救之，皆断头。狗走出门，求，不知处。宣大恶之。数日，莽夷其三族。

翟义知道他将要篡夺汉朝的大权，便策划发动正义的军队去讨伐。他的哥哥翟宣，是教授，他所教的学生坐满了课堂。这时一群鹅和雁几十只都在院子中，有条狗突然从门外进来，把它们都咬死了。翟宣慌忙去救它们，但都已经被狗咬断了头。狗跑出了门，翟宣出去寻找，也不知道它到了什么地方。翟宣很讨厌这件事。过了几天，王莽诛灭了他的父族、母族和妻族。

注释

1 **东郡**：见第31条注。

原文

245. 魏司马太傅懿平公孙渊，斩渊父子。先时，渊家数有怪，一犬着冠帻绛衣上屋，欻有一儿蒸死甑中。襄平北市生肉[1]，长围各数尺，有头目口喙，无手足而动摇。占者曰："有形不成，有体无声，其国灭亡。"

译文

魏国太傅司马懿平定了公孙渊，杀了公孙渊父子二人。开始的时候，公孙渊家多次发生奇怪的事，一只狗戴着帽子头巾穿着红衣裳爬上了屋顶，忽然又有一个孩子在蒸锅中被蒸死了。襄平县北边市场上长出一块肉，高度和围圆各有几尺，有头、眼睛、嘴巴，没有手脚而摇摇晃晃的。占卜的人说："有形状而没有长成，有躯体而没有声音，发生这种怪事的国家就会灭亡。"

注释

1 **襄平**：县名，战国秦置，治所即今辽宁省辽阳市。

原文

246. 吴诸葛恪征淮南归[1]，将朝会之夜，精爽扰动，通夕不寐。严毕趋出，犬衔引其衣，恪曰："犬不欲我行耶？"出仍入坐。少顷复起，犬又衔衣，恪令从者逐之。及入，果被杀。其妻在室，语使婢曰："尔何故血臭？"婢曰："不也。"有顷，愈剧，又问婢曰："汝眼目瞻视，何以不常？"婢蹶然起跃，头至于栋，攘臂切齿而言曰："诸葛公乃为孙峻所杀。"于是大小知恪死矣，而吏兵寻至。

译文

吴国诸葛恪出征淮南郡回来，将要朝见君主的头天晚上，心烦意乱，整个晚上都没睡着。第二天他穿戴整齐后恭敬地小步快跑出门，狗咬住他的衣服拉着不放，诸葛恪说："狗不想让我走吗？"于是出门后便又进门坐下。过了一会儿他又起身，狗又咬住他的衣服，诸葛恪叫随从赶走了狗。等他进宫后，果然被杀了。他妻子在家里，问她的丫鬟说："你为什么有血腥气？"丫鬟说："没有啊。"过了一会儿，血腥气更厉害了，她又问丫鬟说："你的眼睛直愣愣往上看，为什么与平常不同？"这丫鬟突然跳起来，头一直撞到梁上，捋袖露臂咬牙切齿地说："诸葛公竟被孙峻杀了。"于是一家老小都知道诸葛恪死了，而官兵一会儿就来了。

注释

1 **淮南**：见第 97 条注。

原文

247. 吴戍将邓喜杀猪祠神，治毕悬之，忽见一人头往食肉，喜引弓射，中之，咋咋作声，绕屋三日。后人白喜谋叛，合门被诛。

译文

吴国的守将邓喜杀了猪来祭神，祭祀完毕后就把猪挂了起来，忽然看见一个人头去吃肉，邓喜拉弓射它，把它射中了，那人头发出咋咋的声音，围绕邓喜的房子转了三天。后来有人告发邓喜谋反，他全家都被杀了。

原文

248. 贾充伐吴时，常屯项城[1]，军中忽失充所在。充帐下都督周勤，时昼寝，梦见百余人录充，引入一径。勤惊觉，闻失充，乃出寻索，忽睹所梦之道，遂往求之，果见充。行至一府舍，侍卫甚盛，府公南面坐，声色甚厉，谓充曰："将乱吾家事者，必尔与荀勖。既惑吾子，又乱吾孙。间使任恺黜汝而不去，又使庾纯詈汝而不改。今吴寇当平，汝方表斩张华。汝之暗戆，皆此类也。若不悛慎，当旦夕加诛。"充因叩头流血。府公曰："汝所以延日月而名器若此者，是卫府之勋耳，终当使系嗣死于钟虡之间，大子毙于金酒之中，小子困于枯木之下。荀勖亦宜同，然其先德小浓，故在汝后。数世之外，

译文

贾充讨伐吴国的时候，曾经驻扎在项县县城，有一天军营中忽然不见了贾充的行踪。贾充的部下都督周勤，当时在午睡，梦见一百多个人逮捕了贾充，把他带进一条小路。周勤惊醒了，听说不见了贾充，就出去寻找，忽然看见他做梦时所见到的那条路，就沿着这条路去找他，果然看见了贾充。周勤来到一所府第，只见那侍从警卫的人很多，府第的主人朝南坐着，说话的声音和容貌很严厉，对贾充说："将扰乱我家事情的，必定是你与荀勖。你们既迷惑了我的儿子，又搅昏了我的孙子。我暗中让任恺贬退你而你不走，又让庾纯责骂你而你不改。现在吴国的敌寇要平息了，你又要上奏杀张华。你如此昏昧愚蠢，都干些这样的事情。如果你还不悔改、不谨慎，我就马上把你杀了。"贾充因而不停地磕头，头上都流出血来了。这府官说："你之所以能苟延残喘而有这样的名望地位，只是因为你有护卫我府第的功劳罢了，但最终还是要让你的继承人死在钟柱之间，让你的大孩子死在金酒之中，让你的小孩子困死在干枯的木头之下。荀勖也应该得到同样的下场，但他祖先的德行稍微深厚一点，所以对他的处罚排在你的后面。几代以后，他封地的继承人也要被废黜。"府官说完就命令贾充离去。贾充忽然回到了

国嗣亦替。”言毕命去。充忽然得还营，颜色憔悴，性理昏错，经日乃复。至后，谧死于钟下，贾后服金酒而死，贾午考竟，用大杖终，皆如所言。

军营，面色憔悴，神志错乱，过了几天才恢复正常。到后来，贾充的继承人贾谧死在钟下，大女儿贾皇后饮服金屑酒而死，小女儿贾午被拷问而死于狱中，是用大棒打死的，这些事都像那府官所说的那样。

注释

1 **常**：通“尝”。 **项**：县名，秦置，治所即今河南省沈丘县。

原文

249. 庾亮，字文康，鄢陵人[1]，镇荆州[2]，登厕，忽见厕中一物，如方相，两眼尽赤，身有光耀，渐渐从土中出，乃攘臂以拳击之，应手有声，缩入地，因而寝疾。术士戴洋曰：“昔苏峻事，公于白石祠中祈福[3]，许赛其牛，从来未解，故为此鬼所考，不可救也。”明年，亮果亡。

译文

庾亮，字文康，鄢陵县人，他镇守荆州的时候，有一次上厕所，忽然看见厕所中有一个怪物，形状像驱疫辟邪的神像方相，两眼通红，身上闪烁发光，渐渐地从泥土中钻出来，还竟然挽起袖子伸出胳膊用拳头打庾亮，随着手起拳落发出声响，那怪物便退进泥土中去了，庾亮因而卧病不起。方士戴洋对庾亮说：“过去苏峻起兵作乱的时候，您在白石祠中求福，答应用那牛来酬神，但您从来没有去还愿，所以被这鬼打了，您已经无法挽救了。”第二年，庾亮果然死了。

注释

1 **鄢陵**：又作“傿陵”，县名，西汉置，属颍川郡，治所在今河南省鄢陵县西北。

2 **荆州**：见第168条注。

3 **白石**:地名,在今江苏省南京市西。晋成帝咸和三年(328),苏峻、祖约攻入京都建康,陶侃等攻苏峻于建康,在白石筑垒使庾亮据守,温峤等立行庙于白石,苏峻出战被斩。见《晋书》之《成帝纪》《礼志上》《陶侃传》《温峤传》。

原文

250. 东阳刘宠[1],字道弘,居于湖熟[2],每夜门庭自有血数升,不知所从来,如此三四。后宠为折冲将军,见遣北征,将行,而炊饭尽变为虫。其家人蒸粆[3],亦变为虫,其火愈猛,其虫愈壮。宠遂北征,军败于檀丘[4],为徐龛所杀。

译文

东阳郡人刘宠,字道弘,住在湖熟县,每天夜里他家门前的空地上总有几升血,不知道是从什么地方来的,像这样的事发生了三四次。后来刘宠任折冲将军,被派往北方打仗,将要出发的时候,军营中烧的饭都变成了虫子。他家里的人蒸煮炒米,也都变成了虫子,那火越旺,那虫子就越壮。刘宠最终到北方打仗,部队在檀丘吃了败仗,他被徐龛杀死了。

注释

1 **东阳**:见第 34 条注。
2 **湖熟**:见第 202 条注。
3 **粆**(chǎo):炒米,干粮。毛本作“炒”,据汪校改。
4 **檀**:毛本作“壇”,据《晋书·蔡豹传》改,《太平御览》卷八八五、《太平广记》卷三五九引《搜神记》皆作“檀”,也可证此“壇”为“檀”之讹。**檀丘**:在今山东省泗水县东南。

卷十　梦境应验

导读

本卷记载与梦境有关的故事。第 251 至 253 条是与富贵相应的吉梦，第 257 至 261 条是与疾病死亡相应的恶梦，虽然其梦境不同，但都与现实相应验，以此来证明梦境非幻的道理，这与"明神道之不诬"实有相通之处。其中第 254 条写得离奇曲折而富有文学性，第 255 条所写的"审雨堂"在后世成了蚁穴或虚幻之境的代名词，都值得文学研究者重视。

原文

251. 汉和熹邓皇后尝梦登梯以扪天[1]，体荡荡正清滑，有若钟乳状，乃仰噏饮之。以讯诸占梦，言："尧梦攀天而上，汤梦及天舐之[2]，斯皆圣王之前占也。吉不可言。"

译文

汉和熹邓皇后曾经梦见自己登着梯子去摸天，那天体平坦宽广，非常清凉滑爽，有点像钟乳石的样子，她就抬起头吮吸它。她向占梦的人讯问这梦的吉凶，占梦的说："尧曾经梦见自己抓着天向上爬，汤曾经梦见自己碰到了天而舔它，这些都是成为圣明帝王的预兆。你的梦吉利得没话说了。"

注释

1 **和熹邓皇后**：邓皇后为东汉和帝的皇后，名绥，谥熹，故称"和熹邓皇后"。

2 **舐**：毛本作"舐"，据张本改。

原文

252. 孙坚夫人吴氏，孕而梦月入怀，已而

译文

孙坚的夫人吴氏，怀孕时梦见月亮进入她的怀里，后来就生了孙策。到孙权怀在肚

生策。及权在孕，又梦日入怀，以告坚曰："妾昔怀策，梦月入怀；今又梦日，何也？"坚曰："日月者，阴阳之精，极贵之象。吾子孙其兴乎！"

子里的时候，她又梦见太阳进入她的怀里，就把这件事告诉给孙坚说："我过去怀孙策，梦见月亮进入我的怀里；今天又梦见太阳进入我的怀里，这是为什么呢？"孙坚说："太阳和月亮，是阴阳的精气，是极其显贵的象征。我们的子孙大概要兴旺了吧！"

原文

253. 汉蔡茂，字子礼，河内怀人也[1]。初在广汉[2]，梦坐大殿，极上有禾三穗，茂取之，得其中穗，辄复失之。以问主簿郭贺，贺曰："大殿者，官府之形象也；极而有禾，人臣之上禄也；取中穗，是中台之象也。于字，'禾''失'为'秩'，虽曰失之，乃所以禄也。衮职有阙，君其补之。"旬月而茂征焉。

译文

汉代的蔡茂，字子礼，是河内郡怀县人。当初他在广汉郡，梦见自己坐在大殿上，那大殿的正脊梁上有禾谷的三根穗子，蔡茂便去取它，拿到了那中间的一穗，却马上又失掉了。他拿这梦去询问主簿郭贺，郭贺说："大殿，是官府的形象；正脊梁上有禾谷，象征着臣子中最高的俸禄；拿到了中间的一穗，这是中台司徒或司空的象征。从文字字形来看，'禾''失'合起来是表示官职级别的'秩'，所以虽说是失掉了禾穗，但实际上是有了'秩'，这可是赖以取得俸禄的品级等第啊。三公的职位有空缺，您大概会去补缺。"一个月后蔡茂就被征用了。

注释

1 **河内**：见第 69 条注。

2 **广汉**：见第 50 条注。

原文

254. 周擥啧者贫而好道。夫妇夜耕，困息卧，梦天公过而哀之，敕外有以给与。司命按录籍，云："此人相贫，限不过此。惟有张车子应赐钱千万，车子未生，请以借之。"天公曰："善。"曙觉，言之。于是夫妇戮力，昼夜治生，所为辄得，赀至千万。先时有张妪者，尝往周家佣赁，野合有身，月满当孕，便遣出外，驻车屋下产得儿。主人往视，哀其孤寒，作粥糜食之，问："当名汝儿，作何？"妪曰："今在车屋下而生，梦天告之，名为车子。"周乃悟，曰："吾昔梦从天换钱，外白以张车子钱贷我，必是子也。财当归之矣。"自是居日衰减。车子长大，富于周家。

译文

周擥啧这个人安贫乐道。有一次他夫妻两人夜间耕田，疲倦了便歇下来睡着了，梦见天帝路过而怜悯他们，命令廷外小吏给他们一些给养。司命神查阅了一下簿籍，说："这人的面相贫穷，按规定不能再超过现在这境况了。只有张车子应该受赐成千上万的钱，现在张车子还没有生下来，请把这钱先借给他吧。"天帝说："好。"天亮时周擥啧醒来，便把这梦说了出来。于是夫妻两人齐心合力，日夜经营家业，做什么事总有收益，钱财积累到成千上万。前些时候有个张大妈，曾经到周家做佣人，因为和别人私通而怀了孕，孕期已满该分娩了，就被打发在外，她停留在车棚底下生了个儿子。主人去看望她，哀怜她孤苦寒酸，就烧了粥给她吃，问她："该给你的儿子起个名字，叫什么来着？"张大妈说："今天在车棚底下生了他，我梦见天帝告诉我，这孩子的名字叫车子。"周擥啧便恍然大悟，说："我过去梦见自己从天帝那里借钱，其廷外小吏说拿张车子的钱借给我，说的一定是这个孩子了。这笔资产要归还给他了。"从此周家的积蓄每天都减少。张车子长大后，比周家更富裕。

原文

255. 夏阳卢汾[1],字士济,梦入蚁穴,见堂宇三间,势甚危豁,题其额曰“审雨堂”。

译文

夏阳县的卢汾,字士济,梦见自己进入蚂蚁洞中,看见厅堂三间,形状十分高大开阔,他就在它的匾额上题写了“审雨堂”三个字。

注释

1 **夏阳**:县名,战国时秦置,治所在今陕西省韩城市南。

原文

256. 吴选曹令史刘卓,病笃,梦见一人以白越单衫与之,言曰:“汝着衫污,火烧便洁也。”卓觉,果有衫在侧,污辄火浣之。

译文

吴国选曹令史刘卓,病得很重,梦见一个人拿了一件白越布做的单衣送给他,对他说:“你穿这件单衣穿脏了,只要用火烧一下就干净了。”刘卓醒来,果然有件单衣放在他身边,他穿脏了就用火来洗它。

原文

257. 淮南书佐刘雅梦见青蜥蜴从屋落其腹内[1],因苦腹痛病。

译文

淮南郡文书刘雅梦见一只青色的蜥蜴从屋上掉进了他的腹中,因而被腹痛病缠苦了。

注释

1 **淮南**:见第97条注。 **蜥蜴**:毛本作“剌蜴”,据汪校改。

原文

258. 后汉张奂为武威太守[1]。其妻梦带奂印绶登楼而歌[2],觉以告奂,奂令占之,曰:“夫人

译文

东汉的张奂任武威太守。他的妻子梦见自己佩带着张奂的印绶登楼唱歌,醒来后把这梦告诉了张奂,张奂让人给这个梦占卜,占卜的人说:“您的夫人将要生个儿子,

方生男，后临此郡，命终此楼。”后生子猛，建安中，果为武威太守，杀刺史邯郸商，州兵围急，猛耻见擒，乃登楼自焚而死。

他后来会统治这个郡，他的生命也会在这楼上了结。”后来张奂的妻子生了个儿子张猛，在建安年间(196—220)，张猛果然任武威太守，他杀了雍州刺史邯郸商，被州里的军队紧紧围困，张猛觉得被活捉太耻辱了，就登上这座楼自焚而死。

注释

1 **武威**：郡名，西汉置，治所在姑臧县(今甘肃省武威市)。

2 **带奂**：毛本作“帝与”，据汪校改。

原文

259. 汉灵帝梦见桓帝怒曰：“宋皇后有何罪过？而听用邪孽，使绝其命。渤海王悝既已自贬，又受诛毙。今宋氏及悝自诉于天，上帝震怒，罪在难救。”梦殊明察，帝既觉而恐，寻亦崩。

译文

汉灵帝梦见汉桓帝愤怒地对他说：“宋皇后有什么罪过？你却听信奸臣的话，使她断送了性命。渤海王刘悝既然已经贬损自己了，却又被杀死。现在宋皇后和刘悝亲自向上天申诉，上帝非常愤怒，你犯的罪实在难以解救。”这梦特别清楚，汉灵帝醒来后十分恐惧，不久也就死了。

原文

260. 吴时，嘉兴徐伯始病[1]，使道士吕石安神座。石有弟子戴本、王思二人居住海盐[2]，伯始迎之以助。石昼卧，梦上天，北斗门下见外鞍马三匹，云：“明日当

译文

吴国的时候，嘉兴县徐伯始生了病，让道士吕石来安放供奉神像的宝座。吕石有徒弟戴本、王思二人住在海盐县，徐伯始把他们接了来帮助吕石。吕石白天睡觉，梦见自己上了天，在北斗门下看见廷外小吏给三匹马配好了鞍座，并说：“明天要用一匹来迎接吕石，用一匹来迎接戴本，用一匹来迎接

以一迎石，一迎本，一迎思。”石梦觉，语本、思云：“如此，死期至[3]。可急还，与家别。”不卒事而去，伯始怪而留之，曰：“惧不得见家也。”间一日，三人同时死。

王思。”吕石从梦中醒来，对戴本、王思说：“如果真像我梦中所见到的这样，那么我们的死日到了。你们可以赶快回家，和家里的人告别。”于是他们没把事干完就走了，徐伯始觉得奇怪而挽留他们，他们说：“再不走，怕见不到自己的家了。”过了一天，三个人在同一个时刻去世了。

注释

1 **嘉兴：**见第209条注。

2 **海盐：**县名，秦置，治所在今上海市松江区南，西汉时移治今浙江省平湖市东，东汉顺帝后又移治今平湖市东南乍浦镇，东晋咸康七年(341)始移治今浙江省海盐县。

3 毛本无“至”，据汪校补。

原文

261. 会稽谢奉与永嘉太守郭伯猷善[1]，谢忽梦郭与人于浙江上争樗蒲钱[2]，因为水神所责，堕水而死，已营理郭凶事[3]。及觉，即往郭许，共围棋，良久，谢云：“卿知吾来意否？”因说所梦。郭闻之怅然，云：“吾昨夜亦梦与人争钱，如卿所梦，何期太的的也？”须臾如厕，便倒气

译文

会稽国的谢奉与永嘉郡太守郭伯猷很有交情，有一次谢奉忽然梦见郭伯猷和别人在浙江上争夺赌博的钱，因而被水神责罚，落水死了，谢奉就亲自去操办郭伯猷的丧事。等醒来后，谢奉就马上到郭伯猷那里，和他一起下围棋，过了很久，谢奉说：“您是否知道我的来意？”接着便把他梦见的事告诉了郭伯猷。郭伯猷听见了这事十分惆怅，说：“我昨天夜里也梦见和别人争钱，就像您所梦见的那样，为什么会这样巧合而又那么明明白白？”一会儿郭伯猷上厕所，就倒在地上断了气。谢奉给他操办丧葬用具，完全

绝。谢为凶具，一如其梦。

就像自己所梦见的那样。

注释

1 **会稽**：指会稽国，见第 94 条注。 **永嘉**：郡名，东晋太宁元年(323)置，治所在永宁县(今浙江省温州市)。

2 **浙江**：即今浙江省之钱塘江、富春江。 **樗蒲**：古代一种赌博游戏，像后代的掷骰子，后亦作为赌博的通称。

3 **己**：毛本作“巳”，据张本改。

原文

262. 嘉兴徐泰，幼丧父母，叔父隗养之，甚于所生。隗病，泰营侍甚勤。是夜三更中，梦二人乘船持箱上泰床头，发箱，出簿书示，曰：“汝叔应死。”泰即于梦中叩头祈请。良久，二人曰：“汝县有同姓名人否？”泰思得，语二人云：“有[1]张隗，不姓徐。”二人云：“亦可强逼。念汝能事叔父，当为汝活之。”遂不复见。泰觉，叔病乃差[2]。

译文

嘉兴县的徐泰，幼年就失去了父母，叔父徐隗抚养他，比抚养亲生的儿子还周到。徐隗病了，徐泰照料服侍也很殷勤。那天夜里三更时分，徐泰梦见两个人乘了船拿着箱子来到自己床头，他们打开箱子，拿出簿籍给他看，并对他说：“你的叔父应该死了。”徐泰就在梦中向他们磕头求情。过了很久，那两个人说：“你县里有没有与你叔父姓名相同的人？”徐泰想到了，便告诉这两个人说：“只有一个张隗，不姓徐。”那两个人说：“姓不同也可以勉强逼迫他死。我们顾怜你能服侍叔父，应当替你救活他。”于是徐泰就再也看不见他们了。徐泰醒来，叔父的病就痊愈了。

注释

1 毛本无“有”，据汪校补。

2 **差**：通“瘥”，病愈。

卷十一　精诚之验

导读

本卷主要写精诚之至而多有应验的故事。其中第263条写精诚所至而金石为开，第264条写更羸虚发而下鸟，第278条写王祥卧冰取鲤，第285条写杨伯雍种玉田中，后世都成了典故。第294条写韩凭夫妇，第299条写范式与张劭的友情，第290条写东海孝妇，第266条写赤比报仇，情节曲折有致，感情深沉真挚，具有极大的艺术感染力，因而分别对敦煌俗文学《韩朋赋》、宋人平话《死生交范张鸡黍》、关汉卿的杂剧《窦娥冤》、鲁迅的历史小说《铸剑》等的创作产生了或多或少的影响。除了以上这些传奇故事，本卷也偶有现实性较强者，如第298条所写严遵破案，实为细听女子哭声不哀而得其真情，所谓“死人自道”云云，不过是故弄玄虚而已。

原文

263. 楚熊渠子夜行，见寝石，以为伏虎，弯弓射之，没金，铩羽。下视，知其石也，因复射之，矢摧，无迹。汉世复有李广，为右北平太守[1]，射虎得石，亦如之。刘向曰：“诚之至也，而金石为之开，况于人乎？夫唱而不和，动而不随，中必有不全者也。

译文

楚国熊渠子夜间出行，看见横卧着的石头，以为是趴在地上的老虎，便拉弓射它，金属箭头陷没在石头里边，箭杆上的羽毛都掉了。下马仔细一看，才知道那是石头，接着又射它，箭被折断了，也没有留下什么痕迹。汉代又有个李广，任右北平太守，他以为自己是在射老虎而结果射到了石头，也像熊渠子那样。刘向说：“真诚所到达的地方，金属石头都会被它打开，更何况是人呢？你倡议而别人不响应，你行动而别人不追随，那么你内心深处一定有不完善的地方。那些不

夫不降席而匡天下者，求之己也。”

走下席位而能匡正天下的人，都是能严格要求自己的啊。”

注释

1 **右北平**：郡名，秦代治所在无终县（今天津市蓟州区），西汉移治平刚县（今辽宁省凌源市西南）。

原文

264. 楚王游于苑，白猿在焉。王令善射者射之，矢数发，猿搏矢而笑；乃命由基，由基抚弓，猿即抱木而号。及六国时，更羸谓魏王曰：“臣能为虚发而下鸟。”魏王曰：“然则射可至于此乎？”羸曰：“可。”有顷，闻雁从东方来，更羸虚发而鸟下焉。

译文

楚王在游猎的园林中游玩，有只白色的猿在那里。楚王命令擅长射箭的人射它，箭射出去好几支了，只见那白猿接住箭而嘻笑着；楚王就命令养由基来射，养由基刚拿起弓，那猿就抱着树木号哭起来。到战国时代，更羸对魏王说：“我能虚拉弓弦不发箭就把鸟射下来。”魏王说：“这样的话，那么射技真可以达到这种地步吗？”更羸说：“可以。”一会儿，听见大雁从东方飞来，更羸虚拉弓弦不发箭而大雁便栽下来了。

原文

265. 齐景公渡于江、沅之河[1]，鼋衔左骖没之，众皆惊惕。古冶子于是拔剑从之，邪行五里，逆行三里，至于砥柱之下[2]，杀之，乃鼋也，左手持鼋头，右手拔左骖[3]，燕跃鹄

译文

齐景公横渡焦城、虞城之间的黄河时，一只大鳖衔走了他马车前左边的马而潜入水中，大家都惊恐万状。古冶子却在这时拔出宝剑追赶它，他斜着走了五里，逆水走了三里，来到砥柱山下，把它杀了，原来是只大鳖，他左手拿着大鳖的头，右手拉着那马，像飞燕、天鹅那样飞跃而出，

踊而出，仰天大呼，水为逆流三百步，观者皆以为河伯也。

仰天大喊，河水因此而倒流了三百步，观看的人都认为他是黄河的水神河伯。

注释

1 **江、沅：**长江、沅江，在今湖南省，与此句之“河”（黄河）及下文之“砥柱”不合。此“江、沅”当为“焦、虞”之音讹。焦，春秋时晋国邑名，在今河南省三门峡市。虞，指虞城，春秋时晋国邑名，在今山西省平陆县西南。

2 **砥柱：**山名，又名三门山，在今河南省三门峡市东北黄河中。

3 **拔：**引，拉。

原文

266. 楚干将、莫邪为楚王作剑，三年乃成。王怒，欲杀之。剑有雌雄，其妻重身当产，夫语妻曰：“吾为王作剑，三年乃成。王怒，往必杀我。汝若生子是男，大，告之曰：‘出户望南山，松生石上，剑在其背。’”于是即将雌剑往见楚王。王大怒，使相之：“剑有二，一雄一雌，雌来雄不来。”王怒，即杀之。莫邪子名赤比，后壮，乃问其母曰：“吾父所在？”母曰：“汝父为楚王作剑，三年乃成。

译文

楚国的干将、莫邪夫妇给楚王铸造宝剑，三年才造成。楚王很生气，想杀掉他们。宝剑有雌雄两把，干将的妻子怀孕要分娩了，丈夫便对妻子说：“我们给楚王铸造宝剑，三年才造成。楚王生气了，我去进献宝剑时他必定会杀我。你如果生下的孩子是男的，等他长大了，就告诉他说：‘出门望南山，可以看见那长在石头上的松树，宝剑就在它的背面。’”于是他就带着雌剑去见楚王。楚王非常生气，叫人仔细察看那宝剑，看剑的人说：“宝剑有两把，一把雄一把雌，现在雌剑拿来了而雄剑没拿来。”楚王生气了，就杀了干将。莫邪生下来的儿子名字叫赤比，长大后，就问他的母亲说：“我的父亲在什么地方？”母亲说：“你父亲给楚王造剑，三年才造成。楚王生气了，把他杀了。他离家时嘱咐我：‘告诉你的儿子：出门望南山，

王怒，杀之。去时嘱我：'语汝子：出户望南山，松生石上，剑在其背。'"于是子出户南望，不见有山，但睹堂前松柱，下石低之上[1]，即以斧破其背，得剑。日夜思欲报楚王。王梦见一儿，眉间广尺，言欲报雠。王即购之千金。儿闻之，亡去，入山行歌。客有逢者，谓："子年少，何哭之甚悲耶？"曰："吾干将、莫邪子也。楚王杀吾父，吾欲报之！"客曰："闻王购子头千金，将子头与剑来，为子报之。"儿曰："幸甚！"即自刎，两手捧头及剑奉之，立僵。客曰："不负子也。"于是尸乃仆。客持头往见楚王，王大喜。客曰："此乃勇士头也，当于汤镬煮之。"王如其言。煮头三日三夕，不烂。头踔出汤中，踬目大怒[2]。客曰："此儿头不烂，愿王自往临视之，是必烂也。"王即临之。客以剑拟王[3]，王

可以看见那长在石头上的松树，宝剑就在它的背面。'"于是赤比便出门向南望去，看不见有什么山，只看见堂前的松木柱，下面的石墩把它顶在上面，他就用斧子劈开松木柱的背面，得到了宝剑。于是他日日夜夜想要向楚王报仇。楚王梦见一个男孩，两眉之间有一尺宽，说要向他报仇。楚王就用千金的重赏来缉拿他。赤比听到这消息，就逃走了，进山后一边走一边悲歌。有个侠客碰见了他，对他说："您年纪轻轻，为什么哭得很悲伤呢？"赤比说："我是干将、莫邪的儿子。楚王杀了我的父亲，我要向他报仇！"侠客说："听说楚王悬赏千金来求取您的头，把您的头和剑拿来，我为您去向他报仇。"赤比说："这太幸运了！"就自刎而死，两手捧着头和剑交给侠客，尸体却直挺挺地站着。侠客说："我不会辜负您的。"于是尸体才倒了下去。侠客拿着赤比的头去见楚王，楚王非常高兴。侠客说："这可是勇士的头颅，应该放在汤锅中煮它。"楚王照他的话做了。这头煮了三天三夜，也没煮烂。这头还从沸水中跳出来，瞪着眼睛，十分愤怒。侠客说："这孩子的头煮不烂，请大王亲自到锅边看看它，这头就一定会烂了。"楚王便走到锅边看孩子的头。侠客就挥剑向楚王砍去，楚王的头随即落入那沸水

头随堕汤中。客亦自拟己头,头复堕汤中。三首俱烂,不可识别,乃分其汤肉葬之,故通名“三王墓”,今在汝南北宜春县界[4]。

中。侠客又自己挥剑砍向自己的头,头也落进那沸水中。三个头都煮烂了,无法辨认,于是大臣们只好把锅里的汤和肉分开来埋葬了,所以人们把它们统称为“三王墓”,现在这墓在汝南郡北宜春县境内。

注释

1 **仾:**通“抵”,支撑。 **仾之上:**即“抵之于上”。

2 **踬:**“瞋”字之讹。

3 **拟:**向。

4 **汝南:**见第51条注。 **北宜春县:**西汉置宜春县,治所在今河南省汝南县西南,东汉改名北宜春县。

原文

267. 汉武时,苍梧贾雍为豫章太守[1],有神术。出界讨贼,为贼所杀,失头,上马回,营中咸走来视雍。雍胸中语曰:“战不利,为贼所伤。诸君视有头佳乎?无头佳乎?”吏涕泣曰:“有头佳。”雍曰:“不然。无头亦佳。”言毕,遂死。

译文

汉武帝时,苍梧郡人贾雍任豫章郡太守,有神奇的法术。有一次他离开豫章郡去讨伐强盗,被强盗杀了,丢了脑袋,却又骑上马回来了,军营中的人都跑来看他。贾雍胸膛中说话道:“战斗失利,我被强盗杀伤。你们看我有头的好呢,还是没有头的好呢?”他的部下哭着说:“有头的好。”贾雍说:“不对。没有头也好。”说完,他就死了。

注释

1 **苍梧:**郡名,西汉置,治所在广信县(今广西梧州市)。 **豫章:**见第26条注。

原文

268. 渤海太守史良好一女子[1],许嫁而不果,良怒,杀之,断其头而归,投于灶下,曰:"当令火葬。"头语曰:"使君,我相从,何图当尔?"后梦见曰:"还君物。"觉而得昔所与香缨金钗之属。

译文

渤海太守史良爱上了一个女子,那女子答应嫁给他而后来却变了卦,史良生气了,杀死了她,把她的头割下来拿回家去,扔在灶下,说:"我要让你火葬。"那头对他说:"太守,我顺从您,哪里想到会遭这样的罪?"后来史良梦见她说:"还给您信物。"史良醒来后便得到了过去送给她的香缨、金钗之类。

注释

1 **渤海:**又作"勃海",郡名,西汉置,治所在浮阳县(今河北省沧州市东南),东汉移治南皮县(今河北省南皮县东北)。 **好:**毛本作"姊",据汪校改。

原文

269. 周灵王时,苌弘见杀。蜀人因藏其血[1],三年,乃化而为碧。

译文

周灵王的时候,苌弘被杀。蜀国的人就把他的血收藏起来,三年后,这些血竟变成了青绿色的玉石。

注释

1 **蜀:**见第8条注。

原文

270. 汉武帝东游,未出函谷关[1],有物当道,身长数丈,其状象牛,青眼而曜睛,四足入

译文

汉武帝到东方去巡游,还没有出函谷关,便有一个怪物挡住了去路,那怪物身长几丈,形状像牛,青色的眼睛,闪亮的眸子,四只脚插入泥土中,虽在动却没有移动位

土,动而不徙。百官惊骇,东方朔乃请以酒灌之,灌之数十斛而物消。帝问其故,答曰:"此名为患,忧气之所生也。此必是秦之狱地。不然,则罪人徒作之所聚。夫酒忘忧,故能消之也。"帝曰:"吁!博物之士,至于此乎!"

置。官吏们又惊又怕,东方朔却请求用酒浇它,给它浇了几百斗酒,那怪物就消失了。汉武帝问东方朔这是什么缘故,东方朔回答说:"这怪物的名字叫患,是忧愁的冤气所产生出来的。这里一定是秦国的监狱所在地。如果不是监狱所在地,那么就一定是犯人服劳役所聚居的地方。酒能用来忘记忧愁,所以能把它消去。"汉武帝说:"啊!见多识广的才子,竟达到了这种地步!"

注释

1 **函谷关:**见第 77 条注。

原文

271. 后汉谅辅,字汉儒,广汉新都人[1]。少给佐吏,浆水不交。为从事,大小毕举,郡县敛手。时夏枯旱,太守自曝中庭,而雨不降。辅以五官掾出祷山川,自誓曰:"辅为郡股肱,不能进谏纳忠、荐贤退恶、和调百姓,至令天地否隔,万物枯焦,百姓喁喁,无所控诉,咎尽在辅。今郡太守内省责己,

译文

东汉时的谅辅,字汉儒,是广汉郡新都县人。他年轻时供职佐吏,廉洁得连淡酒茶水都不接受。任从事史时,大大小小的错误他都检举法办,因此郡、县的官吏都不敢为所欲为。那一年夏天大旱,太守在院子中曝晒自己来求雨,但雨仍然不下。谅辅以五官掾的身份出去向山川祈祷,他自己发誓说:"我谅辅是广汉郡大腿胳膊似的重臣,不能规劝太守改正错误、进纳忠言、推荐贤能、贬退邪恶、协调百姓之间的关系,以致使天地闭塞不通,万物干枯焦脆,百姓就像群鱼张口向上露出水面那样仰望雨水,但没有地方申诉,这罪过都在我谅辅身上。现在郡太守

自曝中庭，使辅谢罪，为民祈福，精诚恳到，未有感彻。辅今敢自誓，若至日中无雨，请以身塞无状。”乃积薪柴，将自焚焉。至日中时，山气转黑，起雷，雨大作，一郡沾润。世以此称其至诚。

反省责备自己，在院中曝晒自己，还派我来向上天谢罪，为民众求福，太守的真诚恳切，还没有能感动上天而使之明白。我谅辅现在冒昧地自己发誓，如果到中午还不下雨，请求用我的身体来补救那不可言状的弥天大罪。”于是他就堆起柴草，准备自焚。到中午的时候，山间的云气转黑，打起响雷，雨水倾盆而下，整个广汉郡都湿润了。世人因此而称赞他的极端真诚。

注释

1 **广汉新都**：见第50条注。

原文

272. 何敞，吴郡人[1]，少好道艺，隐居。里以大旱，民物憔悴，太守庆洪遣户曹掾致谒[2]，奉印绶，烦守无锡[3]。敞不受，退，叹而言曰：“郡界有灾，安能得怀道？”因跋涉之县，驻明星屋中，修殷汤天下事之术[4]，蝗螟消死，敞即遁去。后举方正、博士，皆不就，卒于家。

译文

何敞，是吴郡人，年轻时爱好学问，隐居在家。有一年家乡因为大旱，老百姓困苦憔悴，太守庆洪就派管理户口的官吏送去通知，捧上官印，麻烦他管理无锡县的政事。何敞不肯接受，但退回室内后，又感叹地说：“郡内有灾害，我哪能一心扑在学问上呢？”于是他就徒步跋涉来到无锡县，住在祭祀女媊星神的房屋中，使用了商汤为天下消除大旱的方法，于是蝗虫就消亡了，何敞便悄悄地溜走了。后来他被推举为方正、博士，都没有就职，最后死在家中。

注释

1 **吴郡**：见第78条注。

2 掾：毛本作“椽”，据张本改。

3 无锡：见第211条注。

4 毛本无“修殷汤天下事之术”八字，据汪校补。“殷汤天下事之术”指汤治天下大旱之术，见第228条。

原文

273. 后汉徐栩，字敬卿，吴由拳人[1]。少为狱吏，执法详平。为小黄令时[2]，属县大蝗[3]，野无生草，过小黄界，飞逝不集。刺史行部，责栩不治，栩弃官，蝗应声而至。刺史谢，令还寺舍，蝗即飞去。

译文

东汉时的徐栩，字敬卿，是吴郡由拳县人。他年轻时当管理监狱的小吏，执行法律谨慎公平。后来他当陈留郡小黄县县令的时候，相邻各县大闹蝗灾，田野里连青草都长不起来，但蝗虫经过小黄县境时，却径直飞过去而不聚集在那里。刺史巡视部属而来到小黄县，责备徐栩不治蝗灾，徐栩就辞去了官职，而蝗虫便随声赶到。于是刺史向徐栩道歉，叫他回到官府上任，蝗虫就又飞走了。

注释

1 由拳：县名，秦置，治所在今浙江省嘉兴市南，三国吴改名禾兴县。

2 小黄：县名，西汉置，治所在今河南省开封市东。

3 属(zhǔ)：连接，衔接。

原文

274. 王业，字子香，汉和帝时为荆州刺史[1]。每出行部，沐浴斋素以祈于天地：“当启佐愚心，无使有枉百姓。”在州七年，惠风大行，苛慝不作，山

译文

王业，字子香，汉和帝时任荆州刺史。他每次出去巡视部属，都沐浴吃素、洁净身心来向天地祈求：“天神地祇可要启发帮助我那愚笨的心眼，别使我做出冤枉百姓的事情来。”他在荆州七年，仁爱的风气盛行，残酷罪恶的事情没发生过，连山中

无豺狼。卒于湘江，有二白虎低头曳尾宿卫其侧。及丧去，虎逾州境，忽然不见。民共为立碑，号曰“湘江白虎墓”。

都没有了豺狼。他后来死在湘江中，有两只白虎低着头拖着尾巴守卫在他的身边。等到他丧事完毕，那两只老虎便越过荆州州界，忽然不见了。人们一起给王业与老虎立了块碑，称为“湘江白虎墓”。

注释

1 **荆州**：见第168条注。

原文

275. 吴时，葛祚为衡阳太守[1]，郡境有大槎横水，能为妖怪，百姓为立庙。行旅祷祀，槎乃沉没；不者槎浮，则船为之破坏。祚将去官，乃大具斧斤，将去民累。明日当至，其夜闻江中汹汹有人声，往视之，槎乃移去，沿流下数里，驻湾中。自此行者无复沈覆之患。衡阳人为祚立碑，曰：“正德祈禳，神木为移。”

译文

吴国时，葛祚任衡阳郡太守，郡内有个大树杈横在河中，能兴妖作怪，百姓就在河边给这树杈建立了祠庙。旅客祭祀它，树杈就沉下去；否则树杈就浮在水面，那么船就要被它破坏了。葛祚将离任时，便大规模地准备好了斧子，要除去这一民众的祸害。第二天就要去砍那树杈了，而在这前一天的夜里人们却听见河中汹汹汹地有人的声音，就前往观看，树杈竟移走了，沿着河水向下漂浮了几里，停留在河湾中。从此过河的人不再有沉没翻船的祸患了。衡阳郡的人为葛祚立了块碑，碑文写道：“用正直的德行祈祷消除灾祸，神奇的树杈就因此移走了。”

注释

1 **衡阳**：郡名，三国吴置，治所在湘南县(今湖南省湘潭县西南)。

原文

276. 曾子从仲尼，在楚而心动，辞归问母，母曰："思尔，啮指。"孔子曰："曾参之孝，精感万里。"

译文

曾参跟随孔子出游，在楚国时内心有所触动，就辞别了孔子回家问候母亲，母亲说："我思念你，所以咬了自己的手指。"孔子说："曾参的孝心，使他的精神感觉到万里之外。"

原文

277. 周畅性仁慈，少至孝，独与母居，每出入，母欲呼之，常自啮其手，畅即觉手痛而至。治中从事未之信，候畅在田，使母啮手，而畅即归。元初二年，为河南尹，时夏大旱，久祷无应。畅收葬洛阳城旁客死骸骨万余，为立义冢，应时澍雨。

译文

周畅的本性仁爱慈善，年轻时就已极其孝顺，当时他一个人和母亲居住，每次出门，母亲想叫他来，常常咬一下她自己的手，周畅就会感觉到手痛而马上回来。治中从事史不相信这种事，等周畅在田间干活的时候，让他母亲咬手，而周畅真的马上回来了。元初二年(115)，周畅任河南尹，那年夏天大旱，人们祈祷了很久都没有应验。周畅把洛阳城旁一万多流民的死尸骸骨收起来埋葬了，给他们建造了公墓，天上便降下了及时雨。

原文

278. 王祥，字休徵，琅邪人[1]，性至孝。早丧亲，继母朱氏不慈，数谮之，由是失爱于父，每使扫除牛下。父母有疾，衣不解带。母常欲生鱼[2]，时天寒冰冻，祥解衣，将

译文

王祥，字休徵，琅邪郡人，生来就极孝顺。他很早就失去了母亲，继母朱氏不爱他，多次诬陷他，因此他也失去了父亲对他的爱，父亲经常让他去打扫牛圈。但父母亲有病时，他从不解开衣带去睡觉而日夜服侍。继母曾经想吃鲜鱼，当时天寒地冻，王祥便脱了衣服，准备破冰下水去抓鱼，

剖冰求之，冰忽自解，双鲤跃出，持之而归。母又思黄雀炙，复有黄雀数十入其幕，复以供母。乡里惊叹，以为孝感所致。

这时冰层忽然自己裂开来，两条鲤鱼从水中跳出来，他就拿了这两条鱼回家了。继母又想吃烤黄雀，又有几十只黄雀飞进了他的帷幕，王祥又把它们烤了给继母吃。乡邻们都惊叹万分，认为这都是王祥的孝顺感动了神灵的结果。

注释

1 **琅邪:**见第69条注。

2 **常:**通“尝”。

原文

279. 王延性至孝。继母卜氏尝盛冬思生鱼，敕延求而不获，杖之流血。延寻汾，叩凌而哭，忽有一鱼，长五尺，跃出冰上，延取以进母。卜氏食之，积日不尽，于是心悟，抚延如己子。

译文

王延生来就极其孝顺。他的继母卜氏曾经在隆冬季节想吃鲜鱼，命令王延去寻觅而没得到，就用棍棒把他打得鲜血直淌。王延找到汾河上，敲着冰大哭，忽然有一条鱼，长五尺，跳到冰上，王延便捉了去献给继母。卜氏吃这条鱼，吃了几天都没吃完，于是心里有所觉悟，抚养王延就像自己的亲生儿子一样。

原文

280. 楚僚早失母，事后母至孝。母患痈肿，形容日悴，僚自徐徐吮之，血出，迨夜即得安寝，乃梦一小儿语母曰：“若得鲤鱼食之，其

译文

楚僚很早就失去了母亲，他侍奉后母极其孝顺。后母生了毒疮，容貌日益憔悴，楚僚便主动去慢慢地吮吸那疮口，毒血便被吸出来了，到晚上他的后母就能安然入睡了，但她又梦见一个小孩对她说：“如果能抓到鲤鱼吃了，你的病就好了，而且还可以延

病即差[1],可以延寿。不然,不久死矣。”母觉而告僚,时十二月,冰冻,僚乃仰天叹泣,脱衣上冰卧之。有一童子,决僚卧处,冰忽自开,一双鲤鱼跃出。僚将归奉其母,病即愈,寿至一百三十三岁。盖至孝感天神,昭应如此,此与王祥、王延事同。

长寿命。否则,你不久便会死去。”后母醒来后告诉了楚僚,当时正值十二月,冰封地冻,楚僚就仰望着上天悲叹哭泣,脱了衣服走到冰上躺下,用他的体温来化冰。这时来了一个小孩,他敲击楚僚躺卧的地方,冰忽然自己裂开了,一对鲤鱼从冰下跳出来。楚僚便抓了回家奉献给他的后母,后母的病就痊愈了,寿命活到一百三十三岁。这大概是因为楚僚极其孝顺感动了天神,所以显示出来的应验才像这样,这与王祥、王延的事情是相同的。

注释

1 差:通“瘥”,病愈。

原文

281. 盛彦,字翁子,广陵人[1]。母王氏,因疾失明,彦躬自侍养。母食,必自哺之。母疾既久,至于婢使数见捶挞。婢忿恨,闻彦暂行,取蛴螬炙饴之。母食,以为美,然疑是异物,密藏以示彦。彦见之,抱母恸哭,绝而复苏,母目豁然即开,于此遂愈。

译文

盛彦,字翁子,是广陵郡人。他母亲王氏,因为生了病而双目失明,盛彦便亲自服侍赡养她。母亲吃东西,他一定亲自喂她。母亲的毛病拖久了,脾气便变得很暴躁,以致那些婢女多次被她鞭打。婢女怨恨她,听说盛彦暂时外出,就拿了金龟子的幼虫烤了用饴糖拌了给她吃。母亲吃了,觉得味道很好,但怀疑这不是食物,就偷偷地把它藏起来拿给盛彦看。盛彦看见这东西,抱着母亲十分悲痛地大哭起来,哭得死去活来,母亲的眼睛忽然大大地睁开了,从此她的眼病就痊愈了。

注释

1 **广陵:**见第92条注。

原文

282. 颜含,字弘都。次嫂樊氏,因疾失明,医人疏方,须蚺蛇胆[1],而寻求备至,无由得之。含忧叹累时,尝昼独坐,忽有一青衣童子,年可十三四,持一青囊授含。含开视,乃蛇胆也。童子逡巡出户,化成青鸟飞去。得胆,药成,嫂病即愈。

译文

颜含,字弘都。他的二嫂樊氏,因为生了病而双目失明,医生开了个药方,须服用蚺蛇的胆,但到处都找遍了,也没有地方能找到它。颜含忧虑地叹息了很长时间,有一次他在白天独自坐着,忽然有一个穿着青色衣服的小孩,年纪大约在十三四岁,拿了一个青袋给颜含。颜含打开一看,竟然是蚺蛇的胆。那小孩迅速出了门,变成青鸟飞走了。颜含得到了蚺蛇胆,药就合成了,嫂嫂的病立即就痊愈了。

注释

1 **蚺蛇:**蟒蛇。古代传说蚺蛇的胆随着日期移动,每月上旬近头,中旬在心,下旬在尾。

原文

283. 郭巨,隆虑人也[1],一云河内温人[2]。兄弟三人,早丧父,礼毕,二弟求分。以钱二千万,二弟各取千万。巨独与母居客舍,夫妇佣赁以给供养[3]。居有顷,妻产男。巨念与儿

译文

郭巨,是河内郡隆虑县人,又说是河内郡温县人。他兄弟三人,很早就死了父亲,为父亲守孝三年的礼仪刚结束,两个弟弟就要求分家。因为家里有钱二千万,两个弟弟就每人拿走了一千万。郭巨只好独自和母亲住在旅馆里,夫妻两人去打工来供养母亲。过了不久,他

妨事亲[4],一也;老人得食,喜分儿孙,减馔,二也。乃于野凿地,欲埋儿,得石盖,下有黄金一釜,中有丹书,曰:"孝子郭巨,黄金一釜,以用赐汝。"于是名振天下。

妻子生了儿子。郭巨想到抚养儿子就要妨碍侍奉母亲,这是其一;老人得到食物,总喜欢分给孙子,这就减少了母亲的食物,这是其二。于是他就在野外挖土,想埋掉儿子,结果却挖到一块石头盖板,下面有黄金一锅,锅中有朱砂写的天书,写着:"孝子郭巨,这黄金一锅,是用来赏赐你的。"于是郭巨的名声震动了全国。

注释

1 **隆虑:**县名,西汉置,治所即今河南省林州市。东汉延平时改名林虑县。

2 **河内:**见第69条注。 **温:**县名,治所在今河南省温县西南。

3 **给:**足。 **供:**毛本作"公",据汪校改。

4 **与:**通"举",抚养。

原文

284. 新兴刘殷[1],字长盛。七岁丧父,哀毁过礼,服丧三年,未尝见齿。事曾祖母王氏,尝夜梦人谓之曰:"西篱下有粟。"寤而掘之,得粟十五钟[2],铭曰:"七年粟百石,以赐孝子刘殷。"自是食之,七岁方尽。及王氏卒,夫妇毁瘠,几至灭性。时柩在殡而西邻失火,风势甚猛,殷夫

译文

新兴郡的刘殷,字长盛。他七岁的时候死了父亲,因为悲哀而减食消瘦的程度超过了一般的礼仪,服丧三年,从来没有露牙笑过。他精心侍奉曾祖母王氏,曾在一天夜里梦见有人对他说:"西边的篱笆下有谷子。"他醒来后去挖它,得到了十五钟谷子,那盖子上的刻辞说:"七年的谷子一百石,是用来赏赐给孝子刘殷的。"从那时开始吃这谷子,吃了七年才吃完。等到王氏逝世,刘殷夫妇两人减食消瘦,几乎丧生。当时王氏入棺待葬而西边的邻居失了火,风力很大,刘殷夫妇敲着棺材号啕大哭,大火就熄灭了。后来

妇叩殡号哭，火遂灭。后有二白鸠来，巢其庭树[3]。

有两只白鸠飞来，在他家院子里的树上做了窝。

注释

1 **新兴**：郡名，东汉建安二十年(215)置，治所在九原县(今山西省忻州市)，西晋元康中改为晋昌郡，后仍复旧名。

2 **钟**：古代容量单位，六石四斗为一钟。

3 **庭树**：毛本作“树庭”，据汪校改。

原文

285. 杨公伯雍，雒阳县人也[1]，本以侩卖为业。性笃孝，父母亡，葬无终山[2]，遂家焉。山高八十里，上无水，公汲水，作义浆于坂头，行者皆饮之。三年，有一人就饮，以一斗石子与之，使至高平好地有石处种之，云：“玉当生其中。”杨公未娶，又语云：“汝后当得好妇。”语毕不见。乃种其石，数岁，时时往视，见玉子生石上，人莫知也。有徐氏者，右北平著姓，女甚有行，时人求，多不许。公乃试求徐氏，徐氏笑以为

译文

杨伯雍，是洛阳县人，本来以做买卖的经纪人为职业。他天性忠诚孝顺，父母亲死了，葬在无终山，他就把家安在那里。无终山高八十里，山上没有水，他就打来了水，烧好免费供应的茶水放在山坡上，过路的人都喝它。三年后，有一个人来喝水，拿了一斗石子给他，叫他到高爽平坦的好田挑选有石头的地方把它种下，并对他说：“宝玉会从这里面长出来。”杨伯雍当时还没有娶妻，那人又对他说：“你以后会娶到一个好媳妇。”那人说完就不见了。杨伯雍就种下了那石子，几年中，他经常去察看，只见小宝玉长在石头上，而别人却没有一个知道这件事。有一个姓徐的，是右北平郡的名门，他的女儿很有德行，当时的人来求婚，姓徐的都没有答应。杨伯雍却试着去向徐家求婚，姓徐的讥笑他，认为他太狂妄了，便戏弄他说：“如果你搞到一双白璧来，我就同意你娶我的女

狂，因戏云："得白璧一双来，当听为婚。"公至所种玉田中，得白璧五双，以聘。徐氏大惊，遂以女妻公。天子闻而异之，拜为大夫，乃于种玉处，四角作大石柱，各一丈，中央一顷地名曰"玉田"。

儿。"杨伯雍来到他种玉的田中，收到了五双白璧，便将它们作为聘礼。姓徐的大吃一惊，就把女儿嫁给了他。皇帝听说了这件事，觉得杨伯雍这个人很奇特，就任命他为大夫，还在种玉的地方，四角立起了大石柱，每根石柱各有一丈高，这中央的一顷地被命名为"玉田"。

注释

1 **雒阳**：见第156条注。

2 **无终山**：在无终县（见第263条注）东南。唐万岁通天元年(696)改无终县置玉田县，治所即今河北省玉田县。

原文

286. 衡农，字剽卿，东平人也[1]。少孤，事继母至孝。常宿于他舍[2]，值雷风，频梦虎啮其足，农呼妻相出于庭，叩头三下，屋忽然而坏，压死者三十余人，唯农夫妻获免。

译文

衡农，字剽卿，东平国人。他从小就失去了母亲，侍奉继母极其孝顺。有一次他在别处房间过夜，正好碰上打雷刮风，他接二连三地梦见老虎咬他的脚，他马上叫妻子一起出去到院子中，磕了三个头，这房子忽然崩塌，压死的人有三十多个，只有衡农夫妻两人幸免于难。

注释

1 **东平**：西汉置东平国，治所在无盐县（今山东省东平县东），西晋移治须昌县（今山东省东平县西北），南朝宋改为东平郡。

2 **常**：通"尝"，曾经。

原文

287. 罗威，字德仁，八岁丧父，事母性至孝。母年七十，天大寒，常以身自温席，而后授其处。

译文

罗威，字德仁，八岁时死了父亲，侍奉母亲极孝。母亲已经七十岁了，天气十分寒冷的时候，他常常用自己的身体把席子睡暖了，然后再把睡暖的地方给母亲睡。

原文

288. 王裒，字伟元，城阳营陵人也[1]。父仪为文帝所杀，裒庐于墓侧，旦夕常至墓所拜跪，攀柏悲号，涕泣着树，树为之枯。母性畏雷，母没，每雷，辄到墓曰："裒在此。"

译文

王裒，字伟元，城阳郡营陵县人。他父亲王仪被晋文帝司马昭所杀害，王裒在父亲的坟墓旁盖起了守丧时住的草屋，早晚常到坟墓前行礼跪拜，抓着柏树悲痛地大哭，眼泪落到树上，树因此而干枯。他母亲天生害怕打雷，母亲死后，每逢打雷，他总是来到母亲的坟墓边上说："王裒在这儿。"

注释

1 **城阳**：郡名，西汉置，治所在莒县（今山东省莒县），三国魏移治东武县（今山东省诸城市）。**营陵**：县名，西汉置，治所在今山东省昌乐县东南。

原文

289. 郑弘迁临淮太守[1]，郡民徐宪在丧致哀，有白鸠巢户侧。弘举为孝廉，朝廷称为"白鸠郎"。

译文

郑弘升任临淮郡太守，郡内之人徐宪在家守丧表示哀悼时，有只白鸠在他家门边做窝。郑弘推荐徐宪为孝廉，朝廷称徐宪为"白鸠郎"。

注释

1 **临淮**：郡名，西汉置，治所在徐县（今江苏省泗洪县东南），东汉永平中改为下邳国。

原文

290. 汉时，东海孝妇养姑甚谨[1]，姑曰："妇养我勤苦。我已老，何惜余年，久累年少？"遂自缢死。其女告官云："妇杀我母。"官收系之，拷掠毒治，孝妇不堪苦楚，自诬服之。时于公为狱吏，曰："此妇养姑十余年，以孝闻彻，必不杀也。"太守不听。于公争不得理，抱其狱词哭于府而去。自后郡中枯旱，三年不雨。后太守至，于公曰："孝妇不当死，前太守枉杀之，咎当在此。"太守即时身祭孝妇冢，因表其墓，天立雨，岁大熟。长老传云：孝妇名周青。青将死，车载十丈竹竿以悬五旛，立誓于众曰："青若有罪，愿杀，血当顺下；青若枉死，血当逆流。"既行刑已，其血青黄，缘旛竹而上极标，又

译文

西汉时，东海郡有一个孝顺的媳妇赡养婆婆非常恭敬，婆婆说："媳妇赡养我很辛苦。我已经老了，哪能爱惜我的风烛残年而长久地拖累年轻人呢？"她说完后便上吊死了。她的女儿到官府告状说："这媳妇杀了我的母亲。"官府就把这媳妇抓了起来，用酷刑拷打审讯，这孝顺的媳妇忍受不了痛苦，便自己捏造了罪状承认了罪名。当时于定国之父于公当管理监狱的小吏，他说："这媳妇赡养婆婆十多年，因为孝顺而名声远扬，一定不会杀死婆婆的。"太守不听他的。于公与太守争辩，但没被理会，于是就抱着那媳妇的供词在官府哭了一场就走了。从那以后，东海郡内大旱，三年不下雨。接任的太守来了，于公说："那孝顺的媳妇不应该死，前任太守冤枉地杀了她，造成大旱的祸根应该就是这里。"太守立刻亲自去祭奠那孝妇的坟墓，接着还给她的坟墓立了碑以表彰她的孝顺，天上立刻下起雨来了，这一年便获得了大丰收。老人们传言说：这孝顺的媳妇名字叫周青。周青临刑的时候，车子上插着十丈高的竹竿来悬挂五种颜色的长幅挂旗，她对着众人发誓说："我周青如果有罪，甘心被杀，我的鲜血该顺流而下；我周青如果死得冤枉，鲜血该倒流向上。"一会儿行刑完毕，她的鲜血呈青黄色，沿着旗杆流上

缘旛而下云。

了顶端,又沿着长幅挂旗流下来。

注释

1 **东海:**见第23条注。

原文

291. 犍为叔先泥和[1],其女名雄。永建三年,泥和为县功曹,县长赵祉遣泥和拜檄谒巴郡太守[2],以十月乘船,于城湍堕水死,尸丧不得。雄哀恸号咷,命不图存,告弟贤及夫人,令勤觅父尸:"若求不得,吾欲自沉觅之。"时雄年二十七,有子男贡年五岁,贳年三岁,乃各作绣香囊一枚,盛以金珠环,预婴二子。哀号之声,不绝于口,昆族私忧。至十二月十五日,父丧不得,雄乘小船,于父堕处哭泣数声,竟自投水中,旋流没底。见梦告弟云:"至二十一日,与父俱出。"至期,

译文

犍为郡人叔先泥和,他的女儿名叫雄。永建三年(128),叔先泥和任县功曹,县长赵祉派叔先泥和去拜见巴郡太守进呈文书,他在十月乘船出发,却在湍急的城河中落水而死,尸体被冲走没捞到。叔先雄悲痛得号啕大哭,连性命也不想要了,她告诉弟弟叔先贤及其夫人,让他们赶快去打捞父亲的尸体,并说:"如果你们捞不到,我就要跳到河里去找他。"当时叔先雄才二十七岁,有个儿子名叫贡的年龄才五岁,一个名叫贳的年龄才三岁,她就给他们每人做了一个绣花的香袋,拿黄金珍珠玉环装在里面,预先把它们系在两个儿子的颈上。那悲痛的哭声,在她口中从不间断,她的兄弟亲族都私下里为她担心。到十二月十五日,父亲的尸体还是没找到,叔先雄就乘了一条小船,在父亲落水的地方哭了几声,便自己跳入河中,一会儿她就随着漩涡沉到了河底。她托梦告诉弟弟说:"到二十一日,我和父亲一起出来。"到了那一天,果然像梦中所说的那样,她与父亲互相搀着,一起浮出水面。县长奏上表文

如梦，与父相持，并浮出江。县长表言，郡太守肃登承上尚书，乃遣户曹掾为雄立碑，图象其形，令知至孝。

称道这件事，郡太守肃登把县长的表文进呈给了尚书，尚书就派遣户曹掾为叔先雄立了碑，把她的形象画在碑上，让人知道她是极其孝顺的。

注释

1 **犍为**：郡名，西汉置，治所在僰道县（今四川省宜宾市西南），昭帝时移治武阳县（今四川省眉山市彭山区东）。

2 **巴郡**：见第238条注。

原文

292. 河南乐羊子之妻者[1]，不知何氏之女也。躬勤养姑。尝有他舍鸡谬入园中，姑盗杀而食之。妻对鸡不食而泣，姑怪问其故，妻曰："自伤居贫，使食有他肉。"姑竟弃之。后盗有欲犯之者，乃先劫其姑，妻闻，操刀而出。盗曰："释汝刀！从我者，可全；不从我者，则杀汝姑。"妻仰天而叹，刎颈而死，盗亦不杀姑。太守闻之，捕杀盗贼，赐妻缣帛，以礼葬之。

译文

河南郡乐羊子的妻子，不知道是哪一家的女儿。她身体力行来赡养婆婆。曾经有别人家的鸡误入了她家的园子中，婆婆偷偷地把它杀了吃。乐羊子的妻子对着烧好的鸡不吃却哭了，她婆婆奇怪地问她哭泣的缘故，她说："我伤心我们的生活太贫穷了，以致使我们的食物中有别人家的肉。"婆婆终于把鸡肉扔了。后来有个强盗想侮辱她，就先劫持了她的婆婆，她听见声音，拿着刀冲出来。强盗说："放下你的刀！顺从我，可以保全你们；不顺从我，就杀掉你的婆婆。"乐羊子的妻子对着上天长叹了一声，将刀往自己的脖子上一抹就死了，这强盗因而也没有杀死她的婆婆。太守听说了这件事，把强盗抓住处死了，并赠给乐羊子妻一些绸缎，按照礼仪把她安葬了。

注释

1 河南:见第138条注。

原文

293. 庾衮,字叔褒。咸宁中大疫,二兄俱亡,次兄毗复殆。疠气方盛,父母诸弟皆出次于外,衮独留不去。诸父兄强之,乃曰:"衮性不畏病。"遂亲自扶持,昼夜不眠,间复抚柩,哀临不辍。如此十余旬,疫势既退,家人乃返。毗病得差[1],衮亦无恙。

译文

庾衮,字叔褒。咸宁年间(275—280)瘟疫大流行,他两个哥哥都死了,二哥庾毗又病危。当时瘟疫的气焰正十分嚣张,父母亲和几个弟弟都离家住到外地去了,只有庾衮独自留下没离开家。各位父老兄长勉力劝他离开,他却说:"我生来就不怕疾病。"于是他就亲自照料二哥,日夜不眠,又不时去抚摸他两个哥哥的灵柩,哀悼吊唁从未中止。像这样过了一百多天,瘟疫的势头已经开始消退,家里的人才回来。二哥庾毗的病痊愈了,庾衮也太平无事。

注释

1 差:通"瘥",病愈。

原文

294. 宋康王舍人韩凭娶妻何氏,美,康王夺之。凭怨,王囚之,论为城旦。妻密遗凭书,缪其辞曰:"其雨淫淫,河大水深,日出当心。"既而王得其书,以示左右,左右莫解其意。臣

译文

宋康王的侍从官韩凭娶了个妻子何氏,长得很美丽,宋康王夺走了她。韩凭十分怨恨,宋康王就把他囚禁起来,判处他到边境服白天守备、夜间筑城的刑罚。他妻子秘密地寄给韩凭一封信,信中把她的话写成了隐语说:"那雨绵绵下不停,河流宽广水又深,太阳出来照我心。"不久康王得到了她的信,拿给身边的侍从看,侍从们没有谁能懂得这

苏贺对曰："其雨淫淫，言愁且思也；河大水深，不得往来也；日出当心，心有死志也。"俄而凭乃自杀。其妻乃阴腐其衣。王与之登台，妻遂自投台下[1]，左右揽之，衣不中手而死。遗书于带曰："王利其生，妾利其死。愿以尸骨，赐凭合葬。"王怒，弗听，使里人埋之，冢相望也。王曰："尔夫妇相爱不已，若能使冢合，则吾弗阻也。"宿昔之间，便有大梓木生于二冢之端，旬日而大盈抱，屈体相就，根交于下，枝错于上。又有鸳鸯，雌雄各一，恒栖树上，晨夕不去，交颈悲鸣，音声感人。宋人哀之，遂号其木曰"相思树"。"相思"之名，起于此也。南人谓此禽即韩凭夫妇之精魂。今睢阳有韩凭城[2]，其歌谣至今犹存[3]。

封信的意思。这时大臣苏贺出来回答说："'那雨绵绵下不停'，是说她忧愁很深而老是想念；'河流宽广水又深'，是说他们不能互相来往；'太阳出来照我心'，是说她对日发誓，心中有殉情的志向。"不久韩凭就自杀了。他的妻子就暗中腐蚀了自己的衣服。在宋康王和她一起登上高台赏景时，韩凭的妻子就趁机从高台上跳下去，身旁的人去拉她，她的衣服经不起手拉而摔死了。她在衣带上留下遗书说："大王希望我活，我希望我死。请把我的尸骨，赐给韩凭合葬。"康王十分恼怒，不依她的遗言办，派乡里的人把她埋了，让她的坟墓与韩凭的远远相对。康王说："你们夫妻俩爱个没完，如果你们能让两个坟墓合在一起，那么我就不再阻拦你们了。"一夜之间，便有大梓树长在两个坟墓的顶上，十来天这梓树就长大到一抱，两棵树干弯曲着互相靠近，树根在下面互相盘绕，树枝在上面互相交错。又有一对鸳鸯鸟，一雌一雄，经常栖息在树上，从早到晚一直不离开，它们把脖子互相依偎着哀叫，叫声让人感动。宋国的百姓哀悼韩凭夫妇，就把那梓树叫作"相思树"。"相思"这个名词，就是从这儿产生的。南方的人说这鸳鸯鸟就是韩凭夫妇的灵魂变的。现在睢阳县有韩凭城，那传颂韩凭夫妇的歌谣到今天还流传着。

注释

1 毛本无“下”字，据汪校补。

2 **睢阳**：县名，秦置，治所即西周、春秋时的宋国国都，在今河南省商丘市睢阳区南。

3《彤管集》载何氏《乌鹊歌》云：“南山有乌，北山张罗；乌自高飞，罗当奈何！乌鹊双飞，不乐凤凰；妾是庶人，不乐宋王。”

原文

295. 汉末，零陵郡太守史满有女悦门下书佐[1]，乃密使侍婢取书佐盥手残水饮之，遂有妊。已而生子。至能行，太守令抱儿出，使求其父。儿匍匐直入书佐怀中，书佐推之，仆地化为水。穷问之，具省前事，遂以女妻书佐。

译文

汉朝末年，零陵郡太守史满有个女儿爱上了府上的文书，就偷偷地叫她的丫鬟把文书的洗手水拿来并把它喝了，于是就怀孕了。不久她便生了个孩子。到孩子会走路了，太守便叫人把小孩抱出来，让他寻找自己的父亲。这小孩径直爬进文书的怀里，文书把他推掉，他便倒在地上变成了水。太守追问自己的女儿，完全明白了过去的事情，就把女儿嫁给了文书。

注释

1 **零陵**：毛本作“零阳”，据汪校改。“零阳”非郡名，而为西汉所置县名，治所在今湖南省慈利县东。零陵郡见第142条注。

原文

296. 鄱阳西有望夫冈[1]。昔县人陈明与梅氏为婚，未成而妖魅诈迎妇去。明诣卜者，决云：“行西北五十里

译文

鄱阳县西部有座望夫冈。传说从前县里有个叫陈明的和梅氏缔结了婚姻，结果还没有成婚而妖怪采取诈骗的手段把梅氏接走了。陈明到占卜的人那里请教，那人占卜后说：“你朝西北方向走五十里后去找她。”陈明

求之。”明如言，见一大穴，深邃无底，以绳悬入，遂得其妇，乃令妇先出，而明所将邻人秦文遂不取明。其妇乃自誓执志，登此冈首而望其夫，因以名焉。

按他的吩咐去了，便看见一个大洞，深得没有个底，他用绳子把自己悬吊下去，就找到了他的妻子，他便叫妻子先出去，但陈明带来的邻居秦文在洞外用绳子把梅氏拉出来后却不再把陈明拉上来。陈明的妻子就向秦文发誓以表明自己嫁给陈明的坚定志向，并登上这山冈顶盼望她的丈夫，因而人们把这山冈叫作望夫冈。

注释

1 **鄱阳**：县名，西汉置，治所在今江西省鄱阳县东北，三国吴移治今江西省鄱阳县。

原文

297. 后汉汝南邓元义[1]，父伯考为尚书仆射。元义还乡里，妻留事姑，甚谨。姑憎之，幽闭空室，节其饮食。羸露日困[2]，终无怨言。时伯考怪而问之，元义子朗，时方数岁，言：“母不病，但苦饥耳。”伯考流涕曰：“何意亲姑反为此祸！”遣归家，更嫁为应华仲妻[3]。仲为将作大匠，妻乘朝车出，元义于路旁观之，谓人曰：

译文

东汉时汝南郡人邓元义，父亲邓伯考任尚书仆射。邓元义回到家乡省亲，妻子便被留下来侍奉婆婆，她对婆婆十分恭敬。但婆婆却讨厌她，把她关在空房间里，并且限制她的饮食。她虽然疲惫衰弱而一天比一天困窘，但始终没有怨言。当时邓伯考感到奇怪而去问她，邓元义的儿子邓朗，当时才几岁，对邓伯考说：“妈妈没生病，只是饿得太苦了。”邓伯考流着眼泪说：“哪里料到这亲婆婆反而会造这样的孽！”于是就把媳妇休了让她回娘家去，她便改嫁给应华仲做妻子。应华仲任将作大匠，妻子便乘着上朝的车子出了门，邓元义在路边看见她，对人说：“这是我原来的妻子，她不是有别的过错，只

“此我故妇，非有他过，家夫人遇之实酷[4]。本自相贵。”其子朗，时为郎，母与书皆不答，与衣裳辄以烧之，母不以介意。母欲见之，乃至亲家李氏堂上，令人以他词请朗。朗至见母，再拜涕泣，因起出。母追谓之曰：“我几死。自为汝家所弃，我何罪过？乃如此耶！”因此遂绝。

是我母亲对待她实在太残忍了。本来自己人之间应该互相尊重。”邓元义的儿子邓朗，当时做了郎官，母亲给他写信他都不回信，母亲给他衣裳他总是拿来烧掉，他母亲也不把这些事放在心上。母亲总想看看儿子，就到亲家李氏的家里，叫人用其他的理由去请邓朗。邓朗来了后看见母亲，恭敬地拜了两次，流泪抽泣，便起身出门去了。母亲追上去对他说：“我差一点饿死。我本是被你家遗弃的，我有什么罪过？你竟然如此来对待我！”从此以后母子便断绝了往来。

注释

1 **汝南邓元义**：毛本作“南康邓元义”，据《后汉书·应奉传》注引《汝南记》之文改。南康郡（见第30条注）或南康县置于西晋太康时，故此文之“南康”为误文。 **汝南**：见第51条注。

2 **露**：与“羸”同义连用，表示疲惫羸弱。参见王念孙《读书杂志·荀子弟五》。

3 毛本无“应”字，据汪校补。

4 **夫**：毛本作“天”，据汪校改。

原文

298. 严遵为扬州刺史[1]，行部，闻道傍女子哭声不哀，问所哭者谁，对云：“夫遭烧死。”遵敕吏舁尸到，与语讫，语

译文

严遵任扬州刺史，有一次到所属郡县巡视，听见路旁一个女子的哭声不悲哀，就问她哭的是谁，那女子回答说：“是我的丈夫，他被火烧死了。”严遵便命令差役们把尸体抬来，他与尸体说完话，就对差役们说：“死

吏云："死人自道不烧死。"乃摄女，令人守尸，云："当有枉。"吏白："有蝇聚头所。"遵令披视，得铁锥贯顶。考问，以淫杀夫。

人自己说不是被烧死的。"于是就逮捕了那女子，并叫人看守尸体，说："这里边一定有冤屈。"差役报告说："有苍蝇聚集在尸体头部。"严遵便叫人拨开头发察看，发现铁锥子贯穿了那尸体的头顶。于是就拷问那女子，原来是那女子因为与人通奸而杀死了丈夫。

注释

1 **扬州**：西汉武帝置，为十三刺史部之一，东汉治所在历阳县（今安徽省和县），末年移治寿春县（今安徽省寿县）、合肥县（今安徽省合肥市西北），三国魏定治寿春。

原文

299. 汉范式，字巨卿，山阳金乡人也[1]，一名汜，与汝南张劭为友，劭字元伯。二人并游太学，后告归乡里，式谓元伯曰："后二年当还，将过拜尊亲，见孺子焉。"乃共克期日。后期方至，元伯具以白母，请设馔以候之。母曰："二年之别，千里结言，尔何相信之审耶？"曰："巨卿信士，必不乖违。"母曰："若然，当为尔酝酒。"至期，果到。升堂拜饮，

译文

东汉的范式，字巨卿，是山阳郡金乡县人，又名汜，他和汝南郡的张劭交了朋友，张劭字元伯。两人一起在京城里的太学学习，后来告别回家乡时，范式对张劭说："两年后我会回来，一定来拜访你的双亲，看看你的孩子。"两人就共同约定了日期。后来约定的日期就要到了，张劭就把这事全告诉了母亲，请她准备饭菜来迎接范式。他母亲说："两年的离别，相隔千里的诺言，你怎么会相信得这样认真呢？"张劭说："巨卿是个重信用的人，一定不会违背的。"母亲说："如果是这样，应该为你们酿酒了。"到了约定的日期，范式果然来了。他登堂拜见张劭的父母后就一起饮酒，极尽欢乐之后才和张劭告别。后来张劭卧病不起，病情很重，同郡的

尽欢而别。后元伯寝疾，甚笃，同郡郅君章、殷子徵晨夜省视之[2]。元伯临终，叹曰："恨不见我死友。"子徵曰："吾与君章尽心于子，是非死友，复欲谁求？"元伯曰："若二子者，吾生友耳。山阳范巨卿，所谓死友也。"寻而卒。式忽梦见元伯玄冕、垂缨、屣履而呼曰："巨卿，吾以某日死，当以尔时葬，永归黄泉。子未忘我，岂能相及？"式怳然觉悟，悲叹泣下，便服朋友之服，投其葬日，驰往赴之。未及到而丧已发引。既至圹，将窆，而柩不肯进。其母抚之曰："元伯，岂有望耶？"遂停柩。移时，乃见素车白马，号哭而来。其母望之曰："是必范巨卿也。"既至，叩丧，言曰："行矣元伯！死生异路，永从此辞。"会葬者千人，咸为挥涕。式

郅君章、殷子徵从早到晚照料看护他。张劭临死时，叹息道："遗憾的是还没能见一下我那生死与共的朋友。"殷子徵说："我与郅君章对您尽心竭力，我们如果不是您生死与共的朋友，那么您又想找谁呢？"张劭说："像你们这两个人，只是我活着时的朋友罢了。山阳郡的范巨卿，才是我所说的生死与共的朋友。"一会儿张劭便死了。范式忽然梦见张劭穿着祭祀礼服、帽子没系好而垂着帽带、拖着鞋子叫道："巨卿，我在某日死了，该在某日下葬，永远回到地下去了。您如果还没有忘记我，是否能再见我一面？"范式清清楚楚地醒过来，悲痛地叹息着而眼泪直往下掉，于是就穿上了给朋友服丧时穿的衣服，按照张劭的安葬日期，赶马前去奔丧。范式还没有赶到而灵车已经启行了。一会儿灵车就到了墓穴，马上要把棺材下葬到墓穴中去了，而棺材却不肯朝前了。他母亲抚摸着棺材说："元伯，你是否还有什么期盼呢？"于是就把棺材停下。过了一会儿，便看见白车白马，有人痛哭着奔来。张劭的母亲望着那车马说："这一定是范巨卿了。"一会儿范式就到了，他磕头吊唁，说道："走吧元伯！死者和生者走不同的路，从此我们永远分别了。"参加葬礼的上千人，都为他们的别离而淌眼泪。范式便握着牵引棺材的绳索向前拉，棺材这

因执绋而引，柩于是乃前。式遂留止冢次，为修坟树，然后乃去。	才向前移动了。范式就留在坟边，给张劭垒了坟、种了树，然后才离去。

注释

1 **山阳**：见第 14 条注。 **金乡**：县名，东汉置，治所在今山东省嘉祥县南。

2 **郅**：毛本作"到"，据汪校改。

卷十二　人怪变化

导读

本卷主要记述万物变化的故事。第300条论述万物变化的道理，是一篇理论性较强的文章，虽然其论述有不当之处，但也可以看出当时人们对万物的常态、变态及其间之转化所作的理论解剖。其中有些情节想象奇特，如第305条所写霹雳的变化。有些故事不但有助于我们了解古代部落的传说，而且写得生动逼真，具有较强的文学性，如第306、307、308条所写虫落、貙人、猳国的故事。至于第314条所写江中之蜮，用来说明《诗经》所言，也具有一定的文学价值。

原文

300. 天有五气，万物化成。木清则仁，火清则礼，金清则义，水清则智，土清则思，五气尽纯，圣德备也。木浊则弱，火浊则淫，金浊则暴，水浊则贪，土浊则顽，五气尽浊，民之下也。中土多圣人，和气所交也；绝域多怪物，异气所产也。苟禀此气，必有此形；苟有此形，必生此性。故食谷者

译文

自然界有木、火、金、水、土五种气，各种事物都是这五种气变化而成的。木气清净就有仁爱，火气清净就有礼制，金气清净就有道义，水气清净就有智慧，土气清净就有思想，五气都纯净，那么圣人的德行就完备了。木气混浊就虚弱，火气混浊就淫乱，金气混浊就残暴，水气混浊就贪婪，土气混浊就顽愚，五气都混浊，就是平民百姓中的卑陋之人了。中原多圣人，这是和顺之气互相交会的结果；交通闭塞的地方多怪物，这是奇异之气所造成的。如果禀受了这一种气质，就一定有这一种形体；如果有了这一种形体，就一定会产生这一种性情。所以吃

智慧而文，食草者多力而愚，食桑者有丝而蛾，食肉者勇憿而悍，食土者无心而不息，食气者神明而长寿，不食者不死而神。大腰无雄，细腰无雌；无雄外接，无雌外育。三化之虫，先孕后交；兼爱之兽，自为牝牡。寄生因夫高木，女萝托乎茯苓。木株于土，萍植于水。鸟排虚而飞，兽跖实而走，虫土闭而蛰，鱼渊潜而处。本乎天者亲上，本乎地者亲下，本乎时者亲旁：各从其类也。千岁之雉，入海为蜃；百年之雀，入海为蛤；千岁龟鼋，能与人语；千岁之狐，起为美女；千岁之蛇，断而复续；百年之鼠，而能相卜：数之至也。春分之日，鹰变为鸠；秋分之日，鸠变为鹰：时之化也。故腐草之为萤也，朽苇之为蛬也，稻之为蛩也，麦之为

五谷的聪明而文雅，吃草的力气大却愚蠢，吃桑叶的会吐丝而又变成了蛾，吃肉的勇猛而强悍，吃泥土的没有意识却忙个不停，吃气体的神通而且长寿，不吃什么东西的不死而且神灵。像龟、鼍之类的大腰动物没有雄性，像蜂、蚁之类的细腰动物没有雌性；没有雄的就和其他动物交配，没有雌的就靠其他的动物来生育。蜕化三次的蚕，先怀孕然后交配；爱无亲疏的禽兽，自己兼有雌雄两种性器官。寄生草依附那高大的树木，女萝寄寓在茯苓上。树木扎根在土中，浮萍根植在水里。鸟儿扑打着空气飞翔，禽兽脚踏在实地上奔跑，虫子用泥土封起来进行冬眠，鱼儿在深水潭中潜游居住。来源于空中的亲附上面，来源于地上的亲附下面，来源于时节的亲附旁边：各种事物都从属于它们的种类。上千岁的野鸡，到海里就变成了大蛤蜊；上百岁的麻雀，到海里就变成了小蛤蜊；上千岁的乌龟、老鳖，能和人谈话；上千岁的狐狸，站起来会变成美女；上千岁的大蛇，被斩断了又能连起来；上百岁的老鼠，能看相占卜：这是寿命达到了一定年数而造成的。春分那一天，鹰变成鸠；秋分那一天，鸠变成鹰：这是时令造成的变化。所以腐烂的草变成萤火虫，腐烂的芦苇变成蟋蟀，稻谷变成蛀虫，麦子变成蝴蝶，羽毛翅膀长出来了，眼睛长成了，

蝴蝶也，羽翼生焉，眼目成焉，心智在焉，此自无知化为有知而气易也。隺之为獐也，蚕之为虾也，不失其血气而形性变也。若此之类，不可胜论。应变而动，是为顺常；苟错其方，则为妖眚。故下体生于上，上体生于下，气之反者也；人生兽，兽生人，气之乱者也；男化为女，女化为男，气之贸者也。鲁牛哀得疾，七日化而为虎，形体变易，爪牙施张，其兄启户而入，搏而食之。方其为人，不知其将为虎也；方有为虎，不知其常为人也[1]。故晋太康中，陈留阮士瑀伤于虺[2]，不忍其痛，数嗅其疮，已而双虺成于鼻中。元康中，历阳纪元载客食道龟[3]，已而成瘕，医以药攻之，下龟子数升，大如小钱，头足觳备[4]，文甲皆具，惟中药已死。夫妻非化育之气，鼻非胎孕之所，享道非下物之具。从此观之，

意念智慧也就存在了，这是从没有知觉变成了有知觉而那气质也改变了。鹤变为獐，蟋蟀变为虾，没有丧失它们的血气但形状本性变了。像这样的例子，不胜枚举。适应着变化的规律而变动，这是顺应常规；如果违背了变化的规律而变动，就造成了妖怪和灾祸。所以下身的器官长在上身，上身的器官长在下身，这是元气逆反而造成的；人生下禽兽，禽兽生出人，这是元气混乱而造成的；男人变为女人，女人变为男人，这是元气互换而造成的。鲁国的牛哀得了病，七天后变成了老虎，形状改变了，便张牙舞爪起来，他哥哥开门进去，他就把哥哥抓住吃了。当牛哀是人的时候，他并不知道自己将要变成老虎；当他成为老虎的时候，也不知道自己曾经是人。所以晋朝太康年间(280—289)，陈留郡的阮士瑀被毒蛇咬伤了，他不能忍受那疼痛，屡次去闻那伤口，不久就有两条毒蛇长在鼻子中。元康年间(291—299)，历阳县的纪元载在外地吃了路上的乌龟，不久腹中就结了硬块，医生用药来治它，他便泻下几升小乌龟，大小像小铜钱，头和脚初步长全了，龟纹和硬壳也都具备，只是中了药毒已经死去。夫妻不是化育万物的元气，鼻腔不是怀胎的地方，肠道不是生产幼

万物之生死也与其变化也，非通神之思，虽求诸已，恶识所自来？然朽草之为萤，由乎腐也；麦之为蝴蝶，由乎湿也。尔则万物之变，皆有由也。农夫止麦之化者，沤之以灰；圣人理万物之化者，济之以道。其与不然乎[5]？

体的器官。从这一点来看，各种事物的生死及其变化，如果没有通达神灵的思考，即使从自己的身上仔细体会寻找，哪能知道它们是从什么地方来的呢？但腐烂的草变成萤火虫，是由于腐烂的缘故；麦子变成蝴蝶，是由于潮湿的缘故。这样看来，那么各种事物的变化，都是有原因的。农民要阻止麦子的变化，就用灰来浸泡它们；圣人治理各种事物的变化，用道来接济它们。难道不是这样吗？

注释

1 **常**：通“尝”。

2 **陈留**：见第 103 条注。

3 **历阳**：县名，秦置，治所即今安徽省和县。

4 **觳**：当为“毂”字之讹，“毂”即土坯，引申指初步。

5 **其**：通“岂”。**与**：语助词，无义。

原文

301. 季桓子穿井，获如土缶，其中有羊焉，使问之仲尼曰：“吾穿井而获狗，何耶？”仲尼曰：“以丘所闻，羊也。丘闻之：木石之怪，夔、蝄蜽；水中之怪，龙、罔象；土中之怪，曰赍羊。”《夏鼎志》曰：“罔象，如三岁儿，赤目，黑色，大耳，长臂，赤爪，索缚则可得食。”

译文

季桓子挖井，得到一个像瓦器那样的东西，那里面有只羊，就派人去问孔子说：“我挖井得到一只狗，这是为什么呢？”孔子说：“依我的见识，那应该是羊。我听说：树木、石头中的精怪，是夔、蝄蜽；水中的精怪，是龙、罔象；泥土中的精怪，叫作赍羊。”《夏鼎志》记载说：“罔象，像三岁的小孩，红眼睛，黑颜色，大耳朵，长臂膀，

王子曰："木精为游光，金精为清明也。"

红色的脚爪，用绳子把它缚住就可以吃它了。"王子说："木精是游光，金精是清明。"

原文

302. 晋惠帝元康中，吴郡娄县怀瑶家忽闻地中有犬声隐隐[1]，视声发处，上有小窍，大如螾穴。瑶以杖刺之，入数尺，觉有物，乃掘视之，得犬子，雌雄各一，目犹未开，形大于常犬，哺之而食，左右咸往观焉。长老或云："此名犀犬，得之者令家富昌，宜当养之。"以目未开，还置窍中，覆以磨砻。宿昔发视，左右无孔，遂失所在。瑶家积年无他祸福。至太兴中，吴郡太守张懋闻斋内床下犬声，求而不得。既而地坼，有二犬子，取而养之，皆死。其后懋为吴兴兵沈充所杀[2]。《尸子》曰："地中有犬，名曰地狼；有人，名曰无伤。"

译文

晋惠帝元康年间(291—299)吴郡娄县怀瑶家中忽然听见地下有隐隐约约的狗叫声，仔细察看那发出声音的地方，上面有一个小洞，大小像蚯蚓洞那样。怀瑶用棍子戳那小洞，戳进去有几尺深，发觉里面有东西，就掘开土查看，得到小狗两只，一雌一雄，眼睛还没有睁开，体形比平常的狗大，给它们喂奶，它们就吃了，左邻右舍都去看这小狗。有的老人说："这叫作犀犬，得到它的人会使家庭富裕兴旺，所以应该好好喂养它。"因为小狗眼睛还没有睁开，所以怀瑶又把它们放回到洞中去，还用磨盘把洞盖好。过了不久他打开磨盘去察看，左边右边都没有洞了，于是就找不到放狗的地方了。怀瑶家中多年来也没有什么其他的灾祸和幸福。到太兴年间(318—321)，吴郡太守张懋听见书房里床下有狗叫声，去找却找不到。不久那块地就裂开了，有两只小狗在里面，张懋取出喂养它们，结果都死了。后来张懋就被吴兴郡人沈充杀了。《尸子》说："地下有狗，名叫地狼；地下有人，名叫无伤。"《夏鼎志》说："掘地而得到狗，名叫贾；掘地而得到猪，名叫邪；掘地而得到人，名叫聚。"聚，就是无

《夏鼎志》曰:“掘地而得狗,名曰贾;掘地而得豚,名曰邪;掘地而得人,名曰聚。”聚,无伤也。此物之自然,无谓鬼神而怪之。然则贾与地狼名异,其实一物也。《淮南万毕》曰[3]:“千岁羊肝,化为地宰;蟾蜍得苽,卒时为鹑。”此皆因气化以相感而成也。

伤。这些都是天然的东西,不要认为是鬼神而感到奇怪。不过贾与地狼名称不同,其实它们是同一样东西。《淮南万毕术》说:“上千岁的羊肝,变成地宰;癞蛤蟆得到茭白,死的时候就变成鹌鹑。”这都是因为气质的变化而使它们互相感应而变成的啊。

注释

1 **吴郡**:见第78条注。 **娄县**:秦置,治所在今江苏省昆山市东北。

2 **吴兴**:见第211条注。 **兵**:当作“人”,见《晋书·王敦沈充传》。

3 **万毕**:毛本作“毕万”,据汪校改。

原文

303. 吴诸葛恪为丹阳太守[1],尝出猎,两山之间有物如小儿,伸手欲引人。恪令伸之,乃引去故地,去故地即死。既而参佐问其故,以为神明。恪曰:“此事在《白泽图》内,曰:‘两山之间,其精如小儿,见人则伸手欲引人,名曰傒囊,引去故地则死。’无谓神明而异之,诸君偶未见耳。”

译文

吴郡人诸葛恪任丹阳太守,有一次他出去打猎,看见在两座山之间有一样东西像个小孩,伸出手来想拉人。诸葛恪就让它把手伸出来,然后就拉着它的手使它离开了原来的地方,那东西一离开原来的地方就死了。事情过后,部下问诸葛恪这是什么缘故,认为诸葛恪像神一样能通达事理。诸葛恪说:“这事在《白泽图》内有记载,其文说:‘两座山之间,那精怪像小孩,看见人就伸出手来想拉人,它的名字叫傒囊,拉着它离开原来的地方它就会死去。’你们不要认为我神通广大而感到奇怪,各位只是偶然没有见到这记载罢了。”

注释

1 **丹阳**：见第 97 条注。

原文

304. 王莽建国四年，池阳有小人景[1]，长一尺余，或乘车，或步行，操持万物，大小各自相称，三日乃止。莽甚恶之。自后盗贼日甚，莽竟被杀。《管子》曰："涸泽数百岁，谷之不徙、水之不绝者生庆忌。庆忌者，其状若人，其长四寸，衣黄衣，冠黄冠，戴黄盖，乘小马，好疾驰。以其名呼之，可使千里外一日反报。"然池阳之景者，或庆忌也乎？又曰："涸川水精[2]，生蚳。蚳者，一头而两身，其状若蛇，长八尺。以其名呼之，可使取鱼鳖。"

译文

王莽始建国四年(12)，池阳县出现小人的影子，长一尺多，有的乘车，有的步行，手里拿着各种东西，东西的大小也都与小人相配，这些小人影子出现了三天才消失。王莽十分憎恶他们。从此以后强盗一天比一天厉害，王莽最后竟被杀死了。《管子》说："干枯的湖泽经过几百年，山谷没有移位、水源没有断绝的湖泽里就会生出水怪庆忌。庆忌这种怪物，他们的形状像人，身长四寸，穿着黄色的衣服，戴着黄色的帽子，打着黄色的华盖，乘坐小马拉的车，喜欢飞快地奔驰。用他的名字叫他，可以让他在千里以外当天赶回来。"这样说来，那池阳县的小人影子，或许就是庆忌吧？《管子》又说："干枯的河川中的水怪，则是从蚳那里产生的。蚳这种东西，长着一个头两个身体，它的形状像蛇，身长八尺。拿它的名字呼唤它，可以让它抓鱼鳖。"

注释

1 **池阳**：县名，西汉置，治所在今陕西省泾阳县西北。

2 **川**：毛本作"小"，据《管子·水地》改。

原文

305. 晋扶风杨道和[1]，夏于田中值雨，至桑树下，霹雳下击之，道和以锄格，折其股，遂落地，不得去。唇如丹，目如镜，毛角长三寸余，状似六畜，头似猕猴。

译文

晋朝扶风国的杨道和，夏天在田间干活的时候遇上下雨，就到桑树下躲雨，霹雳神下来打他，杨道和就用锄头来抵抗，打断了它的大腿，它就掉到地上，不能离去了。这霹雳神嘴唇红得像丹砂，眼睛亮得像镜子，长毛的角长三寸多，形体像家畜，头像猕猴。

注释

1 **扶风**：见第 43 条注。

原文

306. 秦时，南方有落头民，其头能飞。其种人部有祭祀号曰"虫落"，故因取名焉。吴时，将军朱桓得一婢，每夜卧后，头辄飞去。或从狗窦，或从天窗中出入，以耳为翼，将晓复还。数数如此，傍人怪之，夜中照视，唯有身无头，其体微冷，气息裁属[1]，乃蒙之以被。至晓，头还，碍被，不得安，两三度堕地，噫咤

译文

秦朝时，南方有一种落头人，他们的头能飞。这种人的部落内有一种祭祀叫作"虫落"，所以这部落也就取名叫"虫落"。三国孙吴时，将军朱桓得到一个婢女，每天夜里睡觉后，她的头就飞走了。她的头或者从狗洞中进出，或者从天窗中进出，用她的耳朵当作翅膀，快天亮的时候再飞回来。接二连三地老是这样，旁边的人便感到很奇怪，就在夜里点了灯去看那婢女，见她只有身体没有头，她的身体稍微冷一些，呼吸仅仅能接得上，人们就用被子把她的身体盖住了。到拂晓时，她的头回来了，因为被被子遮住了身体，头就不能安上去，两三次掉到地上，那头叹息着十分愁苦，而身体的呼吸很急促，

甚愁，体气甚急，状若将死。乃去被，头复起，傅颈，有顷和平。桓以为大怪，畏不敢畜，乃放遣之。既而详之，乃知天性也。时南征大将，亦往往得之。又尝有覆以铜盘者，头不得进，遂死。

样子好像快要死了。于是人们就拿掉被子，头又飞起来，安附在脖子上，过了一会儿就平静了。朱桓认为这婢女是个大妖怪，吓得不敢再收养她，就打发她走了。过后详细地去了解她的情况，才知道这是她的天性。当时南征的大将军，也往往得到这种人。又曾经有人用铜盘去盖住那飞走了头的脖子，头不能接上去，就死了。

注释

1 **裁**：通“才”，仅仅。

原文

307. 江汉之域有貙人——其先，禀君之苗裔也——能化为虎。长沙所属蛮县东高居民曾作槛捕虎[1]，槛发，明日众人共往格之，见一亭长，赤帻大冠，在槛中坐。因问：“君何以入此中？”亭长大怒曰：“昨忽被县召，夜避雨，遂误入此中。急出我！”曰：“君见召，不当有文书耶？”即出怀中召文书，于是即出之。寻视，

译文

长江和汉水之间一带地方有一种貙人——他们的祖先，是禀君的后代——能变成老虎。长沙郡所属的南方少数民族县中东高乡的居民曾经做了木栅栏来捕捉老虎，栅栏的机关被弹开了，第二天人们便一起去打老虎，却看见一个亭长，包着红头巾，戴着大帽子，在木栅栏中坐着。人们就问：“您怎么到这里面来了？”亭长十分恼火地说：“昨天我忽然被县里召见，夜里躲雨，就误跑到这里面来了。你们赶快放我出去！”人们又问：“您被召见，不是应该有文书吗？”亭长就从怀里掏出召见他的文书，于是人们就把他放了出来。一会儿再仔细看看，他却变成了老虎，跑上山去了。有人说：“貙虎变成人，

乃化为虎，上山走。或云：“貙虎化为人，好着紫葛衣，其足无踵。虎有五指者，皆是貙。”

喜欢穿紫色的葛布衣，他的脚没有脚跟。老虎脚上有五个指头的，都是貙。”

注释

1 **长沙**：见第166条注。

原文

308. 蜀中西南高山之上有物与猴相类[1]，长七尺，能作人行，善走逐人，名曰猳国，一名马化，或曰玃猿。伺道行妇女，有美者，辄盗取将去，人不得知。若有行人经过其旁皆以长绳相引，犹故不免。此物能别男女气臭，故取女，男不取也。若取得人女，则为家室。其无子者，终身不得还。十年之后，形皆类之，意亦迷惑，不复思归。若有子者，辄抱送还其家。产子皆如人形，有不养者，其母辄死，故惧怕之，无敢不养。及长，与人不异，皆以杨为姓，故今蜀中西

译文

蜀郡内西南部的高山上有一种动物和猴子相似，身长七尺，能像人一样站起来走路，善于奔跑追人，它们的名称叫猳国，又叫马化，又叫玃猿。它们经常探察路过的妇女，有漂亮的，就强抢带走，人们不知道它们究竟把这些美女带到了什么地方。即使有些过路人经过它们的旁边时都用长绳子互相牵着走，还是不能避免被它们抢去。这种动物能辨别男女的气味，所以它们只抢女的，不抢男的。如果抢到了人家的女子，就把她当作妻子。那当了妻子不生孩子的，就到死也不能回来了。十年以后，这些被抢妇女的形体都和它们类似了，思想也迷惑了，不再想回家了。至于生了孩子的，它们总是抱着孩子连同母亲送还给她的家。养出来的孩子都像人的形状，如果回家后不抚养孩子，那么这孩子的母亲就会死掉，所以母亲们很害怕，没有敢不抚养的。等到这些小孩长大，和人没有什么不同，都把杨当作姓，所以现在蜀郡内西南部

南多诸杨，率皆是猳国、马化之子孙也。

多姓杨的人家，他们大概都是猳国、马化的子孙啊。

注释

1 蜀：见第21条注。

原文

309. 临川间诸山有妖物[1]，来常因大风雨，有声如啸，能射人，其所着者，有顷便肿，大毒。有雌雄，雄急而雌缓；急者不过半日间，缓者经宿。其旁人常有以救之，救之少迟，则死。俗名曰"刀劳鬼"。故外书云："鬼神者，其祸福发扬之验于世者也。"《老子》曰："昔之得一者：天得一以清，地得一以宁，神得一以灵，谷得一以盈，侯王得一以为天下贞。"然则天地鬼神，与我并生者也。气分则性异，域别则形殊，莫能相兼也。生者主阳，死者主阴，性之所托，各安其生。太阴之中，怪物存焉。

译文

临川郡内那些山上有一种怪物，它们来临的时候常常因随着狂风暴雨，发出的声音很悠长，能射击人，被它们射中的地方，一会儿就肿起来了，非常毒。这种怪物有雌有雄，被雄的射中毒性来得快，而被雌的射中毒性来得慢；毒性快的不超过半天时间就死了，毒性慢的可以过一夜。那山边的人常常有办法抢救被怪物射伤的人，抢救得稍微晚了一点，受伤的人就死了。民间都把这种怪物叫作"刀劳鬼"。所以野书上说："鬼神，是其祸福已经发散出来并在世上得到了验证的东西。"《老子》说："过去得到道的有：天得到道而清爽，地得到道而安宁，神得到道而灵验，山谷得到道而盈满，侯王得到道就能成为天下的君长。"这样看来，那么天地鬼神，都是和我们并存的东西。气质有区别那么天性就不同，界域有区别那么形体就不同，没有什么东西能兼有不同的天性形体。活的东西以阳气为主，死的东西以阴气为主，天性所依附的东西，各自安存于它们的生存之处。极盛的阴气之中，怪物就生存在里面。

注释

1 **临川:**郡名,三国吴置,治所在临汝县(今江西省抚州市西)。

原文

310. 越地深山中有鸟[1],大如鸠,青色,名曰冶鸟。穿大树作巢,如五六升器,户口径数寸,周饰以土垭,赤白相分,状如射侯。伐木者见此树,即避之去。或夜冥不见鸟,鸟亦知人不见,便鸣唤曰:"咄咄上去!"明日便宜急上。"咄咄下去!"明日便宜急下。若不使去,但言笑而不已者,人可止伐也。若有秽恶及其所止者,则有虎通夕来守,人不去,便伤害人。此鸟,白日见其形,是鸟也;夜听其鸣,亦鸟也;时有观乐者,便作人形,长三尺,至涧中取石蟹,就火炙之[2],人不可犯也。越人谓此鸟是越祝之祖也。

译文

古代越国之地的深山中有一种鸟,大小像鸠,青颜色,名叫冶鸟。它们在大树上打洞做窝,那洞就像五六升大的容器,洞口的直径有几寸,洞口周围用泥土垒起小堤障作为装饰,那泥土红的白的互相分开,形状就像射礼中用的箭靶子。砍伐树木的人看见这种树,就会回避它而离去。有时候天黑了看不见鸟,鸟也知道人看不见它们,它们就对人叫唤说:"咄咄上去!"第二天便应该赶快到上面去砍伐。如果鸟叫唤说:"咄咄下去!"第二天就应该赶快到下面去砍伐。如果那鸟没叫你离去,只是谈笑个不停,人们就可以停留原地砍伐了。如果有污秽恶浊的东西弄到了它栖息的地方,那么就有老虎通宵来守着,人如果不离开,老虎便会伤害人。这种鸟,白天看见它的形状,是鸟;夜里听见它的鸣叫,也是鸟;有时候它们出外观赏游乐,便变成人的模样,身长三尺,到山涧中去抓那种壳坚色赤的石蟹,把它们放在火上烤来吃,这时人们不可以去触犯它们。越地的人说这种鸟是越国巫祝的始祖。

注释

1 **越地：**指春秋时越国国都会稽（今浙江省绍兴市）一带。

2 **火：**毛本作“人”，据张本改。

原文

311. 南海之外有鲛人[1]，水居如鱼，不废织绩。其眼泣则能出珠。

译文

南海郡外的大海中有一种鲛人，像鱼一样住在水中，不停地纺织。她们的眼睛在哭泣时就能流出珍珠。

注释

1 **南海：**郡名，秦置，治所在番禺县（今广东省广州市）。

原文

312. 庐江晥、枞阳二县境上有大青小青黑居山野之中[1]，时闻哭声，多者至数十人，男女大小，如始丧者。邻人惊骇，至彼奔赴，常不见人，然于哭地必有死丧。率声若多则为大家，声若小则为小家。

译文

庐江郡晥、枞阳二县的边界上有大青、小青隐秘地居住在山野之中，所以时常可以听见哭声，哭声多的时候达几十人，男女老少的哭声都有，好像刚死了人一样。住在附近的人都非常惊惧，就奔到那里看，却常常看不见人，但在哭的地方一定有人死亡。一般说来，哭声听上去多的就是大户人家死了人，哭声听上去小的就是小户人家死了人。

注释

1 **庐江：**见第21条注。**晥：**通“皖”，县名，西汉置，治所在今安徽省潜山市，西晋永嘉末废。毛本作“晥”，据汪校改。 **枞阳：**县名，西汉置，治所即今安徽省枞阳县。东汉废，南朝梁复置。

原文

313. 庐陵大山之间有山都[1]，似人，裸身[2]，见人便走。有男女，可长四五尺[3]，能嚶相唤，常在幽昧之中，似魑魅鬼物。

译文

庐陵郡的大山之中有一种野兽叫山都，长得像人，但赤身裸体，看见人就逃跑。它们有男女的分别，大约长四五尺，能撮口作声互相呼唤，常常在黑暗之中活动，就像魑魅怪物那样。

注释

1 **庐陵**：见第 83 条注。毛本作"庐江"，据汪校改。

2 **裸**："裸"字之形讹。

3 **尺**：毛本作"丈"，据汪校改。

原文

314. 汉中平中[1]，有物处于江水，其名曰蜮，一曰短狐，能含沙射人。所中者，则身体筋急，头痛发热，剧者至死。江人以术方抑之，则得沙石于肉中。《诗》所谓"为鬼为蜮，则不可测"也。今俗谓之溪毒。先儒以为男女同川而浴，淫女为主，乱气所生也。

译文

汉朝中平年间(184—189)，有一种怪物生活在长江之中，它的名字叫蜮，又叫短狐，能含沙射人。被它射中的人，就会全身抽筋，头痛发热，严重的甚至会死亡。长江边上的人用方术来挤压射中的地方，就在肉中找到了沙石。这就是《诗经》所说的"你如果是鬼或是蜮，那就不堪入目"中的蜮啊。现在民间把它称为溪毒。古代的儒者认为男女在同一条河川中洗澡，淫乱的女子占了上风，那淫乱的元气就会生成这种怪物。

注释

1 **中平**：毛本作"光武中平"，据汪校删改。

原文

315. 汉永昌郡不违县有禁水[1]，水有毒气，唯十一月、十二月差可渡涉。自正月至十月不可渡，渡辄病杀人。其气中有恶物，不见其形，其作有声[2]，如有所投击。内中木则折，中人则害，土俗号为"鬼弹"。故郡有罪人，徙之禁傍[3]，不过十日，皆死。

译文

汉朝永昌郡不韦县有条禁水，水里有毒气，只有十一月、十二月勉强可以渡河。从正月到十月不可以渡河，如果渡河就会得病死人。那毒气中有一种邪恶的物体，看不见它的形状，但它的动作却有声音，好像有什么东西在投掷似的。这毒气内的物体打中树木就把树木打断了，打中了人就把人杀害了，当地人称它为"鬼弹"。所以永昌郡有了犯人，就把他们押送到禁水边，不过十天，这些犯人就都死了。

注释

1 **永昌郡**：东汉永平十二年(69)置，治所在不韦县(今云南省保山市东北)。

不违县：即不韦县。"韦""违"是古今字。

2 **作**：毛本作"似"，据汪校改。

3 **傍**：毛本作"防"，据汪校改。

原文

316. 余外妇姊夫蒋士有佣客，得疾下血。医以中蛊[1]，乃密以蘘荷根布席下，不使知。乃狂言曰："食我蛊者[2]，乃张小小也。"乃呼小小，亡去[3]。今世攻蛊，多用蘘荷根，往往验。蘘荷，或谓嘉草。

译文

我外头老婆的姐夫蒋士家有个佣人，得了一种毛病而便血。医生认为他中了蛊毒，就偷偷地用蘘荷的根放在病人的席子下，不让病人知道。病人就发疯一样地说："喂我吃蛊的，就是张小小。"于是就去叫张小小，张小小已逃走了。现在社会上治疗蛊毒，大多用蘘荷根，往往很灵验。蘘荷，有人称为嘉草。

注释

1 **蛊**(gǔ):传说中一种人工培育的毒虫。

2 **食**(sì):通"饲"。

3 **去**:毛本作"云",据汪校改。

原文

317. 鄱阳赵寿有犬蛊[1]。时陈岑诣寿,忽有大黄犬六七,群出吠岑。后余伯妇与寿妇食[2],吐血几死,乃屑桔梗以饮之而愈。蛊有怪物若鬼,其妖形变化杂类殊种,或为狗豕,或为虫蛇,其人不自知其形状。行之于百姓,所中皆死。

译文

鄱阳县的赵寿养有一种狗蛊。当时陈岑去拜访赵寿,忽然有大黄狗六七条,成群出门对着陈岑狂叫。后来我的伯母和赵寿的妻子吃饭,吐血吐得差一点死去,于是把桔梗削成碎屑饮服了才痊愈。蛊产生怪物就像鬼一样,那妖形的变化种类混杂而又特别,有的成为狗、猪,有的成为虫、蛇,那些养蛊的人自己也不知道自己养的蛊是什么形状。他们把这些蛊放到老百姓那里去,中毒的人便都会死去。

注释

1 **鄱阳**:见第296条注。

2 **伯妇**:毛本作"相伯归",据张本改。

原文

318. 营阳郡有一家姓廖[1],累世为蛊,以此致富。后取新妇,不以此语之。遇家人咸出,唯此妇守舍。忽见屋中有大缸,妇试发之,见有

译文

营阳郡有一户人家姓廖,几代人都畜养蛊,靠这一行当发了财。后来他家娶了个新娘子,没有把这事告诉她。有一次碰巧家里的人都出去了,只有这媳妇看家。她忽然看见屋子里有只大缸,就好奇地把它打开了,看见那缸里有大蛇,她就烧了开水把蛇浇死

大蛇，妇乃作汤灌杀之。及家人归，妇具白其事，举家惊惋。未几，其家疾疫，死亡略尽。

了。等到家里的人回来，媳妇把这件事情全说了，全家的人都十分吃惊惋惜。没过多久，这一家人遭到瘟疫，差不多死光了。

注释

1 **营**：毛本作"荥"，据汪校改。**营阳郡**：东晋置，治所在营浦县（今湖南省道县东）。

卷十三 山水怪物

导读

本卷主要记述山水城池鱼虫器物方面的奇怪现象。其中第320条所记河神征服自然的壮举是对《西京赋》“巨灵”事迹的解说，第333条所述故事是对《诗经》中相关内容的阐述，它们都颇具文学诠释价值。第325条所记龟化城、第327条所记马邑等传说，虽然情节相似而叙述平实，但它们在解说地名起源方面无疑可丰富旅游讲解者的谈资。第336条所写炎火山之火浣布的传说，涉及魏明帝根据事实来纠正魏文帝《典论》之误，虽然在君权至尊的时代沦为笑柄，却闪耀着实事求是精神的不朽光辉。

原文

319. 泰山之东有澧泉，其形如井，本体是石也。欲取饮者，皆洗心志，跪而挹之，则泉出如飞，多少足用。若或污漫，则泉止焉。盖神明之尝志者也。

译文

泰山的东边有澧泉，它的形状像口井，它的本体是石头。想要取这泉水饮用的人，都必须清除私心杂念，跪着去舀它，那么这泉水就会飞也似地喷出来，数量足够你饮用。如果有人心地肮脏，那么这泉水就停止不冒了。这大概是神灵用来试探人心的东西啊。

原文

320. 二华之山本一山也[1]，当河，河水过之而曲行。河神巨灵以手擘开其上，以足蹈离其

译文

太华山和少华山本来是一座山，它正对着黄河，黄河水经过它时只能绕道而流。黄河之神巨灵用手擘开那山顶，用脚蹬开那山麓，使这座山平分成两座以便利黄河的流

下，中分为两以利河流。今观手迹于华岳上，指掌之形具在；脚迹在首阳山下[2]，至今犹存。故张衡作《西京赋》，所称“巨灵赑屃，高掌远迹，以流河曲”是也。

动。现在到华山上去观看河神的手印，那手指、手掌的形状都还留着；巨灵的脚印在首阳山下，到现在仍然保存着。过去张衡写了篇《西京赋》，赋里所说的“巨灵力大气壮，高山上有他的手掌，他的脚印留在远方，使那弯曲的黄河直流奔放”就是指的这件事。

注释

1 **二华之山**：指太华山（即今陕西省华阴市南的华山）和少华山（即今陕西省渭南市华州区东南之少华山）。

2 **首阳山**：在今山西省永济市西南。

原文

321. 汉武徙南岳之祭于庐江灊县霍山之上[1]，无水。庙有四镬，可受四十斛，至祭时水辄自满，用之足了，事毕即空，尘土树叶莫之污也。积五十岁，岁作四祭。后但作三祭，一镬自败。

译文

汉武帝把南岳衡山的祭祀迁到庐江郡灊县的霍山上，那山上没有水。庙里有四只大锅，可以容纳四百斗水，到祭祀的时候锅里的水总是会自己满起来，用了这些水也就足够了，祭祀完毕后锅内就空了，尘土树叶没有能搞脏它的。这样一共用了五十年，每年都搞四次祭祀。后来只搞三次祭祀了，一只锅就自己坏了。

注释

1 **南岳**：指今湖南省衡山县西北衡山，又名岣嵝山。 **庐江**：见第21条注。 **灊（qián）县**：西汉置，治所在今安徽省霍山县东北，东汉改作潜县。 **霍山**：一名衡山，即今安徽省霍山县南天柱山，西汉元封五年（前106）汉武帝南巡登此山，号称南岳。

原文

322. 樊口之东有樊山[1]，若天旱，以火烧山，即至大雨。今往往有验[2]。

译文

樊口的东边有樊山，如果天旱，只要用火烧山，就会下大雨。现在往往还是这样灵验。

注释

1 **樊口之东：**毛本作“樊东之口”，据汪校改。 **樊口：**在今湖北省鄂州市西北。

2 **往往：**毛本作“往”，据张本改。

原文

323. 徵在生孔子空桑之地[1]，今名为孔窦[2]，在鲁南山之穴[3]，外有双石，如桓楹起立，高数丈，鲁人弦歌祭祀。穴中无水，每当祭时，洒扫以告，辄有清泉自石间出，足以周事。既已，泉亦止。其验至今存焉。

译文

叔梁纥妻子徵在在空桑那个地方生了孔子，现在这地方名叫孔窦，在鲁国国都曲阜之南峄山的洞穴中，洞外有两块石头，好像天子诸侯安葬时下棺的大柱耸立着，高几丈，鲁国人常在那儿弹唱祭祀。那洞中没有水，但每当祭祀的时候，人们只要洒水扫地来祷告，就有清澈的泉水从石头中间流出来，足够用来备办祭祀的事情了。等到祭祀完毕，泉水也就不出来了。这种应验直到现在还存在着。

注释

1 **徵在生孔子空桑之地：**毛本作“空乘之地”，据汪校改。

2 **窦：**毛本作“宝”，据汪校改。

3 **鲁：**指春秋时鲁国国都曲阜(今山东省曲阜市东)。 **南山：**指鲁国国都之南的峄山，在今山东省邹城市东南。

原文

324. 湘东新平县有一龙穴[1],穴中有黑土,岁大旱,人则共壅水以塞此穴,穴淹,则大雨立至。

译文

湘东郡新平县有一个龙穴,这洞穴中有黑土,哪一年碰到大旱,人们就一起去堵住水道来灌这洞穴,这洞穴被淹没了,大雨就立刻降临了。

注释

1 **湘东新平县有一龙穴:**毛本作"湘",据汪校改。 **湘东:**郡名,三国吴置,治所在酃县(今湖南省衡阳市东),东晋移治临烝县(今衡阳市)。 **新平县:**三国吴置,治所在今湖南省常宁市东北,东晋太元二十年(395)废。

原文

325. 秦惠王二十七年,使张仪筑成都城,屡颓。忽有大龟浮于江,至东子城东南隅而毙。仪以问巫,巫曰:"依龟筑之。"便就,故名"龟化城"。

译文

秦惠文王二十七年(前311),派张仪修筑成都城,城墙屡次倒塌。忽然有只大乌龟浮在江面上,漂到东边内城的东南角就死了。张仪拿这件事去询问巫师,巫师说:"这表示应该紧靠着这乌龟来筑城。"于是张仪就把城筑成了,所以这城被命名为"龟化城"。

原文

326. 由拳县[1],秦时长水县也。始皇时童谣曰:"城门有血,城当陷没为湖。"有妪闻之,朝朝往窥。门将欲缚之,妪言其故。后门将以犬血涂门,妪见血,便走

译文

由拳县,是秦朝时的长水县。秦始皇的时候童谣说:"城门有血,城会陷没成湖泊。"有个妇女听见了这歌谣后,天天去探看。看门的将官要收捕她,她就讲了她天天来探看的原因。后来这看门的将官用狗血涂在城门上,这妇女看见血,便奔跑着离开了。忽然有洪水涌来要淹没这县城,主簿派干事到

去。忽有大水欲没县，主簿令干入白令[2]。令曰："何忽作鱼？"干曰："明府亦作鱼。"遂沦为湖。

县衙内报告县令。县令说："你为什么忽然变成了鱼？"干事说："长官您也变成了鱼。"于是这县城就沦陷成了湖泊。

注释

1 **由拳**：见第273条注。

2 **干**：干事，州、郡、县中服役的小吏。

原文

327. 秦时，筑城于武周塞内以备胡[1]。城将成而崩者数焉。有马驰走，周旋反复，父老异之，因依马迹以筑城，城乃不崩，遂名"马邑[2]"。

译文

秦朝的时候，在武周塞内筑城用来防备匈奴的侵略。城墙快要筑成而又崩塌的情况出现了好几次。这时有匹马飞快地奔跑着，来回不断，那些管事的父老觉得很奇怪，就按照马跑的脚印来筑城，城墙就不再崩塌了，于是就把这城命名为"马邑"。

注释

1 **武周塞**：即武州塞，在今山西省左云县至大同市西一带。

2 **马邑**：县名，秦置，治所即今山西省朔州市。毛本"马邑"下有"其故城今在朔州"七字，据汪校删。干宝时尚未有朔州。朔州乃北齐天保六年(555)所置，治所在新城县(今山西省朔州市西南)，八年(557)移治招远县(今朔州市)。隋大业初改置为代郡，寻改为马邑郡。唐武德四年(621)复改为朔州，所以唐朝李贤等注《后汉书·孝安帝纪》时引《搜神记》之文后加注"其故城今朔州也"。后人纂辑《搜神记》时，遂误入此文。

原文

328. 汉武帝凿昆明池[1]，极深，悉是灰墨，无复土。举朝不解，以问东方朔。朔曰："臣愚，不足以知之。"曰："试问西域人。"帝以朔不知，难以移问。至后汉明帝时，西域道人入来洛阳。时有忆方朔言者，乃试以武帝时灰墨问之。道人云："经云：'天地大劫将尽[2]，则劫烧。'此劫烧之余也。"乃知朔言有旨。

译文

汉武帝挖掘昆明池，挖到很深的地方，全是灰墨，不再有泥土。整个朝廷的人都不能解释这种现象，汉武帝就把它拿来询问东方朔。东方朔说："我笨得很，凭我的见识还不能够知道它是怎么回事。"又说："皇上不妨去问问西域来的人。"汉武帝因为东方朔都不知道，所以很难再拿它来问别人了。到东汉明帝的时候，西域的僧人来到洛阳。当时有人回想起东方朔的话，就尝试用汉武帝时出现灰墨的事来问他。那僧人说："佛经上说：'天地在大劫将要结束的时候，就会有毁灭世界的大火燃烧。'这灰墨是那大火烧下来的余烬。"人们这才知道东方朔的话是有一定意图的。

注释

1 汉武帝元狩三年(前120)，为了和昆明国作战训练水军以及解决长安水源不足，因而凿昆明池，池在今陕西省西安市西南沣河东，周围四十里。宋后涸竭而废。

2 佛教以天地一成一毁为一劫，经过八十小劫为一大劫。

原文

329. 临沅县有廖氏[1]，世老寿。后移居，子孙辄残折。他人居其故宅，复累世寿。乃知是宅所为，不知何故。疑井水赤，乃

译文

临沅县有一家姓廖的，代代人都长寿。后来迁移到其他地方去住了，子孙总是夭折。别人住到他们原来的住宅中，又代代长寿。这才知道这长寿是住宅所造成的，但不知道这是什么原因。后来怀疑

掘井左右，得古人埋丹砂数十斛。丹汁入井，是以饮水而得寿。

是那井水呈红色而造成的，于是就挖掘井的旁边，得到古人埋在里面的朱砂几百斗。朱砂的汁流入井里，因此喝了这井水能够长寿。

注释

1 **临沅：**毛本作“临汜”，古无临汜县，故据汪校改。 **临沅县：**见第152条注。

原文

330. 江东名“余腹”者，昔吴王阖闾江行，食脍有余，因弃中流，悉化为鱼。今鱼中有名“吴王脍余”者，长数寸，大者如箸，犹有脍形。

译文

江南名叫“余腹”的鱼，传说是过去吴王阖闾在长江中行进的时候，吃肉片有剩余的，就扔进江中，它们就都变成了鱼。现在鱼当中有一种叫作“吴王脍余”的，长几寸，大的像筷子一样粗，它们的身体还留有肉片的形状。

原文

331. 蟛蜞，蟹也。尝通梦于人，自称“长卿”。今临海人多以“长卿”呼之[1]。

译文

蟛蜞，是一种蟹。它曾经托梦给人，自己称自己为“长卿”。现在临海郡的人还多用“长卿”的名称来称呼它。

注释

1 **临海：**郡名，三国吴置，治所在临海县（今浙江省临海市），后移治章安县（今浙江省台州市椒江区章安街道）。

原文

332. 南方有虫，名蝛蝺，一名蝍蠋，又名青蚨，形似蝉而稍大，味辛

译文

南方有一种虫，名叫蝛蝺，又叫蝍蠋，也叫青蚨，形状像蝉而比蝉稍微大一些，味道辛辣鲜美，可以吃。它生下来的小虫必须依

美，可食。生子必依草叶，大如蚕子。取其子，母即飞来，不以远近。虽潜取其子，母必知处。以母血涂钱八十一文，以子血涂钱八十一文，每市物，或先用母钱，或先用子钱，皆复飞归，轮转无已，故《淮南子术》以之还钱名曰“青蚨”。

附在草叶上，大小像小蚕。谁去捉它的小虫，那母虫就会马上飞来，不管它是在近处还是在远处。即使是偷偷地去捉它的小虫，母虫也一定知道那小虫的下落。用母虫的血涂八十一枚铜钱，用小虫的血涂八十一枚铜钱，每当购买东西的时候，或者先用涂了母虫血的钱，或者先用涂了小虫血的钱，花出去的钱都会再飞回来，这样可以轮流使用而用不完，所以《淮南万毕术》根据它能使钱返回而把它叫作“青蚨”。

原文

333. 土蜂名曰蜾蠃[1]，今世谓蚴蠊，细腰之类。其为物，雄而无雌，不交不产，常取桑虫或阜螽子育之，则皆化成己子。亦或谓之螟蛉，《诗》曰：“螟蛉有子，果蠃负之[2]。”是也。

译文

土蜂名叫蜾蠃，现在的人称为蚴蠊，属于细腰蜂一类。它作为一种生物，只有雄性而没有雌性，不交配不生育，常常拿天牛的幼虫或蝗的幼虫来养育，这些幼虫经过它的养育就都变成了它自己的幼虫。也有人把天牛的幼虫叫作螟蛉，《诗经·小雅·小宛》说：“螟蛉有了幼虫，果蠃背它去抚养。”便是这种说法。

注释

1 蜾蠃(guǒluǒ)：即细腰蜂，寄生蜂的一种，常捕捉螟蛉等小虫存在窝里作为将来幼虫的食物。蠃，同“蠃”。

2 蠃：毛本作“蠃”，据张本改。寄生蜂蜾蠃捕捉螟蛉存放在窝里后，将其卵产在螟蛉体内，卵孵化后就以螟蛉为养料。古人误以为蜾蠃不产子而喂养螟蛉之子为己子，故《诗经》有此说。

原文

334. 木蠹生虫，羽化为蝶。

译文

木头蛀坏了就生出虫子，这虫子长出了翅膀就变成了蝴蝶。

原文

335. 猬多刺，故不使超逾杨柳。

译文

刺猬身上多刺，所以不让它超越杨柳。

原文

336. 昆仑之墟[1]，地首也。是惟帝之下都，故其外绝以弱水之深[2]，又环以炎火之山。山上有鸟兽草木，皆生育滋长于炎火之中，故有火浣布[3]，非此山草木之皮枲，则其鸟兽之毛也。汉世，西域旧献此布，中间久绝。至魏初时，人疑其无有。文帝以为火性酷裂，无含生之气，著之《典论》，明其不然之事，绝智者之听。及明帝立，诏三公曰："先帝昔著《典论》，不朽之格言，其刊石于庙门之外及太学，与石经并，以永示来世。"至是，西域使

译文

昆仑这座山，是大地的头。这是天帝设在人间下界的都城，所以它的外围用深深的弱水来隔绝，又用火焰山包围着。那火焰山上有鸟兽草木，都在火焰之中繁殖生长，所以那里出产一种火浣布，它不是用这火焰山上的草木的外皮纤维织成，就是用那山上的鸟兽之毛织成的。汉朝的时候，西域曾经贡献过这种布，但汉、魏之间有很长一段时间绝迹了。所以到曹魏初年，人们怀疑这种布是不存在的。魏文帝认为火的性质严酷猛烈，不含有生命的元气，便把这看法写进了《典论》，说明布用火洗涤是不可能有的事，以此来杜绝那些聪明人的道听途说。到魏明帝即位，下诏书给三公说："谢世的父皇过去写的《典论》，都是不朽的格言，它被刻在太庙门外及太学的石碑上，和石经并列，以便永远昭示后代。"在这时，西域派人献上了用火浣布做的袈

人献火浣布袈裟，于是刊灭此论，而天下笑之。

裟，于是就铲刮掉石碑中有关火浣布的论述，而天下的人都把这事当作笑柄。

注释

1 **昆仑：**见第2条注。

2 **弱水：**即今甘肃省黑河下游弱水。《汉书·地理志上》："道弱水，至于合藜（在今甘肃省酒泉市），余波入于流沙。"《汉书·地理志下》载金城郡临羌县（在今青海省湟源县）之西"有弱水、昆仑山祠"。

3 **火浣布：**用火来洗涤的布（参见第256条），当指石棉布。

原文

337. 夫金、锡之性一也[1]，以五月丙午日中铸，为阳燧；以十一月壬子夜半铸，为阴燧[2]。

译文

铜、锡的性质是一样的，但在五月丙午日的中午铸造，就成为阳燧；在十一月壬子日的半夜铸造，就成为阴燧。

注释

1 毛本无"锡"字，据汪校补。

2 此下毛本有注云："言丙午日铸为阳燧，可取火；壬子夜铸为阴燧，可取水也。" **阳燧：**古代用日光取火的凹面铜镜。 **阴燧：**古代在月夜用来承接露水的铜器。

原文

338. 汉灵帝时，陈留蔡邕以数上书陈奏忤上旨意[1]，又内宠恶之，虑不免，乃亡命江海，远迹吴、会[2]。至

译文

汉灵帝时（168—189），陈留郡的蔡邕因为多次上书陈述自己的政见而违背了皇帝的旨意，又因为得宠的宦官憎恶他，他考虑到免不了要遭到毒害，就流亡江河湖海，足迹远达吴郡、会稽郡。他来到吴郡时，有个吴郡人烧

吴，吴人有烧桐以爨者，邕闻火烈声，曰："此良材也。"因请之，削以为琴，果有美音，而其尾焦，因名"焦尾琴"。

桐木来做饭，蔡邕听见火势猛烈的声音，便说："这是块好木料啊！"就请求把这桐木给他，他把这段桐木削制成琴，果然能弹出优美悦耳的声音，但是这琴的尾部已经烧焦，因而把它取名为"焦尾琴"。

注释

1 **陈留**：见第 103 条注。

2 **吴**：指吴郡，见第 78 条注。**会**：指会稽郡，见第 18 条注。

原文

339. 蔡邕尝至柯亭[1]，以竹为椽。邕仰眄之，曰："良竹也！"取以为笛，发声辽亮。一云：邕告吴人曰："吾昔尝经会稽高迁亭，见屋东间第十六竹椽可为笛，取用，果有异声。"

译文

蔡邕曾经来到柯亭，那里的人用竹子做屋椽。蔡邕抬头看那竹椽，说："好竹子啊！"便拿来把它做成了笛子，这笛子吹奏起来发音嘹亮。还有一种说法是：蔡邕对吴郡的人说："我过去曾经路过会稽郡高迁亭，看见房屋东面一间第十六根竹椽可以做笛，拿下来做成笛子，果然能吹出奇异的音质。"

注释

1 **柯亭**：又名千秋亭、高迁亭，在今浙江省诸暨市东北。

卷十四　生育变化

导读

本卷主要记述生育及变化方面的奇怪现象。第 341 条写盘瓠的故事，将南方少数民族“蛮夷”的情性习俗写得既有传奇色彩，又颇具生活气息。第 350 条写女子与马同时化为蚕，第 351 条写嫦娥奔月，都是古代著名的传说。第 340 条写高阳氏流放结为夫妇的同母兄弟，第 344 条写妘子之妻耻女不嫁而生子，第 345 条写妾生子而不敢言等等，实反映了古代婚姻制度和等级观念，具有史学价值而并非只有文学意义。

原文

340. 昔高阳氏[1]，有同产而为夫妇，帝放之于崆峒之野[2]，相抱而死。神鸟以不死草覆之，七年，男女同体而生，二头，四手足，是为蒙双氏。

译文

从前高阳氏的时候，有两个同一母亲生下来的人结成了夫妻，颛顼帝把他们流放到崆峒山边的原野上，两人互相抱着死了。仙鸟用不死的草覆盖了他们，七年后，这男女两人长在同一个身体上又活了，两个头，四只手，四只脚，这就是蒙双氏。

注释

1 **高阳氏**：即颛顼，见第 6 条注。

2 **崆峒**：山名，在今甘肃省平凉市西。

原文

341. 高辛氏[1]，有老妇人居于王宫，得耳疾历时。医为挑治，出顶

译文

高辛氏的时候，有个老年妇女住在王宫，患耳朵上的疾病已有一段时间了。医生为她挑治，挑出一只长在头颅里的头顶虫，

虫，大如茧。妇人去后，置以瓠蓠，覆之以盘，俄尔顶虫乃化为犬，其文五色，因名“盘瓠”，遂畜之。时戎吴强盛，数侵边境，遣将征讨，不能擒胜，乃募天下：有能得戎吴将军首者，购金千斤，封邑万户，又赐以少女。后盘瓠衔得一头，将造王阙。王诊视之，即是戎吴：“为之奈何？”群臣皆曰：“盘瓠是畜，不可官秩，又不可妻。虽有功，无施也。”少女闻之，启王曰：“大王既以我许天下矣。盘瓠衔首而来，为国除害，此天命使然，岂狗之智力哉？王者重言，伯者重信，不可以女子微躯，而负明约于天下，国之祸也。”王惧而从之，令少女从盘瓠。盘瓠将女上南山，草木茂盛，无人行迹。于是女解去衣裳，为仆竖之结，着独力之

大小如同蚕茧。这妇女离开后，医生把它放在瓠瓢中，再用盘子盖住了它，不久这头顶虫就变成了一条狗，它身上的花纹有五种颜色，医生便把它命名为“盘瓠”，并饲养它。当时西戎吴将军领导的部落十分强盛，屡次侵犯边境，国王便派遣将军去讨伐，但总不能擒获取胜，于是向天下招募：如果有谁能取得西戎吴将军的首级，就奖赏黄金一千斤，分封给他住有一万户人家的城邑，还把国王的小女儿赐给他。后来盘瓠衔到一个人头，叼着来到王宫。国王仔细察看这人头，正是西戎吴将军的头，于是问大臣：“对这件事该怎么处理呢？”各位大臣都说：“盘瓠是牲畜，不可能给它官职俸禄，又不可能给它娶妻。它虽然有功劳，也不要对它实施奖赏了。”国王的小女儿听说了这件事，禀告国王说：“大王已经把我许诺给天下了。现在盘瓠叼着首级来了，为国家除去了祸害，这是上天的意志使它获得了这样的成功，哪里是靠了狗的智慧和力量呢？称王的人看重诺言，称霸的人讲究信用，您不可以因为我轻微的身躯，而在天下人面前违背了公开的誓约，食言违约是国家的灾祸啊。”国王害怕了，因而听从了她，让小女儿跟了盘瓠。盘瓠带着国王的女儿登上南山，山上草木茂盛，没有人的行踪。于是国王的女儿就脱去了华贵的宫廷服装，梳成了奴仆的发髻，穿

衣，随盘瓠升山入谷，止于石室之中。王悲思之，遣往视觅，天辄风雨，岭震云晦，往者莫至。盖经三年，产六男六女。盘瓠死后，自相配偶，因为夫妇。织绩木皮，染以草实，好五色衣服，裁制皆有尾形。后母归，以语王，王遣使迎诸男女，天不复雨。衣服褊裢，言语侏㒧，饮食蹲踞，好山恶都。王顺其意，赐以名山广泽，号曰“蛮夷”。蛮夷者，外痴内黠，安土重旧。以其受异气于天命，故待以不常之律：田作贾贩，无关缟符传、租税之赋；有邑君长，皆赐印绶；冠用獭皮，取其游食于水。今即梁、汉、巴、蜀、武陵、长沙、庐江郡夷是也[2]。用糁杂鱼肉，叩槽而号，以祭盘瓠，其俗至

上了便于用力干活的衣服，跟随着盘瓠登高山进深谷，最后在石洞中安居了下来。国王悲伤地想念她，就派人前去察看寻觅，但老天总是刮风下雨，山岭震动，云层阴暗，去的人没有一个能到达那里。大概过了三年，国王的女儿生了六个男孩和六个女孩。盘瓠死了以后，六对孩子自己互相结成配偶，因而成了夫妻。他们用树皮纺织，用草籽的颜色来染色，喜欢穿像盘瓠毛色那样有五种颜色的衣服，裁制的衣服都有尾巴。后来他们的母亲回去了，把这一切告诉了国王，国王便派使者去迎接这些男人女人，这次老天也不再下雨了。这些人衣服色彩斑斓，说起话来含混难辨，吃喝的时候总是蹲着，喜欢山野而厌恶都市。国王顺从他们的意愿，赐给他们名山大泽，把他们称为“蛮夷”。蛮夷这种人，外表呆头呆脑而实际上聪慧机敏，他们安心于自己的乡土风俗，看重旧有的道德习惯。因为他们从上天那里禀受了特别的气质，所以国王用不同平常的法律来对待他们：无论是种田的还是经商的，出入关隘都不需要交验帛制凭证与符节，也不需要缴纳租税；凡是拥有城邑的君长，都赐给印信绶带；他们的帽子用水獭皮做成，取义于他们和水獭一样在江河中寻求食物。现在梁州、汉中郡、巴郡、蜀郡、武陵郡、长沙郡、庐江郡的蛮夷就是这样。他们把米饭和鱼肉混在一起，敲着木槽叫喊着，用这样的方式来

今，故世称“赤髀横裙，盘瓠子孙”。

祭祀盘瓠，这种风俗一直流传到今天，所以现在的人还说“露着大腿，系着短裙，是盘瓠的子孙”。

注释

1 **高辛氏**：见第2条注。

2 **梁**：州名，三国魏置，治所在沔阳县（今陕西省勉县东），西晋太康时移治南郑县（今陕西省汉中市东），其后治所屡有迁徙。 **汉**：指汉中郡，战国秦置，治所在南郑县（今陕西省汉中市东），西汉移治西城县（今陕西省安康市西北），东汉还旧治。秦亡后项羽曾在此置汉国（刘邦的封地），故此文单称“汉”。 **巴**：见第238条注。 **蜀**：见第21条注。 **武陵**：郡名，西汉置，治所在义陵县（今湖南省溆浦县南），东汉移治临沅县（今湖南省常德市）。 **长沙**：见第166条注。 **庐江**：见第21条注。

原文

342. 槁离国王侍婢有娠[1]，王欲杀之，婢曰：“有气如鸡子从天来下，故我有娠。”后生子，捐之猪圈中，猪以喙嘘之，徙至马枥中，马复以气嘘之，故得不死。王疑以为天子也，乃令其母收畜之，名曰“东明”，常令牧马。东明善射，王恐其夺己国也，欲杀之。东明走，南至掩施水[2]，以弓击水，鱼鳖浮为桥，东明得渡。鱼鳖解散，追兵不得渡，因都王夫余[3]。

译文

高丽国国王的随身婢女有了身孕，国王要杀死她，婢女说：“有一团像鸡蛋那样大的气体从天上掉下来，所以我怀孕了。”后来她生下这个孩子，就把他扔到猪圈里，猪用嘴巴向孩子哈气，孩子被移到马厩中，马又向孩子哈气，所以孩子能不死。国王惊疑地以为这孩子是上帝的儿子，就叫他母亲收养他，并给他取了个名字叫“东明”，经常叫他去放马。东明善于射箭，国王怕他夺了自己的江山，于是想杀掉他。东明便逃跑了，向南逃到掩施水边，用弓拍打水面，鱼鳖便浮出水面架成桥，东明才得渡过河去。他过河后鱼鳖散去，追兵不能过河，于是他就在夫余国建都称王。

注释

1 **槁离国:**即高丽国,又称高句丽国,辖境相当于今鸭绿江及其支流浑江流域一带,约公元3年建都国内城(今吉林省集安市东),至209年迁都丸都城(今集安市境),四世纪初南占乐浪郡地,至427年迁都今朝鲜平壤。

2 **掩施水:**毛本作"施掩水",据汪校改。掩施水,《后汉书·东夷列传》作"掩淲水",在高丽国。

3 **夫余:**也作"扶余",古国名,在今吉林省农安县和扶余县一带,地方二千里。

原文

343. 古徐国宫人娠而生卵[1],以为不祥,弃之水滨。有犬名"鹄苍",衔卵以归,遂生儿,为徐嗣君。后鹄苍临死,生角而九尾,实黄龙也,葬之徐里中。见有狗垄在焉。

译文

古代徐国的一个宫女怀孕后却生下一个卵,她认为不吉利,就把它扔在河边。有条狗名叫"鹄苍",把这卵叼了回去,就孵化出一个孩子,这就是徐嗣君。后来鹄苍快死的时候,长出了角和九条尾巴,它其实是条黄龙,于是人们把它安葬在徐国的乡间。现在在那里还保留着这条狗的坟。

注释

1 **徐国:**西周、春秋时国,在今江苏省泗洪县东南。

原文

344. 斗伯比父早亡,随母归,在舅姑之家。后长大,乃奸妘子之女,生子文。其妘子妻耻女不嫁而生子,乃

译文

斗伯比的父亲早就死了,他跟着母亲回去,住在舅舅的家里。后来他长大了,便与妘子的女儿私通,生了子文。那妘子的妻子觉得女儿没有出嫁就生儿子是很丢脸的事,就把子文丢在山里。妘子到野外打猎,看见

弃于山中。妘子游猎，见虎乳一小儿，归与妻言。妻曰："此是我女与伯比私通生此小儿。我耻之，送于山中。"妘子乃迎归养之，配其女与伯比。楚人因呼子文为"谷乌菟"[1]，仕至楚相也。

老虎给一个小孩喂奶，回家后就和妻子讲了。妻子说："这是我女儿与斗伯比私通而生下的小孩。我觉得这很丢脸，就把他送到了山中。"妘子就把他接了回来加以抚养，并把自己的女儿嫁给了斗伯比。楚国人因而称呼子文叫"谷乌菟"，他做官一直做到楚国令尹。

注释

1 楚国人把喂奶叫作谷，把老虎叫作乌菟，老虎给子文喂奶，所以称子文为谷乌菟。

原文

345. 齐惠公之妾萧同叔子见御有身，以其贱，不敢言也，取薪而生顷公于野，又不敢举也。有狸乳而鹯覆之，人见而收，因名曰"无野"，是为顷公。

译文

齐惠公的小妻萧同叔子被齐惠公睡了后怀孕了，因为她地位卑贱，所以不敢说出来，而拿了一些柴草把顷公生在田野中，但又不敢抚养他。有只野猫来喂奶而鹯鹰又来掩护他，有人看见了就把他收养起来，因而给他取名叫"无野"，这就是齐顷公。

原文

346. 袁釰者，羌豪也。秦时，拘执为奴隶，后得亡去，秦人追之急迫，藏于穴中，秦人焚之，有景相如虎来为蔽，故得不死。诸羌神之，

译文

袁釰，是羌族的豪杰。秦朝的时候，他被抓住当了奴隶，后来得到机会逃跑，秦国人追赶他而情况十分紧迫，他就躲到洞穴中，秦国人把柴火扔进洞中烧他，有个像老虎似的影像来给他遮蔽，所以他能不死。羌族的各个部落都认为他很神，所以推举他当

推以为君，其后种落炽盛。

君主，在那以后羌族的各个部落都十分强盛。

原文

347. 后汉定襄太守窦奉妻生子武[1]，并生一蛇，奉送蛇于野中。及武长大，有海内俊名。母死将葬，未窆，宾客聚集，有大蛇从林草中出，径来棺下，委地俯仰，以头击棺，血涕并流，状若哀恸，有顷而去。时人知为窦氏之祥。

译文

东汉时定襄太守窦奉的妻子生儿子窦武时，同时生下了一条蛇，窦奉就把蛇放到田野中。等到窦武长大后，在国内享有美好的名声。他母亲死了后将要下葬，还没有把棺材下到墓穴时，宾客们都聚集在一起，忽然有条大蛇从树林的草丛中出来，径直来到棺材下，盘在地上不停地低头抬头，用头敲击那棺材，鲜血眼泪一起流出来，样子看上去十分哀痛，过了一会儿它就离开了。当时的人知道这是窦家的吉兆。

注释

1 **定襄**：见第141条注。

原文

348. 晋怀帝永嘉中，有韩媪者于野中见巨卵，持归育之，得婴儿，字曰“撅儿”。方四岁，刘渊筑平阳城不就[1]，募能城者。撅儿应募，因变为蛇，令媪遗灰志其后，谓媪曰：“凭灰筑城，城

译文

晋怀帝永嘉年间(307—313)，有一位韩老太在田野中发现一个大卵，就把它拿回家孵化，便得到一个婴儿，给他取了个名字叫“撅儿”。撅儿才四岁的时候，刘渊因为修筑平阳城老是不成功，所以就招募能筑城的人。撅儿去应募，接着变成了蛇，叫韩老太跟在他的后面撒上一些灰作为标记，并对韩老太说：“根据撒灰的标记筑城，城可以马上筑成。”结果就像他所说的那样把城筑成了。刘渊觉得这条

可立就。”竟如所言。渊怪之，遂投入山穴间，露尾数寸，使者斩之，忽有泉出穴中，汇为池，因名“金龙池”。

蛇很奇怪，就派人把它丢进了山洞中，蛇的尾巴还露出洞口几寸，这派去的人便把这截尾巴斩断了，忽然有股泉水从山洞中流出来，汇聚成一个水池，因而人们把它命名为“金龙池”。

注释

1 平阳：见第208条注。

原文

349. 元帝永昌中，暨阳人任谷[1]，因耕息于树下。忽有一人，着羽衣，就淫之，既而不知所在，谷遂有妊。积月将产，羽衣人复来，以刀穿其阴下，出一蛇子，便去。谷遂成宦者，诣阙自陈，留于宫中。

译文

晋元帝永昌年间(322—323)，暨阳县人任谷，因为耕田累了而在树下休息。忽然有一个人，穿着用羽毛编织成的衣服，走来奸污了任谷，过后却又不知道到哪里去了，任谷就怀孕了。过了几个月将要分娩了，那穿羽毛衣服的人又来了，他用刀刺破了任谷的下阴，取出一条小蛇，就走了。任谷于是成了被阉割的人，便到宫中自己陈述了这种情况，于是被留在宫里。

注释

1 暨阳：县名，即既阳县，西晋太康二年(281)置，治所在今江苏省江阴市东南，南朝宋改为暨阳县。

原文

350. 旧说太古之时，有大人远征，家无余人，唯有一女，牡马一

译文

旧时传说在远古时代，有一个大人出门远行，家里没有其他的人，只有一个女儿，还有雄马一匹，由女儿亲自来喂养。女儿

匹，女亲养之。穷居幽处，思念其父，乃戏马曰："尔能为我迎得父还，吾将嫁汝。"马既承此言，乃绝缰而去，径至父所。父见马，惊喜，因取而乘之。马望所自来，悲鸣不已。父曰："此马无事如此，我家得无有故乎？"亟乘以归。为畜生有非常之情，故厚加刍养，马不肯食，每见女出入，辄喜怒奋击，如此非一。父怪之，密以问女。女具以告父："必为是故。"父曰："勿言，恐辱家门。且莫出入。"于是伏弩射杀之，暴皮于庭。父行，女以邻女于皮所戏，以足蹙之曰："汝是畜生，而欲取人为妇耶？招此屠剥，如何自苦？"言未及竟，马皮蹶然而起，卷女以行。邻女忙怕，不敢救之，走告其父。父还，求索，已出失之。后经数日，得于大树枝间，女及马皮尽化为蚕，而绩于树

居住在偏僻闭塞的地方，十分思念她的父亲，就和马开玩笑说："你能给我把父亲接回家，我就嫁给你。"马听了这话，就挣断了缰绳走了，径直跑到她父亲那里。父亲看见了马，又惊又喜，便拉过来骑了。马望着它来时的方向，悲哀地嘶叫不停。父亲说："这马太平无事却这样哀叫，我家里是否发生了什么事呢？"他急忙骑着马回了家。因为这畜生对主人有非同寻常的情义，所以主人也优厚地加以饲养，但马却不肯吃料，每次看见那女儿进出，总是似喜似怒地蹦跳踢蹄，像这样的情况不止一次。父亲对这种情况感到奇怪，就偷偷地询问女儿。女儿便把与马开玩笑的事一一告诉了父亲，说："一定是因为这个缘故。"父亲说："不要把这件事说出去，我怕它会玷污我家的名声。另外，你别再进进出出了。"于是父亲埋伏在暗处用弓箭把马射死了，并把马皮剥下来晒在院子中。父亲走了，女儿和邻居家的姑娘在晒马皮的地方玩耍，女儿用脚踢着那马皮说："你是畜生，还想娶人做媳妇吗？结果招来了这屠杀剥皮，为什么要自讨苦吃呢？"话还来不及说完，那马皮突然挺立起来，卷着女儿飞走了。邻居家的姑娘又慌又怕，不敢救她，便跑去告诉她的父亲。她父亲回来，到处寻找，女儿已经出门失踪

上。其茧纶理厚大，异于常蚕。邻妇取而养之，其收数倍，因名其树曰“桑”。桑者，丧也。由斯百姓竞种之，今世所养是也。言桑蚕者，是古蚕之余类也。案《天官》[1]，辰为马星[2]。《蚕书》曰：“月当大火，则浴其种[3]。”是蚕与马同气也[4]。《周礼》校人职掌“禁原蚕者”[5]，注云：“物莫能两大。禁原蚕者，为其伤马也[6]。”汉礼，皇后亲采桑，祀蚕神，曰：“菀窳妇人，寓氏公主[7]。”公主者，女之尊称也。菀窳妇人，先蚕者也。故今世或谓蚕为女儿者，是古之遗言也。

了。后来过了几天，在一棵大树的树枝中找到了，但女儿和马皮都变成了蚕，在树上吐丝作茧。那蚕茧丝绪不乱，又厚又大，不同于通常的蚕茧。邻近的妇女取这种蚕饲养，其收入增加了好几倍，因而把那棵树命名为“桑”。桑，就是丧，也就是用“桑”来追悼那丧失的女儿。从此百姓争着种植桑树，现在用来养蚕的就是这种树。平常所说的桑蚕，是古蚕中残剩下来的一种。根据古代天文学著作《天官》的说法，辰对应马星。《蚕书》上说：“对应大火的那二月份，就要浴蚕选种了。”这样看来，那么蚕和马具有同一种元气。《周礼》载校人的职务是掌管“禁止再次浴蚕选种”，郑玄的注解说：“事物不能同时为大。禁止再次浴蚕选种，是因为怕它伤害了马。”按照汉代的礼仪，皇后亲自采桑，祭祀蚕神，祭祀的时候呼唤：“菀窳妇人，寓氏公主。”公主，是对女儿的尊称。菀窳妇人，是第一个教老百姓养蚕的人。所以现在世上有人把蚕叫作女儿，这是古代遗留下来的词语啊。

注释

1 “案《天官》”至“是蚕与马同气也”为《周礼·夏官·马质》“禁原蚕者”句下郑玄注文而略有异文。 **天官**：郑玄注文作“天文”，则此“天官”当指古代天文学著作。

2 辰对应大火中的房宿，房宿为天驷，或称天马，所以说辰对应马星。

3 古代浴蚕选种，在对应大火的二月进行，是将蚕种浸泡在盐水或以野菜花、韭花、白豆花制成的液体中，淘汰弱者，保留强者。

4 浴蚕选种之二月对应大火，马星（天驷）也对应大火，所以说蚕和马具有同一种元气。

5 **校**：毛本作"教"，据张本改。 **校人职掌"禁原蚕者"**：今本《周礼》"禁原蚕者"为"马质"职掌之末句，与上文马质掌管评马、买马等职掌并不连贯；而校人职掌养马，包括祭马祖（天驷）、马步（害马之神）等，与"禁原蚕者"有相通之处。因此，"禁原蚕者"在干宝所使用的《周礼》版本中可能为"校人"之职掌而不误，其他版本可能因错简而误入了"马质"，今本即承其误。 **原**：再。

6 第二次浴蚕选种，按照规定在三月初一进行。夏历十一月为建子之月，所以三月便为建辰之月，辰对应马，因此三月里再次浴蚕选种就伤了马。

7 菀窳妇人、寓氏公主是当时传说中的两个蚕神。

原文

351. 羿请无死之药于西王母，嫦娥窃之以奔月。将往，枚筮之于有黄。有黄占之曰："吉。翩翩归妹，独将西行。逢天晦芒，毋恐毋惊，后且大昌。"嫦娥遂托身于月，是为蟾蠩。

译文

羿从西王母那里求得了不死之药，妻子嫦娥偷了这药飞奔到月亮上。她快要动身的时候，到巫婆有黄那里抽签算卦。有黄根据抽到的《归妹》卦推测说："吉利。嫁出去的妹妹轻快地飞翔，独自一人将奔向西方。正好遇上天空阴暗无光，不要恐惧不要惊慌，以后将会无限兴旺。"嫦娥于是栖身在月亮上，她就是那月亮上的蟾蜍。

原文

352. 姑瑶山[1]，帝之女死，化为怪草，其叶郁茂，其华黄色，其实如兔丝，故服怪草者，恒媚于人焉。

译文

姑瑶山，天帝的女儿死在那里，变成了怪草，它的叶子非常茂盛，它的花呈黄色，它的果实像菟丝子，所以服食怪草的人，常常比别人妩媚。

注释

1 **姑瑶**:毛本作“舌埵”,据汪校改。《山海经·中山经》作“姑媱”。

原文

353. 营阳县南百余里有兰岩山[1],峭拔千丈,常有双鹤[2],素羽皦然,日夕偶影翔集。相传云:“昔有夫妇隐此山数百年,化为双鹤,不绝往来。忽一旦,一鹤为人所害,其一鹤岁常哀鸣。至今响动岩谷,莫知其年岁也。”

译文

营阳郡营浦县南边一百多里有座兰岩山,峻峭挺拔有上千丈高,山上曾经有一对鹤,白色的羽毛洁净明亮,总是日夜形影不离地飞翔或栖息。人们互相传说道:“从前有一对夫妻隐居在这座山中几百年,变成了一对白鹤,在这座山上来往不断。忽然有一天,一只鹤被人杀害了,剩下的那一只鹤一年到头常常哀叫。直到今天那鹤鸣的回声还震荡于山谷,没有谁能知道它究竟叫了多少年。”

注释

1 **营**:毛本作“荣”,据汪校改。 **营阳**:见第318条注。 **县**:营阳为郡名而非县名,故此“县”字当指营阳郡郡治营浦县(今湖南省道县东)。

2 **常**:通“尝”,曾经。

原文

354. 豫章新喻县男子见田中有六七女皆衣毛衣[1],不知是鸟,匍匐往,得其一女所解毛衣,取藏之,即往就诸鸟。诸鸟各飞去,一鸟独不

译文

豫章郡新喻县一个男子看见田间有六七个女子都穿着羽毛做成的衣服,不知道她们是鸟,就爬上前去,得到其中一个女子脱下来的羽毛衣服,拿来把它藏了起来,接着就走近那几只变成了女子的鸟。那几只鸟各自飞跑了,只有一只鸟孤独地不能飞

得去，男子取以为妇，生三女。其母后使女问父，知衣在积稻下，得之，衣而飞去。后复以迎三女，女亦得飞去。

走，这男子就娶了她当作妻子，生了三个女儿。她们的母亲后来让女儿去问父亲，才知道那衣服藏在稻垛下，她找到衣服，便穿上飞走了。后来她又拿着羽毛衣服来迎接三个女儿，女儿们也就飞走了。

注释

1 **豫章**：见第26条注。 **新喻县**：应作“新谕县”，三国吴置，治所在今江西省新余市南，唐天宝时改名新喻县。

原文

355. 汉灵帝时，江夏黄氏之母浴盘水中[1]，久而不起，变为鼋矣。婢惊走告，比家人来，鼋转入深渊。其后时时出见，初浴簪一银钗犹在其首。于是黄氏累世不敢食鼋肉。

译文

汉灵帝的时候(168—189)，江夏郡黄氏的母亲在浴盆中洗澡，过了很长时间也没有起来，结果竟变成大鳖了。婢女惊慌地奔走相告，但等到家里的人赶来的时候，那大鳖已经转弯爬进了深水潭。从那以后它又经常出现，当初洗澡时插在头上的一根银钗还在它的头上。于是黄氏几代人都不敢吃大鳖的肉。

注释

1 **江夏**：见第204条注。

原文

356. 魏黄初中，清河宋士宗母夏天于浴室里浴[1]，遣家中大小悉出，独在室中良久。家

译文

曹魏黄初年间(220—226)，清河郡宋士宗的母亲夏天在浴室中洗澡，她打发家里的大人小孩全部出门，独自一个人在浴室中待了很长时间。家里的人不明白她的用意，就

人不解其意，于壁穿中窥之，不见人体，见盆水中有一大鳖，遂开户，大小悉入，了不与人相承。尝先着银钗犹在头上。相与守之啼泣，无可奈何。意欲求去，永不可留。视之积日，转懈，自捉出户外。其去甚驶，逐之不及，遂便入水。后数日，忽还，巡行宅舍如平生，了无所言而去。时人谓士宗应行丧治服，士宗以母形虽变，而生理尚存，竟不治丧。此与江夏黄母相似。

在墙洞中偷偷地看她，大家看不见人体，只看见浴盆的洗澡水中有一只大鳖，就打开浴室的门，一家老小全都涌了进去，但那大鳖一点儿也不和他们搭理。她先前戴上去的银钗还在头上。家里的人互相守护着她啼哭，一点办法也没有。她的意思是想求大家让它出去，再也不能留在这儿了。大家看护她好几天，便逐渐有点放松了，她便自己趁机溜出门外。她跑得很快，家里的人追她没追上，于是她就钻进了河中。过了几天，她忽然回来了，还像平时那样巡视了一下家里的房屋，一句话也没讲就走了。当时的人劝宋士宗应该为她开丧服孝，宋士宗认为母亲的形状虽然变了，但她的生命还存在，所以最终没有为她办丧事。这与江夏郡黄氏的母亲相似。

注释

1 **清河：**郡名，西汉置，治所在清阳县（今河北省清河县东南），东汉改为国，移治甘陵县（后改名清河县，在今山东省临清市东北），三国魏复为郡。

原文

357. 吴孙皓宝鼎元年六月晦[1]，丹阳宣骞母年八十矣[2]，亦因洗浴化为鼋，其状如黄氏。骞兄弟四人闭户卫之，掘

译文

吴国孙皓宝鼎元年(266)六月的最后一天，丹阳郡宣骞的母亲已经八十岁了，也因为洗澡而变成了大鳖，她的情况和黄氏的母亲一样。宣骞兄弟四人关上门守卫着她，还在厅堂上挖了个大坑，把水倒在坑里。这只

堂上作大坎，泻水其中。鼋入坎游戏，一二日间恒延颈外望，伺户小开，便轮转自跃入于深渊，遂不复还。

大鳖爬进坑中玩耍，在那一两天时间里常常伸着脖子向外探望，等到门稍微开了一点，便像车轮似地滚出去自己跳进了深水潭，就不再回来了。

注释

1 **皓**：毛本作“晧”，据张本改。

2 **丹阳**：见第97条注。

原文

358. 汉献帝建安中，东郡民家有怪[1]：无故瓮器自发，訇訇作声，若有人击；盘案在前，忽然便失；鸡生子，辄失去。如是数岁，人甚恶之，乃多作美食，覆盖，着一室中，阴藏户间，窥伺之。果复重来，发声如前。闻便闭户，周旋室中，了无所见，乃暗以杖挝之，良久，于室隅间有所中，便闻呻吟之声曰：“唷，唷，宜死！”开户视之，得一老翁，可百余岁，言语了不相当，貌状颇类于兽。遂行推问，乃

译文

汉献帝建安年间(196—220)，东郡一个老百姓家发生怪事：无缘无故地坛子会自己产生震动，訇訇地发出声音，好像有人在敲击；盘子和木托盘本来在面前，忽然之间便找不着了；鸡生了蛋，总是丢失。像这样已经有好几年了，这家里的人非常厌恶这些事，就烧了很多美味佳肴，把它盖好，放在一个房间里，自己则暗中潜伏在门背后，偷偷地观察等候那怪物。那怪物果然又来了，发出的声音还是像过去那样。这人一听见声音就关上门，但在房间里转来转去，什么也没看见，于是就在暗中用棍子到处乱打，过了很长一段时间，才在房间的角落里有东西被打着了，接着便听见呻吟的声音说：“喔唷，喔唷，要死了！”开门一看，便发现一个老头，大约有一百多岁，但说话完全对不上号，容貌形状很像野兽。于是去打听查询，便在几里以外找到了他的家，他家里的人说：“他失踪以

于数里外得其家，云：“失来十余年。”得之哀喜。后岁余，复失之。闻陈留界复有怪如此[2]，时人咸以为此翁。

来已经十多年了。”家里找到他后又悲哀又高兴。过了一年多，家中又找不到他了。听说陈留郡地界又出现像上面所说的那种怪事，当时的人都认为就是这个老头搞的。

注释

1 **东郡**：见第31条注。

2 **陈留**：见第103条注。

卷十五 发冢复活

导读

本卷主要记述人死而复活以及盗墓发冢的故事。第359、360条写女子为爱情而死、为爱情而复活，从中可以窥见汤显祖《牡丹亭》中杜丽娘为了情“生者可以死，死可以生”的影子。第361、362条写贾文合、李娥死而复生，思路相同而情节各异，构思巧妙而叙事生动，反映了汉代的思想道德观念，具有较强的文学性。第373条的故事进一步反映了汉代严格的贞节观。第374条的记述完整地体现了古代公侯墓葬的实况，在考古学上具有相当高的史料价值，可惜尚未为今考古学者所关注。

原文

359. 秦始皇时有王道平，长安人也[1]。少时与同村人唐叔偕女——小名父喻，容色俱美——誓为夫妇。寻王道平被差征伐，落堕南国，九年不归。父母见女长成，即聘与刘祥为妻。女与道平言誓甚重，不肯改事。父母逼迫，不免，出嫁刘祥。经三年，忽忽不乐，常思道平，忿怨之深，悒悒而死。死经三年，平还家，乃诘邻人：“此女

译文

秦始皇的时候有个叫王道平的，是长安人。他少年时和本村人唐叔偕的女儿——小名叫父喻，容貌和肤色都很美丽——立誓结为夫妻。不久王道平被派出去打仗，流落在南方，九年没有回家。父喻的父母看到女儿已长大成人，就把她许配给刘祥做妻子。女儿因为与王道平订婚时誓言很庄重，所以不肯改嫁。父母强迫她，她没法逃避，就嫁给了刘祥。这样一直过了三年，她整天精神恍惚闷闷不乐，常常思念王道平，悲愤愁怨极深，便忧郁地死了。父喻死后三年，王道平回到家中，就问邻居：“这父喻姑娘

安在？”邻人云：“此女意在于君，被父母凌逼，嫁与刘祥，今已死矣。”平问：“墓在何处？”邻人引往墓所，平悲号哽咽，三呼女名，绕墓悲苦，不能自止。平乃祝曰：“我与汝立誓天地，保其终身。岂料官有牵缠，致令乖隔，使汝父母与刘祥，既不契于初心，生死永诀。然汝有灵圣，使我见汝生平之面。若无神灵，从兹而别。”言讫，又复哀泣。逡巡，其女魂自墓出，问平：“何处而来？良久契阔。与君誓为夫妇以结终身，父母强逼，乃出聘刘祥，已经三年，日夕忆君，结恨致死，乖隔幽途。然念君宿念不忘，再求相慰，妾身未损，可以再生，还为夫妇。且速开冢破棺，出我即活。”平审言，乃启墓门，扪看其女，果活，乃结束随平还家。其夫刘祥闻之惊怪，申诉于

在哪里？”邻居说：“这姑娘的心全在您身上，但遭到父母欺压逼迫，只好嫁给刘祥，现在已经死了。”王道平问：“她的坟墓在什么地方？”邻居便把他带到了墓地，王道平痛哭失声，连连呼唤着姑娘的名字，绕着坟墓哀痛万分，没法控制自己。王道平祝祷说：“我和你早已向天地发誓，要厮守一辈子。哪里料到被公家的事拖累，致使我们分离两地，使你父母把你嫁给了刘祥，这既不合我们当初的心意，又使我们生死永别了。但是你如果有神灵的话，就让我再看一下你生前的容貌。如果你没有神灵，只好从此永别了。”说完，便又悲哀地抽泣着。不一会儿，那姑娘的魂从坟墓中出来，问王道平：“你从什么地方来？我们分别得很久了。我曾和您立誓结成夫妻来度过这一辈子，因为父母强行逼迫，才嫁给了刘祥，已经过了三年，我日夜想您，以致怨愤郁结而死，让阴间把我们隔开了。但是我想到您不忘旧情，再来求我安慰您，而我的身体并未损坏，可以重新活过来，再和您做夫妻。您就赶快挖开坟墓撬开棺材，让我出来我就活了。”王道平仔细思考了她的话，就打开坟墓棺盖，抚摸察看那姑娘，她果然活了，于是就装束打扮后跟着王道平回家了。她的丈夫刘祥听见了这件事十分惊奇，便向州县衙门提

州县。检律断之，无条，乃录状奏王。王断归道平为妻。寿一百三十岁，实谓精诚贯于天地，而获感应如此。

起诉讼。州县官员查看法律来断案，却没有相应的条文，便把这情况写下来上奏皇上。皇上把父喻断给王道平做妻子。王道平活到一百三十岁，这实在是他的真心诚意贯通了天地，才得到这样的报答。

注释

1 **长安**：邑名，在今陕西省西安市西北，本为战国时秦长安君的封邑，西汉置为县（见第16条注）。

原文

360. 晋惠帝世[1]，河间郡有男女私悦[2]，许相配适。寻而男从军，积年不归，女家更欲适之，女不愿行，父母逼之，不得已而去，寻病死。其男戍还，问女所在，其家具说之。乃至冢，欲哭之叙哀，而不胜其情，遂发冢开棺，女即苏活，因负还家，将养数日，平复如初。后夫闻，乃往求之。其人不还，曰："卿妇已死，天下岂闻死人可复活耶？此天赐我，非卿妇也。"于是相讼，郡

译文

晋惠帝的时候（290—306），河间国有一对男女青年私下相爱，互相约定了婚嫁之事。不久男的去服兵役，好几年没回家，女家想把女儿改嫁，女儿不愿意走，父母亲强迫她，她没有办法只好嫁走了，不久就病死了。这个男的服兵役回来，问这姑娘在什么地方，他家里的人就把事情经过一一告诉了他。于是他来到姑娘的坟墓上，想对她大哭一场来倾泻自己的悲哀，但还是表达不尽自己的情思，就挖开坟墓撬开棺材，这姑娘立即苏醒复活了，他便把她背回了家，调养了几天，这姑娘又恢复得像过去那样。她的后夫听说了，就去要求姑娘跟自己回家。这个男的不肯还给他，对他说："您的妻子已经死了，天底下哪里听说过死人可以复活的呢？这是老天恩赐给我的女人，并不是您的妻子。"于是两人去打官司，郡、县的官吏都没

县不能决，以谳廷尉，秘书郎王导奏："以精诚之至，感于天地，故死而更生。此非常事，不得以常礼断之。请还开冢者。"朝廷从其议。

有办法判决，就把这桩官司上交给朝廷的最高法官廷尉审理，秘书郎王导上奏说："因为这男子真心诚意到了极点，感动了天地，所以这姑娘才死而复生。这是非同寻常的事情，不能用普通的礼法来断案。我请求把这姑娘还给掘开坟墓的男子。"朝廷便听从了王导的处理意见。

注释

1 **惠**：毛本作"武"，据汪校改。

2 **河间**：西晋时为王侯国名（见第 184 条注），此文"郡"字当作"国"。

原文

361. 汉献帝建安中，南阳贾偶[1]，字文合，得病而亡。时有吏将诣太山[2]，司命阅簿，谓吏曰："当召某郡文合，何以召此人？可速遣之。"时日暮，遂至郭外树下宿。见一年少女独行，文合问曰："子类衣冠，何乃徒步？姓字为谁？"女曰："某，三河人[3]，父见为弋阳令[4]，昨被召来，今却得还。遇日暮，惧获瓜田李下之讥[5]。望君之容，必是贤者，是以停留，依凭左右。"文

译文

汉献帝建安年间（196—220），南阳郡人贾偶，字文合，生病死了。当时有一个阴间小吏把他的魂带到泰山阴府，掌管生死的判官查阅了生死簿，对这小吏说："应该召来某某郡的文合，为什么召来这个人？应该赶快把他送回去。"这时候太阳已下山，于是贾文合的魂就到城外的树下过夜。这时他看见一个年轻的女子独自走来，贾文合问道："您好像是大户人家的姑娘，为什么还得步行？您的姓和名字又是什么？"姑娘说："我是三河人，父亲现任弋阳县令，昨天我被阴府召来，今天却可以重返阳间。现在碰上天黑，怕遭到行为不轨的指责。我看您的容貌举止，一定是个贤人，因此停留下来，想依靠在您身边。"

合曰:“悦子之心,愿交欢于今夕。”女曰:“闻之诸姑:女子以贞专为德,洁白为称。”文合反复与言,终无动志。天明,各去。文合卒已再宿,停丧将殓,视其面有色,扪心下稍温,少顷却苏。后文合欲验其实,遂至弋阳,修刺谒令,因问曰:“君女宁卒而却苏耶?”具说女子姿质服色、言语相反复本末。令入问女,所言皆同,乃大惊叹,竟以此女配文合焉。

贾文合说:“我很欣赏您的想法,愿意和您在今晚共享云雨之乐。”姑娘说:“我曾听母辈们说过这样的话:女子应该把有贞操不事二夫当作美德,把洁身清白当作名誉。”贾文合反复和她说情,她始终没有动摇自己的心意。天亮以后,两人便各奔前程。贾文合死了已经两夜,丧礼完毕即将入棺,家里的人却看见他的脸上有了血色,摸摸他的心口也稍微有点温暖,一会儿他却苏醒了。后来贾文合想要验证一下他昨晚碰到的事情是否真实,就来到弋阳县,置备了名片拜见县令,接着问县令说:“您的女儿难道是死了却又复活啦?”他详细地叙述了那姑娘的姿色体质与服饰打扮,以及他们谈话的反复和始末。县令进去问女儿,女儿说的话与贾文合说的全都相同,于是大为震惊而赞叹不绝,竟然把这女儿许配给了贾文合。

注释

1 **南阳**:见第88条注。

2 **太山**:即泰山,此指泰山阴府。古代迷信认为,人死后,其魂归泰山府君掌管,所以其魂会被带到泰山阴府。参见第74条及注。

3 **三河**:汉时称河东(见第17条注)、河内(见第69条注)、河南(见第138条注)三郡为三河,相当于今山西省南部、河南省西北部地区。有时也指洛阳一带。

4 **弋阳**:县名,西汉置,治所在今河南省潢川县西。

5 **瓜田李下**:《乐府诗集》卷三十二《君子行》:“君子防未然,不处嫌疑间。瓜田不纳履,李下不正冠。”意谓走过瓜田时不弯下身体拔鞋跟,经过李树下不举手扶正帽子，以避免偷瓜、摘李之嫌。后便用“瓜田李下”比喻容易引起嫌疑的地方或偷窃等行为不轨的嫌疑。

原文

362. 汉建安四年二月，武陵充县妇人李娥[1]，年六十岁，病卒，埋于城外已十四日。娥比舍有蔡仲，闻娥富，谓殡当有金宝，乃盗发冢求金。以斧剖棺，斧数下，娥于棺中言曰：“蔡仲，汝护我头！”仲惊遽，便出走，会为县吏所见，遂收治。依法，当弃市。娥儿闻母活，来迎出，将娥回去。武陵太守闻娥死复生，召见，问事状。娥对曰：“闻谬为司命所召，到时得遣出。过西门外，适见外兄刘伯文，惊相劳问，涕泣悲哀。娥语曰：‘伯文，我一日误为所召，今得遣归，既不知道，不能独行，为我得一伴否？又我见召，在此已十余日，形体又

译文

汉献帝建安四年(199)二月，武陵郡充县的妇女李娥，年龄六十岁，生病死了，埋在城外已经十四天。李娥的隔壁邻居有个叫蔡仲的，听说李娥很富裕，以为棺材中一定有金银珠宝作陪葬，于是就偷偷地挖开坟墓去盗取金银珠宝。他用斧子去劈那棺材，斧子才劈了几下，便听见李娥在棺材中说道：“蔡仲，你可要保住我的头！”蔡仲惊慌失措，便出墓逃跑，正好被县衙的官吏看见，就被逮捕惩办。按照法律，蔡仲被判在市内处死示众。李娥的儿子听说母亲活了，就来把母亲接出棺材，搀着李娥回家去了。武陵太守听说李娥死而复生，便召见了李娥，向她询问事情的经过情形。李娥回答说：“听说我是误被那掌管生死的判官召去的，所以一到那儿就被放出来了。经过西门外，正巧碰见表兄刘伯文，我们惊讶地互相慰问，痛哭流涕，十分悲哀。我对他说：‘伯文，我那天错误地被召到这里，今天才得放回，我既不认得路，又没有能力只身一人赶路，你能否为我找一个伴？还有我被召来，在这里已经十多天了，身体又被家里的人埋葬了，回家时应该从哪里走才能让自己走出坟墓？’伯

为家人所葬埋，归当那得自出？’伯文曰：‘当为问之。’即遣门卒与尸曹相问：‘司命一日误召武陵女子李娥，今得遣还。娥在此积日，尸丧又当殡殓，当作何等得出？又女弱独行，岂当有伴耶？是吾外妹，幸为便安之。’答曰：‘今武陵西界有男子李黑亦得遣还，便可为伴。兼敕黑过娥比舍蔡仲，发出娥也。’于是娥遂得出。与伯文别，伯文曰：‘书一封，以与儿佗。’娥遂与黑俱归。事状如此。”太守闻之，慨然叹曰：“天下事真不可知也！”乃表，以为蔡仲虽发冢，为鬼神所使，虽欲无发，势不得已，宜加宽宥。诏书报可。太守欲验语虚实，即遣马吏于西界推问李黑，得之，与黑语协。乃致伯文书与佗。佗识其纸，乃是父亡时送箱中文书也。表文字犹在也，而书不可

文说：‘我得为你问一下。’他就马上派了个守门的士兵去向阴间主管尸体的官员问道：‘判官那一天误召了武陵郡的妇女李娥，今天她被放回。李娥在这里已有好多天，尸体又应当入棺埋葬了，应该怎么办才能出得棺材？还有这妇女体质虚弱而独自行走，是否应该有个伴呢？她是我的表妹，希望您行个方便让她平安回去。’那主管尸体的官员回答说：‘现在武陵郡西面边境上有个男子李黑也被放回，就可以让他作伴。同时再叫李黑去拜访李娥的隔壁邻居蔡仲，叫他来挖开坟墓让李娥出棺。’因此我才得以出来。于是我与伯文告别，伯文说：‘我有信一封，请你把它捎给我的儿子刘佗。’我就和李黑一起回来了。事情的经过情形就是这样。”太守听了这一席话，感慨地叹息说：“天下的事情真不可理解啊！”于是他向朝廷上表陈情，认为蔡仲虽然挖开了坟，却是被鬼神指使的，他即使想不挖，那情势也使他不得不干，所以应该加以宽容饶恕。皇帝的诏书答复说可以。太守想验证一下李娥的话是否真实，就派遣骑兵到武陵郡西面边境上去打听查询李黑，果然找到了他，而李娥所说的情况与李黑的话完全相合。李娥便把刘伯文的信送给了刘佗。刘佗认得那信纸，这是父亲死亡时陪葬箱中的

晓，乃请费长房读之，曰："告佗：我当从府君出案行部，当以八月八日日中时，武陵城南沟水畔顿，汝是时必往。"到期，悉将大小于城南待之。须臾果至，但闻人马隐隐之声诣沟水，便闻有呼声曰："佗来！汝得我所寄李娥书不耶？"曰："即得之，故来至此。"伯文以次呼家中大小，问之[2]，悲伤断绝，曰："死生异路，不能数得汝消息。吾亡后，儿孙乃尔许大！"良久，谓佗曰："来春大病，与此一丸药，以涂门户，则辟来年妖疠矣。"言讫忽去，竟不得见其形。至来春，武陵果大病，白日皆见鬼，唯伯文之家，鬼不敢向。费长房视药丸曰："此方相脑也。"

公文纸。纸上写着的文字还在，但信却不可理解，于是请费长房来读信，原来信中写的是："告诉佗儿：我要跟着泰山府君出外巡视，该在八月八日中午时分，在武陵城南护城河边稍作停留，你这时候一定得去。"到了那约定的日期，刘佗带了全家老小在城南等父亲。一会儿刘伯文果然来了，只听见人马随着隐隐约约的声音来到护城河，接着便听见有呼唤的声音说："佗儿过来！你收到我让李娥捎给你的信没有？"刘佗说："已经收到它了，所以我才来到这里。"伯文依次呼唤家中的大人小孩，一一询问他们的情况，真是悲痛欲绝，说："死和生是两个世界，所以不能经常得到你们的消息。我死后，儿孙们竟长得这么大了！"过了很久，他又对刘佗说："明年春天会有大病流行，给你这一丸药，用来涂在家门上，就可以避开明年的怪病了。"说罢他忽然走了，刘佗始终没能看见他的形体。到明年春天，武陵郡果然大病流行，白天都可以见到鬼，只有刘伯文的家，鬼不敢去。费长房仔细察看了那药丸后说："这是驱疫避邪之神方相的脑子啊。"

注释

1 **武陵**：见第341条注。 **充县**：西汉置，治所即今湖南省桑植县。

2 **问**：毛本作"久"，据汪校改。

原文

363. 汉陈留考城史姁[1]，字威明，年少时尝病，临死谓母曰："我死当复生。埋我，以竹杖柱于瘗上，若杖折，掘出我。"及死，埋之，柱如其言。七日往视，杖果折。即掘出之，已活，走至井上浴，平复如故。后与邻船至下邳卖锄[2]，不时售，云："欲归。"人不信之，曰："何有千里暂得归耶？"答曰："一宿便还。"即书取报，以为验实。一宿便还，果得报。考城令江夏鄳贾和姊病在乡里[3]，欲急知消息，请往省之，路遥三千，再宿还报。

译文

汉代陈留郡考城县人史姁，字威明，年轻的时候曾患重病，临死时对母亲说："我死了会再活过来。埋我的时候，请拿一根竹竿竖在我的坟上，如果竹竿折断了，就把我挖出来。"等他死了，母亲就埋葬了他，按照他的吩咐竖了竹竿。七天后去察看，竹竿果然折断了。母亲就把他挖了出来，他已经活了，跑到井边洗了个澡，便恢复得像过去一样。后来他搭邻居的船到下邳县去卖锄头，没有按时卖完，却对邻居说："我想回家一趟。"邻居不相信他，说："哪有千里迢迢一下子就能回去的呢？"他却回答说："我过一夜便回来。"邻居就给家里写了信要他带来回信，以此作为验证。他过了一夜便回来了，果然带来了回信。考城县的县令江夏郡鄂县人贾和的姐姐病在家乡，县令急着想知道姐姐的情况，便请史姁前去看望她，考城县到鄂县的路程远达三千里，他过了两夜就回来作了汇报。

注释

1 **陈留**：见第103条注。 **考城**：县名，东汉改甾县置，治所在今河南省民权县东北。

2 **下邳**：见第99条注。

3 **江夏**：见第204条注。 **鄳**：据下文"路遥三千"，此当为"鄂"之形讹。鄂，县名，秦置，汉代属江夏郡，治所在今湖北省鄂州市，与考城相距约三千里。 **乡**：毛本作"邻"，据汪校改。

原文

364. 会稽贺瑀[1]，字彦琚，曾得疾，不知人，惟心下温，死三日，复苏，云："吏人将上天，见官府，入曲房，房中有层架，其上层有印，中层有剑，使瑀惟意所取，而短不及上层，取剑以出门。吏问：'何得？'云：'得剑。'曰：'恨不得印，可策百神，剑惟得使社公耳。'"疾愈，果有鬼来，称社公。

译文

会稽郡的贺瑀，字彦琚，曾经染上疾病，不省人事，只有心口还有点余温，死了三天，却又苏醒了，说："有差役把我带上了天，我看见了官府，进入那深邃幽隐的密室，那密室中摆着多层架子，那架子的上层有印，中层有剑，让我想拿什么就拿什么，但我个儿矮，手够不着上层，就拿了把剑出了门。差役问我：'拿到了什么？'我说：'拿到了剑。'他说：'真遗憾你没拿到印，印可以指挥百神，剑只能指使土地神罢了。'"贺瑀的疾病痊愈后，果然有鬼来，自称是土地神。

注释

1 **会稽**：见第18条注。

原文

365. 戴洋，字国流，吴兴长城人[1]，年十二病死，五日而苏，说："死时，天使其为酒藏吏[2]，授符箓，给吏从幡麾，将上蓬莱、昆仑、积石、太室、庐、衡等山[3]。既而遣归。"妙解占候，知吴将亡，托病不仕，还乡里，行至濑乡，经老子

译文

戴洋，字国流，吴兴郡长城县人，年纪十二岁的时候病死了，过了五天又活了，他说："我死的时候，天帝让我当掌管藏酒的官，授给我符箓，随从都跟在我的大旗后面，将要登上蓬莱山、昆仑山、积石山、太室山、庐山、衡山等等。过了不久却打发我回来了。"戴洋善于根据天象变化来预测吉凶，他知道吴国即将灭亡，便推托自己有病而不去做官，回故乡去了，走到濑乡，经过老子庙，原来这里都是戴洋过去死的时候受天帝之

祠，皆是洋昔死时所见使处，但不复见昔物耳。因问守藏应凤曰："去二十余年，尝有人乘马东行，经老君祠而不下马，未达桥，坠马死者否？"凤言有之。所问之事，多与洋同。

命出使的地方，只是现在已不能再见到过去的东西罢了。因而他就问守藏史应凤说："二十多年前，曾经有个人骑了马向东走，经过老子庙而不下马，还没有到达桥上，就从马背上掉下来摔死了，是否有这件事呢？"应凤说有这件事。应凤询问的事情，也大多与戴洋所经历的相同。

注释

1 **吴兴**：见第211条注。 **长城**：县名，西晋太康三年(282)置，治所在今浙江省长兴县东。

2 毛本无"为"，据汪校补。

3 **蓬莱**：参见第31条注。 **昆**：毛本作"崑"，据张本改。 **昆仑**：见第2条注。 **积石**：即今青海省东部的积石山，在今甘肃省积石山保安族东乡族撒拉族自治县。 **太室**：即嵩山，在今河南省登封市北。 **衡**：即今湖南省衡山县西北衡山，参见第321条注。

原文

366. 吴临海松阳人柳荣[1]，从吴相张悌至扬州[2]。荣病死船中二日，军士已上岸，无有埋之者，忽然大叫言："人缚军师[3]！人缚军师！"声甚激扬，遂活。人问之，荣曰："上天北斗门下，卒见人缚张悌[4]，意中大愕，不觉大叫言：'何以缚军师？'门下人怒荣，

译文

吴国临海郡松阳县人柳荣，跟着吴国丞相张悌来到扬州。柳荣病死在船中已两天了，但士兵都已经上岸，没有人去埋葬他，他忽然大叫道："有人绑缚军师！有人绑缚军师！"这喊声十分激越响亮，于是他就活了过来。别人问他到底是怎么回事，柳荣说："我登上天界来到北斗门边，突然看见有人绑缚张悌，心中大吃一惊，不觉大叫道：'为什么绑缚军师？'那门边的人对我很生气，大声斥

叱逐使去。荣便怖惧，口余声发扬耳。”其日悌即战死。荣至晋元帝时犹存。

责追赶让我走。我就十分恐惧，那叫声只是我嘴巴里的残剩之声有所扩散而已。”那一天张悌就阵亡了。柳荣到晋元帝的时候(317—322)还活着。

注释

1 **临海**:见第331条注。 **松阳**:县名，东汉建安四年(199)置，治所即今浙江省遂昌县东南古市镇。

2 **扬州**:见第63条注。

3 **军师**:指张悌，因为他曾为军师。

4 **卒**(cù):通“猝”。

原文

367. 吴国富阳人马势妇姓蒋[1]。村人应病死者，蒋辄恍惚熟眠经日，见病人死，然后省觉，觉则具说，家中人不信之。语人云:“某甲病[2]，我欲杀之，怒强魂难杀，未即死。我入其家内，架上有白米饭，几种鲑。我暂过灶下戏，婢无故犯我，我打其脊，使婢当时闷绝，久之乃苏。”其兄病，有乌衣人令杀之，向其请乞，终不下手，醒乃语兄

译文

吴国富阳县人马势的妻子姓蒋。村里人该病死的时候，蒋氏总是迷迷糊糊地要熟睡好几天，看到那病人死了，然后才醒来，醒后就把详细情况告诉大家，家里的人都不相信她。她告诉别人说:“某某病了，我想杀了他，可恨的是这强壮的灵魂很难杀死，所以他没有马上死去。我到他的家中，他家中的架子上有白米饭，还有几种鱼做的菜。我暂时到灶边玩，他家的婢女竟无缘无故地来冒犯我，我就打了她的脊梁，使那婢女当场就昏死过去，过了好长时间她才醒过来。”蒋氏的哥哥病了，有一个穿黑衣服的人叫她去杀哥哥，她向那人请求，终于没有下毒手，她醒来后就告诉哥哥说:

云：“当活。” | “你会活着的。”

注释

1 **富阳**：县名，秦置富春县，东晋咸安二年(372)改名富阳县，治所即今浙江省杭州市富阳区。

2 **甲**：毛本作“中”，据汪校改。

原文

368. 晋咸宁二年十二月，琅邪颜畿[1]，字世都，得病，就医张瑳使治[2]，死于张家。棺敛已久，家人迎丧，旐每绕树木而不可解，人咸为之感伤。引丧者忽颠仆，称畿言曰：“我寿命未应死，但服药太多，伤我五脏耳。今当复活，慎无葬也。”其父拊而祝之曰：“若尔有命，当复更生，岂非骨肉所愿？今但欲还家，不尔葬也。”旐乃解。及还家，其妇梦之曰：“吾当复生，可急开棺。”妇便说之。其夕，母及家人又梦之，即欲开棺，而父不听。其弟含，时尚少，乃慨然

译文

晋朝咸宁二年(276)十二月，琅邪国的颜畿，字世都，得了疾病，到医生张瑳那里让他治疗，结果却死在张家。颜畿的尸体入棺已有一段时间了，家里人就来接丧，那出丧时为棺材引路的魂旗总是缠住树木而解不开，人们都为此而感伤万分。那为棺材引路的人忽然跌倒在地，述说颜畿的话道：“我按照寿命还不应该死，只是因为服药太多，损伤了我的五脏罢了。今天我会重新活过来，你们千万别埋葬我啊。”他的父亲拍着棺材向他祝告说：“如果你还有寿命，应当再重新活过来，难道不是你父母十分愿意的事？今天只是想让你回家，并不是去埋葬你啊。”那魂旗这才松开了。等到棺材回到家中，他妻子便梦见他说：“我该复活了，你可赶快去打开棺材。”他妻子就把这话说了出来。那天晚上，他母亲以及家里的人又梦见他讲这种话，于是大家就想撬开棺材，但父亲不肯依从。他的弟弟颜含，当时年纪还轻，便感慨地说：“非同寻常的事情，从古就有了。现在

曰："非常之事，自古有之。今灵异至此，开棺之痛，孰与不开相负？"父母从之，乃共发棺，果有生验，以手刮棺，指爪尽伤[3]，然气息甚微，存亡不分矣，于是急以绵饮沥口，能咽，遂与出之[4]。将护累月，饮食稍多，能开目视瞻，屈伸手足，然不与人相当[5]，不能言语，饮食所须，托之以梦。如此者十余年，家人疲于供护，不复得操事。含乃弃绝人事，躬亲侍养，以知名州党。后更衰劣，卒复还死焉。

神灵奇异到了这种地步，撬开棺材的悲伤，哪里比得上不撬开棺材而违背他的心愿所造成的悲伤呢？"父母亲听从了颜含的话，就一起把棺材撬开了，果然有颜畿还活着的痕迹，他用手抓过棺材，所以指甲全都抓伤了，但呼吸很微弱，是活是死已经分辨不出来了，于是急忙用棉花吸了水滴到他口中，他能咽下去，大家就马上把他从棺材里抬了出来。调养护理了几个月，他的食量渐渐增加了，能睁开眼睛张望，弯曲伸展手脚，但不尽如人意，又不能说话，需要吃什么，只好把它托梦给家里人。像这样过了十多年，家里的人因为供养护理他都忙不过来，所以不再能干其他的事情了。于是颜含就完全放弃了人间的事，一个人专门来服侍供养他，因此在州中乡里出了名。后来颜畿又变得衰弱而病情恶化，最终又回到死路上去了。

注释

1 **琅邪**：见第69条注。

2 **使**：毛本作"自"，据张本改。

3 **爪**：毛本作"瓜"，据汪本改。

4 **与**：通"举"，抬。

5 毛本无"然"，据汪校补。

原文

369. 羊祜年五岁时，令乳母取所弄金镮。乳母曰："汝先无此物。"祜即诣邻人李氏东垣桑树中探得之，主人惊曰："此吾亡儿所失物也，云何持去？"乳母具言之，李氏悲惋，时人异之。

译文

羊祜年龄才五岁的时候，叫奶妈把他玩过的金环拿来。奶妈说："你过去并没有这东西啊。"羊祜就到邻居李家东墙边的桑树中掏到了他要的金环，李家的主人惊奇地说："这是我死了的儿子所丢失的东西啊，你凭什么拿走呢？"奶妈就详细地说了这件事情的前后经过，李家的主人既悲痛又惋惜，当时的人都觉得羊祜不同寻常。

原文

370. 汉末，关中大乱，有发前汉宫人冢者，宫人犹活，既出，平复如旧。魏郭后爱念之，录置宫内，常在左右，问汉时宫中事，说之了了，皆有次绪。郭后崩，哭泣过哀，遂死。

译文

汉朝末年，关中大乱，有人掘开西汉宫女的坟墓，宫女竟还活着，她出来后，就恢复得像过去一样。魏文帝的郭皇后爱怜她，就把她收到宫内，她常在郭皇后身边侍候，皇后问她汉朝时皇宫内的事情，她说得清清楚楚，都很有头绪。郭皇后逝世的时候，她哭得过于悲伤，也就死了。

原文

371. 魏时，太原发冢破棺[1]，棺中有一生妇人，将出与语，生人也。送之京师，问其本事，不知也。视其冢上树木，可三十岁，不知此妇人三十岁常生于地中耶？将一朝欻生偶与发冢者会也？

译文

曹魏的时候，太原郡有个人掘开坟墓撬开棺材，发现棺材中有一个活着的妇女，把她扶出来和她说话，的确是活人。于是把她送到京城，问她原来的事情，她却什么也不知道。看看她坟上的树木，大约有三十年了，不知道这个妇女是三十年一直活在地下呢，还是这一天忽然活过来碰巧和掘坟的人相遇呢？

注释

1 太原：郡名，战国秦置，治所在晋阳（今山西省太原市西南），汉文帝改为国，不久复为郡。

原文

372. 晋世杜锡，字世嘏，家葬而婢误不得出。后十余年，开冢祔葬，而婢尚生，云："其始如瞑目，有顷渐觉。"问之，自谓当一再宿耳。初婢埋时，年十五六。及开冢后，姿质如故。更生十五六年，嫁之，有子。

译文

晋代的杜锡，字世嘏，家里的人把他埋葬时他的婢女耽误了没能及时走出坟墓。过了十多年，家里的人掘开坟墓将他的妻子与他合葬，而那婢女还活着，说："那开始的时候好像是闭住了眼睛，过了一会儿就渐渐地醒了。"问她，她自己说不过才过了一两夜罢了。当初这婢女被埋葬时，年龄有十五六岁。等到掘开坟墓时，她的姿色体质还像过去那样。又活了十五六年，把她嫁了，还生了儿子。

原文

373. 汉桓帝冯贵人病亡。灵帝时有盗贼发冢，七十余年，颜色如故，但肉小冷。群贼共奸通之，至斗争相杀，然后事觉。后窦太后家被诛，欲以冯贵人配食。下邳陈公达议[1]，以贵人虽是先帝所幸，尸体秽污，不宜配至尊。乃以窦太后配食。

译文

汉桓帝的冯贵人病死了。汉灵帝时有几个盗墓贼掘她的坟，她已埋葬七十多年，但面色还是像过去那样，只是肌肤稍微冷一些。这几个盗贼便一起轮奸她，直到他们互相争夺残杀，然后这事才被发觉。后来窦太后一家被诛灭，想用冯贵人作为祔祭。下邳县人陈球提出建议，认为冯贵人虽然是桓帝宠爱的妻子，但她的尸体被玷污了，不宜再与最尊贵的皇帝一起享受祭祀。于是就拿窦太后作祔祭。

注释

1 **下邳**:见第99条注。**公**:敬辞,尊称男子。 **达**:表达。

原文

374. 吴孙休时,戍将于广陵掘诸冢[1],取版以治城,所坏甚多。复发一大冢,内有重阁,户扇皆枢转,可开闭;四周为徼道,通车,其高可以乘马;又铸铜人数十,长五尺,皆大冠,朱衣,执剑,侍列灵坐,皆刻铜人背后石壁,言殿中将军,或言侍郎、常侍,似王侯之冢[2]。破其棺,棺中有人,发已班白,衣冠鲜明,面体如生人。棺中云母厚尺许,以白玉璧三十枚藉尸。兵人辈共举出死人,以倚冢壁,有一玉,长尺许,形似冬瓜,从死人怀中透出堕地。两耳及孔鼻中皆有黄金,如枣许大。

译文

吴国孙休在位的时候(258—264),守将们在广陵郡发掘了很多坟墓,取那棺材板来修筑城郭,被搞坏的坟墓很多。后来又发掘一座大坟,坟内有楼阁,门扇都靠门枢来转动,可以打开或关闭;四周是供巡察用的道路,可以通马车,它的高度可以供人骑马;又铸有铜人几十个,身长五尺,都戴着大帽子,穿着红袍,拿着宝剑,守卫排列在棺材的边上,每个铜人背后的石壁上都刻着官职,号称殿中将军,或号称侍郎、常侍,好像是王侯的坟墓。打开那棺材,棺材中有一个人,头发已经花白,衣帽华美,面色躯体像活人一样。棺材中的云母石有一尺左右厚,还用白玉璧三十枚衬垫在尸体底下。士兵们一起抬出死人,把他靠在墓壁上,有一块玉,长一尺左右,形状像冬瓜,从死人的怀里掉出来落到地上。死人的双耳及鼻孔中都有黄金,像枣子那么大。

注释

1 **广陵**:见第92条注。

2 **王**:毛本作“公”,据汪校改。

原文

375. 汉广川王好发冢。发栾书冢，其棺柩盟器悉毁烂无余，唯有一白狐见人惊走，左右逐之，不得，戟伤其左足。是夕，王梦一丈夫，须眉尽白，来谓王曰："何故伤吾左足？"乃以杖叩王左足，王觉肿痛，即生疮，至死不差[1]。

译文

汉代广川王喜欢发掘坟墓。在发掘栾书的坟时，他的棺材明器全都毁坏腐烂而没有残留了，只有一只白色的狐狸看见人就惊慌地逃跑，广川王手下的人去追赶它，没追上，只是用戟刺伤了它的左脚。这天晚上，广川王梦见一个男人，胡须眉毛全白了，来对广川王说："为什么要刺伤我的左脚？"说完便用手杖敲击广川王的左脚，广川王感到肿胀疼痛，当即生了疮，一直到死也没有痊愈。

注释

1 差：通"瘥"，病愈。

卷十六　死鬼百态

导读

本卷主要记述鬼的故事。第377条的记述有助于我们了解古代的挽歌。第378条虽然旨在"明神道之不诬",但其中之鬼恼羞成怒而蛮不讲理的生动形象无疑体现了暴君凶神恶煞的嘴脸,可谓描写逼真而含意无穷。第398条所写女鬼害人之事,实是对好色者的当头棒喝。第393条所写宋定伯卖鬼的故事,写得机智而生动,常为人称引。第380、384、394、395、396、397条所述,不但篇幅颇大,而且情节丰富曲折,艺术性更强。汤显祖在《牡丹亭》题词中说:"杜守收拷柳生,亦如汉睢阳王收拷谈生也。"由此推测,第394、396条的故事对《牡丹亭》中杜丽娘为情而死而生以及杜太守收拷柳生等情节的创作产生了影响。

原文

376. 昔颛顼氏有三子,死而为疫鬼:一居江水,为疟鬼;一居若水[1],为魍魉鬼;一居人宫室,善惊人小儿,为小鬼。于是正岁命方相氏帅肆傩以驱疫鬼[2]。

译文

从前颛顼氏有三个儿子,死后都成了传播瘟疫的恶鬼:一个居住在长江里,是传播疟疾的疟鬼;一个居住在若水中,是迷人心窍的魍魉鬼;一个居住在人们的屋子里,善于惊吓小孩,是小鬼。于是帝王在正月里命令方相氏带头举行迎接傩神的仪式来驱赶传播瘟疫的恶鬼。

注释

1 **若水:**即今雅砻江及其与金沙江合流后的一段金沙江,位于今四川省西南部。

2 **正岁:**正月。　**方相氏:**官名,其职为仿照驱疫避邪之神的相貌,蒙上熊皮，带上黄金铸成四眼的面具，身穿玄色上衣和红色下衣，手执戈盾，率领群隶驱逐疫鬼。 **肆**：陈设，指举行。 **傩**(nuó)：古代迎接傩神（驱除瘟疫的神）来驱逐疫鬼的仪式。

原文

377. 挽歌者，丧家之乐，执绋者相和之声也。挽歌辞有《薤露》《蒿里》二章，汉田横门人作。横自杀，门人伤之，悲歌，言人如薤上露易稀灭[1]，亦谓人死精魂归于蒿里[2]，故有二章。

译文

挽歌，是办丧事人家所奏的音乐，是手握牵引灵车绳索的人一起合唱的歌。挽歌的歌词有《薤露》《蒿里》二章，是汉代田横的门客写的。当时田横自杀，门客哀悼他，就悲哀地唱起来，歌词的意思是说人就像薤上的露水那样容易晒干灭亡，又认为人死了灵魂回归到泰山南边的蒿里，所以有这两章。

注释

1 **稀**：通“晞”。

2 **蒿里**：山名，在泰山之南，为死人葬地。

原文

378. 阮瞻，字千里[1]，素执无鬼论，物莫能难。每自谓此理足以辨正幽明。忽有客通名诣瞻，寒温毕，聊谈名理。客甚有才辨，瞻与之言良久，及鬼神之事，反复甚苦，客遂屈，乃作色曰：“鬼神，古今圣贤所共

译文

阮瞻，字千里，一向持无鬼论，众人没有谁能难倒他。他经常自吹这种理论足够用来辨别纠正有关阴间和阳间的错误说法。忽然有一个客人通报了姓名来拜见阮瞻，寒暄完毕，便姑且辩论起事物的是非道理。那客人很有口才，阮瞻和他谈了好久，讲到有关鬼神的事情，折腾得很苦，那客人也就理屈词穷了，但却板起面孔说：“鬼神，是古今圣人贤士都传扬的，您怎么能偏要

传，君何得独言无？即仆，便是鬼。”于是变为异形，须臾消灭。瞻默然，意色太恶。岁余，病卒。

说没有呢？就拿我来说，便是个鬼。”于是客人就变成怪异的鬼样，一会儿便消失了。阮瞻沉默了，心情面色很不好。过了一年多，他就病死了。

注释

1 千：毛本作“于”，据张本改。

原文

379. 吴兴施续为寻阳督[1]，能言论。有门生亦有理意，常秉无鬼论[2]。忽有一黑衣白袷客来与共语，遂及鬼神。移日，客辞屈，乃曰：“君辞巧，理不足。仆即是鬼，何以云无？”问：“鬼何以来？”答曰：“受使来取君，期尽明日食时。”门生请乞酸苦，鬼问：“有人似君者否？”门生云：“施续帐下都督与仆相似。”便与俱往，与都督对坐。鬼手中出一铁凿，可尺余，安着都督头，便举椎打之。都督云：“头觉微痛。”向来转剧，食顷便亡。

译文

吴兴郡的施续任寻阳郡督军大将，善于言谈议论。他有个学生也很有论列是非的学识，曾经持无鬼论。忽然有一个身穿黑衣白领的客人来和他一起谈论，于是就谈到鬼神的事。太阳歪西了，那客人已辞穷理屈，就说：“您的话说得很巧妙，但理由却不充分。我就是鬼，您凭什么说没有？”这学生问：“你这鬼为什么而来？”那鬼回答说：“我受到委派来抓您，时间最后只能拖到明天吃饭的时候。”这学生苦苦哀求，鬼便问道：“有没有人长得像您的样子？”学生说：“施续手下有个都督和我长得很相像。”学生便带着鬼一起去了，和都督面对面坐着。鬼的手里拿出一把铁凿子，大约有一尺多长，把它安放在都督的头上，便举起锤子打这铁凿。都督说：“我头上感到稍微有点疼痛。”接着疼痛加剧，一顿饭的工夫就死了。

注释

1 **吴兴:**见第211条注。 **寻阳:**郡名,西晋置,治所在寻阳县(今湖北省黄梅县西南),东晋咸和中移治柴桑县(今江西省九江市西南)。

2 **常:**通"尝"。

原文

380. 蒋济,字子通,楚国平阿人也[1],仕魏,为领军将军。其妇梦见亡儿涕泣曰:"死生异路。我生时为卿相子孙,今在地下为泰山伍伯[2],憔悴困苦不可复言。今太庙西讴士孙阿见召为泰山令,愿母为白侯[3],属阿[4],令转我得乐处[5]。"言讫,母忽然惊寤。明日以白济,济曰:"梦为虚耳,不足怪也。"日暮,复梦曰:"我来迎新君,止在庙下。未发之顷,暂得来归。新君明日日中当发,临发多事,不复得归,永辞于此。侯气强,难感悟,故自诉于母。愿重启侯,何惜不一试验之[6]?"遂道阿之形状,言甚备悉。天

译文

蒋济,字子通,楚国平阿县人,在魏国做官,任领军将军。他妻子梦见死去的儿子哭着对她说:"死和生真是两个世界。我活着的时候是将相的子孙,如今在阴间却只是个泰山阴府的差役,那劳累困苦不能再说了。现在太庙西边的歌手孙阿被征召为泰山县令,希望母亲替我去告诉父亲昌陵亭侯,让他去嘱托孙阿,叫孙阿把我调到快乐的地方。"说完,母亲忽然惊醒了。第二天他母亲把这梦告诉了蒋济,蒋济说:"梦都是假的,不值得大惊小怪。"到了晚上,母亲又梦见儿子说:"我来迎接新任的县令孙阿,在太庙边歇息。趁还没出发之际,暂时可以回来一下。新任的县令明天中午要出发了,临近出发的时候事情很多,我不能再回来了,所以和您就此永别了。父亲脾气倔强,很难使他醒悟,所以我独自向母亲您诉说。希望您再去开导开导父亲,为什么要这样吝啬时间不去孙阿那里验证一下呢?"于是就描述了孙阿的长相,他对孙阿的描述非常详尽。天亮后,母亲又劝

明，母重启济："虽云梦不足怪，此何太適適[7]？亦何惜不一验之？"济乃遣人诣太庙下推问孙阿，果得之，形状证验，悉如儿言。济涕泣曰："几负吾儿！"于是乃见孙阿，具语其事。阿不惧当死，而喜得为泰山令，惟恐济言不信也，曰："若如节下言[8]，阿之愿也。不知贤子欲得何职？"济曰："随地下乐者与之。"阿曰："辄当奉教。"乃厚赏之。言讫，遣还。济欲速知其验，从领军门至庙下，十步安一人，以传消息。辰时传阿心痛，巳时传阿剧，日中传阿亡。济曰："虽哀吾儿之不幸，且喜亡者有知。"后月余，儿复来，语母曰："已得转为录事矣。"

导蒋济："虽然说梦里的事情不值得大惊小怪，但这个梦为什么会这样明明白白？你又为什么要这样吝啬时间不去孙阿那里验证一下呢？"蒋济就派人到太庙边上去打听查询孙阿，果然找到了他，验看他的长相，都和儿子说的一样。蒋济痛哭流涕地说："我差一点辜负了我的儿子啊！"于是蒋济就召见了孙阿，详细地叙述了这件事情。孙阿并不怕自己会死去，反而为自己能做泰山县令而感到高兴，他只怕蒋济的话不确实，所以说："如果真像将军所说的那样，实在是我的愿望啊。不知道贤子想得到什么官职？"蒋济说："随便把什么阴间的美差给他就行了。"孙阿说："我立即就按您的吩咐去办。"蒋济就优厚地奖赏了他。说完，就打发孙阿回去。蒋济想快一点知道这事的结果，便从他的领军将军府门直到太庙边，每十步安置一个人，用来传递消息。上午八点钟左右传来消息说孙阿心口疼痛，十点钟左右传来消息说孙阿的心痛加剧，到中午传来消息说孙阿死了。蒋济说："我虽然伤心我儿子的不幸，但也为他死后还有知觉而感到高兴。"过了一个多月，儿子又来托梦了，他告诉母亲说："我已经调任录事参军了。"

注释

1 **楚国**：西汉初置，治所在彭城县（今江苏省徐州市），东汉章和二年(88)

改为彭城国，此乃用旧称。 **平阿**：县名，东汉置，治所在今安徽省怀远县西南，属九江郡，原属沛郡（参见第69条注），故此云“楚国平阿”。

2 **泰山**：见第361条注。

3 **侯**：蒋济任领军将军，封昌陵亭侯，所以他儿子称他为“侯”。

4 **属**(zhǔ)：通“嘱”。

5 **令**：毛本作“今”，据张本改。

6 **何惜**：相当于第383条的“何惜须臾”。

7 **適適**(dí dí)：通“的的”（见第261条）。

8 **节下**：即麾下，古时对将帅的尊称。

原文

381. 汉令支县有孤竹城[1]，古孤竹君之国也。灵帝光和元年，辽西人见辽水中有浮棺[2]，欲斫破之，棺中人语曰：“我是伯夷之弟孤竹君也。海水坏我棺椁，是以漂流。汝斫我何为？”人惧，不敢斫，因为立庙祠祀。吏民有欲发视者，皆无病而死。

译文

汉代令支县内有座孤竹城，是古代孤竹君的国都。汉灵帝光和元年(178)，辽西郡的人看见辽河中有一口漂浮着的棺材，想要砍破它，棺材里的人对他们说：“我是伯夷的弟弟孤竹君啊。海水冲坏了我的棺材外套，因此我漂流在辽河中。你们砍我的棺材做什么？”人们害怕了，不敢再砍了，还因此给孤竹君建造了庙宇并祭祀他。官吏百姓之中有谁想打开棺材看一下孤竹君的，都没有生病便死了。

注释

1 **令支**：毛本作“不其”，据汪校改。不其为西汉所置县，治所在今山东省青岛市崂山区西北，非孤竹城所在地。 **令支县**：秦置，治所在今河北省迁安市西。 **孤竹**：商、周时国，在今河北省卢龙县南。

2 **辽西**：郡名，战国燕置，秦时治所在阳乐县（今辽宁省义县西），三国魏与阳乐县同移治今河北省卢龙县东南。

原文

382. 温序，字公次，太原祁人也[1]，任护军校尉，行部至陇西[2]，为隗嚣将所劫，欲生降之，序大怒，以节挝杀人。贼趋欲杀序，荀宇止之曰："义士欲死节。"赐剑，令自裁。序受剑，衔须着口中，叹曰："无令须污土。"遂伏剑死。世祖怜之[3]，送葬到洛阳城旁，为筑冢。长子寿，为邹平侯相[4]，梦序告之曰："久客思乡。"寿即弃官，上书乞骸骨归葬，帝许之。

译文

温序，字公次，太原郡祁县人，任护军校尉，他巡视部属来到陇西郡，被隗嚣的部将劫持，这些强盗想要他活着投降，温序十分愤怒，便用符节击杀他们。强盗们奔上去想杀死温序，荀宇阻止他们说："有节操的人要为气节而死。"说完就赐给温序一把宝剑，叫他自杀。温序接过剑，把胡须衔在嘴里，叹息说："别让泥土把我的胡须搞脏了。"于是就拿起剑自刎而死。世祖光武帝爱怜他，把他的尸体送到洛阳城边埋葬了，并给他修筑了坟墓。他的大儿子温寿，任邹平侯丞相，曾梦见温序告诉他说："我长时间待在外地，十分想念家乡。"温寿就辞去了官职，上书乞求将父亲的尸骨迁葬到老家去，皇帝批准了他的请求。

注释

1 **太原**：见第371条注。**祁**：毛本作"祈"，据汪校改。**祁**：县名，春秋晋置，治所即今山西省祁县东南祁城。

2 **陇西**：郡名，战国秦置，治所在狄道县（今甘肃省临洮县），三国魏移治襄武县（今甘肃省陇西县东南）。

3 **世祖**：毛本作"更始"，据汪校改。

4 **邹平侯相**：毛本作"印平侯"，据汪校改。

原文

383. 汉南阳文颖[1]，字叔良[2]，建安中为甘陵府丞[3]。过

译文

汉代南阳郡人文颖，字叔良，建安年间(196—220)任甘陵郡丞相。

界止宿，夜三鼓时，梦见一人跪前曰："昔我先人葬我于此，水来湍墓，棺木溺，渍水处半，然无以自温。闻君在此，故来相依，欲屈明日暂住须臾，幸为相迁高燥处。"鬼披衣示颖，而皆沾湿[4]。颖心怆然，即寤，语诸左右。曰："梦为虚耳，亦何足怪？"颖乃还眠，向寐复梦见，谓颖曰："我以穷苦告君，奈何不相愍悼乎？"颖梦中问曰："子为谁[5]？"对曰："吾本赵人，今属汪芒氏之神。"颖曰："子棺今何所在？"对曰："近在君帐北十数步，水侧枯杨树下即是吾也。天将明，不复得见，君必念之。"颖答曰："喏[6]。"忽然便寤。天明可发，颖曰："虽曰梦不足怪，此何太适？"左右曰："亦何惜须臾不验之耶？"颖即起，率十数人，将导顺水上，果得一枯杨，曰："是

有一次他路过边界时停下来住宿，半夜三更时分，梦见一个人跪在他面前说："过去我的父亲把我埋葬在这里，河水流过来涌进了我的坟墓，我的棺材被淹了，有一半泡在水里，而我也没有什么办法能自己取暖。听见您来到这儿，所以来依靠您，想委屈您明天暂时停留片刻，希望您给我把棺材搬迁到高爽干燥的地方去。"这个说话的鬼还揭开衣裳给文颖看，的确都浸湿了。文颖心里感到很凄凉，当即醒了过来，把这梦告诉给身边的人。身边的人却说："梦都是假的，哪里值得您大惊小怪？"文颖就又回去睡了，刚刚睡着便又梦见这个鬼，对他说："我把我的困苦告诉了您，怎么不哀怜我呢？"文颖在梦中问道："您是谁？"鬼回答说："我本来是赵国人，今天属于汪芒国的神管辖。"文颖说："您的棺材现在在什么地方？"鬼回答说："很近，就在您帐篷北边十几步，那河边的枯杨树下面就是我的棺材。天就要亮了，我不能再见到您了，您一定要把这事放在心上。"文颖回答说："好的。"一下子就又醒了。天亮以后该出发了，文颖说："虽然说梦里的事不值得大惊小怪，但这个梦为什么会这样明明白白？"他身边的人说："那你又为什么要吝啬这一点点时间不去验证一下呢？"文颖便立即起身，率领了十几个人，带着他们顺着河流

矣。”掘其下，未几，果得棺。棺甚朽坏，半没水中[7]。颖谓左右曰：“向闻于人，谓之虚矣。世俗所传，不可无验。”为移其棺，葬之而去。

向上走，果然发现一棵干枯的杨树，便说：“就是这个地方了。”于是挖掘杨树底下，没有多少工夫，果然发现了棺材。棺材腐烂损坏得很厉害，有一半浸在水中。文颖对身边的人说：“昨晚我把鬼托梦的事告诉给你们，你们都说它是假的。其实世间流传的东西，是不可能没有验证的啊。”于是为这个鬼搬迁了棺材，把它埋葬好了才离去。

注释

1 **南阳**：见第88条注。

2 **良**：毛本作“长”，据汪校改。

3 **甘陵**：郡名，东汉桓帝建和二年(148)改清河国为甘陵国，治所在甘陵县(今山东省临清市东北)，建安十一年(206)国除而为郡。 **府丞**：汉代郡太守佐官郡丞的别称。

4 **沾**：毛本作“沽”，据张本改。

5 **子**：毛本作“于”，据张本改。

6 **喏**：同“诺”。

7 **半没**：毛本作“没半”，据张本改。

原文

384. 汉九江何敞为交趾刺史[1]，行部到苍梧郡高要县[2]，暮宿鹄奔亭，夜犹未半，有一女从楼下出，呼曰：“妾姓苏，名娥，字始珠，本居广信县[3]，修里人。早失父母，又无兄弟，嫁与同县

译文

汉朝九江郡人何敞任交趾刺史，有一次视察部属来到苍梧郡高要县，夜里留宿在鹄奔亭，还没有到半夜，便有一个女子从楼下走出来，呼冤叫屈地对他说：“我姓苏，名娥，字始珠，本来居住在广信县，是修里人。我很早就失去了父母，又没有哥哥弟弟，就嫁给了本县的

施氏。薄命夫死，有杂缯帛百二十匹，及婢一人名致富。妾孤穷羸弱，不能自振，欲之傍县卖缯，从同县男子王伯赁车牛一乘，直钱万二千，载妾并缯，令致富执辔，乃以前年四月十日到此亭外。于时日已向暮，行人断绝，不敢复进，因即留止。致富暴得腹痛，妾之亭长舍乞浆取火。亭长龚寿操戈持戟来至车旁，问妾曰：'夫人从何所来？车上所载何物？丈夫安在？何故独行？'妾应曰：'何劳问之？'寿因持妾臂曰：'少年爱有色，冀可乐也。'妾惧怖不从。寿即持刀刺胁下，一创立死。又刺致富，亦死。寿掘楼下合埋，妾在下，婢在上；取财物去，杀牛烧车，车釭及牛骨贮亭东空井中[4]。妾既冤死，痛感皇天，无所告诉，故来自归于明使君。"敞曰："今欲发出汝尸，以何为验？"女曰：

施家。也是我的命薄，丈夫又死了，但还有各种各样的丝织品一百二十匹，以及一个名叫致富的婢女。我孤单穷困又瘦弱，不能自谋生计，所以想到邻县去卖掉这些丝织品，就从本县的一个男人王伯那里租了一辆牛车，那牛车值一万二千文钱，载了我和丝织品，叫致富手握缰绳驾车，就在前年四月十日来到这鹄奔亭外面。当时太阳已快下山，路上都没人了，我不敢再前进，便到这里留宿。致富突发腹痛，我便到亭长的住处去讨一点茶水和火种。那亭长龚寿却手拿戈戟来到车边，问我说：'夫人从什么地方来？车上装的是什么东西？丈夫在哪里？为什么单独一个人赶路？'我回答说：'何必劳驾你问这些事情？'龚寿便抓住我的胳膊说：'小伙子喜欢漂亮的姑娘，希望你能让我乐一下。'我十分害怕，不肯依从他。龚寿便拿起刀刺我的肋下，一刀刺进来我就立即死了。他又刺致富，致富也死了。龚寿在楼下挖了个坑把我们合埋在里边，我在底下，婢女致富在上面；他取走了财物，杀了牛，烧了车，车毂内口的铁圈和牛骨都藏在这亭楼东边的空井里。我虽然冤屈而死，但痛切地感到天高皇帝远，实在没有地方去控告诉说，所以便亲自来投诉给您这贤明的刺史。"何敞说："我现在想挖出你的尸

“妾上下着白衣，青丝履，犹未朽也。愿访乡里，以骸骨归死夫。”掘之，果然。敞乃驰还，遣吏捕捉，拷问，具服。下广信县验问，与娥语合。寿父母兄弟，悉捕系狱。敞表寿：“常律，杀人不至族诛，然寿为恶首，隐密数年，王法自所不免。令鬼神诉者，千载无一，请皆斩之，以明鬼神，以助阴诛。”上报听之。

体，用什么来证明那是你的尸体呢？”那女子说：“我上下身都穿着白色的衣服，脚上穿着青丝鞋，还没有腐烂。希望您去询问一下我家乡的人，把我的尸骨归葬到我死去的丈夫那里。”何敞叫人挖掘尸体，果然是这样。何敞就赶着马回到自己的官府，派遣差役逮捕犯人，拷问审讯以后，犯人们都服了罪。他又到广信县查问，也和苏娥说的话相合。龚寿的父母兄弟，全部被逮捕入狱。何敞给朝廷所写的有关龚寿一案的表文说：“按照通常的法律，杀人不至于满门抄斩，但龚寿做了罪大恶极的事，家里的人却隐瞒了好几年，王法自然不能让他们免受惩罚。让鬼魂的神灵来起诉的事，千年也碰不到一次，所以我请求把他们都杀了，用来彰显鬼魂的神灵，用来帮助鬼魂对恶人的惩罚。”皇帝的批复同意何敞的意见。

注释

1 **九江：**郡名，秦置，治所在寿春县（今安徽省寿县），汉高帝四年（前203）改为淮南国，元狩初复为九江郡。东汉移治阴陵县（今安徽省定远县西北）。 **交趾：**见第81条注。毛本作“交州”，据汪校改。

2 **苍梧：**见第267条注。**要：**毛本作“安”，据汪校改。高安县为西晋所置（治所在今越南清化东南），与何敞年代不符。 **高要县：**西汉置，治所在今广东省肇庆市。

3 **广信县：**西汉置，治所即今广西梧州市。

4 **釭：**毛本作“缸”，据汪校改。

原文

385. 濡须口有大船[1]，船覆在水中，水小时便出见。长老云："是曹公船。"尝有渔人，夜宿其旁，以船系之，但闻筝笛弦歌之音[2]，又香气非常。渔人始得眠，梦人驱遣云："勿近官妓。"相传云曹公载妓船覆于此，至今在焉。

译文

濡须口有一条大船，船身沉没在水中，水小的时候就露出来了。老人们说："这是曹操的船。"曾经有一个渔夫，夜里停宿在它的旁边，把自己的船缚在这条大船上，只听见那用筝笛伴奏来歌唱的声音，又有非同寻常的香气飘来。渔夫刚入睡，便梦见有人驱赶他说："别靠近官家的歌伎。"相传说曹操载歌伎的船就沉在这里，直到现在这条船还在这里。

注释

1 **濡须口：**在今安徽省无为市东南，为古代濡须水流入长江之口。

2 **筝：**毛本作"竽"，据汪校改。

原文

386. 夏侯恺，字万仁，因病死。宗人儿苟奴，素见鬼。见恺数归，欲取马，并病其妻，着平上帻[1]，单衣，入坐生时西壁大床，就人觅茶饮。

译文

夏侯恺，字万仁，因生病而死了。他同族人的儿子苟奴，平素能看见鬼。苟奴看见夏侯恺多次回家，想取走马，并为他的妻子担忧，回家时戴着平顶头巾，穿着单衣，进屋坐在他在世时经常坐的西墙边的大床上，向人要茶喝。

注释

1 **平上帻：**见第179条注。

原文

387. 诸仲务一女显姨嫁为米元宗妻，产亡于家。俗间产亡者以墨点面[1]，其母不忍，仲务密自点之，无人见者。元宗为始新县丞[2]，梦其妻来上床，分明见新白妆面上有黑点。

译文

诸仲务有一个女儿叫显姨的嫁给米元宗做妻子，生小孩时死在家中。当时民间生小孩而死的要用墨点在脸上，她母亲不忍心这样做，诸仲务就偷偷地自己去给女儿点墨，没有人看见他这样做。米元宗任始新县的县丞，梦见他妻子来上床，分明看见她那刚用白粉化过妆的脸上有黑点。

注释

1 **间**：毛本作"闻"，据汪校改。

2 **始新县**：东汉建安十三年(208)孙权置，治所在今浙江省淳安县西北新安江北岸。

原文

388. 晋世新蔡王昭[1]，平犊车在厅事上，夜无故自入斋室中，触壁而出，后又数闻呼噪攻击之声四面而来。昭乃聚众，设弓弩战斗之备，指声弓弩俱发，而鬼应声接矢数枚，皆倒入土中。

译文

晋代新蔡县人王昭，他平时用的牛车停在官府公堂上，夜间却无缘无故地自动闯进斋室中，撞破墙壁冲了出去，后来又多次听到呼喊喧闹以及攻打的声音从四面传来。王昭就召集了很多人，准备好了弓弩等战斗武器，对准声音将所有弓弩上安的箭都射出去了，而鬼也随声挨了好几箭，都跌倒在泥土中。

注释

1 **新蔡**：见第215条注。

原文

389. 吴赤乌三年，句章民杨度至余姚[1]。夜行，有一年少持琵琶求寄载，度受之。鼓琵琶数十曲，曲毕，乃吐舌擘目，以怖度而去。复行二十里许，又见一老父，自云姓王名戒，因复载之，谓曰："鬼工鼓琵琶，甚哀。"戒曰："我亦能鼓。"即是向鬼，复擘眼吐舌，度怖几死。

译文

吴国赤乌三年(240)，句章县百姓杨度到余姚去。他在夜里赶路，有一个少年拿着琵琶要求搭车，杨度接受了他。那少年弹琵琶弹了几十支曲子，曲子弹完后，就吐出舌头擘开眼睛，以此来吓唬杨度后就走了。又走了二十里左右，杨度又看见一个老人，自称姓王名戒，杨度就又让他搭了车，还对他说："鬼善于弹琵琶，弹得很悲哀。"王戒说："我也会弹。"原来他就是刚才那个鬼，又擘开眼睛吐出舌头，杨度吓得差一点死去。

注释

1 **句章：**县名，秦置，治所在今浙江省余姚市东南。 **余姚：**县名，西汉置，治所即今浙江省余姚市。

原文

390. 琅琊秦巨伯[1]，年六十，尝夜行饮酒，道经蓬山庙，忽见其两孙迎之，扶持百余步，便捉伯颈着地，骂："老奴！汝某日捶我，我今当杀汝！"伯思惟，某时信捶此孙。伯乃佯死，乃置伯去。伯归家，欲治两孙。两孙惊惋，叩头言：

译文

琅琊郡人秦巨伯，年龄六十岁，曾经在夜里出去喝酒，路过蓬山庙的时候，忽然看见他的两个孙子来迎接他，一个孙子搀扶着他才走了一百多步，便掐住他的脖子把他按倒在地，嘴里骂道："老奴才！你某某天毒打了我，我今天要杀死你！"秦巨伯想了想，那天的确打过这个孙子。秦巨伯就装死了，两个孙子便扔下秦巨伯走了。秦巨伯回到家中，想要处罚两个孙子。两个孙子又惊讶又惋惜，向他磕头说："做子孙的哪会有这

"为子孙宁可有此？恐是鬼魅，乞更试之。"伯意悟。数日，乃诈醉，行此庙间，复见两孙来扶持伯。伯乃急持，鬼动作不得。达家，乃是两人也。伯着火炙之，腹背俱焦坼，出着庭中，夜皆亡去。伯恨不得杀之。后月余，又佯酒醉夜行，怀刃以去，家不知也。极夜不还，其孙恐又为此鬼所困，乃俱往迎伯，伯竟刺杀之。

种事？恐怕是鬼魅作祟，求您再去试他们一下。"秦巨伯心中有点醒悟了。过了几天，他就又假装喝醉了酒，走到这座庙前，又看见两个孙子来搀扶他。秦巨伯就马上把他们紧紧挟住，鬼动弹不得。到家中一看，却是两个庙中的木偶人。秦巨伯点了火烤他们，他们的腹部、背部都被烤得枯焦裂开了，就把他们提出去扔在院子中，到夜里他们便都逃跑了。秦巨伯后悔自己没能把他们杀了。一个多月后，秦巨伯又假装喝醉了酒在夜里外出，他怀里藏着利器离家，家里的人却不知道。夜深了他还没有回来，他的孙子怕他又被那鬼魅困住，就一起去迎候秦巨伯，秦巨伯竟然把自己的两个孙子刺死了。

注释

1 **琅琊**：见第69条注。

原文

391. 汉建武元年[1]，东莱人姓池[2]，家常作酒。一日，见三奇客，共持面饭至，索其酒饮，饮竟而去。顷之，有人来，云见三鬼酣醉于林中。

译文

汉代建武元年(25)，东莱郡有个姓池的人，家里常常造酒。有一天，他看见三个奇怪的客人，一起拿着面食和米饭来到他家，向他要酒喝，喝完就走了。一会儿，有一个人来，说看见三个鬼醉倒在树林里。

注释

1 **建武**：毛本作"武建"，据汪校改。

2 **东莱**:见第53条注。

原文

392. 吴先主杀武卫兵钱小小,形见大街,顾借赁人吴永[1],使永送书与街南庙,借木马二匹,以酒噀之,皆成好马,鞍勒俱全。

译文

吴先主孙权杀死了武卫营中的小兵钱小小,钱小小死后却在大街上显出原形,并雇用佣工吴永,派吴永送信给大街南端的庙宇,到庙里借两匹木马,然后用酒喷了一下木马,便都变成了好马,连鞍座和马笼头都完备了。

注释

1 **顾**:通"雇"。

原文

393. 南阳宋定伯[1],年少时夜行逢鬼,问之,鬼言:"我是鬼。"鬼问:"汝复谁?"定伯诳之,言:"我亦鬼。"鬼问:"欲至何所?"答曰:"欲至宛市[2]。"鬼言:"我亦欲至宛市。"遂行数里,鬼言:"步行太迟,可共递相担,何如?"定伯曰:"大善。"鬼便先担定伯数里。鬼言:"卿太重,将非鬼也?"定伯言:"我新鬼,故身重耳。"定伯因复担鬼,鬼略无重。如是再

译文

南阳郡人宋定伯,年轻的时候在夜里赶路碰上了鬼,就询问他,鬼说:"我是鬼。"鬼问:"你又是谁?"宋定伯欺骗他,说:"我也是鬼。"鬼问:"你要到什么地方去?"宋定伯回答说:"要到宛县的市场上去。"鬼说:"我也要到宛县的市场上去。"于是他们结伴而行走了几里路,鬼说:"步行太慢,我们可以彼此轮流互相背着走,怎么样?"宋定伯说:"那太好了。"鬼就先背着宋定伯走了几里。鬼说:"您太重,恐怕不是鬼吧?"宋定伯说:"我是新鬼,所以身体才沉重。"接下来宋定伯也背起了鬼,鬼一点儿也没有重量。像这样轮换了两三次,宋定伯又说:"我是新鬼,

三，定伯复言："我新鬼，不知有何所畏忌。"鬼答言："惟不喜人唾。"于是共行，道遇水，定伯令鬼先渡，听之，了然无声音。定伯自渡，漕漼作声。鬼复言："何以有声？"定伯曰："新死，不习渡水故耳。勿怪吾也。"行欲至宛市，定伯便担鬼着肩上，急执之。鬼大呼，声咋咋然，索下，不复听之，径至宛市中，下着地，化为一羊，便卖之，恐其变化，唾之，得钱千五百乃去。当时石崇有言："定伯卖鬼，得钱千五。"

不知道鬼有什么害怕和忌讳的东西。"鬼回答说："只是不喜欢人吐口水。"于是他们还是一起走，路上碰到了河，宋定伯叫鬼先渡，仔细听鬼渡河，一点声音也没有。宋定伯自己渡河时，嘈嘈啐啐地发出声音。鬼又说："你渡河为什么有声音？"宋定伯说："是我刚死，不熟习淌水过河的缘故吧。你不要认为我有什么奇怪的。"快要走到宛县市场了，宋定伯便把鬼背在肩上，紧紧地捏住他。鬼大声叫嚷，发出咋咋的声音，请求宋定伯把他放下来，宋定伯不再听他的，一直走到宛县市场上，才把他放下扔在地上，鬼却变成了一只羊，宋定伯就把这只羊卖了，怕它再有变化，便对它吐了些口水，得到了一千五百文钱就走了。当时石崇说过这样的话："定伯卖鬼，得钱千五。"

注释

1 **南阳**：见第 88 条注。

2 **宛**：县名，秦昭王置，治所在今河南省南阳市。

原文

394. 吴王夫差小女名曰紫玉，年十八，才貌俱美。童子韩重，年十九，有道术。女悦之，私交信问，许为之妻。重学于齐鲁之间，临去，

译文

吴王夫差的小女儿名叫紫玉，年纪十八岁，才能和容貌都很出色。有个少年叫韩重，年纪十九岁，有道德学问。紫玉爱上了他，私下和他通信问候，答应做他的妻子。韩重要到齐国、鲁国一

属其父母[1]，使求婚。王怒，不与女。玉结气死，葬阊门之外[2]。三年重归，诘其父母，父母曰："王大怒，玉结气死，已葬矣。"重哭泣哀恸，具牲币，往吊于墓前。玉魂从墓出，见重流涕，谓曰："昔尔行之后，令二亲从王相求[3]，度必克从大愿[4]。不图别后遭命，奈何？"玉乃左顾，宛颈而歌曰："南山有乌，北山张罗；乌既高飞，罗将奈何？意欲从君，谗言孔多。悲结生疾，没命黄垆。命之不造，冤如之何！羽族之长，名为凤凰；一日失雄，三年感伤；虽有众鸟，不为匹双。故见鄙姿[5]，逢君辉光。身远心近，何当暂忘？"歌毕，歔欷流涕，要重还冢[6]。重曰："死生异路。惧有尤愆，不敢承命。"玉曰："死生异路，吾亦知之。然今一别，永无后期。子将畏我为鬼而祸子乎？欲诚所奉，宁不

带去求学，临走时，嘱咐他的父母，让他们去求婚。吴王很生气，不肯把女儿嫁给韩重。紫玉因此郁闷而死，埋葬在阊门的外边。三年后韩重回到家中，问他的父母，父母说："吴王非常生气，紫玉也郁结而死，早已埋葬了。"韩重痛哭流涕，十分悲哀，就准备了牺牲币帛等祭品，去紫玉墓前悼念她。紫玉的灵魂从坟墓中走了出来，见到韩重后便流出了眼泪，对韩重说："过去您走了以后，您双亲向父王求婚，想必能成全我这终生大愿。没料到分别以后遭到这样的命运，又有什么办法呢？"紫玉于是向左边掉过头去，弯着脖子唱道："南山有只乌，北山张网罗；乌鹊已高飞，罗网将如何？心想嫁给您，坏话又很多。郁结生重病，没命葬黄土。命运真不好，冤死又如何！鸟类的大王，名字叫凤凰；一日失雄凤，三年常感伤；虽有众鸟在，不愿配成双。故显鄙陋身，迎您满面光。身远心相近，哪有一刻忘？"唱完后，紫玉抽泣流泪，邀请韩重一起回到坟墓里。韩重说："死和生是两个世界。我怕这样做有罪过，不敢接受您的邀请。"紫玉说："死和生是两个世界，我也知道这个道理。但是今天一分别，以后就永远没有见面的机会了。您是怕我成了鬼而来害您吗？我想要真诚地把自己奉献给您，难

相信？”重感其言，送之还家。玉与之饮宴，留三日三夜，尽夫妇之礼。临出，取径寸明珠以送重，曰：“既毁其名，又绝其愿，复何言哉？时节自爱。若至吾家，致敬大王。”重既出，遂诣王，自说其事。王大怒，曰：“吾女既死，而重造讹言以玷秽亡灵，此不过发冢取物托以鬼神。”趣收重[7]。重走脱，至玉墓所诉之。玉曰：“无忧！今归白王。”王妆梳，忽见玉[8]，惊愕悲喜，问曰：“尔缘何生？”玉跪而言曰：“昔诸生韩重来求玉，大王不许，玉名毁义绝，自致身亡。重从远还，闻玉已死，故赍牲币，诣冢吊唁。感其笃终，辄与相见，因以珠遗之。不为发冢，愿勿推治。”夫人闻之，出而抱之，玉如烟然。

道您不相信？”韩重被她的话感动了，就送她回到坟墓中去。紫玉置办了酒宴款待他，留他住了三天三夜，尽到了夫妻之间的礼仪。韩重将要出坟墓时，紫玉拿了一颗直径一寸的明珠送给韩重，对他说：“父王既毁坏了我的名声，又断绝了我的心愿，还有什么话可说呢？季节交替气候变化时您自己要多加保重。如果去我家，请您代我向父王表示敬意。”韩重出了坟墓，就去拜见吴王，主动叙述了这些事情。吴王大发雷霆，说：“我女儿已经死了，韩重却制造谣言来污辱死者的灵魂，这不过是偷挖坟墓盗窃宝物而假托鬼神罢了。”于是马上派人逮捕韩重。韩重逃跑了，来到紫玉的坟地诉说了这件事。紫玉说：“别担心！我现在就回去向父王说明。”吴王正在梳洗，忽然看见紫玉，大吃一惊，又悲又喜，问道：“你为何又活了？”紫玉跪着说道：“过去书生韩重来求婚要娶我，大王不同意，我紫玉名誉被毁坏而情义被割断，所以我自己把自己折磨死了。韩重从远方回来，听说我已经死了，所以特地送来牺牲币帛等祭品，到坟上悼念我。我感激他情意深厚始终如一，就立即和他见了面，接着又把明珠送给了他。他没有去挖我的坟，请大王别再追究惩办他了。”吴王夫人听见紫玉的声音，便出来抱她，紫玉却像烟一样消失了。

注释

1 **属**:通“嘱”。

2 **阊门**:吴国都城西北的城门,即今江苏省苏州市阊门。

3 **令**:您的,对对方亲属的尊称之词。

4 **度**(duó):估计。 **克**:能。

5 **见**(xiàn):同“现”。

6 **要**(yāo):邀请。

7 **趣**(cù):通“促”。 **收**:捕。

8 **玉**:毛本作“王”,据张本改。

原文

395. 陇西辛道度者[1],游学至雍州城四五里[2],比见一大宅,有青衣女子在门。度诣门下求飧。女子入告秦女,女命召入。度趋入阁中,秦女于西榻而坐。度称姓名,叙起居,既毕,命东榻而坐。即治饮馔。食讫,女谓度曰:“我秦闵王女[3],出聘曹国,不幸无夫而亡。亡来已二十三年,独居此宅。今日君来,愿为夫妇,经三宿。”三日后,女即自言曰:“君是生人,我鬼也,共君宿契,此会

译文

陇西郡有个叫辛道度的,外出求学来到离雍州城还有四五里的地方,在近处看见一座很大的住宅,有一个身穿青衣的婢女站在门口。辛道度便到门前请求吃顿晚饭。婢女进去报告了秦王的女儿,那秦姑娘便叫婢女召唤辛道度进屋。辛道度有礼地小步快走进入闺房中,秦姑娘在西边的床榻上坐着。辛道度报上自己的姓名,请了安,寒暄问候完毕,秦姑娘便叫他在东边的床榻上坐下。接着就准备好了酒菜饭食一起进餐。吃完后,秦姑娘对辛道度说:“我是秦闵王的女儿,出聘给了曹国,不幸我还没有成婚就死了。死亡以来已经二十三年,独自居住在这住宅里。今天您来了,我希望和您做夫妻,一起度过三夜。”三天以后,秦姑娘便主动对辛道度说:“您是活人,我是鬼,虽然和您前世有缘,但这种幽会只可以有三夜,您不

可三宵，不可久居，当有祸矣。然兹信宿，未悉绸缪，既已分飞，将何表信于郎？”即命取床后盒子开之，取金枕一枚，与度为信。乃分袂泣别，即遣青衣送出门外。未逾数步，不见舍宇，惟有一冢。度当时荒忙出走，视其金枕在怀，乃无异变。寻至秦国，以枕于市货之，恰遇秦妃东游，亲见度卖金枕，疑而索看，诘度何处得来。度具以告。妃闻，悲泣不能自胜，然尚疑耳[4]。乃遣人发冢，启柩视之，原葬悉在，唯不见枕；解体看之，交情宛若。秦妃始信之，叹曰：“我女大圣，死经二十三年，犹能与生人交往，此是我真女婿也。”遂封度为驸马都尉，赐金帛车马，令还本国。因此以来，后人名女婿为“驸

可以长时间住下去，否则就会有祸害了。但是这么短暂地住两夜，还没有能够尽情地了却我们之间那如胶似漆的缠绵情意，既然我们已经要劳燕分飞了，我拿什么来向郎君表明我终身相许的真情呢？”于是当即叫婢女把床后的盒子拿来打开，取出一个金枕，给辛道度作为信物。秦姑娘于是哭泣着和辛道度分手告别，又派婢女把他送出门外。辛道度还没走几步，这房屋就不见了，只有一座坟墓。辛道度当时慌忙出逃，看看那金枕倒还在怀里，并没有发生怪异的变化。不久他便来到秦国，把这金枕放在市场上出售，恰巧碰上秦妃到东方游玩，秦妃亲眼看见辛道度在卖金枕，因有点怀疑就向辛道度要来仔细察看，并追问辛道度是从什么地方得到的。辛道度详细地把事情的前后经过告诉了秦妃。秦妃听了后，悲哀地哭泣着不能自持，但还有点怀疑。于是派人去挖那坟墓，打开棺材仔细查看，只见原先葬下去的东西都在，只是不见了金枕；解开衣服验看秦姑娘的身体，男女交欢的痕迹宛然在目。秦妃这才相信了辛道度的话，感慨地说：“我的女儿真是十分神通，死了经过二十三年，还能和活人交往，这辛道度是我真正的女婿啊。”于是封辛道度为驸马都尉，赐给他金帛车马，叫他回到自己的封国。从这件事发生以来，后代的人便把女婿称为“驸马”。现在国

马”。今之国婿，亦为驸马矣。

王的女婿，也被称作驸马了。

注释

1 **陇西**：见第382条注。

2 **雍州城**：在今陕西省凤翔县西南，秦德公元年（公元前677年）自平阳迁都于此，至秦灵公（公元前424至公元前415年在位）又迁都泾阳。后置为雍县。

3 **秦闵王**：当即《史记》的秦悼公（公元前490至公元前477年在位）。“闵”“悼”同义，故称。

4 **尚**：毛本作“向”，据张本改。

原文

396. 汉谈生者，年四十，无妇，常感激读《诗经》。夜半，有女子年可十五六，姿颜服饰天下无双，来就生，为夫妇之言，曰：“我与人不同，勿以火照我也。三年之后，方可照耳。”与为夫妇，生一儿。已二岁，不能忍，夜伺其寝后盗照视之。其腰已上生肉如人，腰已下但有枯骨。妇觉，遂言曰：“君负我。我垂生矣，何不能忍一岁而竟相照也？”生辞谢。涕泣不可

译文

汉朝有个叫谈生的，年纪四十岁了，还没有妻子，常常因为有所感慨激动而诵读《诗经》。有一天半夜，有个姑娘年纪大约在十五六岁，体态容貌衣着打扮天下没有谁能比得上她的，主动来接近谈生，和他谈了关于做夫妻的话，说：“我和别人不同，您不要用火来照我。三年以后，才可以照了。”谈生就和她做了夫妻，生了一个儿子。已经过了两年，他实在忍不住了，便在夜里等妻子入睡后偷偷地用火烛照着看她。只见她的腰部以上像人一样长着肉，腰部以下只有枯骨。妻子醒了，就说道：“您辜负了我。我快要活了，您为什么不能再忍耐一年而竟然在现在来照我呢？”谈生连忙向她道歉。他妻子痛哭流涕再也忍不住

复止，云："与君虽大义永离，然顾念我儿，若贫不能自偕活者，暂随我去，方遗君物。"生随之去，入华堂，室宇器物不凡，以一珠袍与之，曰："可以自给。"裂取生衣裾，留之而去。后生持袍诣市，睢阳王家买之[1]，得钱千万。王识之，曰："是我女袍，那得在市？此必发冢。"乃取拷之。生具以实对，王犹不信，乃视女冢，冢完如故，发视之，棺盖下果得衣裾，呼其儿视，正类王女，王乃信之，即召谈生，复赐遗之，以为女婿，表其儿为郎中。

了，对谈生说："我和您虽然永远断绝了夫妻关系，但我顾念我的儿子，如果您穷得不能连他一起养活，就暂且跟我走一趟，我要送给您一点东西。"谈生跟着妻子去了，进入一间华丽的堂屋，房屋器物都非同寻常，他妻子拿了一件缀着珠宝的长袍给了他，说："可以靠它来养活自己。"她撕下一片谈生的衣襟，谈生就把衣襟留下走了。后来谈生拿着这珠袍到市场上出售，睢阳王家里的人买了它，谈生得到了成千上万的钱。睢阳王认识那长袍，说："这是我女儿的长袍，哪会在市场上呢？这一定是挖了我女儿的坟墓。"于是把谈生抓来拷问。谈生详细地把那事情如实作了回答，睢阳王还不相信，就去察看女儿的坟墓，那坟墓还是像原来那样完好无损，掘开坟墓查看，棺材盖下面果然发现了谈生的衣襟，又把谈生的儿子叫来细看，长得也正像自己的女儿，睢阳王这才相信了谈生的话，便召见谈生，又把那女儿的珠袍赠送给他，把他当作自己的女婿，还上书朝廷使谈生的儿子当了郎中。

注释

1 **睢阳**：见第294条注。 **睢阳王**：指刘永，梁郡睢阳人，更始帝即位，刘永被封为梁王，都睢阳（见《后汉书·刘永传》），故又称睢阳王。

原文

397. 卢充者，范阳人[1]，家西三十里有崔少府墓。充

译文

卢充，是范阳县人，他家西面三十里的地方有崔少府的坟墓。卢

年二十，先冬至一日，出宅西猎戏，见一獐，举弓而射，中之，獐倒复起，充因逐之，不觉远，忽见道北一里许高门，瓦屋四周，有如府舍，不复见獐。门中一铃下唱[2]：“客前。”充问：“此何府也？”答曰：“少府府也。”充曰：“我衣恶，那得见少府？”即有一人提一袱新衣，曰：“府君以此遗郎。”充便着讫，进见少府，展姓名。酒炙数行，谓充曰：“尊府君不以仆门鄙陋，近得书，为君索小女婚，故相迎耳。”便以书示充。充父亡时虽小，然已识父手迹，即欷歔，无复辞免。便敕内：“卢郎已来，可令女郎妆严。”且语充云：“君可就东廊。”及至黄昏，内白：“女郎妆严已毕。”充既至东廊，女已下车，立席头，却共拜。时为三日，给食。三日毕，崔谓充

充当时年龄才二十岁，在冬至的前一天，离开住宅到西边打猎游玩，看见一只獐子，便拿起弓射它，把它射中了，但獐子跌倒了又爬起来逃跑，卢充便追赶它，不知不觉追了很远，忽然看见路北一里左右的地方有一座高大的门第，瓦房四面环绕，好像是官府，而不再看见那獐子了。大门当中一个侍从高声传呼道：“贵客请进。”卢充问：“这是什么府第呀？”侍从回答说：“是崔少府的府第。”卢充说：“我衣服破烂，哪能去见少府呢？”这时立即有个人拿来一包新衣服，对卢充说：“府君把这个送给您。”卢充便换好衣服，进去拜见少府，通报了自己的姓名。酒斟了数巡、菜上了几道后，少府便对卢充说：“令尊大人不嫌我门第卑贱，最近收到他的信，为您向我小女求婚，所以我才把您接了来。”说完便把信拿给卢充看。父亲死的时候卢充虽然年纪还小，但已经能认识父亲的笔迹了，所以看到信后便马上哽咽起来，也不再推辞这桩婚事了。少府便吩咐家里的人说：“卢郎已经来了，可以叫女儿梳妆打扮好。”又对卢充说：“您可以到东厢房去。”等到黄昏，里面的人说：“小姐梳妆打扮已经完毕。”卢充到了东厢房，小姐已经下了车，站在席边，再和卢充一起拜堂。喜庆的时间是三天，每天都大办酒席。三天过去了，崔少府对卢充说：“您可以回家了。我女儿有怀孕的迹

曰:“君可归矣。女有娠相,若生男,当以相还,无相疑;生女,当留自养。”敕外严车送客,充便辞出。崔送至中门,执手涕零。出门,见一犊车,驾青牛[3],又见本所着衣及弓箭故在门外。寻传教将一人提襆衣与充,相问曰:“姻缘始尔[4],别甚怅恨。今复致衣一袭,被褥自副。”充上车,去如电逝,须臾至家。家人相见悲喜,推问,知崔是亡人而入其墓,追以懊惋。别后四年,三月三日,充临水戏[5],忽见水旁有二犊车,乍沉乍浮,既而近岸,同坐皆见,而充往开车后户,见崔氏女与三岁男共载。充见之忻然,欲捉其手。女举手指后车曰:“府君见人。”即见少府,充往问讯。女抱儿还充,又与金鋺,并赠诗曰:“煌煌灵芝质,光丽何猗猗!华艳当时显,嘉异表神奇。

象,如果生男孩,会把他还给您,请您放心;如果生女孩,会留下来让她自己抚养。”又命令外面的侍从准备好车辆送客人,卢充便告辞出门。崔少府送到大门口,握着他的手眼泪直淌。卢充出了大门,看见一辆牛车,套着一头青牛,又看见自己原来所穿的衣服和弓箭仍在门外。不久,崔少府又传令让一个人提着一包衣服交给卢充,并慰问他说:“姻缘就这样开始了,分别却使我家小姐十分惆怅怨恨。现在再送给您一套衣服,被褥也配备好了。”卢充上了车,像闪电般地离去了,一会儿就到了家。家人看见他后悲喜交集,打听查询后,才知道崔少府是死人而卢充进了他的坟墓,卢充回忆着那一切,十分懊恼惋惜。分别后四年的三月三日,卢充到河边修禊游玩,忽然看见河边有两辆牛车,忽沉忽浮,一会儿靠近了岸边,和卢充坐在一起的人都看见了,卢充前去打开车子的后门,便看见崔少府的女儿和一个三岁的男孩一起坐在车中。卢充看见了他们很高兴,想去握住她的手。崔氏姑娘举起手来指着后面的车子说:“郎君快去拜见大人。”卢充便看见了崔少府,就上前问候。崔氏姑娘抱着儿子还给了卢充,又给了他一只金碗,还赠给他一首诗,写道:“姿色辉煌像灵芝,光泽丰满多美丽!漂亮艳丽谁不知,夸我出众又神奇。

含英未及秀，中夏罹霜萎。荣耀长幽灭，世路永无施。不悟阴阳运，哲人忽来仪。会浅离别速，皆由灵与祇。何以赠余亲？金鋺可颐儿。恩爱从此别，断肠伤肝脾。”充取儿、鋺及诗，忽然不见二车处。充将儿还，四坐谓是鬼魅，佥遥唾之，形如故。问儿：“谁是汝父？”儿径就充怀。众初怪恶，传省其诗，慨然叹死生之玄通也。充后乘车入市卖鋺，高举其价，不欲速售，冀有识者[6]。欻有一老婢识此，还白大家曰：“市中见一人乘车卖崔氏女郎棺中鋺。”大家，即崔氏亲姨母也。遣儿视之，果如其婢言。上车，叙姓名，语充曰：“昔我姨嫁少府，生女，未出而亡。家亲痛之，赠一金鋺，着棺中。可说得鋺本末？”充以事对。此儿亦为之悲咽，赍还白母。

含花欲放未及开，盛夏遭霜全枯萎。华丽荣耀永消逝，人间道路全隔离。阴阳命运看不透，贤郎忽然来偎依。交欢短暂离别速，都由神灵来管理。赠送亲人用什么？送只金碗可养子。恩爱夫妻从此别，心碎肠断肝脾裂。”卢充接过儿子、金碗和诗，忽然之间两辆车子就不见了。卢充带着儿子回到岸上，在座的人说他这儿子是鬼，都远远地朝他吐唾沫，但他儿子的形状却还是老样子。大家就问这孩子：“谁是你的父亲？”这孩子径直扑进卢充怀里。大家开始还有点奇怪厌恶，等到传阅了那首诗以后，便都感慨地叹息死人和活人之间这种玄妙的交往。卢充后来驾车到集市上去出售金碗，故意抬高它的价格，不想让它很快就卖掉，期待着认识金碗的人到来。忽然有一个年老的婢女认识这只碗，便回去告诉女主人说：“我在集市上看见一个人坐在车上出售崔氏姑娘棺材中的金碗。”这女主人，就是崔氏姑娘的亲姨母。她派儿子去查看，果然像那个婢女所说的。他便上了卢充的车，通报了自己的姓名，对卢充说：“过去我的姨母嫁给了崔少府，生了个女儿，还没有出嫁就死了。我母亲很悲痛，便赠送给她一只金碗，把它放在棺材中。你能否说说你得到这只金碗的前后经过？”卢充便把那事情的经过告诉了他。那孩子

母即令诣充家，迎儿视之，诸亲悉集，儿有崔氏之状，又复似充貌。儿、鋺俱验，姨母曰："我外甥三月末间产。父曰：'春暖温也，愿休强也。'即字'温休'。温休者，盖幽婚也[7]。其兆先彰矣。"儿遂成令器[8]，历郡守二千石。子孙冠盖，相承至今。其后植，字子干，有名天下。

也为此悲伤地抽泣起来，于是便带着金碗回去把这事情告诉了母亲。母亲便叫他到卢充家里，把卢充的儿子接来看看，所有的亲友都来了，看到那儿子有崔氏姑娘的样子，又有点像卢充的容貌。儿子和金碗都得到了验证，姨母说："我的外甥女是三月底降生的。她父亲说：'春天温暖，祝愿她休美强健。'于是给她取了个名字叫'温休'。温休，大概就是'幽婚'，是在阴间结婚的意思吧。她在死后成婚的预兆早在取名字时就显现出来了。"卢充的儿子长大后很有才器，做过秩禄为二千石的郡太守。子孙都做官，一直承袭到现在。他的后代卢植，字子干，更是天下闻名。

注释

1 **范阳**：县名，秦置，治所即今河北省定兴县西南固城镇。

2 **铃下**：见第 53 条注。

3 **牛**：毛本作"衣"，据汪校改。

4 **缘**：毛本作"援"，据张本改。

5 **临水戏**：指修禊，即在三月初三到河边洗濯来祓除不祥。

6 毛本无"者"，据汪校补。

7 **温休者，盖幽婚也**：这种解释是利用字音相切所作的附会。按古代的读音，"温""幽"的声母同属影母，"休""幽"的韵母都属幽部；"休""婚"的声母同属晓母，"温""婚"的韵母都属文部。因此，拿"温"的声母和"休"的韵母相切便得到"幽"，拿"休"的声母和"温"的韵母相切就得到了"婚"，所以"温休"就成了"幽婚"的隐语。

8 **遂**：毛本作"逐"，据张本改。

原文

398. 后汉时，汝南汝阳西门亭有鬼魅[1]，宾客止宿，辄有死亡。其厉厌者，皆亡发失精。寻问其故，云："先时颇已有怪物。其后郡侍奉掾宜禄郑奇来[2]，去亭六七里，有一端正妇人乞寄载，奇初难之，然后上车。入亭，趋至楼下，亭卒白：'楼不可上。'奇云：'吾不恐也。'时亦昏冥，遂上楼，与妇人栖宿。未明，发去。亭卒上楼扫除，见一死妇，大惊，走白亭长。亭长击鼓，会诸庐吏，共集诊之。乃亭西北八里吴氏妇，新亡，夜临殡，火灭，及火至，失之。其家即持去。奇发行数里，腹痛，到南顿利阳亭[3]，加剧，物故。楼遂无敢复上。"

译文

东汉时，汝南郡汝阳县西门亭有鬼魅，旅客在亭楼中留宿，总是有人死亡。被那恶鬼残害的人，都掉了头发，遗精而死。探问其中缘故，那里的人说："从前这里也已经常常出现怪事。后来汝南郡的侍奉掾宜禄县人郑奇来这儿，离亭还有六七里，忽然有个打扮得很整齐的妇女请求搭车，郑奇开始刁难她，然后就让她上了车。他们到了亭中，便匆匆赶到楼下，守亭的士兵说：'这楼上不得。'郑奇说：'我不怕。'当时天色也已经昏暗了，于是郑奇就上了楼，和这妇女睡了。天还没亮，郑奇就动身走了。守亭的士兵上楼去打扫，竟看见一具女尸，他十分惊惧，就跑去报告了亭长。亭长马上敲鼓，召集了所有的侍从差役，一起去调查此案。原来这妇女是西门亭西北八里处的吴家媳妇，最近刚死，昨天晚上快要入棺了，火烛却熄灭了，等到点了火烛拿来，尸体就不见了。吴家的人看到这尸体后就抬走了。郑奇动身走了几里路，小腹开始疼痛，走到南顿县利阳亭，腹痛加剧，人便死了。这个楼从此就没有人再敢上去了。"

注释

1 **汝南**：见第51条注。 **汝阳**：县名，西汉置，治所在今河南省商水县西北。

2 **宜禄**:县名,西汉置,治所即今河南省郸城县南宜路镇。东汉初废,永元中复置。

3 **南顿**:见第100条注。

原文

399. 颍川锺繇[1],字元常,尝数月不朝会,意性异常。或问其故,云:"常有好妇来,美丽非凡。"问者曰:"必是鬼物,可杀之。"妇人后往,不即前,止户外。繇问:"何以?"曰:"公有相杀意。"繇曰:"无此。"勤勤呼之,乃入。繇意恨,有不忍之,然犹斫之,伤髀。妇人即出,以新绵拭血竟路。明日,使人寻迹之,至一大冢,木中有好妇人,形体如生人,着白练衫、丹绣裲裆,伤左髀,以裲裆中绵拭血。

译文

颍川郡的锺繇,字元常,曾经几个月不上朝,他的神色气质与平时不同。有人问他这是什么缘故,他说:"这几个月常常有一个美女到我这儿来,她漂亮得非同一般。"问他的人说:"这美女一定是个鬼,你可以把她杀了。"那女人后来又来了,却不马上走到锺繇跟前,而停在门外。锺繇问她:"你为什么不进门?"那女人说:"因为您有杀我的念头。"锺繇说:"我根本没有这种想法。"便殷勤地连声呼唤她,她才进了屋。锺繇心里很恨她,却又有点不忍心,但还是砍了她一刀,伤了她的大腿。这女人马上出了门,用新棉花擦拭鲜血而走完了她的路。第二天,锺繇派人按照这血迹去找她,便来到一座大坟,棺材中有一个漂亮的女人,身体就像活人一样,穿着白色的丝绸衫、红色的绣花背心,被砍伤了左大腿,曾用背心中的棉絮擦过血。

注释

1 **颍川**:见第16条注。

卷十七　精怪弄人

导读

本卷主要记述精怪作弄人的故事。第 401 条虽托于神之言，但实际上歌颂了有志者的高节；第 403 条虽托于怪之为，但实际上谴责了好色者的恶行；第 411 条虽托于空中语，但实际上指责了好利者的贪欲。凡此种种，都具有正面的教育作用。第 404、405、407 条情节曲折，描写生动，富有生活气息与文学情趣，其中细察案情、揭露贪官、修桥行善等情节也都有告诫意义。

原文

400. 陈国张汉直到南阳从京兆尹延叔坚学《左氏传》[1]。行后数月，鬼物持其妹，为之扬言曰："我病死，丧在陌上，常苦饥寒。操二三量不借挂屋后楮上，傅子方送我五百钱在北墉下，皆忘取之[2]。又买李幼一头牛，本券在书箧中。"往索取之，悉如其言，妇尚不知有此，妹新从聟家来[3]，非其所及，家人哀伤，益以为审。父母诸弟衰绖到

译文

陈国的张汉直到南阳跟随京兆尹延笃学习《左传》。他走了几个月以后，妖怪挟持了他的妹妹，通过他妹妹的口替张汉直传话说："我病死了，尸体还在路上，我的魂还常常受到饥饿与寒冷的困扰。我过去打好的两三双草鞋挂在屋后的楮树上，傅子方送给我的五百文钱放在北墙下面，这些东西我都忘记拿了。还有我向李幼买了一头牛，凭证放在书箱中。"大家去一找就拿到了这些东西，全都像他妹妹所说的那样，连他的妻子都还不知道有这些东西，而他妹妹刚从丈夫家里来，也不是她所能知道的，所以家里人十分悲伤，更加认为张汉直的死是确定无疑的了。于

来迎丧，去精舍数里[4]，遇汉直与诸生十余人相追[5]。汉直顾见家人，怪其如此。家见汉直，谓其鬼也，怅惘良久。汉直乃前为父拜，说其本末，且悲且喜。凡所闻见，若此非一，得知妖物之为。

是父母兄弟都穿了丧服来接丧，离学府还有几里地，他们却碰上张汉直和十几个同学一起走着。张汉直看见了家里的人，奇怪他们穿戴成这个样子。家里的人看见张汉直，以为他是鬼，惆怅迷惘了很长时间。张汉直就上前向父亲行了礼，他父亲把事情的前后经过说了，父子俩真是又悲又喜。凡是听到看到的，像这样的事情并非只有一件，才知道这是妖怪干的。

注释

1 **陈国**：东汉章和二年(88)改淮阳国置，治所在陈县(今河南省周口市淮阳区)，献帝时改为陈郡。**南阳**：见第88条注。**京兆**：见第16条注。**京兆尹**：治理京师的长官。

2 **忘**：毛本作“亡”，据张本改。

3 **聟**(xù)：同“婿”。

4 毛本无“精”，据汪校补。

5 **追**：随。

原文

401. 汉陈留外黄范丹[1]，字史云，少为尉从佐[2]，使檄谒督邮。丹有志节，自恚为斯役小吏，乃于陈留大泽中，杀所乘马，捐弃官帻，诈逢劫者。有神下其家曰：“我史云也，为劫人所杀，疾

译文

汉朝陈留郡外黄县的范丹，字史云，年轻时任县尉随从，被派遣去拜见督邮进呈文书。范丹是个有志气的人，他怨恨自己只能当这种差役小吏，于是在陈留郡的大泽中，杀死了他骑的马，扔掉了他当随从所戴的头巾，假装自己遭到了抢劫。有个神灵降临到他家中说：“我是史云，被强盗杀死了，你们赶快到陈留郡的大泽中去收拾我的衣服。”

取我衣于陈留大泽中。”家取得一帻。丹遂之南郡[3]，转入三辅[4]，从英贤游学，十三年乃归，家人不复识焉。陈留人高其志行，及没，号曰贞节先生。

家里人去了只拿到一块头巾。范丹于是到了南郡，又转移到京畿地区，跟随那些精英贤良求学，十三年以后才回到家中，家里的人都不再认识他了。陈留郡的人推崇他的志气德行，在他死后，给他取了个号叫贞节先生。

注释

1 **陈留**：见第103条注。 **外黄**：县名，秦置，治所在今河南省民权县西北。

2 **从佐**：官名，随从小吏。

3 **南郡**：战国秦置，治所在郢（今湖北省荆州市荆州区西北纪南城），不久移治江陵（今湖北省荆州市荆州区）。

4 **三辅**：西汉时京畿之地所设京兆尹、左冯翊、右扶风的合称，相当于今陕西省关中地区。

原文

402. 吴人费季[1]，久客于楚[2]，时道多劫，妻常忧之。季与同辈旅宿庐山下，各相问出家几时。季曰：“吾去家已数年矣。临来，与妻别，就求金钗以行，欲观其志当与吾否耳。得钗，乃以着户楣上。临发，失与道。此钗故当在户上也。”尔夕，其妻梦季曰：“吾行遇盗，死已二年。若不信吾言，吾

译文

吴郡人费季，寄居在楚国已很久了，当时路上经常发生抢劫，妻子常常为他担忧。费季和同伴们在庐山下投宿，各人互相询问离家有多久了。费季说：“我离家已经好几年了。临走的时候，我和妻子告别，去向她要一只金钗带着走，我只是想看看她的意愿是否会给我罢了。我拿到了金钗，就把它放在门框上端的横木上。等我动身的时候，忘了和她说。这金钗应该还在门上。”这天晚上，他的妻子梦见费季说：“我走在路上碰到了强盗，死了已经两年了。如果你不相信我的话，我走的时

行时取汝钗，遂不以行，留在户楣上，可往取之。”妻觉，揣钗，得之，家遂发丧。后一年余，季乃归还。

候拿了你的金钗，并没有把它带走，而是把它留在门框上端的横木上，你可以去把它取下来。”他妻子醒了，去门框上摸金钗，果然拿到了它，家里就相信费季死了而给他办了丧事。过了一年多，费季却回家了。

注释

1 吴：吴郡，见第78条注。

2 楚：楚国，见第380条注。

原文

403. 余姚虞定国有好仪容[1]，同县苏氏女亦有美色，定国常见[2]，悦之。后见定国来，主人留宿。中夜，告苏公曰：“贤女令色，意甚钦之。此夕能令暂出否？”主人以其乡里贵人，便令女出从之。往来渐数，语苏公云：“无以相报。若有官事，某为君任之。”主人喜。自尔后，有役召事，往造定国。定国大惊，曰：“都未尝面命，何由便尔？此必有异。”具说之。定国曰：“仆宁肯请人之父而淫

译文

余姚县的虞定国生得仪表堂堂，同县的苏家姑娘也很漂亮，虞定国曾经见过她，便爱上了她。后来苏家看见虞定国前来，主人就留他过夜。半夜，虞定国对苏老爷说：“贤女长得很漂亮，我心里十分钦佩仰慕她。今晚是否能叫她出来一下呢？”主人因为虞定国是当地的高贵人物，便叫女儿出来陪伴侍候他。于是虞定国来往渐渐频繁，并告诉苏老爷说：“我没有什么来报答您。如果有什么官府中的公差，我就替您承担吧。”主人听了很高兴。在这以后，有个差役叫苏家主人去服役，主人就去找虞定国。虞定国十分惊讶，说：“我和你根本没有面谈过，你怎么会这样？这里面一定有怪。”苏家主人就详细地把那事情说了。虞定国说：“我难道肯乞求人家的父亲而奸淫人家的女儿？如果你再看见他来，就该

人之女？若复见来，便当斫之。”后果得怪。

把他宰了。”后来苏家果然捉到了妖怪。

注释

1 **余姚**：见第389条注。

2 **常**：通“尝”。

原文

404. 淮南内史朱诞[1]，字永长，吴孙皓世为建安太守[2]。诞给使妻有鬼病，其夫疑之为奸。后出行，密穿壁隙窥之，正见妻在机中织，遥瞻桑树上，向之言笑。给使仰视树上，有一年少人，可十四五，衣青衿袖、青幧头。给使以为信人也，张弩射之，化为鸣蝉，其大如箕，翔然飞去。妻亦应声惊曰：“噫！人射汝。”给使怪其故。后久时，给使见二小儿在陌上共语，曰：“何以不复见汝？”其一即树上小儿也，答曰：“前不遇[3]，为人所射，病疮积时。”彼儿曰：“今何如？”曰：“赖朱府君梁上膏，以傅之，得愈。”给使白诞曰：

译文

淮南内史朱诞，字永长，在吴国孙皓时代任建安太守。朱诞侍从的妻子生了痴迷鬼魅的病，她的丈夫却怀疑她有奸情。后来侍从外出，偷偷地在墙上打了个洞来监视她，正好看见妻子在布机上织布，但她的眼睛却远望那桑树之上，和树上的人说说笑笑。侍从抬头看那树上，只见有一个年轻人，大约十四五岁，穿着青衣服，戴着青头巾。侍从把他当作真人，便拉弓射他，他却变成了一只蝉，大小像畚箕，伸展着翅膀飞走了。妻子也随着那射箭声惊讶地说：“呀！有人射你。”侍从觉得这事很奇怪。后来又过了很长一段时间，侍从看见两个小孩在路上交谈，有一个说：“为什么很长时间没再见到你？”其中另一个就是树上的小孩，回答说：“前段时间倒了霉，被人射了，患了伤口溃疡很长时间。”那小孩又问：“今天怎么样了？”这小孩说：“靠了朱太守梁上的膏药，我拿它敷在伤口上，才

“人盗君膏药，颇知之否？”诞曰：“吾膏久致梁上，人安得盗之？”给使曰：“不然。府君视之。”诞殊不信，试为视之，封题如故。诞曰：“小人故妄言，膏自如故。”给使曰：“试开之。”则膏去半，为掊刮，见有趾迹。诞因大惊，乃详问之，具道本末。

得以痊愈。”侍从告诉朱诞说：“有人偷了您的膏药，您对此是否有所察觉？”朱诞说：“我的膏药早就放到了梁上，别人哪能偷到它呢？”侍从说：“不是这样吧。您还是去看看它。”朱诞根本不相信，试探着去看看它，那膏药还是像过去那样原封没动。朱诞便说：“你这小子故意胡说八道，膏药还是像原来那样。”侍从说：“把它打开试试看。”朱诞一打开就看见那膏药已丢了一半，是用爪子刮掉的，看得见有脚爪的痕迹。朱诞因而非常惊讶，就详细地问侍从，侍从便把这事情的前后经过一一告诉了朱诞。

注释

1 **淮南**：见第15条注。

2 毛本“吴孙皓世”在“淮南内史朱诞”前，据汪校改。**建安**：见第23条注。

3 **遇**：遇合，指得到善待。

原文

405. 吴时，嘉兴倪彦思居县西埏里，忽见鬼魅入其家，与人语，饮食如人，惟不见形。彦思奴婢有窃骂大家者，云：“今当以语。”彦思治之，无敢詈之者。彦思有小妻，魅从求之，彦思乃迎道士逐之。酒殽

译文

吴国的时候，嘉兴的倪彦思住在县城西边的埏里，忽然发现鬼魅到他家中，跟人说话，吃东西也像人一样，只是看不见它的形体。倪彦思的奴婢中有一个在背后偷偷地骂女主人的，那鬼魅说：“现在该把她告诉给主人了。”倪彦思收拾了这个奴婢，于是再也没有敢骂他老婆的了。倪彦思有个小老婆，鬼魅缠着要她作陪，倪彦思就去请了道士来驱逐这鬼魅。酒肉已经摆好了，鬼魅却从厕

既设，魅乃取厕中草粪布着其上。道士便盛击鼓，召请诸神，魅乃取伏虎于神座上吹作角声音[1]。有顷，道士忽觉背上冷，惊起解衣，乃伏虎也，于是道士罢去。彦思夜于被中窃与妪语，共患此魅。魅即屋梁上谓彦思曰："汝与妇道吾，吾今当截汝屋梁。"即隆隆有声。彦思惧梁断，取火照视，魅即灭火，截梁声愈急。彦思惧屋坏，大小悉遣出[2]，更取火，视梁如故。魅大笑，问彦思："复道吾否？"郡中典农闻之，曰："此神正当是狸物耳。"魅即往谓典农曰："汝取官若干百斛谷，藏着某处。为吏污秽，而敢论吾！今当白于官，将人取汝所盗谷。"典农大怖而谢之。自后无敢道者。三年后去，不知所在。

所中取了大粪撒在它的上面。道士便猛烈打鼓，召请各路神仙，鬼魅却拿了小便壶在神座上吹出号角似的声音。一会儿，道士忽然感到背上发冷，慌忙起来脱衣服，原来是小便壶在背上，于是道士便作罢走了。倪彦思夜晚在被窝里偷偷地和老婆谈话，两人都为这鬼魅发愁。鬼魅就在屋梁上对倪彦思说："你和妻子来说我，我现在该锯断你的屋梁。"梁上立即发出轰隆隆的声音。倪彦思害怕屋梁断下来，就拿了火烛照着察看，鬼魅立即把火吹灭了，而锯屋梁的声音更猛烈了。倪彦思害怕房屋塌下来，就把全家老幼都打发到门外，又拿了火烛，看看那屋梁却还是像原来那样完好无损。鬼魅哈哈大笑，问倪彦思："你还说我吗？"郡中主管农业的典农听说了这件事，便说："这神灵一定是只野猫精罢了。"鬼魅便去对典农说："你拿了公家几千斗谷子，藏在某某地方。你当官这样腐败，却还敢来说我！今天我该向官府告发，带了人去取出你所偷的谷子。"典农非常恐惧而连忙向它道歉。从这以后再也没有敢说这鬼魅的人了。三年以后这鬼魅走了，不知去了什么地方。

注释

1 **伏虎**：毛本作"虎伏"，据张本改。

2 遣：毛本作“遗”，据张本改。

原文

406. 魏黄初中，顿丘界有人骑马夜行[1]，见道中有一物，大如兔，两眼如镜，跳跃马前，令不得前。人遂惊惧，堕马，魅便就地捉之，惊怖，暴死，良久得苏，苏已失魅，不知所在。乃更上马，前行数里，逢一人，相问讯已，因说：“向者事变如此，今相得为伴，甚欢。”人曰：“我独行，得君为伴，快不可言。君马行疾，且前，我在后相随也。”遂共行。语曰：“向者物何如？乃令君怖惧耶？”对曰：“其身如兔，两眼如镜，形甚可恶。”伴曰：“试顾视我耶？”人顾视之，犹复是也。魅便跳上马[2]，人遂堕地，怖死。家人怪马独归，即行推索，乃于道边得之。宿昔乃苏，说状如是。

译文

曹魏黄初年间(220—226)，顿丘县边境上有个人骑着马在夜里赶路，看见路当中有一样东西，像兔子那样大，两只眼睛像镜子一样明亮，突然跳到马的前面，使马不能再向前走了。这人因而大吃一惊，便从马上摔了下来，这鬼魅就到地上把他捉住了，这人又惊又怕，一下子昏死过去，过了好久才苏醒过来，醒来时那鬼魅已经消失，不知道在什么地方。他于是又上了马，向前走了几里，碰到一个人，互相问候完毕，便说：“刚才我碰到了这样的怪事，现在得到你作伴，我十分高兴。”那人说：“我一个人走路，有您作伴，快乐得没法说了。您的马走得快，就在前面走吧，我在后面跟着您。”于是他们就结伴而行。那人问他：“刚才那东西怎么样？就让您担惊受怕了吗？”这人回答说：“那东西的身体像兔子，两只眼睛像镜子，形状很可怕。”那伙伴说：“你想回头看看我吗？”这人回头一看，还是那怪物。那鬼魅便跳上了马，这人就摔到了地上，吓死了。家里的人奇怪这马独自回来，就立刻去寻找，才在路边找到了他。过了一夜这人才苏醒过来，他描述的情形就像这样。

注释

1 **顿丘**:县名,西汉置,治所在今河南省浚县北。

2 **跳**:毛本作"挑",据张本改。

原文

407. 袁绍,字本初,在冀州[1],有神出河东[2],号度朔君,百姓共为立庙。庙有主簿大福。陈留蔡庸为清河太守[3],过谒庙,有子名道,亡已三十年。度朔君为庸设酒,曰:"贵子昔来,欲相见。"须臾,子来。度朔君自云父祖昔作兖州[4]。有一士姓苏,母病,往祷。主簿云:"君逢天士,留待。"闻西北有鼓声,而君至。须臾,一客来,着皂单衣[5],头上五色毛长数寸。去后,复一人,着白布单衣,高冠,冠似鱼头,谓君曰:"昔临庐山共食白李,忆之未久,已三千岁。日月易得,使人怅然。"去后,君谓士曰:"先来,南海君也。"士是书生,君明通五经,善《礼记》,与士论

译文

袁绍,字本初,他在冀州的时候,有个神人出现在河东郡,号称度朔君,百姓一起为他建立了祠庙。这祠庙有主簿与很大的福佑。陈留郡的蔡庸当了清河太守,前来拜谒这祠庙,他有个儿子名叫蔡道,死了已经三十年。度朔君给蔡庸置办了酒席,说:"贤子从前来到这里,他想见见您。"一会儿,蔡道就来了。度朔君自己说他的先辈过去曾在兖州任职。有一个读书人姓苏,母亲病了,到庙里来祈祷。主簿说:"度朔君碰上了天上的神仙,你留下稍等。"忽然听见西北方有鼓声,接着度朔君就到了。一会儿,有一个客人进来,穿着黑色的单衣,头上五色的毛有几寸长。这客人走了后,又来了一个人,穿着白布单衣,戴着高帽子,帽子像鱼头,对度朔君说:"从前到庐山一起吃白李子,回想起来还没有多久,却已经三千年了。日子那么容易度过,真使人惆怅。"这人走了后,度朔君对苏先生说:"先来的,是南海君啊。"苏先生是读书人,度朔君精通《诗》《书》《礼》《易》

礼，士不如也。士乞救母病，君曰："卿所居东有故桥，坏久之，此桥乡人所行，卿能复桥[6]，便差[7]。"曹公讨袁谭，使人从庙换千匹绢，君不与。曹公遣张郃毁庙[8]，未至百里，君遣兵数万方道而来。郃未达二里，云雾绕郃军，不知庙处。君语主簿："曹公气盛，宜避之。"后苏并邻家有神下，识君声，云："昔移入胡[9]，阔绝三年。"乃遣人与曹公相闻："欲修故庙，地衰不中居，欲寄住。"公曰："甚善。"治城北楼以居之。数日，曹公猎，得物，大如麑，大足，色白如雪，毛软滑可爱，公以摩面，莫能名也。夜闻楼上哭云："小儿出行不还。"公拊掌曰："此子言，真衰也。"晨将数百犬，绕楼下。犬得气，冲突内外，

《春秋》等五经，特别熟悉《礼记》，所以与苏先生谈论起礼仪来，苏先生不及他。苏先生求度朔君治好他母亲的疾病，度朔君说："您住宅的东面有座旧桥，坏了很久，这座桥是您家乡的人要走的，您能够修好桥，您母亲的病就痊愈了。"曹操讨伐袁谭，派人到庙里来借一千匹绸缎，度朔君不给。曹操就派张郃来捣毁祠庙，离庙还有一百里，度朔君便派兵几万同路赶来。张郃离祠庙还有二里地，便有云雾笼罩了张郃的部队，于是他们不知道这祠庙在哪里。度朔君对主簿说："曹操的气势很盛，应该避开他。"后来苏先生的隔壁邻居家有神灵降临，苏先生辨认出是度朔君的声音，度朔君说："过去我移居到匈奴去了，和你们久别了三年。"苏先生就派人向曹操报告："我想修筑一下旧庙，但那块土地已经衰败而不适合居住了，我想让度朔君寄居在你那边。"曹操说："很好。"于是修筑了城北的楼房让度朔君住在里面。过了几天，曹操去打猎，得到一个怪物，像麑一样大，大脚，颜色白得像雪，皮毛柔软滑爽得可爱，曹操用这皮毛摩擦面孔，舒服得没法形容。那天夜里曹操听见楼上有人哭着说："小孩出去了却没有回来。"曹操拍着手说："这家伙说这种话，真该他衰败了。"就在早晨带来了几百条狗，环绕在楼下。狗发现了气味，便里里外外横冲直撞，只见有一个怪物大小像

见有物大如驴，自投楼下，犬杀之，庙神乃绝。

驴子，自己跳到楼下，狗把它咬死了，庙里的神灵就消失了。

注释

1 **冀州**：见第 11 条注。

2 **河东**：见第 17 条注。

3 **陈留**：见第 103 条注。 **清河**：见第 356 条注。

4 **兖州**：见第 85 条注。

5 **皂**：毛本作"皂角"，据汪校改。

6 **坏久之，此桥乡人所行，卿能复桥**：毛本作"人坏之，此桥所行，卿毋犯之能复桥"，据汪校改。

7 **差**：通"瘥"，病愈。

8 **部**：毛本作"郜"，据张本改。下同。

9 **胡**：毛本作"湖"，据汪校改。

原文

408. 临川陈臣家大富[1]。永初元年，臣在斋中坐，其宅内有一町筋竹，白日忽见一人，长丈余，面如方相，从竹中出，径语陈臣："我在家多年，汝不知；今辞汝去，当令汝知之。"去一月许日，家大失火，奴婢顿死。一年中，便大贫。

译文

临川郡陈臣的家里很富裕。永初元年(107)，陈臣坐在书房中，他住宅内有一畦筋竹，白天忽然看见一个人，长一丈多，面孔像驱疫辟邪的神像方相，从筋竹林中走出来，径直过来对陈臣说："我在你家中好多年了，你一直不知道；今天要辞别你走了，应该让你知道我。"这人走了一个月左右的时间，陈家起了大火，奴婢一下子都被烧死了。一年之间，陈家便非常贫穷了。

注释

1 **临川**：见第 309 条注。

原文

409. 东莱有一家姓陈[1],家百余口。朝炊,釜不沸,举甑看之,忽有一白头公从釜中出。便诣师卜,卜云:"此大怪,应灭门。便归,大作械。械成,使置门壁下,坚闭门,在内,有马骑麾盖来扣门者,慎勿应。"乃归,合手伐得百余械,置门屋下。果有人至呼,不应。主帅大怒,令缘门入。从人窥门内,见大小械百余,出门还说如此。帅大惶惋,语左右云:"教速来,不速来,遂无一人当去,何以解罪也?从此北行,可八十里,有一百三口,取以当之。"后十日,此家死亡都尽。此家亦姓陈云。

译文

东莱郡有一人家姓陈,全家一百多口人。有一天早晨烧饭,锅子老是烧不开,把锅子上的蒸笼拿起来看,忽然有一个白头老人从锅子中走出来。于是陈家的人便到巫师那里去占卜,巫师占卜后说:"这是一件大怪事,你们全家要死光。你们快回家,多做些兵器。兵器做成后,把它们放在大门内的墙壁下,把大门紧紧关上,你们都躲在家里,有骑马乘车来敲门的,千万别答应。"于是他们就回到家中,一起动手砍削而做成了一百多件兵器,放在门厅里。之后果然有人来到门外大声呼唤,但里面没有人答应。那主帅十分愤怒,叫部下爬门进去。随从探看了一下大门里边,看见大大小小的兵器一百多件,就出门向主帅汇报了这种情况。主帅听了后非常恐慌惋惜,对身旁的人说:"叫你们快点来,你们却不赶快来,因此没有一个人被判罪抓去,我们拿什么去免除罪责呢?从这里向北走,大约八十里,有一家一百零三口人,去把他们抓了来充当这家吧。"过了十天,这北边的人家全都死光了。这一家听说也姓陈。

注释

1 **东莱**:见第53条注。

原文

410. 晋惠帝永康元年，京师得异鸟，莫能名。赵王伦使人持出，周旋城邑，匝以问人[1]。即日，宫西有一小儿见之，遂自言曰："服留鸟。"持者还白伦。伦使更求，又见之，乃将入宫，密笼鸟，并闭小儿于户中。明日往视，悉不复见。

译文

晋惠帝永康元年(300)，京城里抓到一只奇异的鸟，没有人能说出它的名称。赵王司马伦派人拿了这只鸟出去，在城内来回走动，到处问人。当天，皇宫西边有一个小孩看见了这鸟，就自言自语地说："服留鸟。"拿鸟的人回去报告了赵王。赵王派他再去寻找这小孩，他出门后又看见了那个小孩，就把小孩带进了皇宫，又把鸟紧关在笼子里，和这小孩一起关在门内。第二天再去看，全部不见了。

注释

1 **匝**：毛本作"市"，据汪校改。

原文

411. 南康郡南东望山[1]，有三人入山，见山顶有果树，众果毕植，行列整齐如人行。甘子正熟，三人共食致饱，乃怀二枚欲出示人，闻空中语云："催放双甘，乃听汝去。"

译文

南康郡南部有座东望山，有三个人进了山，看见山顶有果树，而且各种果树全都种上了，排列得整整齐齐如同人的队伍一样。这时柑子正好熟了，三个人便一起吃了个饱，还在怀里藏了两只想出山后拿给别人看，只听见天空中有人说道："快点放下那两只柑子，我才听任你们离开。"

注释

1 **南康**：见第30条注。

原文

412. 秦瞻居曲阿彭皇野[1]，忽有物如蛇，突入其脑中。蛇来，先闻臭气，便于鼻中入，盘其头中，觉泓泓冷[2]，闻其脑间食声咂咂，数日而出去。寻复来，取手巾缚鼻口，亦被入。积年无他病，唯患头重。

译文

秦瞻居住在曲阿县彭皇野外，忽然有一样东西像蛇，一下子钻进了他的脑袋中。这条蛇刚来的时候，先闻闻气味，接着便从鼻孔中钻进去，最后盘绕在他的头颅中，他觉得头里清冷清冷的，听见自己的脑袋中有咂咂的吃食声，过了几天，蛇就钻出来爬走了。过了不久，蛇又来了，秦瞻马上拿手巾缚住鼻子和嘴巴，但仍然被蛇钻了进去。这样过了好几年秦瞻也没有什么其他的毛病，只是感到头很重。

注释

1 **曲阿**：县名，秦置，治所即今江苏省丹阳市。三国吴嘉禾三年(234)改名云阳县，西晋太康二年(281)复名曲阿县。

2 **泓泓冷**：毛本作"哄哄仅"，据汪校改。

卷十八　木妖兽精

导读

本卷主要记述木、树、狐、鹿、猪、羊、狗、獭、鼠、鸡、蝎等精怪故事。其中第413、414、417、426、427、429、431、434、438、439条都以精怪被除而回归太平作结，虽然旨在“明神道之不诬”，实具有无神论倾向。第415条是对秦置旄头骑的溯源，显然为文学掌故，具有史学价值。富有文学典型意义的是才能各异而均精明的狐狸精形象，它们既有司空见惯的如第425条所写的美女淫妇，又有第428条所写的书生形象，还有第424条所写的幕僚形象。而第421条写狐狸精之文才，内容丰富，文采斐然，实为难得的文学精品。

原文

413. 魏景初中，阳城县吏王臣家有怪[1]，无故闻拍手相呼，伺无所见。其母夜作倦，就枕寝息，有顷，复闻灶下有呼声曰：“文约，何以不来？”头下枕应曰：“我见枕，不能往。汝可来就我饮。”至明，乃饭臿也。即聚烧之，其怪遂绝。

译文

曹魏景初年间(237—239)，阳城县县吏王臣家里出现了怪事，无缘无故地会听见拍手和互相呼喊的声音，留神查看却没看见什么。他母亲夜里干活累了，靠在枕头上睡觉休息，一会儿，便又听见灶下有喊声说：“文约，为什么不过来？”他母亲头下的枕头回答说：“我被枕住了，不能到你那边去。你可以到我这儿来喝水。”到天亮一看，原来是饭勺。王臣就把它们放在一起烧掉了，他家里的怪事也就没有了。

注释

1 **阳城**:毛本作"咸阳",据汪校改。魏时无咸阳县(参见第77条注),故此不应作"咸阳县"。 **阳城县**:秦置,治所在今河南省登封市东南告成镇,西晋后废。

原文

414. 魏郡张奋者[1],家本巨富,忽衰老财散,遂卖宅与程应。应入居,举家病疾,转卖邻人何文。文先独持大刀,暮入北堂中梁上。至三更竟,忽有一人,长丈余,高冠,黄衣,升堂呼曰:"细腰!"细腰应喏。曰:"舍中何以有生人气也?"答曰:"无之。"便去。须臾,有一高冠青衣者,次之又有高冠白衣者,问答并如前。及将曙,文乃下堂中,如向法呼之,问曰:"黄衣者为谁?"曰:"金也。在堂西壁下。""青衣者为谁?"曰:"钱也。在堂前井边五步。""白衣者为谁?"曰:"银也。在

译文

魏郡有个叫张奋的人,家里本来极其富裕,忽然之间他却变得衰老了,财产也散失了,于是就把住宅卖给了程应。程应搬进去居住,全家都生病,所以又把房屋转卖给邻居何文。何文先独自拿了大刀,在傍晚进入北面的堂屋中躲在梁上。到三更已尽,忽然有一个人,高一丈多,戴着高帽子,穿着黄衣服,登堂喊道:"细腰!"那细腰答应了一声。那人又说:"屋里为什么有活人的气味?"细腰回答说:"没有呀。"这个穿黄衣服的人就走了。一会儿,有一个戴高帽子穿青衣服的,接下来又有一个戴高帽子穿白衣服的,他们和细腰的问话答话都像前者那样。到快要天亮的时候,何文就从梁上下来站在堂屋中,仿照刚才那三个人的方法呼唤细腰,问道:"穿黄衣服的是谁?"细腰回答说:"是黄金。他在堂屋的西墙下。"何文又问:"穿青衣服的是谁?"细腰回答说:"是铜钱。他在堂屋前离井边五步远的地方。"何文又问:"穿白衣服的是谁?"细腰回答说:"是银子。他在墙东北角的柱子底下。"何文又问:"你

墙东北角柱下。”“汝复为谁？”曰：“我，杵也。今在灶下。”及晓，文按次掘之，得金银五百斤，钱千万贯，仍取杵焚之。由此大富，宅遂清宁。

又是谁？”细腰回答说：“我是木杵。现在在灶台下面。”等到天亮后，何文依次挖掘，得到黄金白银五百斤，铜钱千万贯，接着便取出木杵把它烧掉了。从此何文十分富裕，住宅也就清静安宁了。

注释

1 **魏郡：**西汉置，治所在邺县（今河北省临漳县西南邺镇）。

原文

415. 秦时，武都故道有怒特祠[1]，祠上生梓树。秦文公二十七年，使人伐之，辄有大风雨，树创随合，经日不断。文公乃益发卒，持斧者至四十人，犹不断。士疲还息，其一人伤足不能行，卧树下，闻鬼语树神曰：“劳乎攻战？”其一人曰：“何足为劳？”又曰：“秦公将必不休，如之何？”答曰：“秦公其如予何？”又曰：“秦若使三百人，被发，以朱丝绕树，赭衣，灰坌伐汝，汝得不困耶？”神寂无言。明日，病人语所闻。公于

译文

秦国的时候，武都郡故道县有一座祭祀愤怒公牛的祠堂——怒特祠，祠堂边上长着一棵梓树。秦文公二十七年（前739），派人去砍伐这棵梓树，马上就刮狂风下暴雨，树上的创口一砍出来随即愈合，整整砍了一天也没砍断。秦文公就增派了士兵，拿着斧头的人多达四十个，还是砍不断。士兵们疲倦了便回去休息，其中一个人伤了脚不能走路，只好躺在树下，他听见鬼对树神说：“攻战得很辛劳吧？”那个树神说：“这哪里算得上辛劳？”鬼又说：“秦文公一定不肯罢休，你怎么办？”树神回答说：“秦文公能把我怎么样呢？”鬼又说：“秦文公如果派三百个人，披着头发，用大红丝线绕住树干，穿着赤褐色的衣服，用灰撒着来砍你，你能不困窘吗？”树神便沉默无言了。第二天，这个伤了脚

是令人皆衣赭，随斫创，坌以灰，树断，中有一青牛出，走入丰水中[2]。其后青牛出丰水中，使骑击之，不胜。有骑堕地复上，髻解被发，牛畏之，乃入水，不敢出。故秦自是置旄头骑。

的人把听到的话告诉了秦文公。秦文公于是叫士兵们都穿上赤褐色的衣服，紧跟着创口砍出，就用灰撒上，于是树被砍断了，树中有一头青牛跳了出来，奔跑着进入丰水中。那后来青牛又从丰水中跑出来，秦文公派骑兵去击杀它，开始时没有取胜。有个骑兵摔到地上后又爬上了战马追它，他的发髻散开而披着头发，青牛害怕他，就逃进丰水中，不敢再出来了。所以秦国从此以后便设置了手持旄牛尾旗作为先驱的骑兵——旄头骑。

注释

1 **武都**：郡名，西汉置，治所在武都县（今甘肃省西和县南）。 **故道**：县名，秦置，治所在今陕西省宝鸡市西南大散关东南。

2 **丰水**：又作酆水、沣水，即今陕西省西安市西渭水支流沣河。

原文

416. 庐江龙舒县陆亭流水边有一大树[1]，高数十丈，常有黄鸟数千枚巢其上。时久旱，长老共相谓曰："彼树常有黄气，或有神灵，可以祈雨。"因以酒脯往。亭中有寡妇李宪者，夜起，室中忽见一妇人，着绣衣，自称曰："我，树神黄祖也，能兴云雨。以汝性洁，佐汝为生。朝来父老皆欲祈

译文

庐江郡龙舒县陆亭河边有一棵大树，高几十丈，常常有几千只黄鸟在这树上做窝。当时已经很长时间没下雨了，老人们聚在一起互相议论说："那大树常常有黄气，或许有神灵，我们可向它求雨。"因而他们就拿着酒和干肉去了。陆亭乡中有一个寡妇叫李宪的，一天夜里起床，忽然在房间里看见一个妇女，穿着绣花衣，自称说："我是树神黄祖，能兴云降雨。因为你本性纯洁，所以我来帮助你谋生。明天早晨父老乡亲都要来求雨，我已向

雨，吾已求之于帝，明日日中大雨。”至期，果雨，遂为立祠。神谓宪曰[2]：“诸卿在此，吾居近水，当致少鲤鱼。”言讫，有鲤鱼数十头飞集堂下，坐者莫不惊悚。如此岁余，神曰：“将有大兵，今辞汝去。”留一玉环，曰：“持此可以避难。”后刘表、袁术相攻，龙舒之民皆徙去，唯宪里不被兵。

上帝求过雨了，明天中午就会下大雨。”到了她预言的时间，果然下雨了，于是人们给她建造了祠堂。这树神对李宪说：“各位父老乡亲都在这里，我的住地靠近河流，应该献上一些鲤鱼给大家尝尝。”说罢，就有几十条鲤鱼飞来聚集在祠堂下，在座的人没有一个不惊奇。像这样过了一年多，树神对李宪说：“将要发生大规模的战争，现在我得告别你走了。”她留给李宪一个玉环，说：“你拿了这东西可以避难。”后来刘表、袁术互相攻打，龙舒县的老百姓都逃难走了，只有李宪所在的村子没遭到战乱的骚扰。

注释

1 **庐江**：见第21条注。 **龙舒县**：西汉置，治所在今安徽省舒城县西南。
2 毛本无“神谓”二字，据汪校补。

原文

417. 魏桂阳太守江夏张辽[1]，字叔高，去鄢陵[2]，家居买田。田中有大树十余围，枝叶扶疏，盖地数亩不生谷，遣客伐之。斧数下，有赤汁六七斗出，客惊怖，归白叔高。叔高大怒曰：“树老汁赤，如何得怪！”因自严行，复

译文

魏国桂阳太守江夏郡人张辽，字叔高，离开了鄢陵县，隐居在家中买了田地。田中有棵大树粗十多围，枝叶很茂盛，遮住了几亩地而不能长庄稼，于是张辽就派遣门客去砍掉它。斧子砍了几下，就有六七斗红色的浆汁流了出来，门客惊恐万状，回来报告了张辽。张辽十分生气地说：“树老了，树浆就红了，怎么能这样大惊小怪！”于是他就自己穿好衣服去了，再砍那棵树，竟然有大量的鲜血流出洒落。张辽就让门客先砍树枝，

斫之，血大流洒。叔高使先斫其枝，上有一空处，见白头公，可长四五尺，突出，往赴叔高，高以刀逆格之，如此凡杀四五头，并死。左右皆惊怖伏地，叔高神虑怡然如旧。徐熟视，非人非兽，遂伐其木。此所谓“木石之怪，夔、蝄蜽”者乎？是岁，应司空辟侍御史、兖州刺史，以二千石之尊过乡里，荐祝祖考，白日绣衣荣羡，竟无他怪。

树枝上有一个空地方，只见那里有一个白头老人，大约四五尺长，突然跳出来，直奔张辽，张辽用刀抵挡他，像这样一共砍掉了老人四五个头，这些头都死了。旁边的人都惊慌害怕得趴在地上，而张辽的神情却还像原来那样怡然自得。慢慢地仔细看那死去的白头老人，既不是人，也不是野兽，于是大家顺利地砍掉了那棵树。这就是过去所说的“木石的妖怪，夔、蝄蜽”之类的东西吧？这一年，张辽接受司空的委任而做了侍御史、兖州刺史，他以秩禄二千石的高贵地位去探望家乡，祭祀祖先，白天穿着绣花的衣服荣耀非凡，最终也没有碰到别的妖怪。

注释

1 **桂阳:**郡名，西汉置，治所在郴县(今湖南省郴州市)。**江夏:**见第204条注。

2 **鄢陵:**见第249条注。

原文

418. 吴先主时，陆敬叔为建安太守[1]，使人伐大樟树，下数斧，忽有血出。树断，有物人面狗身，从树中出。敬叔曰：“此名彭侯。”乃烹食之，其味如狗。《白泽图》曰：“木之精名彭侯，状如黑狗，无尾，可烹食之。”

译文

吴先主孙权当政的时候，陆敬叔任建安太守，他派人去砍伐大樟树，砍了几斧头，忽然有鲜血流出来。树砍断了，有个怪物人面狗身，从树中出来。陆敬叔说：“这怪物名叫彭侯。”就把它煮来吃了，它的味道像狗一样。《白泽图》说：“树木的精怪名叫彭侯，形状像黑狗，没有尾巴，可以把它煮了吃。”

注释

1 **建安:**见第23条注。

原文

419. 吴时有梓树巨围,叶广丈余,垂柯数亩。吴王伐树作船,使童男女三十人牵挽之。船自飞下水,男女皆溺死。至今潭中时有唱唤督进之音也。

译文

吴国时有一棵梓树极粗,叶子宽一丈多,下垂的树枝遮盖了几亩地。吴王砍伐这棵树来造船,叫三十个童男童女拉它。这船却自己飞下了水,这些童男童女都淹死了。直到今天这水潭中还时常有哼唷哼唷督促前进的呼号声。

原文

420. 董仲舒下帷讲诵,有客来诣,舒知其非常。客又云:"欲雨。"舒戏之曰:"巢居知风,穴居知雨。卿非狐狸,则是鼷鼠。"客遂化为老狸。

译文

董仲舒放下帷幕讲课,有个客人来拜访,董仲舒知道他不是一个普通的人。客人又说:"要下雨了。"董仲舒便和他开玩笑说:"住在巢里的知道刮风,住在洞里的知道下雨。您不是狐狸,就是鼷鼠。"客人就变成了一只老狐狸。

原文

421. 张华,字茂先,晋惠帝时为司空。于时燕昭王墓前有一斑狐,积年能为变幻,乃变作一书生,欲诣张公。过问墓前华表,曰:"以我才貌,可得见张司空否?"华表曰:"子之妙解,无为不可。但张公

译文

张华,字茂先,晋惠帝时(290—306)任司空。当时燕昭王墓前有一只花狐狸,因为年深日久而能使自己变化莫测,于是便变成了一个读书人,想去拜访张华。他去问墓前的华表,说:"凭我的才能相貌,可以去见张司空吗?"华表说:"您善于辩解,当然没有什么不可以做的。只是张公的才智气度,恐怕您难以控制,您去

智度，恐难笼络，出必遇辱，殆不得返，非但丧子千岁之质，亦当深误老表。”狐不从，乃持刺谒华。华见其总角风流，洁白如玉，举动容止，顾盼生姿，雅重之。于是论及文章，辨校声实，华未尝闻。比复商略三史，探赜百家，谈《老》《庄》之奥区，披《风》《雅》之绝旨，包十圣，贯三才，箴八儒，擿五礼，华无不应声屈滞。乃叹曰：“天下岂有此年少！若非鬼魅，则是狐狸。”乃扫榻延留，留人防护。此生乃曰：“明公当尊贤容众，嘉善而矜不能，奈何憎人学问？墨子兼爱，其若是耶？”言卒，便求退。华已使人防门，不得出。既而又谓华曰：“公门置甲兵栏骑，当是致疑

一定会遭到屈辱，可能还会回不来，不但会丢了您修炼了千年的体质，也会让我老表深受其害。”狐狸不听华表的劝告，就拿着自己的名帖去拜见张华。张华看见他年纪轻轻而风流倜傥，肌肤洁白如玉，举动从容不迫，转眼回望风姿横生，所以十分敬重他。于是他就论列起文章的优劣成败，分别评判各个作家的名声和实际，张华还从未听见过这样的评论。等到他再商讨《史记》《汉书》《东观汉纪》等三部史书，探求诸子百家的精微义理，畅谈《老子》《庄子》的玄妙之处，揭示《诗经》中《风》《雅》的非凡意旨，概括颜渊、闵子骞、冉伯牛、仲弓、宰我、子贡、冉有、季路、子游、子夏等十位圣哲的学问，贯通天文、地理、人事等三才的事理，针砭子张、子思、颜氏、孟氏、漆雕氏、仲良氏、孙氏、乐正氏等八个儒家学派的得失，挑剔用于祭祀的吉礼、用于冠婚的嘉礼、用于宾客的宾礼、用于军旅的军礼、用于丧葬的凶礼等五种礼法的弊端，张华无不应对迟钝而甘拜下风。张华于是叹息说：“天底下哪会有这种年轻人！如果不是鬼魅，就一定是狐狸。”于是就打扫了床榻挽留他，并留下人防范他。这书生便说：“您应该尊重贤能的人才而宽容普通的百姓，嘉奖聪明能干的而同情没有能力的，怎么能忌恨别人有学问呢？墨子主张不分贵贱亲疏而同时爱普天下的人，他像你这样吗？”说完，便要求离去。张华已经派人守住了门，书生没能出去。

于仆也。将恐天下之人卷舌而不言，智谋之士望门而不进。深为明公惜之。”华不应，而使人防御甚严。时丰城令雷焕[1]——字孔章，博物士也——来访华，华以书生白之。孔章曰：“若疑之，何不呼猎犬试之？”乃命犬以试[2]，竟无惮色。狐曰：“我天生才智，反以为妖，以犬试我，遮莫千试万虑，其能为患乎？”华闻益怒，曰：“此必真妖也。闻魑魅忌狗，所别者数百年物耳，千年老精，不能复别。惟得千年枯木照之，则形立见。”孔章曰：“千年神木，何由可得？”华曰：“世传燕昭王墓前华表木已经千年。”乃遣人伐华表。使人欲至木所，忽空中有一青衣小儿来，问使曰：“君何来也？”使曰：“张司空有

过了一会儿他又对张华说：“您门口部署了士卒挡道，该是对我有怀疑了吧。我真担心天下的人将会卷起舌头不再和您说话，足智多谋的贤士望着您的家门而不敢进来。我深深为您感到可惜。”张华没有理睬他，反而叫人防守得更加严密了。这时候丰城县的县令雷焕——字孔章，是个广闻博见的人——来拜访张华，张华把书生的事告诉了他。雷焕说：“如果你怀疑它是鬼魅或狐狸，为什么不呼猎犬来试探一下呢？”张华就呼猎犬来试探，那老狐狸竟然没有一点害怕的神色。狐狸说：“我生来就有这样的才智，你反而把我当成妖怪，用狗来试探我，不管你千般试探万般谋划，难道能给我造成灾祸吗？”张华听见后更加恼火了，说：“这书生一定是真的妖怪了。听说鬼怪怕狗，但狗能识别的只是修炼了几百年的怪物，至于修炼了千年以上的老精怪，狗就不能再识别了。只有搞到千年的枯木点燃后照它，那么它的原形才会立即显现。”雷焕说：“千年的神木，从哪里能搞到呢？”张华说：“世代相传燕昭王坟前的华表木已经经历了一千年。”于是张华就派人去砍华表。被派去的人快要到华表木那里了，忽然空中有一个穿着青衣服的小孩来到跟前，问使者说：“您来干什么呀？”使者说：“张司空那里有一个少年来访，很有才学而善于辩说，张司空怀疑他是妖怪，派我来

一年少来谒，多才巧辞，疑是妖魅，使我取华表照之。”青衣曰：“老狐不智，不听我言，今日祸已及我，其可逃乎？”乃发声而泣，倏然不见[3]。使乃伐其木，血流，便将木归，燃之以照书生，乃一斑狐。华曰：“此二物不值我，千年不可复得。”乃烹之。

取华表木去点燃了照他。”青衣小儿说：“老狐狸不明智，不听我的话，今天灾祸已经波及我了，我哪能逃避得了呢？”于是便放声大哭起来，忽然就不见了。使者就砍伐了那华表木，木中的血都流了出来，他便扛着华表木回去，把华表木点燃了来照书生，竟是一只花狐狸。张华说：“这两样东西如果不是碰上我，过一千年也不可能发现。”于是他就把狐狸煮了。

注释

1 **丰城**：县名，西晋太康元年(280)以富城县改名，治所在今江西省丰城市南。

2 **犬**：毛本作“大”，据张本改。下“犬”字同。

3 **倏**：毛本作“倐”，张本作“條”，今据张本并改为规范字。

原文

422. 晋时，吴兴一人有二男田中作时尝见父来骂詈赶打之[1]。童以告母，母问其父，父大惊，知是鬼魅，便令儿斫之。鬼便寂不复往。父忧恐儿为鬼所困，便自往看。儿谓是鬼，便杀而埋之。鬼便遂归，作其父形，且语其家：“二儿已杀妖矣。”儿暮归，

译文

晋朝时，吴兴郡一个人有两个儿子在田里劳动时曾经被父亲来责骂并追打。儿子把这事告诉了母亲，母亲问他们的父亲，父亲大吃一惊，知道是鬼魅，便叫儿子把它砍死。鬼便安静下来不再去了。父亲担心儿子被鬼搞得走投无路，就亲自去看看。儿子以为是鬼，就把父亲杀死埋了。那鬼就马上回到他们的家中，变成了他父亲的样子，并且告诉他家里的人说：“两个儿子已经杀死妖怪了。”

共相庆贺，积年不觉。后有一法师过其家，语二儿云："君尊候有大邪气[2]。"儿以白父，父大怒。儿出以语师，令速去。师遂作声入，父即成大老狸入床下，遂擒杀之。向所杀者，乃真父也，改殡治服。一儿遂自杀，一儿忿懊亦死。

儿子傍晚回家，全家互相庆贺，过了好几年都没有发觉。后来有一个法师来拜访他们的家，对两个儿子说："你们的父亲看上去有很厉害的妖气。"儿子把这话告诉了父亲，父亲十分生气。儿子出去把父亲生气的事告诉给法师，叫他快走。法师却念念有词走进内屋，父亲立即变成了一只很大的老狐狸钻到床下，法师就把它捉住杀了。原来以前杀掉的，才是真父亲，于是家里就重新为父亲安葬服丧。一个儿子便自杀了，一个儿子因气愤懊悔也死了。

注释

1 吴兴：见第 211 条注。

2 候：毛本作"侯"，据汪校改。

原文

423. 句容县麋村民黄审于田中耕[1]，有一妇人过其田，自塍上度，从东适下而复还。审初谓是人，日日如此，意甚怪之。审因问曰："妇数从何来也？"妇人少住，但笑而不言，便去。审愈疑之，预以长镰伺其还，未敢斫妇，但斫所随婢。妇化为狸走去，视婢，乃狸

译文

句容县麋村的老百姓黄审在田中耕地，有一个妇女经过他的田，从田埂上越过，从东边刚下去却又回来了。黄审开始还以为是人，但天天像这样，心里就觉得很奇怪。黄审就问道："你这女人一次次地从什么地方来？"这妇女稍稍停留了一下，只是笑着却不说话，接着便走了。黄审更加怀疑她了，就准备好了长镰刀等候她回来，但还是没敢砍那妇女，只砍了跟随她的婢女。这妇女就变成狐狸逃跑了，看那婢女，原来只是条狐狸尾巴。黄审追那狐狸，没

尾耳。审追之，不及。后人有见此狸出坑头，掘之，无复尾焉。

追上。后来有人看见这只狐狸曾从地洞中出来，就把它挖了出来，它身上再也没有尾巴了。

注释

1 **句容县**：西汉置，治所即今江苏省句容市。

原文

424. 博陵刘伯祖为河东太守[1]，所止承尘上有神，能语，常呼伯祖与语。及京师诏书诰下消息，辄预告伯祖。伯祖问其所食啖，欲得羊肝。乃买羊肝，于前切之，脔随刀不见，尽两羊肝。忽有一老狸，眇眇在案前，持刀者欲举刀斫之，伯祖呵止。自着承尘上，须臾大笑曰："向者啖羊肝，醉忽失形，与府君相见，大惭愧。"后伯祖当为司隶，神复先语伯祖曰："某月某日，诏书当到。"至期如言。及入司隶府，神随逐在承尘上，辄言省内事。伯祖大恐怖，谓神曰："今职在刺举。若左右

译文

博陵郡人刘伯祖任河东郡太守，其住所的天花板上有一个神仙，会说话，常常叫刘伯祖来和他交谈。每当京城诏书下达消息，他总会预先告诉刘伯祖。有一次刘伯祖问他要吃什么，他说想吃羊肝。刘伯祖就买了羊肝，叫人在面前的案桌上切碎，一块块羊肝随着刀落就不见了，这样一直吃完了两只羊肝。忽然有一只老狐狸，隐隐约约地出现在刘伯祖的案桌前面，拿刀的人想举刀砍它，被刘伯祖喝住了。狐狸便自己爬到天花板上，过了一会儿大笑着说："刚才我吃羊肝，得意之间忽然失态而现出了原形，给太守看见了，十分惭愧。"后来刘伯祖要做司隶校尉了，狐仙又预先告诉刘伯祖说："某月某日，诏书该送到。"到时候果然像他所说的那样来了诏书。等到刘伯祖进了司隶府，狐仙跟着住在天花板上，总是说一些中央政府内的事情。刘伯祖十分恐惧，对狐仙说："我现在的职责是侦查检举官吏的犯法行为。如果皇帝身边的亲

贵人闻神在此，因以相害。”神答曰：“诚如府君所虑，当相舍去。”遂即无声。

信权贵们听说有神仙在这里，就会来害我。”狐仙回答说：“如果真像您所忧虑的那样，那么我应该离开您走了。”从此就没有什么声音了。

注释

1 **博陵：**郡名，东汉本初元年(146)置，治所在博陵县(今河北省蠡县南)。 **河东：**见第17条注。

原文

425. 后汉建安中，沛国郡陈羡为西海都尉[1]。其部曲王灵孝无故逃去，羡欲杀之。居无何，孝复逃走。羡久不见，囚其妇，妇以实对。羡曰：“是必魅将去，当求之。”因将步骑数十，领猎犬，周旋于城外求索，果见孝于空冢中。闻人犬声，怪遂避去。羡使人扶孝以归，其形颇象狐矣，略不复与人相应，但啼呼“阿紫”。阿紫，狐字也。后十余日，乃稍稍了悟，云：“狐始来时，于屋曲角鸡栖间作好妇形，自称阿紫，招我。如此非一，忽然便随

译文

东汉建安年间(196—220)，沛国的陈羡任西海郡都尉。他部队里的王灵孝无故逃跑，陈羡想杀了他。过了没多少时候，王灵孝又逃跑了。陈羡很长时间不见他回队，就把他的妻子关了起来，他妻子如实作了回答。陈羡说：“这肯定是妖怪把他带走了，该去找找他。”于是陈羡率领了几十个步兵骑士，带着猎犬，在城外来来回回寻找，果然发现王灵孝在一个空的墓穴中。听见外面人与狗的声音，那妖怪就逃走了。陈羡叫人搀扶着王灵孝回队，他的形状已经很像狐狸了，一点也不再和人接话，只是呼唤“阿紫”。阿紫，是那狐狸的名字。过了十多天，他才渐渐醒悟了，说：“狐狸刚来的时候，在房屋拐角处鸡棚那里变成了美女的形状，说自己名叫阿紫，挥手招我去。她像这样不止一次地来引诱我，我便迷迷糊糊地跟着她去了，她就做了我的妻子，晚上

去，即为妻，暮辄与共还其家。遇狗不觉。”云乐无比也。道士云：“此山魅也。”《名山记》曰：“狐者，先古之淫妇也，其名曰阿紫，化而为狐，故其怪多自称阿紫。”

我总是和她一起回到她的家里。那天你的狗来了我还没有醒。”他说和阿紫在一起，真是快乐得没有什么能比得上的。道士说：“这是山里的精怪。”《名山记》说：“狐狸，是上古的淫荡女人，她的名字叫阿紫，变化而成了狐狸，所以狐狸精大多自称阿紫。”

注释

1 **沛国：**见第69条注。 **郡：**衍文。 **西海：**郡名，东汉建安中置，治所在居延县（今内蒙古自治区额济纳旗东南）。

原文

426. 南阳西郊有一亭[1]，人不可止，止则有祸。邑人宋大贤以正道自处，尝宿亭楼，夜坐鼓琴，不设兵仗。至夜半时，忽有鬼来，登梯与大贤语，眝目磋齿，形貌可恶。大贤鼓琴如故，鬼乃去，于市中取死人头来，还语大贤曰：“宁可少睡耶？”因以死人头投大贤前。大贤曰：“甚佳！我暮卧无枕，正欲得此。”鬼复去，良久乃还，曰：“宁可共手搏耶？”大贤曰：“善！”语

译文

南阳郡西郊有一座驿亭，人不可以在里面留宿，在里面留宿就会遭殃。城里人宋大贤以正道立身处世，曾经在这驿亭楼上住宿，夜里坐着弹琴，也没准备好什么兵器。到半夜时分，忽然有一个鬼来了，它爬上楼梯和宋大贤说话，瞪着眼睛，磨着牙齿，容貌十分可怕。宋大贤还是像原来那样弹着琴，鬼就走了，在街市中拿来一个死人的头，回到楼上对宋大贤说：“你是否可以稍微睡一下呢？”便把死人的头扔在宋大贤的跟前。宋大贤说：“很好！我晚上睡觉没有枕头，正想得到这个东西。”鬼又走了，过了很久才回来，对宋大贤说：“我们是否可以一起来赤手空拳搏斗一下呢？”宋大贤说：“好！”话还没有

未竟，鬼在前，大贤便逆捉其腰，鬼但急言“死”，大贤遂杀之。明日视之，乃老狐也。自是亭舍更无妖怪。

说完，鬼已经站在宋大贤的面前了，宋大贤便迎上去抓住它的腰，鬼只是急迫地连声说“死”，宋大贤就把它杀了。第二天去查看它，原来是只老狐狸。从此以后这亭屋里再也没有妖怪了。

注释

1 **南阳**：见第88条注。

原文

427. 北部督邮西平郅伯夷[1]，年三十许，大有才决，长沙太守郅君章孙也[2]。日晡时到亭，敕前导人且止。录事掾白：“今尚早，可至前亭。”曰：“欲作文书。”便留。吏卒惶怖，言：“当解去。”传云：“督邮欲于楼上观望，亟扫除！”须臾便上。未瞑，楼镫阶下复有火，敕云：“我思道，不可见火，灭去！”吏知必有变，当用赴照，但藏置壶中。日既瞑，整服坐，诵《六甲》《孝经》《易本》讫，卧。有顷，更转东首，以帑巾结

译文

北部督邮西平县人郅伯夷，年纪在三十岁左右，很有才智决断，是长沙太守郅君章的孙子。他下午四点钟左右来到一座驿亭，便命令开路的差役姑且进亭留宿。录事掾禀告说：“现在时间还早，可以赶到前面的驿亭去住。”郅伯夷说：“我现在想写公文。”于是他们就留下来了。这驿亭的小吏非常恐惧，说：“你们应该离开这儿。”郅伯夷却传令说：“督邮想到楼上观望，赶快去打扫！”一会儿郅伯夷便上了楼。天还没有黑，楼上的灯和楼梯下又都点上了火，郅伯夷命令说：“我在思考道家学说，不可以见火，请把它们灭了！”亭吏知道一定会有突变的事故发生，到时候该用火去照看，所以只是把火暂且藏在壶中。天色已经黑了，郅伯夷穿戴整齐后坐着，念诵《六甲》《孝经》《易本》等，念完就睡了。过了一会儿，他又把头转到东边去睡，用大巾扎在两

两足[3],帻冠之,密拔剑解带。夜时,有正黑者四五尺,稍高,走至柱屋,因覆伯夷。伯夷持被掩之,足跣脱,几失。再三以剑带击魅脚,呼下火上,照视之,老狐正赤,略无衣毛,持下烧杀。明旦发楼屋,得所髡人髻百余。因此遂绝。

只脚上,再把头巾、帽子戴在脚上,并偷偷地拔出了宝剑,解开了衣带。深夜时分,有个纯黑的东西四五尺长,逐渐升高,跑到楼上,便扑向郅伯夷的"头部"。郅伯夷拿起被子罩它,假装"头部"的双脚光光地从大巾中挣脱出来,差一点被那精怪抓住而失去。他反复用宝剑和衣带打精怪的脚,并喊楼下的人把火拿上来,在光照下看它,只见一只老狐狸浑身通红,身上一根毛也没有,于是便捉下去把它烧死了。第二天早晨彻底清理这楼房,发现被狐狸精抓下来的人的发髻有一百多个。从此这亭楼里的精怪就没有了。

注释

1 **北部督邮**:汉代之郡置督邮,分东西南北中五部,北部督邮为其中之一。**西平**:见第138条注。**郅**:毛本作"到",据汪校改。

2 **长沙**:见第166条注。**郅君章**:毛本作"到若章",据汪校改。

3 **帤**:毛本作"拏",据汪校改。

原文

428. 吴中有一书生皓首[1],称胡博士。教授诸生,忽复不见。九月初九日,士人相与登山游观,闻讲书声,命仆寻之,见空冢中群狐罗列,见人即走。老狐独不去,乃是皓首书生。

译文

吴郡有一个书生白头发,人们叫他胡博士。有一次他给学生们讲课,忽然又不见了。九月初九那一天,学生们一起登山游览,忽然听见讲课的声音,就叫仆人去寻找它,只见一个空空的坟墓中一群狐狸排列在那儿听课,看见人来就逃跑了。只有一只老狐狸独自不走,它就是那个白头书生。

注释

1 吴:见第338条注。

原文

429. 陈郡谢鲲谢病去职[1],避地于豫章[2]。尝行经空亭中,夜宿。此亭旧每杀人。夜四更,有一黄衣人呼鲲字云:"幼舆,可开户。"鲲澹然无惧色,令申臂于窗中,于是授腕,鲲即极力而牵之,其臂遂脱,乃还去。明日看,乃鹿臂也,寻血取获。尔后此亭无复妖怪。

译文

陈郡人谢鲲推托有病而引退离职,因避祸而移居在豫章郡。有一次他在出行途中经过一座空荡荡的驿亭中,便在里面过夜。这驿亭过去常常死人。这天夜里四更时分,有一个身穿黄衣服的人呼唤着谢鲲的字说:"幼舆,可以开门了。"谢鲲泰然自若而毫无惧色,叫他把手臂从窗口中伸进来,于是那个人就把手腕伸了进来,谢鲲马上使尽全身力气拉他的手腕,他的手臂就掉了下来,接着就逃回去了。第二天一看,原来是只鹿臂,按照那血迹去寻找便把这只鹿怪抓获了。从此以后,这驿亭就不再有妖怪了。

注释

1 **陈郡**:见第96条注。

2 **豫章**:见第26条注。

原文

430. 晋有一士人姓王,家在吴郡[1],还至曲阿日暮[2],引船上当大埭[3],见埭上有一女子,年十七八,便呼之留宿。至晓,解金铃系其臂,使

译文

晋朝有一个读书人姓王,家在吴郡,有一次回家来到曲阿县时天色已晚,便把船拉上去靠住那堵水的大土坝,只见土坝上有一个女子,年龄在十七八岁,就招呼她来过夜。到天亮时,他解下一个金铃缚在她的胳膊上,派人随着铃声跟踪到她家里,哪

人随至家，都无女人，因逼猪栏中，见母猪臂有金铃。

知她家中根本没有女人，而随着铃声却走近了猪圈之中，只见一只母猪的前腿上有只金铃。

注释

1 **吴郡**：见第78条注。

2 **曲阿**：见第412条注。

3 **埭**(dài)：当河而筑的土坝。古时在河流水浅而不利于行船的地方筑埭堵水，中间留航道，两岸竖立转轴。船经过的时候，船头系一粗绳连接转轴，再转动转轴将船拉过埭。

原文

431. 汉齐人梁文好道[1]。其家有神祠，建室三四间，座上施皂帐，常在其中，积十数年。后因祀事，帐中忽有人语，自呼"高山君"，大能饮食，治病有验。文奉事甚肃，积数年，得进其帐中。神醉，文乃乞得奉见颜色。谓文曰："授手来。"文纳手，得捋其颐[2]，髯须甚长。文渐绕手，卒然引之，而闻作羊声。座中惊起，助文引之，乃袁公路家羊也，失之

译文

汉朝齐郡人梁文爱好神仙方术。他家里有一座神庙，庙中造了三四间房屋，神座上挂着黑色的帷帐，他常常待在这神庙中，一直过了十多年。后来因为祭祀的事，帷帐中忽然有人说起话来，自称"高山君"，他很能吃东西，治病也很有效果。梁文侍奉他十分严肃认真，过了几年，梁文被准许进入他的帷帐中。那神人醉了，梁文才求得他同意可以恭敬地用手接触一下他的面容。那神人对梁文说："把手伸过来。"梁文把手伸过去，可以用手指顺着神人的下巴抹过去，发现神人的胡须很长。梁文渐渐把这胡须绕在手上，突然用力一拉，却听见神人发出羊的叫声。在座的人都吃惊地站了起来，帮着梁文拉那神人，原来那神人是袁术家的一只羊，这只羊失踪了七八年，一直不知道它在哪里。大家

七八年，不知所在。杀之，乃绝。

把羊杀了，神人也就没有了。

注释

1 **齐**：齐郡，见第101条注。

2 **捋**：毛本作"持"，据汪校改。

原文

432. 北平田琰居母丧[1]，恒处庐。向一期夜[2]，忽入妇室，密怪之，曰："君在毁灭之地，幸可不甘。"琰不听而合。后琰暂入，不与妇语，妇怪无言，并以前事责之。琰知鬼魅，临暮竟未眠。衰服挂庐，须臾，见一白狗攫庐衔衰服，因变为人，着而入。琰随后逐之，见犬将升妇床，便打杀之。妇羞愧而死。

译文

北平郡的田琰为母亲守丧，一直住在坟边的草屋里。临近一周年的一个夜晚，他却忽然走进了妻子的房间，妻子偷偷地责备他，说："您处在母亲死了该悲痛得毁形灭性的境地，希望能别再作乐了。"田琰不听从而只管和她交欢作乐。后来田琰暂时回家一次，没有和妻子谈话，妻子责怪他不说话，同时又拿上次的事情责备他。田琰知道是精怪，所以直到天全黑了也没睡着。他的丧服挂在坟边的草屋里，一会儿，他看见一条白狗用脚爪扒开草屋衔起丧服，接着变成了人，穿了丧服到他妻子的房间里去了。田琰跟在它后面追它，看见这条狗即将爬上妻子的床了，就把它打死了。他妻子羞愧得自杀了。

注释

1 **北平**：郡名，西晋改右北平郡置，治所在徐无县（今河北省遵化市东）。

2 **期**：毛本作"暮"，据汪校改。 **期**(jī)：一周年。

原文

433. 司空南阳来季德停丧在殡[1]，忽然见形坐祭床上，颜色服饰声气，熟是也。孙儿妇女，以次教戒，事有条贯。鞭朴奴婢，皆得其过。饮食既绝，辞诀而去。家人大小，哀割断绝。如是数年，家益厌苦。其后饮酒过多，醉而形露，但得老狗，便共打杀。因推问之，则里中沽酒家狗也。

译文

司空南阳郡人来季德已经入棺等着下葬了，忽然又现出原形坐在祭床上，面色服装声音，还是像常见的那样。孙儿媳妇，他依次教导告诫，嘱咐的事情都有条有理。他鞭打奴婢，也都和他们的罪过相当。他吃喝完毕，便告别走了。全家老少，悲痛欲绝而心如刀割。像这样过了几年，家里的人越来越厌烦苦恼。在那后来他喝酒喝得太多了，醉了以后原形毕露，不过是一条老狗，大家便一起把它打死了。接着大家去打听这条狗的来历，原来就是村中卖酒人家的狗。

注释

1 **南阳**：见第88条注。

原文

434. 山阳王瑚[1]，字孟琏，为东海兰陵尉[2]。夜半时，辄有黑帻白单衣吏诣县叩阁，迎之，则忽然不见，如是数年。后伺之，见一老狗，黑头白躯犹故[3]，至阁便为人。以白孟琏，杀之，乃绝。

译文

山阳郡人王瑚，字孟琏，任东海郡兰陵县尉。半夜时分，总有戴着黑头巾穿着白单衣的小吏到县府敲门，王瑚开门迎接他，却又忽然不见了，像这样一直过了好几年。后来王瑚派人偷偷地观察他，只见一条老狗，黑的头、白的身体还是像过去那样，一到县府门口便变成了人。派出去的人把这情况告诉了王瑚，王瑚就把它杀了，于是敲门的事也就绝迹了。

注释

1 山阳:见第14条注。

2 东海:见第23条注。 兰陵:见第118条注。

3 毛本无"黑头",据汪校补。

原文

435. 桂阳太守李叔坚[1],为从事。家有犬,人行,家人言:"当杀之。"叔坚曰:"犬马喻君子。犬见人行,效之,何伤?"顷之,狗戴叔坚冠走,家大惊,叔坚云:"误触冠,缨挂之耳。"狗又于灶前畜火,家益怔营,叔坚复云:"儿婢皆在田中,狗助畜火,幸可不烦邻里。此有何恶?"数日,狗自暴死,卒无纤芥之异。

译文

桂阳太守李叔坚,曾给刺史当从事。他家里有条狗,像人一样站起来走路,家里的人说:"应该杀了它。"李叔坚说:"狗和马常常用来比喻君子。狗看见人走路,便模仿着走,这有什么妨碍呢?"过了一会儿,狗戴了李叔坚的帽子奔跑起来,家里的人十分惊讶,李叔坚却说:"它误碰了帽子,是帽带挂住了它的头罢了。"狗又在灶前头添柴烧火,家里人更加惶恐不安了,李叔坚又说:"奴婢们都在田里干活,狗帮助添柴烧火,正好可以不再麻烦乡邻。这有什么坏处?"过了几天,这狗突然自己死了,结果李家便一点儿怪异的事情也没有了。

注释

1 桂阳:见第417条注。

原文

436. 吴郡无锡有上湖——大陂[1]。陂吏丁初,天每大雨,辄循堤防。春盛

译文

吴郡无锡县有上湖——是个大湖泊。管湖泊的小吏丁初,每次天下大雨,总是去巡视堤岸。这年春天刚下过大雨,

雨，初出行塘，日暮回，顾有一妇人，上下青衣，戴青伞，追后呼："初掾待我。"初时怅然，意欲留俟之，复疑：本不见此，今忽有妇人冒阴雨行，恐必鬼物。初便疾走，顾视妇人，追之亦急。初因急行，走之转远，顾视妇人，乃自投陂中，泛然作声，衣盖飞散，视之，是大苍獭，衣伞皆荷叶也。此獭化为人形，数媚年少者也。

丁初就出去巡视湖堤，傍晚的时候回家，回头看见有一个妇女，全身上下都穿着青色的衣服，撑着青色的伞，在后边追着叫喊："丁初副官等等我。"丁初当时十分惆怅，心里想留步等她，但又起疑云：本来从没有看见过这种情况，现在忽然有个女人冒着阴雨天气走路，恐怕一定是鬼怪了。丁初便快步逃跑，回头看看那女人，追他也追得很急。丁初因而也急匆匆地赶路，跑着跑着就和那女人的距离变远了，回头看那女人，竟自己跳进湖泊中，浪花四溅而传来扑通一声，衣服和伞都飞散开来，仔细看它，原来是只青颜色的大水獭，衣服和伞都是荷叶。这水獭曾变成人的形状，多次用美色来迷惑年轻人。

注释

1 **无锡**：见第211条注。

原文

437. 魏齐王芳正始中，中山王周南为襄邑长[1]，忽有鼠从穴出，在厅事上语曰："王周南，尔以某月某日当死。"周南急往，不应，鼠还穴。后至期，复出，更冠帻皂衣而语曰："周南，尔日中当死。"亦不应，鼠复入穴。须臾复

译文

魏齐王曹芳正始年间(240—249)，中山国人氏王周南任襄邑县县长，忽然有只老鼠从洞中爬出来，在官府公堂上对王周南说："王周南，你在某月某日要死去。"王周南急忙走过去，却不搭腔，老鼠便回到洞中去了。后来到了这某月某日，老鼠又出来了，还戴着帽子、头巾，穿着黑衣服，对王周南说："周南，你中午要死了。"王周南还是不搭腔，老鼠又进洞去了。一会儿

出，出复入，转行数语如前。日适中，鼠复曰："周南，尔不应[2]，我复何道？"言讫，颠蹶而死，即失衣冠所在，就视之，与常鼠无异[3]。

它又出来，出来了又进洞，转了几个来回，说了几次和先前相同的话。这时正好到了中午，老鼠又说："周南，你老不答腔，我还能说什么呢？"说完，便倒在地上死了，它的衣帽也不知道在什么地方了，走近看它，与平常的老鼠没有什么不同。

注释

1 **中山**：国名，西汉景帝以中山郡改置，治所在卢奴县（今河北省定州市）。**襄邑**：县名，秦置，治所即今河南省睢县。

2 **应**：毛本作"应死"，据汪校改。

3 毛本"无异"下有"一宇"二字，据张本删。

原文

438. 安阳城南有一亭[1]，夜不可宿，宿辄杀人。书生明术数，乃过宿之。亭民曰："此不可宿，前后宿此，未有活者。"书生曰："无苦也，吾自能谐。"遂住廨舍，乃端坐诵书，良久乃休。夜半后，有一人着皂单衣来往户外呼亭主，亭主应诺。"见亭中有人耶？"答曰："向者有一书生在此读书。适休，似未寝。"乃喑嗟而去，须臾，复有一人冠赤帻者呼

译文

安阳城南有一座驿亭，夜里不可以留宿，在里面留宿就会死人。有一个书生通晓道术，经过这驿亭就在里面过夜。亭旁的老百姓说："这驿亭住不得，过去前前后后很多人在这里过夜，没有一个能活着的。"书生说："别担心，我自能对付。"于是他就住在驿亭的办公厅中，接着端正地坐在那儿读书，读了很久才休息。半夜以后，有一个人穿着黑色的单衣来到门外呼唤亭主，亭主答应了一声。那人问："看见亭楼里有人吗？"亭主回答说："刚才有一个书生在这里读书。现在刚读罢，似乎还没有睡。"那人没吭声便叹息着走了。一会儿，又有一个人戴着红色的头巾呼唤亭

亭主,问答如前,复喑嗟而去。既去寂然。书生知无来者,即起诣向者呼处,效呼亭主,亭主亦应诺。复云:“亭中有人耶?”亭主答如前。乃问曰:“向黑衣来者谁?”曰:“北舍母猪也。”又曰:“冠赤帻来者谁?”曰:“西舍老雄鸡父也。”曰:“汝复谁耶?”曰:“我是老蝎也。”于是书生密便诵书至明[2],不敢寐。天明,亭民来视,惊曰:“君何得独活?”书生曰:“促索剑来!吾与卿取魅。”乃握剑至昨夜应处,果得老蝎,大如琵琶,毒长数尺。西舍得老雄鸡父,北舍得老母猪。凡杀三物,亭毒遂静,永无灾横。

主,就像先前那个人一样和亭主问答,也没吭声而叹息着走了。他们走了以后也就鸦雀无声了。书生知道没有人来了,就起来走到刚才那两个人呼喊的地方,仿照他们的样子呼唤亭主,亭主也答应了一声。书生又说:“亭楼里有人吗?”亭主就像先前那样作了回答。书生就问道:“刚才穿着黑衣服来的是谁?”亭主回答说:“是北屋的母猪。”书生又说:“戴着红头巾来的是谁?”亭主回答说:“是西屋的老公鸡。”书生说:“你又是谁呢?”亭主说:“我是老蝎子。”于是书生勉力读书读到天亮,不敢睡着。天亮了,亭边的百姓来看他,惊讶地说:“怎么就您一个人能不死?”书生说:“快找一把剑来!我给你们捉拿精怪。”于是他就拿着剑来到昨天夜里亭主答话的地方,果然发现了老蝎子,大得像琵琶那样,毒刺有几尺长。又到西屋抓住了老公鸡,到北屋抓住了老母猪。总共杀了三个怪物,这驿亭里的毒害就被平息了,以后永远也没有灾祸横行了。

注释

1 **安阳城**:在今河北省阳原县东南,西汉置东安阳县于此。

2 **密便**:即“黾勉”。

原文

439. 吴时，庐陵郡都亭重屋中常有鬼魅[1]，宿者辄死。自后使官莫敢入亭止宿。时丹阳人汤应者[2]，大有胆武，使至庐陵，便止亭宿。吏启不可，应不听。迸从者还外，惟持一大刀，独处亭中。至三更竟，忽闻有叩阁者。应遥问："是谁？"答云："部郡相闻。"应使进，致词而去。顷间，复有叩阁者如前，曰："府君相闻。"应复使进，身着皂衣。去后，应谓是人，了无疑也。旋又有叩阁者，云："部郡、府君相诣。"应乃疑，曰："此夜非时，又部郡、府君不应同行。"知是鬼魅，因持刀迎之。见二人皆盛衣服，俱进，坐毕，府君者便与应谈。谈未竟，而部郡忽起至应背后，应乃回顾，以刀逆击，中之。府君下坐走出，应急追，至亭后墙下

译文

三国东吴时，庐陵郡治所的驿亭楼上常常闹鬼，在里面过夜的人总是死去。从此以后，过路的使者官员没有谁敢进这驿亭留宿。这时丹阳郡有个叫汤应的人，很有胆气和武艺，出使来到庐陵，就到驿亭里住宿。亭吏告诉他这里不能住，汤应没有听从。他打发随从回到外面住宿，自己只拿了一把大刀，独自一人住在亭中。到三更已尽，忽然听见有人敲门。汤应远远地问："是谁？"外面的人回答说："是部郡从事史前来互通信息。"汤应让他进来，他说了一番话就走了。过了一会儿，又有人像刚才那个人一样来敲门，说："郡守前来互通信息。"汤应又让他进来，这人身穿黑衣。这两个人走了以后，汤应认为他们都是人，一点儿也没有猜疑他们。转眼间又有人敲门，说："部郡从事史、郡守前来拜见您。"汤应于是怀疑了，心想："这夜里不是拜访客人的时候，而且部郡从事史和郡守也不应该一起来。"他知道来的是妖怪了，就拿着刀迎接他们。只见那两个人都穿着华美的衣服，一起进了屋，坐定后，自称郡守的便和汤应谈话。话还没有说完，那部郡从事史忽然起身绕到汤应的背后，汤应便回过头来，用刀迎面砍去，砍中了他。郡守便离开座位逃了出去，汤应急忙追赶，到驿亭

及之，斫伤数下，应乃还卧。达曙，将人往寻，见有血迹，皆得之。云称府君者，是一老豨也；部郡者，是一老狸也。自是遂绝。

的后墙下追上了郡守，向他连砍了几刀，汤应才回去睡觉。到天亮，汤应带了人前去寻找，看见有血迹，因而把两个妖怪都找到了。自称郡守的，是一头老猪；自称部郡从事史的，是一只老狐狸。从此以后，这驿亭里的妖怪就绝迹了。

注释

1 **庐陵**：见第 83 条注。

2 **丹阳**：见第 97 条注。

卷十九　杀精除怪

导读

本卷除了最后两条，主要记述清除蛇、鼍、龟、鳀、鼠妇等精怪的故事。第440条歌颂了集仁义智勇于一身的少女李寄铲除强暴的高贵品德，由于其精神合乎传统道德，故历来广为传扬。第445条记述孔子智斗鳀鱼精及其对精怪的论述，既表明了古人对精怪成因的一般看法，又体现了不畏精怪而铲除为上的无神论思想，具有认识价值和借鉴意义。第447条虽然不涉及精怪而与本卷内容不类，但其基于生活真实的夸张却使它成为难得的文学精品。

原文

440. 东越闽中有庸岭[1]，高数十里，其西北隙中有大蛇，长七八丈，大十余围，土俗常惧。东冶都尉及属城长吏[2]，多有死者。祭以牛羊，故不得福[3]，或与人梦，或下谕巫祝，欲得啖童女年十二三者[4]。都尉令长并共患之，然气厉不息，共请求人家生婢子兼有罪家女，养之，至八月朝祭，送蛇穴口，蛇出吞啮之。累年如

译文

东越国闽中郡有一座庸岭，高几十里，它西北部的山缝中有一条大蛇，长七八丈，粗十多围，当地人都很害怕它。东冶都尉和东冶管辖下的县城里的长官，也有许多是被蛇咬死的。人们用牛羊去祭它，还是得不到福佑，大蛇或者托梦给人，或者吩咐巫婆师公，说它要吃十二三岁的女孩。都尉和县令、县长都一起为此事发愁，但是大蛇的妖气所造成的灾害却没个完，他们只得一起征求大户人家奴婢生的女儿和犯罪人家的女儿，把她们收养起来，到八月初一祭祀的时候，把女孩子送到大蛇的洞口，大蛇出来就把女孩吞食

此,已用九女。尔时预复募索,未得其女。将乐县李诞家有六女[5],无男,其小女名寄,应募欲行,父母不听。寄曰:“父母无相,惟生六女,无有一男,虽有如无。女无缇萦济父母之功,既不能供养,徒费衣食,生无所益,不如早死。卖寄之身,可得少钱,以供父母,岂不善耶?”父母慈怜,终不听去。寄自潜行,不可禁止。寄乃告请好剑及咋蛇犬。至八月朝,便诣庙中坐,怀剑,将犬,先将数石米糍用蜜麨灌之以置穴口。蛇便出,头大如囷,目如二尺镜,闻糍香气,先啖食之。寄便放犬,犬就啮咋,寄从后斫得数创。疮痛急,蛇因踊出,至庭而死。寄入视穴,得其九女髑髅,悉举出,咤言曰:“汝曹怯弱,为蛇所食,甚可哀愍。”于是寄女缓步而归。越王闻之,聘寄女

了。连年这样,已经用了九个女孩。这时他们又预先招募寻求,但还没有找到这样的女孩。将乐县李诞的家中有六个女儿,没有男孩,其中最小的女儿叫李寄,想应募而去,父母不同意。李寄说:“父母没有福相,只生了六个女儿,没有一个儿子,即使有了孩子也好像没有一样。女儿我没有缇萦救父母那样的功德,既然不能供养父母,白白耗费衣服食物,活着也没有什么益处,还不如早点去死。卖掉我的身体,可以得些钱,用来供养父母,难道不好吗?”父母疼爱她,始终不同意她去。李寄就自己悄悄地走了,父母终究没法阻止她。于是李寄就禀告官府求得了好剑和会咬蛇的狗。到八月初一,她就到庙中坐好,揣着剑,带着狗,先把几石米饼用蜜拌的米麦糊灌在里面去放到蛇洞口。蛇便出来了,头大得像圆形的谷仓,眼睛像两尺大的镜子,一闻到米饼的香味,就先去吞食米饼。李寄便放出狗,狗就上去撕咬,李寄从后面在蛇身上砍出了好几个伤口。因为伤口痛得厉害,蛇便翻滚着窜出来,到庙中的院子里便死了。李寄进去察看蛇洞,发现了那九个女孩的头骨,便都拿了出来,悲痛地说:“你们这些人胆小软弱,被蛇吃了,太可怜了。”于是李寄便慢慢地走着回家了。东越王听说了这件事,把李寄姑娘聘为王后,任命她

为后，拜其父为将乐令，母及姊皆有赏赐。自是东治无复妖邪之物[6]，其歌谣至今存焉。

的父亲为将乐县县令，她的母亲和姐姐们都得到了赏赐。从此东冶县不再有怪异邪恶的东西了，那赞颂李寄的歌谣到现在还在那里流传着。

注释

1 **东越：**国名，又称闽粤。汉高帝五年（前 202）立无诸为闽粤王，统治闽中郡故地，都东冶（今福建省福州市）。 **闽中：**见第 34 条注。此文为传说，故地名未必与史实相符。

2 **东冶：**毛本作“东治”，据汪校改。下同。此“东冶”指东越国都。

3 **故：**仍，还是。

4 **啖：**毛本作“啗”，据张本改。下同。

5 **将乐县：**三国吴永安三年（260）置，治所即今福建省将乐县。

6 **东冶：**县名，秦置，治所即今福建省福州市。三国吴改为侯官县。

原文

441. 晋武帝咸宁中，魏舒为司徒。府中有二大蛇，长十许丈，居厅事平橑上，止之数年，而人不知，但怪府中数失小儿及鸡犬之属。后有一蛇夜出，经柱侧伤于刃，病不能登，于是觉之。发徒数百，攻击移时，然后杀之。视所居，骨骼盈宇之间。于是毁府舍，更立之。

译文

晋武帝咸宁年间（275—280），魏舒任司徒。官府中有两条大蛇，长十来丈，盘踞在公堂屋檐前的拦椽木上，栖息在那儿已经几年了，人们却还不知道，只是奇怪官府中屡次丢失了小孩以及鸡狗之类。后来有一条蛇在夜里出来，经过柱子边时被刀口碰伤了，伤重得不能再爬上去，于是人们才发现了它。府中发动了几百个差役，击打了一段时间，然后才把两条蛇打死了。察看蛇盘踞的地方，只见其骨骼挤满了屋檐之间。于是便捣毁了这座公堂，另外再建造了一座新的。

原文

442. 汉武帝时，张宽为扬州刺史[1]。先是，有二老翁争山地，诣州讼疆界，连年不决。宽视事，复来。宽窥二翁形状非人，令卒持杖戟将入，问："汝等何精？"翁走。宽呵格之，化为二蛇。

译文

汉武帝的时候，张宽任扬州刺史。在他这次任职之前，这儿有两个老头争夺山地，到扬州府为疆界纠纷打官司，一连几年都没能解决。张宽到职办公后，他们又来打官司。张宽看这两个老头的样子不像人，就命令士兵拿着兵器把他们押进来，喝问道："你们是什么妖精？"两个老头马上逃跑。张宽使唤士兵拦住他们痛打，他们便变成了两条蛇。

注释

1 **扬州**：见第298条注。

原文

443. 鄱阳人张福[1]，船行还野水边。夜有一女子，容色甚美，自乘小船来投福，云："日暮，畏虎，不敢夜行。"福曰："汝何姓？作此轻行！无笠雨驶，可入船就避雨。"因共相调，遂入就福船寝，以所乘小舟系福船边。三更许，雨晴，月照，福视妇人，乃是一大鼍，枕臂而卧。福惊起，欲执

译文

鄱阳县人张福，撑着船回家时停泊在野外的河边。夜里有一个女子，容貌很美丽，独自划着小船来投靠张福，说："天黑了，我怕老虎，所以不敢在夜里赶路。"张福说："你姓什么？竟做出如此轻率的举动！你没有斗笠在雨中行驶，可以进我的船来躲雨。"于是两人互相调戏了一番，那女子便进入张福的船里睡觉，并把她乘坐的小船缚在张福的船边。三更左右，雨停了，月光照来，张福细看那女子，竟是一条大鼍龙，把头枕在胳膊上躺着。张福惊恐地爬起来，想捉住它，它急忙逃进水里。刚

之，遽走入水。向小舟，是一枯楂段[2]，长丈余。

才那只小船，只是一段干枯的树杈，长一丈多。

注释

1 **鄱阳:** 毛本作“荣阳”，据汪校改。 **鄱阳:** 见第296条注。

2 **段:** 毛本作“叚”，据张本改。

原文

444. 丹阳道士谢非往石城买冶釜[1]，还，日暮，不及至家。山中庙舍于溪水上，入中宿，大声语曰：“吾是天帝使者，停此宿。”犹畏人劫夺其釜，意苦搔搔不安。二更中，有来至庙门者呼曰：“何铜。”铜应喏。曰：“庙中有人气，是谁？”铜云：“有人，言是天帝使者。”少顷便还。须臾，又有来者呼铜，问之如前，铜答如故，复叹息而去。非惊扰不得眠，遂起，呼铜问之：“先来者谁？”答言：“是水边穴中白鼍。”“汝是何等物？”答言：“是庙北岩嵌中龟也。”非皆阴识之。天明，便告居人，言：“此庙中无神，但是龟鼍之

译文

丹阳郡道士谢非去石头城买冶炼仙丹的锅，回来时，天色已晚，来不及赶到家。山中有座庙宇坐落在溪水边，他便到里面留宿，大声说道：“我是天帝的使者，留在这里住宿。”他还怕别人抢夺他的锅，心里愁苦得焦躁不安。二更时分，有人来到庙门叫道：“何铜。”何铜在里面答应了一声。外面的人说：“庙里有人的气味，是谁？”何铜说：“的确有一个人，说自己是天帝的使者。”一会儿那人便回去了。过了片刻，又有人来叫何铜，就像刚才那个人一样问何铜，何铜也像刚才那样作了回答，那人也叹息着走了。谢非受到惊扰后睡不着，就起了床，也呼唤何铜问他：“先前来的是谁？”何铜回答说：“是溪水边洞穴中的白鼍龙。”谢非又问：“你是什么东西？”何铜回答说：“是庙北岩缝中的乌龟。”谢非都暗暗记在心里。天亮后，他便告诉居住在附近的人，说：“这庙里没有神灵，它们只是乌龟、鼍

辈，徒费酒食祀之。急具锸来，共往伐之。”诸人亦颇疑之，于是并会伐掘，皆杀之。遂坏庙绝祀，自后安静。

龙之类，你们还白白花费酒食祭祀它们。赶快拿铁锹来，我们一起去铲除它们。”大家也很怀疑这庙里的神灵，于是就一起去挖掘，把乌龟、鼍龙都杀死了。然后捣毁了庙宇，断绝了祭祀，从此以后就安宁平静了。

注释

1 **丹阳**：见第 97 条注。 **石城**：即石头城，在今江苏省南京市西清凉山。

原文

445. 孔子厄于陈[1]，弦歌于馆。中夜，有一人长九尺余，着皂衣高冠，大咤，声动左右。子贡进，问：“何人耶？”便提子贡而挟之。子路引出，与战于庭。有顷，未胜。孔子察之，见其甲车间时时开如掌。孔子曰：“何不探其甲车，引而奋登？”子路引之，没手，仆于地，乃是大鳀鱼也，长九尺余。孔子曰：“此物也，何为来哉？吾闻：物老，则群精依之，因衰而至。此其来也，岂以吾遇厄、绝粮、从者病乎？夫六畜之物，及

译文

孔子在陈国遭到困厄的时候，在旅馆中弹琴唱歌。半夜，有一个人身长九尺多，穿着黑衣服，戴着高帽子，大声怒叱，声音惊动了孔子身边的人。子贡走上前去，问：“你是什么人呀？”这人便提起子贡把他挟在腋下。子路把这人拉了出来，和他在院子中打起来了。过了一会儿，子路还没有取胜。孔子仔细看这个人，只见他的铠甲和牙床之间不时地裂开一个像手掌大的口子。孔子对子路说：“你为什么不把手伸到他的铠甲与牙床之间，拉着它用力爬上去？”子路便伸手去拉它，手全都伸了进去，这人便倒在地上，竟是一条大鳀鱼，长九尺多。孔子说：“这东西啊，为什么来这儿呢？我听说：东西老了，那么各种精怪就来依附它，精怪是因为它衰微了才来的。这鳀鱼精的来临，难道是因为我遭遇到了困厄、断绝了粮食、跟随我的人都生了病的缘故吗？那牛、马、羊、鸡、狗、猪

龟、蛇、鱼、鳖、草、木之属，久者，神皆凭依，能为妖怪，故谓之‘五酉’。五酉者，五行之方皆有其物。酉者，老也，物老则为怪，杀之则已，夫何患焉？或者天之未丧斯文，以是系予之命乎？不然，何为至于斯也[2]？”弦歌不辍。子路烹之，其味滋，病者兴。明日，遂行。

等作为六种家畜的动物，以及龟、蛇、鱼、鳖、野草、树木之类，生长时间长的，神灵都依附它们，因而能成为妖怪，所以人们把它们叫作‘五酉’。五酉，是指五行的各个方面都有那相应的东西。酉，就是老，东西老了就会变成妖怪，把它杀掉也就完事了，对这种东西又有什么值得担心的呢？或者是老天还不想丧失这些古代的文化典籍，因而用这东西来维持我的生命以便让我将它们传承下去吗？否则，为什么它会到这里来呢？”孔子继续弹唱个不停。子路煮了这条鳀鱼，它的味道很滋润，病人吃了都能站起来了。第二天，大家就又上路了。

注释

1 **陈：**国名，西周初封置，都宛丘（今河南省周口市淮阳区），公元前 479 年灭于楚。

2 **斯：**毛本作“期”，据张本改。

原文

446. 豫章有一家[1]，婢在灶下，忽有人长数寸来灶间壁，婢误以履践之，杀一人。须臾，遂有数百人，着衰麻服，持棺迎丧，凶仪皆备，出东门，入园中覆船下。就视之，皆是鼠妇。婢作汤灌杀，遂绝。

译文

豫章郡有一户人家，婢女站在灶边的时候，忽然有一些身长几寸的人来到灶旁的隔墙下，婢女不小心用鞋子踩着了他们，踩死了一个。一会儿，就有几百个人，穿着粗麻布制成的毛边丧服，扛着棺材来接尸体，丧葬的礼仪都很完备，接着出了东门，进入菜园中一只翻过来的船下。走近仔细一看，都是些潮虫。婢女烧了热水去浇灌而把它们都烫死了，于是这种怪人就绝迹了。

注释

1 **豫章**:见第26条注。

原文

447. 狄希,中山人也[1],能造"千日酒",饮之千日醉。时有州人姓刘,名玄石,好饮酒,往求之。希曰:"我酒发来未定,不敢饮君。"石曰:"纵未熟,且与一杯,得否?"希闻此语,不免饮之。复索曰:"美哉!可更与之。"希曰:"且归,别日当来。只此一杯,可眠千日也。"石别,似有怍色。至家,醉死。家人不之疑,哭而葬之。经三年,希曰:"玄石必应酒醒,宜往问之。"既往石家,语曰:"石在家否?"家人皆怪之,曰:"玄石亡来,服以阕矣[2]。"希惊曰:"酒之美矣,而致醉眠千日,今合醒矣。"乃命其家人凿冢破棺看之,冢上汗气彻天,遂命发冢,方见开目张口,引声而言

译文

狄希,是中山国人,会酿造一种"千日酒",喝了这种酒会醉上千日。当时州里有个人姓刘,名玄石,喜欢喝酒,便去狄希那儿要酒喝。狄希说:"我的酒发酵以来还没有稳定,不敢给您喝。"刘玄石说:"即使还没有熟,姑且给我一杯,可以吗?"狄希听了这话,不免给他喝了。他喝完后又要求说:"妙啊!可以再给我一杯。"狄希说:"你暂且回去吧,请改日再来。就这一杯,已经可以让你睡上一千天了。"刘玄石告别时,脸上似乎已有点变色。他回到家中,便醉得死了过去。家里人没有怀疑他的死,就哭着将他埋葬了。过了三年,狄希寻思道:"刘玄石酒醉后一定要醒过来了,应该去问候他。"不久他就去了刘家,说道:"玄石在家没有?"刘家的人都对这问话感到奇怪,便说:"玄石死亡以来,服丧都已经满期了。"狄希惊讶地说:"那酒美极了,以致使他醉睡了一千日,今天理当醒了。"于是叫他家里的人去挖坟开棺看看他,只见刘玄石坟上汗气冲天,就叫人挖开坟,挖开时正好看见刘玄石睁开眼睛,张开嘴巴,拖长了声音在说:"醉得我

曰："快哉，醉我也！"因问希曰："尔作何物也？令我一杯大醉，今日方醒。日高几许？"墓上人皆笑之，被石酒气冲入鼻中，亦各醉卧三月。

好痛快啊！"接着又问狄希说："你造了什么东西？使我喝了一杯就酩酊大醉，到今天才醒。太阳多高了？"坟边的人都笑他，没料到被他的酒气冲入鼻中，结果也都醉睡了三个月。

注释

1 **中山**：国名，本为狄人所建，战国初都于顾（今河北省定州市），后迁灵寿（今河北省灵寿县西北），公元前296年为赵所灭。

2 **以**：通"已"。 **阕**：祭事结束而闭门，指服丧满期。

原文

448. 陈仲举微时，常宿黄申家。申妇方产，有扣申门者，家人咸不知。久久，方闻屋里有人言："宾堂下有人，不可进。"扣门者相告曰："今当从后门往。"其人便往，有顷还。留者问之："是何等？名为何？当与几岁？"往者曰："男也，名为'奴'，当与十五岁。""后应以何死？"答曰："应以兵死。"仲举告其家曰："吾能相。此儿当以兵死。"父母惊之，寸刃不使得执也。至年十五，有置凿于

译文

陈蕃还没有显达的时候，常常寄宿在黄申家中。黄申的妻子刚生小孩，忽然有人来敲黄申家的门，家里的人都没察觉。过了好长时间，敲门人才听见屋里有人说："客堂下有人，不能进来。"敲门的互相商量说："现在得从后门进去。"其中一人就去了，过了一会儿便回来了。留在大门边上的人问他："这小孩是什么样的？名叫什么？该给他几岁？"去的人说："是个男孩，名叫'奴'，应该给他十五岁。"留在那儿的人又问："后来这孩子该因何而死？"去的人回答说："应该因为兵器而死。"陈蕃告诉黄家的人说："我会相面。你们这孩子该因为兵器而死。"那父母亲为此惊恐万分，连小刀都不让儿子拿。这孩子长到十五岁，有人把凿子放在梁上，凿子的

梁上者,其末出[1],奴以为木也,自下钩之,凿从梁落,陷脑而死。后仲举为豫章太守[2],故遣吏往饷之申家,并问奴所在。其家以此具告。仲举闻之,叹曰:“此谓命也!”

末端露了出来,黄奴以为是根小木料,就从下面钩它,凿子从梁上落下来,坠入他的脑袋而把他砸死了。后来陈蕃任豫章郡太守,所以派了差役去黄申家送礼,同时询问一下黄奴在什么地方。黄家把这情况一一告诉了他。陈蕃听见这消息,叹息说:“这是命啊!”

注释

1 **末**:毛本作“未”,据汪本改。

2 **豫章**:见第26条注。

卷二十　善恶报应

导读

本卷主要记述龙、虎、鹤、雀、蛇、龟、鱼、蚁、犬、蝼蛄等的报恩行为，以及杀死猿、麈、蛇者和偷茧者遭殃的故事，宣扬了善有善报、恶有恶报的报应思想。其中第450条所写牝虎报恩的故事显然颠覆了凶恶的雌老虎形象，其构思可谓别出心裁。第453条记述的隋侯珠故事成了古代常见的文学典故，具有重大的文学价值。第457条写义犬为主人殉身的故事，既生动逼真，又由狗所具有的报恩通性引出对人类不知恩者的批判，可谓是巧夺天工的神来之笔。

原文

449. 晋魏郡亢阳[1]，农夫祷于龙洞，得雨，将祭谢之。孙登见曰："此病龙雨，安能苏禾稼乎？如弗信，请嗅之。"水果腥秽。龙时背生大疽，闻登言，变为一翁，求治，曰："疾痊，当有报。"不数日，果大雨。见大石中裂开一井，其水湛然。龙盖穿此井以报也。

译文

晋朝时魏郡大旱，农民在龙洞中祈祷，求到了雨，将要去祭祀酬谢那条龙。孙登看见了说："这是有病之龙降下的雨，哪能使庄稼复苏呢？如果你们不相信，请闻闻这雨水。"大家一闻，这雨水果然非常腥气肮脏。这条龙当时背上生了大毒疮，听见孙登的话后，就变成一个老头，求孙登治疗，说："如果我的病痊愈了，应该有报答。"没过几天，果然下了大雨。人们还看见大石头中间裂开成一口井，那井里的水十分清澈。那条龙大概是打了这口井用来报答孙登吧。

注释

1 **魏郡**:见第 414 条注。

原文

450. 苏易者,庐陵妇人[1],善看产,夜忽为虎所取。行六七里,至大圹,厝易置地,蹲而守。见有牝虎当产,不得解,匍匐欲死,辄仰视。易怪之,乃为探出之,有三子。生毕,牝虎负易还,再三送野肉于门内。

译文

苏易,是庐陵郡的一个妇女,善于接生,一天夜里忽然被老虎叼走了。走了六七里路,来到一个大墓穴,老虎便把苏易放在地上,蹲着守住她。她看见有一只母老虎要分娩了,但生不下来,趴在地上要死了,总是抬头看着她。苏易觉得它不同寻常,就替它用手伸进去把小老虎拉了出来,一共有三只小老虎。分娩完毕,母老虎就把苏易背回了家,后来又屡次把野兽的肉送到她家门内。

注释

1 **庐陵**:见第 83 条注。

原文

451. 哙参养母至孝。曾有玄雀为弋人所射[1],穷而归参。参收养,疗治其疮,愈而放之。后雀夜到门外,参执烛视之,见雀雌雄双至,各衔明珠以报参焉。

译文

哙参侍养母亲极其孝顺。曾经有一只黑色的鹤被射鸟的人射伤了,走投无路时来投靠哙参。哙参收养了它,治疗它的伤口,等痊愈后就放了它。后来有鹤在夜里来到哙参的家门外,哙参拿着火烛一看,只见雌雄两只鹤双双而来,各衔一颗夜明珠来报答哙参。

注释

1 弋(yì):用带丝线的箭射鸟。

原文

452. 汉时,弘农杨宝年九岁时至华阴山北[1],见一黄雀为鸱枭所搏坠于树下[2],为蝼蚁所困。宝见,愍之,取归,置巾箱中,食以黄花。百余日,毛羽成,朝去暮还。一夕三更,宝读书未卧,有黄衣童子向宝再拜曰:“我西王母使者,使蓬莱,不慎为鸱枭所搏。君仁爱,见拯,实感盛德。”乃以白环四枚与宝,曰:“令君子孙洁白,位登三事,当如此环。”

译文

汉朝的时候,弘农郡人杨宝在年纪九岁时到华阴县华山北边,看见一只黄雀被鸱枭击伤掉在树下,被蝼蛄蚂蚁围困了。杨宝看见后,十分怜悯它,就把它带回家,放在装头巾的小箱子里,用菊花饲养它。一百多天后,黄雀的羽毛长好了,早上飞出去而傍晚飞回来。有一夜三更时分,杨宝因为读书还没有睡,忽然有一个穿着黄衣服的儿童向杨宝拜了两次说:“我是西王母的使者,出使到蓬莱仙岛去,不小心被鸱枭击伤。您十分仁慈,救了我,我实在感激您的大恩大德。”他便拿四只白色的玉环送给杨宝,说:“让您的子孙廉洁清白,官位升到三公,就像这玉环那样既洁白又高贵。”

注释

1 **弘农**:见第 75 条注。 **华阴**:见第 20 条注。 **山**:指华阴南面的华山。

2 **鸱枭**(chī xiāo):猫头鹰一类的鸟。

原文

453. 隋县溠水侧有断蛇丘[1]。隋侯出行,见大蛇被伤中断,疑其灵

译文

随县溠水旁边有座断蛇丘。春秋时隋侯出去游玩,在这儿看见一条大蛇被砍伤而断成两半,他怀疑这条蛇是神灵,就派人用

异，使人以药封之，蛇乃能走，因号其处“断蛇丘”。岁余，蛇衔明珠以报之。珠盈径寸，纯白，而夜有光，明如月之照，可以烛室，故谓之“隋侯珠”，亦曰“灵蛇珠”，又曰“明月珠”。丘南有隋季良大夫池。

药把它接上包好，蛇就能爬行了，因此人们把那个地方称作“断蛇丘”。过了一年多，那蛇衔了明珠来报答隋侯。那明珠的直径超过一寸，洁白无瑕，夜里发光，明亮得就像月亮的照射，可以照亮房间，所以人们把它称为“隋侯珠”，也叫“灵蛇珠”，又叫“明月珠”。断蛇丘的南边有隋国季梁大夫的水池。

注释

1 **隋县：**即随县，西汉置，治所即今湖北省随州市。西周、春秋时为随国，姬姓。 **溠水：**涢水支流，发源于随县（今湖北省随州市）西北，流经随县西（其水侧有断蛇丘），再向南注入涢水。见《水经注》卷三十一。

原文

454. 孔愉，字敬康，会稽山阴人[1]，元帝时以讨华轶功封侯。愉少时尝经行余不亭[2]，见笼龟于路者，愉买之，放于余不溪中[3]，龟中流左顾者数过。及后，以功封余不亭侯，铸印，而龟钮左顾，三铸如初。印工以闻，愉乃悟其为龟之报，遂取佩焉。累迁尚书左仆射，赠车骑将军。

译文

孔愉，字敬康，会稽郡山阴县人，晋元帝时(317—322)因为讨伐华轶有功而被封侯。孔愉年轻的时候曾经经过余不亭，看见路边有个人把一只乌龟装在笼子里，孔愉买下了这只乌龟，把它放到余不溪中，乌龟在溪水中央几次向左掉过头来望孔愉。到后来，孔愉因为讨伐华轶的功劳而被封为余不亭侯，工人为他浇铸官印，那印纽上的乌龟向左回望，浇铸了多次还是像第一次那样。铸印工人把这事报告给孔愉，孔愉才意识到这次封侯是那只乌龟的报答，于是就拿了这个龟纽的印佩带在身上。后来孔愉多次升官而一直做到尚书左仆射，死后追赠车骑将军。

注释

1 **会稽山阴:**见第18条注。

2 **余不亭:**在今浙江省德清县乾元镇北。

3 **余不溪:**即今浙江省德清县乾元镇北之东苕溪河段。

原文

455. 古巢[1],一日江水暴涨,寻复故道。港有巨鱼,重万斤,三日乃死,合郡皆食之,一老姥独不食。忽有老叟曰:"此吾子也,不幸罹此祸。汝独不食,吾厚报汝。若东门石龟目赤,城当陷。"姥日往视,有稚子讶之,姥以实告。稚子欺之,以朱傅龟目。姥见,急出城。有青衣童子曰:"吾龙之子。"乃引姥登山,而城陷为湖。

译文

在古代的巢国,有一天长江水突然猛涨,一会儿江水却又回到原来的河道中去了。港口有一条未随江水回到长江中去的大鱼,重达万斤,过了三天便死了,当时整个郡的人都吃它,只有一个老太太独自不吃。忽然有一个老头说:"这是我的儿子啊,不幸遭到这灾难。你独自一个人不吃,我定要重重地报答你。请你当心,如果那东门口的石乌龟眼睛变红,巢城就要下陷。"于是这老太太天天去看石乌龟,有个小孩对此感到惊奇,老太太就把实情告诉了他。这小孩欺骗她,用丹砂涂在石乌龟的眼睛上。老太太看见了,急忙出城。有个穿青色衣服的小孩对她说:"我是龙的儿子。"说完就带着老太太登上了山,而这座城就下陷成了湖泊。

注释

1 **巢:**西周、春秋时国,在今安徽省巢湖市东北。

原文

456. 吴富阳县董昭之尝乘船过钱塘江[1],中

译文

吴郡富阳县的董昭之曾经乘船过钱塘江,在江中看见一只蚂蚁,附着在一根很短

央见有一蚁，着一短芦，走一头回，复向一头，甚惶遽。昭之曰："此畏死也！"欲取着船。船中人骂："此是毒螫物，不可长。我当蹹杀之！"昭意甚怜此蚁，因以绳系芦着船。船至岸，蚁得出。其夜，梦一人乌衣，从百许人来，谢云："仆是蚁中之王，不慎堕江，惭君济活[2]。若有急难，当见告语。"历十余年，时所在劫盗，昭之被横录为劫主，系狱余杭[3]。昭之忽思蚁王梦："缓急当告，今何处告之？"结念之际，同被禁者问之，昭之具以实告。其人曰："但取两三蚁着掌中，语之。"昭之如其言，夜果梦乌衣人云："可急投余杭山中。天下既乱，赦令不久也。"于是便觉，蚁啮械已尽，因得出狱，过江，投余杭山。旋遇赦，得免。

的芦苇上，跑到一头便又转身，再向另一头跑，十分惊慌忙乱。董昭之说："这是怕死啊！"于是想把蚂蚁捞起来放在船上。船中的人骂道："这是咬人的毒虫，不可以让它活下去。我要踩死它！"董昭之心里很怜悯这只蚂蚁，便用绳子把那芦苇缚在船上。船到了岸边，蚂蚁才得以爬出了江。那天夜里，董昭之梦见一个人穿着黑衣服，带着百把人前来，致谢说："我是蚂蚁中的大王，不小心掉进了江中，幸亏您救活了我。您以后如果碰上危难，一定要告诉我。"过了十多年，当时董昭之住地附近发生了抢劫，他被官府横加罪名而登录为抢劫案的首犯，被抓去关在余杭县的牢房里。董昭之忽然想起蚁王的托梦："蚁王说遇到危急要告诉它，但现在到什么地方去告诉它呢？"正在专心致志寻思的时候，和他一起被囚禁的人问他在想什么，董昭之详细地把实情说了。那人说："你只要捉两三只蚂蚁放在手掌里，告诉它们就行了。"董昭之照他的话办了，夜里果然梦见穿黑衣服的人说："您可以赶快逃进余杭县山中。天下已经乱了，大赦的命令不久就会发布。"就在这时董昭之便醒了，而蚂蚁已经把他的枷锁咬光了，他因而能逃出牢房，渡过钱塘江，逃进余杭县山中。不久碰上大赦，他得到了赦免。

注释

1 **吴**:见第338条注。 **富阳县**:见第367条注。

2 **惭**:惭愧,难得。含有幸喜、侥幸的意思。

3 **余杭**:见第76条注。

原文

457. 孙权时李信纯,襄阳纪南人也[1]。家养一狗,字曰"黑龙",爱之尤甚,行坐相随,饮馔之间皆分与食。忽一日,于城外饮酒,大醉,归家不及,卧于草中。遇太守郑瑕出猎,见田草深,遣人纵火爇之。信纯卧处,恰当顺风。犬见火来,乃以口拽纯衣,纯亦不动。卧处比有一溪,相去三五十步,犬即奔往,入水湿身,走来卧处,周回以身洒之,获免主人大难。犬运水困乏,致毙于侧。俄尔信纯醒来,见犬已死,遍身毛湿,甚讶其事。睹火踪迹,因尔恸哭,闻于太守。太守悯之,曰:"犬

译文

孙权时有个李信纯,是襄阳郡纪南人。他家里养了一条狗,名叫"黑龙",他爱这条狗爱得特别厉害,无论出门还是在家都让狗跟着他,吃东西的时候也都要分一些给狗吃。忽然有一天,他在纪南城外喝酒,喝得酩酊大醉,回家时还没有到家,便醉睡在草丛中。正好碰上太守郑瑕出来打猎,看见田野里的草很长,就派人放火烧草。李信纯躺的地方,恰好在下风。狗看见大火烧过来,就用嘴拖拉李信纯的衣服,李信纯却一动也没动。李信纯躺着的地方附近有一条小溪,离他有三五十步,狗就奔过去,跑进溪水中浸湿身体,再跑到李信纯躺的地方,在他的周围来回跑,用自己身上的水洒在他身上,这才使得主人避免了大难。狗因为运水太疲乏了,以致死在主人的身旁。一会儿李信纯醒来,看见狗已经死了,浑身的毛都湿漉漉的,十分惊讶狗做的事。他看到了火烧的痕迹,因此悲痛地大哭起来,被太守听见了。太守十分怜悯这条狗,说:"狗的报恩胜过了人!人如果不知道报恩,哪里及得上狗呢?"

之报恩甚于人！人不知恩，岂如犬乎？”即命具棺椁衣衾葬之。今纪南有义犬冢[2]，高十余丈。

于是叫人备办了棺材衣服把狗安葬了。现在纪南城还有纪念这侠义之狗的坟——义犬冢，高十多丈。

注释

1 **襄阳**：郡名，东汉建安十三年(208)置，治所在襄阳县(在今湖北省襄阳市襄州区)。 **纪南**：城邑名，在今湖北省荆州市西北，即春秋战国时楚国之郢都。

2 **冢**：毛本作“葬”，张本作“冢”，今据汪本改。

原文

458. 太兴中，吴民华隆养一快犬，号“的尾”，常将自随。隆后至江边伐荻，为大蛇盘绕，犬奋咋蛇，蛇死。隆僵仆无知，犬彷徨涕泣，走还舟，复反草中。徒伴怪之，随往，见隆闷绝，将归家。犬为不食，比隆复苏始食。隆愈爱惜，同于亲戚。

译文

太兴年间(318—321)，吴郡百姓华隆养了一条跑得很快的狗，给它起了个绰号叫“的尾”，经常带着它跟随自己。华隆后来到江边去割芦苇，被大蛇盘住了，那条狗奋力撕咬大蛇，蛇被咬死了。华隆倒在地上失去了知觉，狗徘徊哭泣，跑回船上，又返回草中。华隆的伙伴们觉得它很奇怪，就跟着它去了，发现华隆晕倒在那里，就把他抬回家去。狗因为他不知人事而不吃东西，直到华隆苏醒过来它才开始进食。华隆更加爱惜它了，对待它就像亲戚一样。

原文

459. 庐陵太守太原庞企[1]，字子及，自言其远祖——不知几何世也——坐事系狱，而非

译文

庐陵太守太原郡人庞企，字子及，自己说他的远祖——不知道是在哪一个朝代——因某事涉嫌犯罪而被捕入狱，其实却不是他的罪过，因为他受不了严刑拷打，便

其罪，不堪拷掠，自诬服之。及狱将上，有蝼蛄虫行其左右，乃谓之曰："使尔有神，能活我死，不亦善乎[2]？"因投饭与之。蝼蛄食饭尽去，顷复来，形体稍大，意每异之，乃复与食。如此去来，至数十日间，其大如豚。及竟报，当行刑，蝼蛄夜掘壁根为大孔，乃破械，从之出去。久时，遇赦得活。于是庞氏世世常以四节祠祀之于都衢处。后世稍怠，不能复特为馔，乃投祭祀之余以祀之，至今犹然。

自己捏造了罪状认了罪。等到这案子送上去的时候，有只蝼蛄走在他的旁边，他就对蝼蛄说："如果你有神灵，能救活我这死囚，不也是很好的吗？"接着便把饭扔给它吃。蝼蛄把饭吃完就走了，一会儿又来了，身体稍微长大了一些，他心里总觉得这蝼蛄很奇特，就又给它吃东西。像这样来来去去，到几十天以后，蝼蛄就像小猪那样大了。到最后判罪，要对他执行死刑，蝼蛄便在夜里挖墙脚而挖成了一个大洞，于是他就砸坏了枷锁，从洞中逃了出去。过了很长时间，他遇到大赦才得不死。从此庞家世世代代常在四季于城内四通八达的大路上祭祀这只蝼蛄。到后世才渐渐有点怠慢了，不能再特地为它准备食物，而是把祭祀时多余下来的东西扔在大路上来祭它，直到现在还是这样。

注释

1 **庐陵：**见第83条注。 **太原：**见第371条注。

2 **亦：**毛本作"当"，据张本改。

原文

460. 临川东兴有人入山得猿子[1]，便将归，猿母自后逐至家。此人缚猿子于庭中树上以示之，其母便搏颊，向人欲

译文

临川郡东兴县有一个人进山抓到一只幼猿，便把它带回家，母猿跟在他身后一直追到他的家。这人把幼猿缚在院中的树上来给母猿看，那母猿便打自己的耳光，对这人做出要乞求哀怜的样子，只是嘴里不会说

乞哀状，直谓口不能言耳[2]。此人既不能放，竟击杀之，猿母悲唤，自掷而死。此人破肠视之，寸寸断裂。未半年，其家疫死，灭门。

话罢了。这人不但不肯释放幼猿，竟然还把它打死了，母猿悲痛地呼叫着，自己蹦跳着死了。这人剖开母猿的肚皮看它的肠子，竟然断成一寸一寸。不到半年，他家遭到瘟疫而死，全家都死光了。

注释

1 **临川：**见第309条注。**东兴：**县名，三国吴太平时分南城县置，治所在今江西省黎川县东北。

2 **谓：**通"为"，相当于"是"。

原文

461. 冯乘虞荡夜猎[1]，见一大麈，射之。麈便云："虞荡，汝射杀我耶！"明晨，得一麈而入，即时荡死。

译文

冯乘县人虞荡夜间去打猎，看见一只大麈，就射它。麈便说："虞荡，你射死我啦！"第二天早晨，虞荡找到了这只麈而去收取，即刻虞荡就死了。

注释

1 **冯乘：**县名，西汉置，治所在今广西富川瑶族自治县东北。

原文

462. 吴郡海盐县北乡亭里有士人陈甲[1]，本下邳人[2]，晋元帝时寓居华亭[3]，猎于东野大薮，欻见大蛇，长六七丈，形如百斛船，玄黄五色，卧冈下。陈即射杀之，不敢说。三

译文

吴郡海盐县北乡亭中有个读书人陈甲，原是下邳县人，晋元帝时(317—322)寄居在华亭，曾到华亭东面野外的大泽中去打猎，忽然看见一条大蛇，长六七丈，形状就像装一千斗谷子的船，黑、黄、红、青、白几种色彩错杂斑斓，躺在山冈下。陈甲当即把它射死了，但不敢说出来。过了三

年，与乡人共猎，至故见蛇处，语同行曰："昔在此杀大蛇。"其夜梦见一人，乌衣，黑帻，来至其家，问曰："我昔昏醉，汝无状杀我。我昔醉，不识汝面，故三年不相知。今日来就死。"其人即惊觉，明日腹痛而卒。

年，他与乡里的人一起去打猎，来到原来看见蛇的地方，便告诉一起来的人说："过去我在这里射死了一条大蛇。"那天夜里他便梦见一个人，穿着黑色的衣服，戴着黑色的头巾，来到他的家里，责问说："我过去昏迷的时候，你无礼杀了我。我过去因为昏迷了，不认识你的面孔，所以一直过了三年还不知道是你。今日你来找死了。"那人马上惊醒了，第二天便因腹痛而死。

注释

1 **吴郡**：见第78条注。 **海盐县**：见第260条注。

2 **下邳**：见第99条注。

3 **华亭**：又名华亭谷，在今上海市松江区西。

原文

463. 邛都县下有一老姥[1]，家贫，孤独，每食，辄有小蛇，头上戴角，在床间，姥怜而饴之食。后稍长大，遂长丈余。令有骏马，蛇遂吸杀之。令因大忿恨，责姥出蛇。姥云："在床下。"令即掘地，愈深愈大，而无所见。令又迁怒，杀姥。蛇乃感人以灵，言："瞋令，何杀我母？当为母报雠！"

译文

邛都县内有一个老太太，家境贫穷，孤独无依，每到吃饭的时候，总是有一条小蛇，头上长着角，出现在床边，老太太怜悯它而给它吃东西。后来这条小蛇渐渐长大，就有一丈多长了。邛都县令有一匹骏马，这条蛇竟吞食了它。县令因而非常愤恨，责令老太太交出大蛇。老太太说："蛇在床下。"县令就叫人挖地，洞越挖越深，越挖越大，却什么也没有发现。县令又把愤怒转移到老太太身上，把老太太杀了。这条蛇便把自己的灵魂感应到凡人的身上，对县令说："你这发怒的县令，为

此后，每夜辄闻若雷若风，四十许日，百姓相见，咸惊语："汝头那忽戴鱼？"是夜，方四十里，与城一时俱陷为湖，土人谓之为"陷湖"。唯姥宅无恙，讫今犹存。渔人采捕，必依止宿；每有风浪，辄居宅侧，恬静无他。风静水清，犹见城郭楼橹叆然。今水浅时，彼土人没水，取得旧木坚贞光黑如漆，今好事人以为枕相赠。

什么杀死我的母亲？我要为母亲报仇！"从此以后，每天夜里总是听到打雷刮风般的声音，过了四十天左右，百姓互相见面，都惊讶地说："你的头上怎么突然顶着鱼？"这天夜里，方圆四十里的土地，与县城同时都陷落成了湖泊，当地的人称之为"陷湖"。只有老太太的住宅平安无事，到现在还存在着。现在渔民捕鱼，总是把渔船靠着那老太太的住宅过夜；每次遇到风浪，他们总是把船停在宅边，便安然无事了。风静水清的时候，还可以清楚地看见陷入湖中的城墙望楼。现在水浅的时候，那当地的居民潜入水中，捞到的旧木头坚硬结实乌黑发亮如同上了漆一样，现在那些喜欢多事的人还把它做成了枕头互相赠送。

注释

1 邛都县：西汉置，治所在今四川省西昌市东南。

原文

464. 建业有妇人背生一瘤[1]，大如数斗囊，中有物如茧栗，甚众，行即有声。恒乞于市，自言村妇也，常与姊姒辈分养蚕[2]，已独频年损耗[3]，因窃其姒一囊茧焚之。顷之，背

译文

建业县有一个妇女背上生了一个瘤，大得像放了几斗米的袋子，瘤中长有蚕茧、栗子般的东西，很多，走路时就发出声音。她常常在街市上讨饭，自称是个农村妇女，曾经和姊妹嫂子们分开来养蚕，因为自己一个人连年亏损，就偷了她嫂子一袋蚕茧把它烧了。顷刻之间，她背上就生

患此疮，渐成此瘤，以衣覆之即气闭闷，常露之乃可，而重如负囊。

了这毒疮，渐渐长成了这个瘤，用衣服盖住它就觉得呼吸憋得慌，一直让它露在外面才可以，但重得就像背了个大袋子。

注释

1 **建业**:县名，东汉建安十七年(212)孙权以秣陵县改名，治所即今江苏省南京市。三国吴黄龙元年(229)定都于此。西晋太康元年(280)复名秣陵县，太康三年(282)又分淮水(今秦淮河)以北为建业县，并改名建邺。

2 **常**:通“尝”。

3 **己**:毛本作“已”，据张本改。

岳麓書社

读名著 选岳麓

古典名著普及文库

周易
尚书
诗经
礼记
左传
论语
大学・中庸
孟子
春秋繁露
国语
史记
汉书
吴越春秋
战国策
晏子春秋
贞观政要
资治通鉴
孔子家语
老子
庄子
列子
荀子
韩非子
鬼谷子
商君书
吕氏春秋
孙子兵法・孙膑兵法
山海经
黄帝内经
潜夫论
人物志
搜神记
世说新语
了凡四训
颜氏家训
近思录
传习录
明夷待访录
坛经・心经・金刚经
聊斋志异
阅微草堂笔记
子不语
浮生六记
幼学琼林
三字经・百家姓・千字文
增广贤文（附 弟子规・孝经）
楚辞
文选
文心雕龙
古文辞类纂
古文观止
千家诗
唐诗三百首
宋词三百首
元曲三百首
曹操集
嵇康集
阮籍集
陶渊明集
苏轼集
欧阳修集
柳宗元集
鸣原堂论文